Mary Higgins Clark

Schlaf wohl, mein süßes Kind

EDITION RICHARZ
Bücher in großer Schrift

Mary Higgins Clark

Schlaf wohl, mein süßes Kind

Roman

Edition Richarz
Verlag CW Niemeyer

Die Deutsche Bibliothek – CIP-Einheitsaufnahme

Clark, Mary Higgins:
Schlaf wohl, mein süßes Kind : Roman / Mary Higgins Clark.
[Einzig berecht. Übers. aus dem Amerikan. von Ursula Ibler]. –
Hameln : Niemeyer, 1994
(Edition Richarz, Bücher in großer Schrift)
ISBN 3-87585-929-4

Titel der Originalausgabe:
«While my Pretty One Sleeps»

Einzig berechtigte Übersetzung aus dem Amerikanischen
von Ursula Ibler

Lizenzausgabe mit freundlicher Genehmigung
des Wilhelm Heyne Verlages GmbH & Co. KG, München

Umschlaggestaltung: Christiane Rauert, München
Satzherstellung: Richarz Publikations-Service
Gesamtherstellung: Ueberreuter Buchproduktion, Korneuburg
Printed in Austria
ISBN 3-87585-929-4

1

Vorsichtig fuhr er auf der Autobahn in Richtung Morrison State Park. Die fünfundfünfzig Kilometer von Manhattan bis nach Rockland County waren ein Alptraum gewesen. Obwohl es schon auf sechs Uhr zuging, gab es noch keine Anzeichen, daß es bald Tag würde. Der Schneefall, der während der Nacht eingesetzt hatte, war zunehmend stärker geworden. Die Flocken trieben jetzt unaufhörlich gegen die Windschutzscheibe. Grau und schwer wie riesige, zum Bersten gefüllte Ballons hingen die Wolken über ihm. Der Wetterbericht hatte fünf Zentimeter Schnee vorausgesagt und »Abnahme der Niederschläge nach Mitternacht«. Wie gewöhnlich hatte der Wetterfrosch sich geirrt.

Er näherte sich jetzt der Einfahrt zum Park. Voraussichtlich war bei diesem Schneetreiben wenigstens kein Wanderer oder Jogger unterwegs. Gut fünfzehn Kilometer zurück war er einem Polizeifahrzeug begegnet; es hatte ihn mit eingeschaltetem Blaulicht in rasendem Tempo überholt, vermutlich auf dem Weg zu irgendeinem Unfall. Aber die Polizisten hätten ohnehin keinerlei Veranlassung gehabt, sich Gedanken über den Inhalt seines

Kofferraums zu machen, keinen Grund zur Vermutung, daß sich unter einem Haufen Gepäck ein Plastiksack mit der Leiche einer einundsechzigjährigen bekannten Journalistin befinden könnte. Ethel Lambston lag, auf kleinstem Raum zusammengepfercht, gegen den Reservereifen gequetscht.

Er bog von der Autobahn ab und fuhr die kurze Strecke bis zum Parkplatz. Wie erhofft, war er fast leer. Nur wenige Wagen standen vereinzelt herum, mit einer Schneeschicht bedeckt. Wahrscheinlich zelteten irgendwo ein paar Verrückte. Auf die durfte er in gar keinem Fall stoßen.

Vorsichtig blickte er um sich, als er ausstieg. Niemand war zu sehen. Die Schneeverwehungen würden, sobald er wieder wegfuhr, sämtliche Spuren zudecken und jedes Zeichen, wohin er die Leiche brachte, auslöschen.

Wenn er Glück hatte, würde bis zu dem Zeitpunkt, da man sie entdeckte, auch nicht mehr viel von ihr zu finden sein.

Er ging zuerst einmal allein den Weg bis zu der Stelle. Mit äußerster Konzentration richtete er sein ohnehin scharfes Gehör darauf, außer dem Seufzen des Windes und dem Ächzen der von der Schneelast schweren Zweige jedes kleinste Geräusch wahrzunehmen. Vor ihm lag ein abschüssiger Pfad, der an einem mit großen Felsbrocken und lockerem Geröll bedeckten Hang endete. Kaum jemand kam auf die Idee, hier herumzuklettern. Für Reiter war es sowieso eine verbotene Zone, denn der Stallbesitzer wollte nicht, daß seine Kundinnen, meist Hausfrauen aus den Villenvororten, sich das Genick brächen.

Vor einem Jahr war er einmal so neugierig gewesen, den Hang hinaufzuklettern, und er hatte sich auf einem mächtigen Findling ausgeruht. Dabei war seine Hand über den Fels geglitten und hatte auf der Rückseite eine Öffnung gespürt. Keine Grotte, nur eine natürliche Aushöhlung des Felsens, ähnlich dem Eingang zu einer Höhle. Schon damals war ihm der Gedanke gekommen, daß sich dieser Ort glänzend eignen könnte, um etwas zu verstecken.

Es kostete ihn große Anstrengung, auf dem gefrorenen Schnee zu der Stelle zu gelangen, aber mit viel Ausgleiten und Zurückrutschen schaffte er den Aufstieg. Der Hohlraum war noch da, etwas kleiner, als er ihn in Erinnerung hatte; aber er würde die Leiche hineinzwängen können. Der nächste Schritt war der schlimmste. Auf dem Rückweg zum Auto mußte er größte Vorsicht walten lassen, damit niemand ihn beobachten konnte. Er hatte den Wagen so abgestellt, daß jemand, der zufällig auf den Parkplatz fuhr, nicht gleich erkennen konnte, was er aus seinem Kofferraum holte. Im übrigen war ein schwarzer Plastiksack an sich noch nicht verdächtig.

Ethel hatte im Leben schlank ausgesehen. Doch als er jetzt die in Plastik gepackte Leiche anhob, merkte er, daß ihre teuren Kleider in Wirklichkeit einen grobknochigen Körper verhüllt hatten. Er versuchte, sich den Sack über die Schulter zu hieven, doch so eigensinnig wie im Leben war

Ethel auch im Tod: Die Totenstarre mußte schon eingesetzt haben. Ihr Körper wollte sich nicht fügen. Er konnte den Sack schließlich nur dadurch bis zum Fuß des Abhangs bringen, daß er ihn abwechselnd schleppte und hinter sich her schleifte. Schließlich gab ihm nur noch ein Adrenalinstoß die nötige Kraft, ihn das letzte steile Stück bis zu der vorgesehenen Stelle hinaufzuzerren.

Ursprünglich hatte er vorgehabt, Ethel in dem Plastiksack zu lassen. Aber im letzten Augenblick überlegte er es sich anders. Die Gerichtsmediziner wurden ständig raffinierter. Sie fanden überall Beweise: Fasern, die aus Kleidern oder Teppichen stammten, Haare, die kein Mensch mit bloßem Auge sehen konnte.

Er achtete nicht auf die Kälte, die ihm bei dem scharfen Wind auf der Stirn brannte und seine Wangen und sein Kinn unter einem Eishagel erstarren ließ, während er den Sack in die richtige Lage über der höhlenartigen Vertiefung brachte und ihn dann aufzureißen begann. Das Plastik wollte nicht nachgeben. »Zweifach verstärkt«, dachte er grimmig und erinnerte sich an die Werbesprüche. Wütend zerrte er weiter und verzog dann das Gesicht, als der Sack aufging und Ethels Leiche zum Vorschein kam.

Das weiße Wollkostüm war voller Blutflecken. Der Kragen ihrer Bluse steckte halb in der klaffenden Wunde an ihrem Hals. Ein Auge war leicht geöffnet. In der beginnenden Morgendämmerung wirkte es eher nachdenklich als blicklos. Der Mund, der nie stillgestanden hatte, als sie noch lebte, war gespitzt, als wollte sie eben zu einer ihrer unendlichen Tiraden ansetzen. Die letzte, die sie noch ausgespien hatte, sagte er sich mit grimmiger Genugtuung, hatte ihr Schicksal besiegelt.

Selbst mit Handschuhen war es ihm zuwider, sie anzufassen. Sie war jetzt fast vierzehn Stunden tot, und es schien ihm, als ginge ein leicht süßlicher Geruch von ihrem Körper aus. Angeekelt stieß er ihn hastig in das Loch und begann, Steine daraufzuschichten.

Der Hohlraum war tiefer, als er geglaubt hatte, aber die Steine füllten ihn sauber aus. Auch wenn jemand zufällig darauf herumkletterte, würden sie nicht verrutschen.

Die Arbeit war getan. Die Schneeverwehungen hatten seine Fußspuren bereits zugedeckt. Zehn Minuten nach seiner Wegfahrt würde schon nichts mehr darauf hindeuten, daß er oder das Auto hier gewesen waren.

Er knüllte den zerrissenen Plastiksack zu einem Ball zusammen und machte sich eilig auf den Rückweg zu seinem Wagen. Jetzt war er nur noch in Panik wegzukommen, weit weg von diesem Ort, wo er Gefahr lief, entdeckt zu werden. Am Rand des Parkplatzes hielt er an. Dieselben Wagen standen noch dort, unberührt. Es gab keine frischen Reifenspuren.

Fünf Minuten später war er wieder auf der Autobahn. Den blutigen, zerrissenen Plastiksack hatte er unter den Reservereifen gestopft. Es gab jetzt genügend Platz für ihre Koffer, ihren Reisesack und ihre Handtasche.

Die Straße war inzwischen vereist, der morgendliche Berufsverkehr setzte bereits ein, doch in spätestens zwei Stunden würde er zurück in New York sein, zurück im normalen, wirklichen Leben. Er machte noch einen letzten kurzen Halt an einem See, der, wie er sich erinnerte, nicht weit von der Autobahn entfernt lag und zu verseucht zum Fischen war. Ein guter Ort, um Ethels Handtasche und ihr Gepäck zu versenken. Die vier Stücke waren schwer. Aber es war ein tiefer See, und er wußte, sie würden bis auf den Grund sinken, in den Haufen Abfall, der dort lag. Die Leute kippten sogar alte Autos hier ins Wasser.

Er schleuderte Ethels Sachen so weit hinaus, wie er konnte, und sah zu, wie sie unter der dunkelgrauen Wasserfläche verschwanden. Jetzt mußte er nur noch den zusammengeknüllten Plastiksack loswerden. Er beschloß, bei einer Mülltonne anzuhalten, sobald er in New York die West-Side-Autobahn verlassen hatte. Dort würde der Sack in den Bergen von Abfall untergehen, die am Morgen abgefahren wurden.

Er brauchte fast zwei Stunden, um in die Stadt zurückzukommen. Das Fahren wurde immer schwieriger, und er versuchte, Abstand zu den anderen Autos zu halten. Einen Auffahrunfall konnte er jetzt nicht brauchen. In ein paar Monaten hätte kein Mensch mehr einen Grund zur Annahme, daß er an diesem Tag aus der Stadt gefahren war.

Alles verlief planmäßig. Auf der Ninth Avenue hielt er kurz an und entledigte sich des Plastiksacks.

Um acht Uhr gab er den Wagen bei der Tankstelle auf der Tenth Avenue zurück, die als Nebengeschäft Gebrauchtwagen vermietete. Nur gegen Barzahlung. Er wußte, daß darüber nicht Buch geführt wurde.

Um zehn Uhr war er, frisch geduscht und umgezogen, wieder in seinen vier Wänden und schüttete puren Whisky in sich hinein, um einen plötzlichen Anfall von nervösem Schüttelfrost zu bekämpfen. Im Geist ging er Schritt für Schritt noch einmal alles durch, was in der Zeit geschehen war, seit er am gestrigen Tag in Ethels Wohnung gestanden und sich ihre sarkastischen, höhnischen und drohenden Bemerkungen angehört hatte.

Den Moment, als ihr alles klargeworden war; den antiken Dolch in seiner Hand, den er von ihrem Schreibtisch genommen hatte; das wachsende Entsetzen in ihrem Gesicht, als sie langsam vor ihm zurückwich; den Rausch, als er ihr die Kehle durchschnitt und zusah, wie sie rückwärts durch den Türrahmen in die Küche taumelte und auf dem Fliesenboden zusammenbrach.

Er staunte noch immer, wie ruhig er bei alledem geblieben war. Er hatte den Riegel an der Wohnungstür vorgeschoben, damit nicht durch einen dummen Zufall der Hauswart oder eine Freundin, die vielleicht einen Schlüssel besaß, hereinkäme. Jedermann wußte, wie unberechenbar Ethel sein konnte. Falls jemand mit einem Schlüssel feststellte, daß die Tür verriegelt war, würde er annehmen, Ethel wolle nicht gestört werden.

Danach hatte er sich bis auf die Unterhosen ausgezogen und Handschuhe übergestreift. Ethel hatte vorgehabt zu verreisen, um an einem Buch zu arbeiten. Wenn er sie unbemerkt wegbrächte, würde jeder annehmen, sie sei von sich aus weggefahren. Wochen-, ja sogar monatelang würde kein Mensch sie vermissen.

Während er wieder einen großen Schluck Whisky trank, ließ er in Gedanken noch einmal Revue passieren, wie er Kleider aus ihrem Schrank herausgesucht und sie ihr statt des blutgetränkten kaftanartigen Hausgewands angezogen hatte; wie er ihr die Strumpfhose übergestreift, ihre Arme in die Bluse und die Kostümjacke gesteckt, den Rock zugeknöpft, den Schmuck abgenommen und ihre Füße in die Pumps gezwängt hatte. Er schüttelte sich bei der Erinnerung daran, wie er sie aufgesetzt und festgehalten hatte, damit ein Schwall von Blut auf die Bluse und das Kostüm spritzte. Aber das war nötig gewesen. Wenn man sie fand – falls man sie überhaupt fand –, mußte es so aussehen, als sei sie in diesen Kleidern gestorben.

Er hatte auch daran gedacht, die Firmenetiketten herauszuschneiden, die zur sofortigen Identifizierung geführt hätten. Den langen Plastiksack hatte er in ihrem Schrank gefunden. Wahrscheinlich war darin ein Abendkleid aus der Reinigung zurückgekommen. Mühsam hatte er ihn ihr übergestülpt und danach die Blutflecken auf der Perserbrücke entfernt, den Küchenboden aufgewaschen, Kleider und andere Reiseutensilien in die Koffer gepackt, ständig in panischem Wettlauf mit der Zeit ...

Erneut goß er sein Glas randvoll mit Whisky und erinnerte sich, daß irgendwann das Telefon geläutet und sich automatisch der Beantworter mit Ethels hastigem Tonfall eingeschaltet hatte: »Hinterlassen Sie eine Nachricht. Ich melde mich, wenn ich zurück bin und falls ich es für nötig halte.« Da hätte er beinahe die Nerven verloren und stellte sofort den Beantworter ab, als der Anrufer auflegte. Er wollte nicht, daß Anrufe von Leuten registriert wurden, die sich später womöglich an nicht eingehaltene Abmachungen erinnerten.

Ethel wohnte im Erdgeschoß eines dreistöckigen Backsteinhauses, mit einem separaten Wohnungseingang links neben der Treppe, die zum Haupteingang hinaufführte. Daher war ihre Wohnungstür den Blicken der Passanten auf der Straße entzogen. Wirklich in Gefahr, gesehen zu werden, war er nur in der Zeit, in der er die paar Schritte von ihrer Eingangstür bis zum Straßenrand zurücklegte.

In der Wohnung hatte er sich ziemlich sicher gefühlt. Der schwerste Teil war erst gekommen, als er, nachdem er Ethels eingeschnürten Leichnam und ihr Gepäck unter dem Bett versteckt hatte, die Eingangstür öffnete. Die Luft war naßkalt gewesen, der Schneefall konnte jeden Augenblick einsetzen. Ein eisiger Wind war in die Wohnung gefahren, und er hatte die Tür sofort wieder zugemacht. Das war kurz nach sechs Uhr abends gewesen, als die Straßen von Menschen wimmelten, die von der Arbeit heimkehrten.

Fast zwei Stunden hatte er gewartet, sich dann hinausgeschlichen, den Schlüssel zweimal umgedreht und sich zu der billigen Autovermietung begeben. Dann war er zu Ethels Wohnung zurückgefahren. Er hatte Glück gehabt, denn er konnte den Wagen unmittelbar vor dem Backsteinhaus parken. Es war stockfinster und die Straßen jetzt menschenleer.

In zwei Gängen schaffte er das Gepäck ins Auto. Der dritte Gang war der schlimmste. Er schlug den Mantelkragen hoch, setzte sich eine alte Mütze auf, die er auf dem Boden des Mietwagens gefunden hatte, und schleppte den Plastiksack mit Ethels Leiche aus der Wohnung. Als er den Deckel des Kofferraums zuschlug, hatte er zum erstenmal das Gefühl gehabt, daß er es schaffen und unentdeckt bleiben würde.

Es war die reinste Hölle für ihn gewesen, noch einmal in die Wohnung zurückzugehen, um sich zu vergewissern, daß es keine Blutspuren mehr gab und keinerlei Anzeichen dafür, daß er hiergewesen war. Mit jedem Nerv drängte es ihn jetzt, die Leiche sofort in den State Park hinauszuschaffen, aber er wußte, daß dies Wahnsinn wäre.

Der Polizei könnte es auffallen, wenn jemand mitten in der Nacht versuchte, in den Park zu gelangen. Daher ließ er den Wagen sechs Straßen weiter stehen, verbrachte seinen Abend wie gewohnt und machte sich erst gegen fünf Uhr morgens auf den Weg, zusammen mit den Arbeitern der ersten Frühschicht ...

Nun war alles in Ordnung, sagte er sich. Er konnte sich wirklich in Sicherheit wiegen.

Doch genau in dem Augenblick, als er den letzten wärmenden Schluck Whisky austrank, kam ihm der einzige furchtbare Fehler zum Bewußtsein, den er gemacht hatte, und er wußte genau, wer ihn unweigerlich entdecken würde.

Neeve Kearney!

2

Der Radiowecker schaltete sich um halb sieben Uhr ein. Neeve streckte die rechte Hand aus und tastete nach dem Knopf, um die betont muntere Stimme des Nachrichtensprechers zu dämpfen, doch dann hielt sie ein, als die Bedeutung dessen, was er sagte, in ihr Bewußtsein drang. Zwanzig Zentimeter Schnee waren in der Nacht gefallen. Vom Autofahren wurde dringend abgeraten. Jede Parkerlaubnis auf den Straßen der Stadt war aufgehoben. Weitere Mitteilungen über die Schließung von Schulen sollten folgen. Laut Wetterbericht würden die Schneefälle bis zum späten Nachmittag anhalten.

Scheußlich, dachte Neeve und zog sich die Steppdecke über den Kopf. Es paßte ihr gar nicht, daß sie nicht wie üblich joggen konnte. Dann stöhnte sie auf, weil ihr die vielen Kleideränderungen einfielen, die heute fällig waren. Zwei ihrer Näherinnen wohnten drüben in New Jersey und konnten vermutlich nicht nach New York kommen. Das bedeutete, daß sie besser früh im Geschäft war, um den Anprobenplan von Betty, der einzigen verbleibenden Schneiderin, entsprechend abzuändern. Betty wohnte in der 82. Straße und ging bei jedem Wetter die sechs Häuserblocks bis zum Geschäft zu Fuß.

Da ihr vor dem Augenblick graute, in dem sie die wohlige Wärme des Betts verlassen mußte, schlug sie die Bettdecke mit einem Ruck zurück, eilte quer durchs Zimmer und holte aus ihrem Kleiderschrank den alten Frotteebademantel, von dem ihr Vater behauptete, er stamme noch aus der Zeit der Kreuzzüge. »Wenn eine der Frauen, die für ein Heidengeld ihre Kleider bei dir kaufen, dich in dem Lumpen sehen könnte, würde sie sofort zur Konkurrenz gehen.«

»Wenn meine Kundinnen mich in diesem Lumpen sehen könnten«, hatte sie geantwortet, »würden sie mich einfach für exzentrisch halten. Und das würde meinen Nimbus nur vergrößern.«

Sie schlang den Gürtel um die Taille und empfand wieder einmal das flüchtige Bedauern, nicht die gertenschlanke Figur ihrer Mutter geerbt zu haben, sondern die breitschultrige Gestalt ihrer keltischen Vorfahren. Dann bürstete sie ihr welliges, tiefschwarzes Haar zurück, das die Familie Rossetti kennzeichnete. Sie hatte auch die Augen der Rossettis mit der bernsteinfarbenen, gegen den Rand zu dunkler werdenden Iris, die sich leuchtend von dem sie umgebenden Weiß abhob, große, fragende Augen unter schwarzen Wimpern. Doch ihr Teint war weiß und rings um die gerade Nase mit Sommersprossen gesprenkelt. Der volle Mund und die starken Zähne waren das Erbe ihres Vaters, Myles Kearney.

Vor sechs Jahren, als sie das College beendet und ihrem Vater klargemacht hatte, daß sie nicht beabsichtigte, zu Hause auszuziehen, hatte er darauf bestanden, daß sie ihr Zimmer neu einrichtete. Daraufhin hatte sie auf Auktionen bei Christie's und Sotheby's eine Reihe ausgesuchter Möbelstücke erstanden: ein Messingbett, einen antiken Schrank, eine indische Kommode, einen viktorianischen Sessel, dazu einen kleinen, leuchtend bunten Perserteppich. Bettüberwurf und Kissen waren jetzt weiß, der Sessel neu mit türkisfarbenem Samt im selben Ton bezogen, der auch im Muster des Teppichs vorkam. Die rein weißen Wände ließen die schönen Gemälde und Stiche zur Geltung kommen, die aus der Familie ihrer Mutter stammten. Die Zeitschrift *Women's Wear Daily* hatte Neeve für eine Reportage in diesem Zimmer »von heiterer Eleganz, in der unverwechselbaren Neeve-Kearney-Handschrift« wie sie es ausdrückten, fotografiert.

Neeve schlüpfte in ihre gefütterten Pantoffeln und ließ das Rollo hochschnellen. Der Meteorologe brauchte in der Tat kein Genie zu sein, um zu sagen, daß ein starkes Schneetreiben herrschte. Sonst fiel der Blick aus ihrem Zimmer in dem Ecke 74. Straße und Riverside Drive gelegenen »Schwab House« direkt auf den Hudson River, aber jetzt konnte sie kaum die Gebäude auf dem jenseitigen Ufer in New Jersey ausmachen. Die Henry-Hudson-Schnellstraße war schneebedeckt, und der bereits dichte Verkehr bewegte sich nur langsam vorwärts. Zweifellos waren die Kummer gewohnten Pendler sehr früh aufgebrochen.

Myles Kearney war schon in der Küche und hatte den Kaffee aufgestellt. Neeve gab ihrem Vater einen Kuß auf die Wange und zwang sich, keine Bemerkung zu machen, wie müde er aussähe. Es bedeutete, daß er wieder schlecht geschlafen hatte. Wenn er sich doch nur einmal gehenlassen und eine Schlaftablette nehmen würde, dachte sie. »Wie geht's denn der Legende?« fragte sie ihn. Seit seiner Pensionierung im vergangenen Jahr nannten die Zeitungen ihn ständig »New Yorks legendären Polizeichef«. Er haßte es.

Er überging ihre Frage, warf ihr einen Blick zu und machte eine erstaunte Miene. »Sag nicht, daß du darauf verzichtest, im Central Park herumzurennen!« rief er aus. »Was sind schon dreißig Zentimeter Schnee für die unerschrockene Neeve!«

Jahrelang waren sie gemeinsam joggen gegangen. Jetzt, da er nicht mehr rennen durfte, machte er sich Sorgen wegen ihrer frühmorgendlichen Dauerläufe. Aber im Grunde, vermutete sie, machte er sich immer irgendwelche Sorgen um sie.

Sie holte aus dem Kühlschrank den Krug mit Orangensaft. Ohne ihn zu fragen, goß sie ihrem Vater ein großes Glas voll ein und sich selbst ein kleines. Dann begann sie Toast zu machen. Früher hatte Myles ein herzhaftes Frühstück genossen. Aber jetzt waren Eier mit Speck vom Programm gestrichen, ebenso Käse und Beefsteak und, wie

Myles sich ausdrückte, »die Hälfte aller Sachen, deretwegen man sich aufs Essen freut«. Sein schwerer Herzinfarkt hatte seinen Speisezettel eingeschränkt und auch seine Karriere beendet.

Sie leisteten einander stumm Gesellschaft und teilten sich in stillschweigendem Einverständnis die New York Times. Doch als Neeve aufblickte, sah sie, daß Myles nicht las. Er starrte auf die Zeitung, ohne sie zu sehen. Toast und Fruchtsaft standen noch unberührt vor ihm. Nur von dem Kaffee hatte er offensichtlich etwas getrunken. Neeve legte ihren Teil der Zeitung hin.

»Also gut«, sagte sie. »Raus mit der Sprache! Fühlst du dich miserabel? Ich hoffe bei Gott, daß du mittlerweile vernünftig genug bist, nicht stumm den Leidenden zu spielen.«

»Nein, mir geht's gut«, sagte Myles. »Das heißt, falls du die Schmerzen in der Brust meinst, ist die Antwort: Nein.« Er warf die Zeitung auf den Boden und griff nach seiner Kaffeetasse. »Nicky Sepetti wird heute aus dem Gefängnis entlassen.«

Neeve hielt den Atem an. »Ich dachte, sie hätten ihm letztes Jahr die Begnadigung verweigert.«

»Ja – aber jetzt hat er seine Strafe abgesessen, jeden Tag, abzüglich der Zeit für gute Führung. Heute abend wird er in New York zurück sein.« Kalter Haß verhärtete Myles' Gesicht.

»Dad, sieh dich mal im Spiegel an. Mach nur so weiter, dann wirst du es zu einem neuen Herzinfarkt bringen.« Neeve merkte, daß ihre Hände zitterten. Sie hielt sich am Tisch fest in der Hoffnung, daß Myles es nicht merken und daraus schließen würde, daß sie Angst hatte. »Mir ist es egal, ob Sepetti die Drohung ausgestoßen hat oder nicht, als er verurteilt wurde. Du hast jahrelang versucht, ihm nachzuweisen ...« Ihre Stimme stockte, dann fuhr sie fort: »Nie ist auch nur der geringste Beweis zum Vorschein gekommen, der ihn mit der Sache in Verbindung gebracht hätte. Und fang jetzt um Gottes willen nicht damit an, dir meinetwegen Sorgen zu machen, weil er wieder frei herumläuft!«

Ihr Vater war der Staatsanwalt gewesen, der den Kopf der Mafia-Familie Sepetti, Nicky Sepetti, hinter Gitter gebracht hatte. Nach der Verkündigung des Urteils war Nicky gefragt worden, ob er irgend etwas zu sagen hätte. Er hatte auf Myles gedeutet. »Wie ich höre, findet man, daß Sie in meinem Fall so gute Arbeit geleistet haben, daß man Sie zum Polizei-Commissioner ernannt hat. Ich gratuliere! Das war ja ein feiner Artikel über Sie und Ihre Familie in der *Post*. Passen Sie gut auf Ihre Frau und Ihr Kind auf. Sie könnten ein bißchen Schutz gebrauchen.«

Zwei Wochen danach wurde Myles Kearney als Polizeichef vereidigt. Einen Monat später fand man im Central Park die Leiche seiner jungen Frau. Neeves Mutter, der vierunddreißigjährigen Renata Rossetti Kearney, war die Kehle durchgeschnitten worden. Das Verbrechen wurde nie aufgeklärt.

Neeve widersprach nicht, als ihr Vater darauf bestand, ein Taxi für sie zu bestellen, das sie ins

Geschäft fahren sollte. »Du kannst in dem Schnee nicht zu Fuß gehen«, erklärte er.

»Es ist nicht wegen des Schnees«, erwiderte sie, »und das weißt du so gut wie ich.« Sie gab ihm einen Abschiedskuß und legte liebevoll den Arm um ihn. »Myles, das einzige, worüber wir uns Sorgen machen müssen, ist deine Gesundheit. Nicky Sepetti wird sicher nicht wieder ins Gefängnis zurückwollen. Und ich wette, daß er, falls er beten kann, nur darum fleht, daß mir noch lange, lange nichts passiert. Kein Mensch in New York außer dir zweifelt daran, daß irgendein kleiner Gauner Mutter überfallen hat und sie tötete, als sie ihre Handtasche nicht hergeben wollte. Wahrscheinlich hat sie ihn auf Italienisch angeschrien, und er geriet in Panik. Bitte, vergiß Nicky Sepetti und überlaß denjenigen, der uns Mutter genommen hat, der himmlischen Gerechtigkeit. Einverstanden? Versprichst du's mir?«

Sein Kopfnicken überzeugte sie nicht sehr. »Jetzt verschwinde endlich«, sagte er. »Das Taxi wartet mit laufender Uhr, und meine Quizsendung im Fernsehen fängt gleich an.«

Die Schneepflüge hatten eher untaugliche Versuche gemacht, die angesammelten Schneemengen auf der West End Avenue wenigstens teilweise wegzuschaufeln. Während das Taxi auf den glatten Straßen vorwärtskroch und dann vorsichtig auf der Verbindungsallee quer durch den Central Park fuhr, ging Neeve das ewige, vergebliche »Wenn« im Kopf herum. Wenn der Mörder ihrer Mutter doch nur gefunden worden wäre! Vielleicht wäre dann ihr Vater mit der Zeit über den Verlust hinweggekommen, so wie sie es war. Doch bei ihm war die Wunde, die ihr Tod geschlagen hatte, immer noch offen und schwärte weiter. Er gab sich die Schuld, Renata im Stich gelassen zu haben. All die Jahre hatte er sich mit Selbstvorwürfen gequält, daß er Sepettis Drohung hätte ernst nehmen müssen. Er ertrug den Gedanken nicht, daß er, dem die ganze riesige Polizeimacht von New York zur Verfügung stand, nicht imstande gewesen war, die Identität des gedungenen Mörders ausfindig zu machen, der, wie er überzeugt war, Sepettis Befehl ausgeführt hatte. Es war das einzige unstillbare Verlangen in seinem Leben: den Killer zu finden und ihn und Sepetti für Renatas Tod büßen zu lassen.

Neeve schauerte fröstelnd zusammen. Es war kalt in dem Taxi. Der Fahrer mußte sie im Rückspiegel gesehen haben, denn er sagte: »Tut mir leid, Lady, die Heizung funktioniert nicht richtig.«

»Schon gut.« Sie wandte den Kopf ab, damit er sie nicht in eine Unterhaltung zog. Die »Wenns« hörten nicht auf, ihr im Kopf herumzugehen. Wenn der Mörder schon vor Jahren gefunden und verurteilt worden wäre, hätte Myles noch etwas aus seinem Leben machen können. Mit achtundsechzig war er noch immer ein gutaussehender Mann, und im Laufe der Jahre hatten nicht wenige Frauen Sympathie für den schlanken, breitschultrigen Polizeichef mit seinem vorzeitig ergrauten Haarschopf, den leuchtend blauen Augen und dem unvermutet warmen Lächeln gezeigt.

Neeve war so tief in Gedanken, daß sie gar nicht merkte, als das Taxi vor ihrem Geschäft hielt. »Neeve's Boutique« stand als schwungvoller Schriftzug auf der elfenbein und blau gestreiften Markise. Dicke Schneeflocken rieselten an den sowohl zur Madison Avenue als auch zur 84. Straße hin gelegenen Schaufenstern hinunter, so daß die perfekt geschnittenen seidenen Frühjahrskleider auf den in lässigen Posen dastehenden Schaufensterpuppen leicht verschwommen wirkten. Neeve hatte den Einfall gehabt, Regenschirme zu bestellen, die wie Sonnenschirme aussahen. Leichte Regenmäntel, die jeweils einen der in den Imprimékleidern vorkommenden Farbtöne aufnahmen, waren den Schaufensterpuppen über die Schultern gehängt. Scherzhaft hatte Neeve es den »Auch-im-Regen-sei-verwegen-Look« genannt, aber er war zum durchschlagenden Erfolg geworden.

»Sie arbeiten hier?« fragte der Taxifahrer, als sie ihn bezahlte. »Sieht ganz schön teuer aus.«

Neeve nickte nur flüchtig und dachte: Das Geschäft gehört mir sogar, mein Freund. Jedesmal, wenn ihr diese Tatsache zum Bewußtsein kam, war sie freudig überrascht. Vor sechs Jahren hatte der Laden, der sich vorher hier befand, Pleite gemacht, und ein alter Freund ihres Vaters, der berühmte Modeschöpfer Anthony della Salva, hatte sie dazu gedrängt, das Geschäft zu übernehmen. »Du bist jung«, hatte er gesagt und dabei den starken italienischen Akzent, der heute zu seinem Image gehörte, völlig vergessen. »Das ist ein Vorteil. Du hast seit deinem ersten Freizeitjob immer in der Modebranche gearbeitet und kennst dich aus. Aber vor allem hast du das Geschick, den sicheren Instinkt dafür. Ich leihe dir das Geld, damit du anfangen kannst. Wenn es nicht klappt, kann ich die Summe von der Steuer abschreiben; aber es wird klappen. Du besitzt den nötigen Elan, um dich durchzusetzen. Im übrigen brauche ich ein weiteres Geschäft, das meine Kleider verkauft.« Das war zwar, wie sie beide wußten, das letzte, was er brauchte, aber sie war ihm dankbar.

Ihr Vater war strikte dagegen gewesen, daß sie sich von Sal Geld borgte. Aber sie hatte die Gelegenheit beim Schopf gepackt. Außer ihrem Haar und den Augen hatte sie von ihrer Mutter auch die große Begabung für Mode geerbt. Im vergangenen Jahr hatte sie Sal die Anleihe zurückbezahlt und darauf bestanden, daß auch die allgemein üblichen Zinsen dazugeschlagen wurden.

Sie war nicht überrascht, Betty schon an der Arbeit im Nähatelier vorzufinden, mit gesenktem Kopf und dem schon zu Dauerfalten zwischen den Augenbrauen gewordenen konzentrierten Stirnrunzeln. Bettys schlanke, faltige Hände führten Nadel und Faden mit der Geschicklichkeit eines Chirurgen. Sie war dabei, eine kunstvoll mit Perlen besetzte Bluse zu säumen. Ihr auffallend kupferrot gefärbtes Haar ließ die papierdünne Haut ihres Gesichts nur um so durchsichtiger erscheinen.

Neeve wollte nicht wahrhaben, daß Betty schon über siebzig war; sie mochte sich den Tag gar nicht vorstellen, an dem Betty beschloß, mit der Arbeit aufzuhören.

»Ich dachte mir, ich würde besser ein bißchen vorwärtsmachen«, verkündete Betty. »Wir haben heute einen Haufen Sachen zu liefern.«

Neeve zog die Handschuhe aus und wickelte sich aus ihrem Schal. »Das ist mir nichts Neues. Ethel Lambston will ja unbedingt bis heute nachmittag alles haben.«

»Ich weiß. Ich hab mir ihr Zeug schon zurechtgelegt und gehe dran, sobald ich mit dem hier fertig bin. Ich lege keinen Wert darauf, mir Ethels Gejammer anzuhören, wenn nicht jeder Fetzen, den sie gekauft hat, parat ist.«

»Schon wär's, wenn alle so gute Kundinnen wären«, bemerkte Neeve versöhnlich.

Betty nickte. »Das glaub ich gern. Ach, ich bin übrigens froh, daß Sie Mrs. Yates zu diesem Ensemble überredet haben. In dem andern, das sie anprobierte, sah sie aus wie eine weidende Kuh.«

»Und es war fünfzehnhundert Dollar teurer, aber ich durfte ihr das nicht verkaufen. Früher oder später hätte sie sich doch einmal richtig im Spiegel betrachtet. Das enge Pailletten-Top genügt. Sie braucht einen weich fallenden, weiten Rock dazu.«

Eine erstaunlich große Zahl von Kundinnen hatte dem Schnee und der Glätte auf den Gehsteigen getrotzt, um in die Boutique zu kommen. Da zwei ihrer Verkäuferinnen ausgeblieben waren, verbrachte Neeve den Tag im Verkaufssalon. Es war dies der Teil ihrer Tätigkeit, den sie am meisten genoß, doch im vergangenen Jahr hatte sie sich darauf beschränken müssen, nur noch ein paar wichtige Kundinnen selbst zu bedienen.

Am Mittag ging sie in ihr Büro im hinteren Teil des Geschäfts, um ein Sandwich zu essen, einen Kaffee zu trinken und zu Hause anzurufen.

Myles war wieder der alte. »Ich hätte vierzehntausend Dollar und einen Kombiwagen beim ›Glücksrad‹ gewonnen«, verkündete er. »Ich habe eine solche Gewinnsträhne gehabt, daß ich auch noch den Gipsdalmatiner für sechshundert Dollar hätte nehmen müssen, den sie die Frechheit haben, als Preis auszusetzen!«

»Nanu, das klingt wirklich, als ob's dir besserginge«, bemerkte Neeve.

»Ich hab die Jungs in der Stadt angerufen. Sie haben gute Leute, die Sepetti im Auge behalten. Sie sagten, daß er ziemlich krank ist und nicht mehr viel Kampfgeist hat.« Aus Myles' Stimme war Befriedigung herauszuhören.

»Außerdem haben sie dich wohl daran erinnert, daß sie nicht der Meinung sind, er hätte irgend etwas mit Mutters Tod zu tun gehabt.« Sie wartete seine Antwort nicht ab. »Heute wäre ein guter Abend für Pasta. Im Tiefkühler gibt's noch reichlich Spaghettisauce. Nimm sie doch bitte raus.«

Mit dem Gefühl einer gewissen Erleichterung hängte Neeve auf. Sie schluckte den letzten Bissen des Truthahn-Sandwiches hinunter, trank ihren Kaffee aus und kehrte in den Verkaufssalon zurück. Drei der sechs Umkleidekabinen waren besetzt. Mit erfahrenem Blick sah sie sofort, was im Laden vorging.

Durch den Eingang an der Madison Avenue kam man zuerst in die Abteilung für Accessoires. Wie Neeve genau wußte, war einer der Hauptgründe für ihren Erfolg, daß man bei ihr auch Modeschmuck, Taschen, Schuhe, Hüte und Schals bekam, so daß die Frauen, die ein Kleid oder Kostüm kauften, die passenden Ergänzungen nicht noch anderswo suchen mußten. Das ganze Geschäft war in Elfenbeintönen gehalten, mit Akzenten von kräftigem Rosa durch die Bezüge der Sofas und Stühle. Sportkleidung und Kombimode fanden sich in den geräumigen Nischen, die zwei Stufen höher als der Raum mit den Schaukästen der Accessoires lagen. Außer auf den mit besonderem Chic angezogenen Puppen waren keine Kleider ausgestellt. Den Kundinnen wurde im Salon ein bequemer Stuhl angeboten, und die Verkäuferin brachte Kleider, Kostüme oder Abendroben zur Auswahl.

Sal hatte Neeve geraten, ihre Kundinnen auf diese Art zu bedienen. »Sonst hast du bloß den Laden voll rücksichtsloser Weiber, die sämtliche Sachen von den Ständern reißen. Gib dich von Anfang an exklusiv, Kindchen, und bleib dabei«, hatte er gesagt und wie gewöhnlich recht behalten.

Für Elfenbein und Rosa hatte Neeve sich selber entschieden. »Wenn eine Frau sich im Spiegel betrachtet, dann darf der Hintergrund sich nicht mit dem beißen, was ich ihr verkaufen will«, hatte sie dem Innenarchitekten erklärt, der sie zu großen, kräftigen Farbflächen überreden wollte.

Im Laufe des Nachmittags ebbte der Strom der Kundinnen ab. Um drei Uhr kam Betty aus dem Nähatelier. »Die Sachen für Lambston sind fertig«, teilte sie Neeve mit.

Neeve legte selber sämtliche von Ethel Lambston bestellten Stücke zurecht – eine ganze Frühjahrsgarderobe. Die einundsechzigjährige Ethel war freischaffende Journalistin und hatte einen Bestseller aufzuweisen. »Ich schreibe über sämtliche Themen unter der Sonne«, hatte sie Neeve am Eröffnungstag der Boutique atemlos mitgeteilt. »Ich betrachte die Dinge ganz unvoreingenommen, gehe ihnen auf den Grund. Ich bin die Durchschnittsfrau, die etwas zum erstenmal oder von einer neuen Warte aus sieht. Ich schreibe über Sex und Beziehungsprobleme und Tiere und Altersheime und Organisationen und Grundstückshandel und freiwillige Hilfsdienste und politische Parteien und ...« Der Atem war ihr ausgegangen, die dunkelblauen Augen blinzelten, ihr weißblondes Haar stand nach allen Seiten ab. »Das Schwierige bei mir ist, daß ich vor lauter Arbeit überhaupt keine Zeit für mich selber habe. Wenn ich ein schwarzes Kleid kaufe, ziehe ich bestimmt braune Schuhe dazu an. Fabelhaft, daß Sie hier alles haben. Was für eine gute Idee! Stellen Sie mir das Nötige zusammen.«

In den vergangenen sechs Jahren war Ethel

Lambston eine wertvolle Kundin geworden. Sie bestand darauf, daß Neeve sämtliche Kleider für sie aussuchte, ebenso die dazu passenden Accessoires, und daß sie ihr Listen zusammenstellte, von denen sie ablesen konnte, was jeweils zu was gehörte. Sie wohnte im West End in der 82. Straße, und Neeve ging manchmal auf dem Heimweg bei ihr vorbei, um mit ihr zu entscheiden, welche Kleider sie noch ein weiteres Jahr behalten und welche sie weggeben sollte.

Vor drei Wochen hatte sie zuletzt Ethels Kleiderschrank durchgesehen. Am folgenden Tag war Ethel bei ihr erschienen und hatte die neue Garderobe bestellt. »Ich bin fast fertig mit dem großen Modeartikel, für den ich Sie interviewt habe«, berichtete sie Neeve. »Ein Haufen Leute wird ganz schön wütend auf mich sein, wenn der erscheint, aber Ihnen wird er gefallen. Für Sie ist das eine schöne Gratiswerbung.«

Als Ethel ihre Wahl traf, war sie mit Neeve nur wegen eines Ensembles uneins gewesen. Neeve wollte es ihr wegnehmen. »Das verkaufe ich Ihnen nicht. Es ist ein Modell von Gordon Steuber. Mit seinen Sachen will ich nichts mehr zu tun haben. Dieses Stück hätte zurückgehen sollen. Ich kann den Mann nicht ausstehen.«

Ethel war in schallendes Lachen ausgebrochen. »Dann warten Sie mal, bis Sie lesen, was ich über ihn geschrieben habe. Ich hab ihn fertiggemacht. Aber dieses Kostüm will ich haben. Seine Sachen stehen mir einfach gut.«

Während Neeve jetzt dabei war, alle Kleidungsstücke sorgfältig in feste, schützende Hüllen zu stecken, merkte sie, wie sie beim Anblick des Steuber-Kostüms unwillkürlich den Mund verzog. Vor sechs Wochen war die kleine Tageshilfe im Geschäft zu ihr gekommen und hatte sie gebeten, mit einer Freundin, die in Schwierigkeiten war, zu sprechen.

Die Freundin, eine Mexikanerin, hatte Neeve von einem illegalen Nähatelier erzählt, das Steuber gehörte und in dem sie arbeitete.

»Wir haben alle keine Arbeitserlaubnis. Er droht, daß er uns anzeigen will. Letzte Woche war ich krank. Da hat er mich und meine Tochter rausgeschmissen, und er will uns nicht einmal das bezahlen, was er uns schuldig ist.«

Die junge Frau konnte nicht älter als Ende zwanzig sein. »Ihre Tochter?« hatte Neeve ausgerufen. »Wie alt ist die?«

»Vierzehn.«

Neeve hatte daraufhin ihre Bestellung bei Steuber rückgängig gemacht und ihm eine Abschrift des Gedichts der berühmten englischen Dichterin Elizabeth Barrett Browning geschickt, das im vorigen Jahrhundert dazu beigetragen hatte, die Gesetze über Kinderarbeit zu ändern.

Irgend jemand in Steubers Büro hatte *Women's Wear Daily* eine Kopie davon zugespielt. Die Redaktion druckte das Gedicht zusammen mit Neeves anklagendem Brief auf der Titelseite der Zeitung ab und forderte andere Modehäuser auf,

Konfektionäre zu boykottieren, die das Gesetz brachen.

Anthony della Salva hatte sich sehr aufgeregt. »Neeve, es heißt, daß Steuber noch ganz andere Sachen zu verbergen hat als die Ausbeutung armer Einwanderer. Dank dessen, was du da aufgerührt hast, nehmen die Behörden jetzt seine Steuererklärung näher unter die Lupe.«

»Großartig!« hatte Neeve erwidert. »Wenn er da auch betrügt, dann werden sie ihn hoffentlich packen.«

Nun gut, entschied sie, während sie das Steuber-Ensemble auf dem Kleiderbügel glattstrich, das wird das letzte Stück von ihm sein, das meinen Laden verläßt. Sie war plötzlich sehr gespannt auf Ethels Artikel. Sie wußte, daß er in Kürze in *Contemporary Woman* erscheinen sollte, der Zeitschrift, für die Ethel regelmäßig schrieb.

Zum Schluß stellte Neeve noch die Liste für Ethel zusammen: »Blauseidenes Abendkostüm, dazu weiße Seidenbluse, Schmuck in Schachtel A. – Rosa und graues Ensemble, graue Pumps, passende Handtasche, Schmuck in Schachtel B. – Schwarzes Cocktailkleid ...« Insgesamt waren es acht Sachen. Mit allem Zubehör kamen sie auf beinahe siebentausend Dollar. Ethel gab diesen Betrag drei- bis viermal pro Jahr aus. Sie hatte Neeve anvertraut, daß sie bei ihrer Scheidung vor zweiundzwanzig Jahren eine große Abfindung erhalten und diese sehr geschickt angelegt hatte. »Außerdem kriege ich auf Lebenszeit noch einen Tausender pro Monat an Alimenten«, fügte sie lachend hinzu. »Damals, als wir uns trennten, ging es ihm glänzend. Er teilte seinem Anwalt mit, daß es ihm jeden Cent wert sei, mich loszuwerden. Vor Gericht sagte er, falls ich je wieder heiraten würde, müßte der Mensch stocktaub sein.

Ohne diese Bemerkung hätte ich ihm vielleicht eine Chance gegeben. Er ist wieder verheiratet und hat drei Kinder, und seit die Columbus Avenue vornehm geworden ist, läuft seine Bar schlecht. Jetzt ruft er mich von Zeit zu Zeit an und bettelt darum, daß ich ihn von der Angel lasse. Aber meine Antwort ist, daß ich noch keinen gefunden habe, der stocktaub ist.«

In diesem Augenblick war Neeve nahe daran gewesen, Abneigung gegen Ethel zu empfinden, doch dann hatte diese wehmütig hinzugefügt: »Ich habe mir immer eine Familie gewünscht. Ich war siebenunddreißig, als wir uns trennten. In den fünf Jahren unserer Ehe wollte er mir kein Kind machen.«

Neeve hatte daraufhin begonnen, Ethels Artikel regelmäßig zu lesen, und sehr rasch erkannt, daß Ethel zwar eine schwatzhafte und scheinbar wirrköpfige Frau war, daß sie aber ausgezeichnet schreiben konnte. Welches Thema sie auch anpackte, immer zeigte es sich, daß sie die Hintergründe ausführlich recherchiert hatte.

Mit Hilfe einer Verkäuferin verschloß Neeve die Kleidersäcke am unteren Ende mit Heftklammern.

Schmuckstücke und Schuhe wurden einzeln verpackt und dann in die creme- und rosafarbenen Schachteln mit dem Namenszug des Geschäfts gelegt. Mit einem Seufzer der Erleichterung wählte Neeve Ethels Nummer.

Es meldete sich niemand, und auch der automatische Anrufbeantworter war nicht eingeschaltet. Neeve nahm an, daß Ethel wahrscheinlich jeden Augenblick atemlos in ihre Wohnung stürmen würde, während draußen ein Taxi wartete.

Um vier Uhr waren keine Kundinnen mehr im Geschäft, und Neeve schickte ihre Angestellten nach Hause. Zum Teufel mit Ethel, dachte sie. Sie wäre selber gerne heimgefahren. Es schneite noch immer ununterbrochen. Wenn es so weiterging, würde sie später überhaupt kein Taxi mehr bekommen. Sie versuchte immer wieder, Ethel zu erreichen, um halb fünf, um fünf, um halb sechs. Was ist da los? fragte sie sich. Dann hatte sie eine Idee. Sie würde bis um halb sieben, der normalen Schließungszeit des Geschäfts, warten und Ethel dann die Sachen auf dem Heimweg vorbeibringen. Sie konnte sie ja auch beim Hauswart abgeben. Dann hätte Ethel die neuen Kleider da, falls sie plötzlich verreisen wollte.

Die Vermittlerin bei der Taxizentrale wollte ihre Bestellung zuerst gar nicht annehmen. »Wir rufen alle unsere Wagen zurück, Madam. Man kann fast nicht mehr fahren. Aber geben Sie mir für jeden Fall Ihren Namen und Ihre Telefonnummer.« Als sie den Namen hörte, änderte sich ihr Ton auf einmal.

»Neeve Kearney! Die Tochter des Commissioners? Warum haben Sie das nicht gleich gesagt! Sie können sich darauf verlassen, daß wir Sie nach Hause bringen.«

Das Taxi kam um zwanzig vor sieben. Sie arbeiteten sich mühsam durch die fast unpassierbar gewordenen Straßen. Der Fahrer war nicht erfreut, daß er unterwegs noch einen Halt einschalten sollte. »Ich kann's kaum erwarten, in die Garage zu kommen, Madam.«

In Ethels Wohnung machte niemand auf. Auch beim Hauswart klingelte Neeve vergebens. Es gab noch vier weitere Wohnungen im Haus, aber Neeve hatte keine Ahnung, wer darin wohnte, und sie konnte das Risiko nicht eingehen, die Kleider bei fremden Leuten zu lassen. Schließlich riß sie eine Seite aus ihrem Notizbuch und schrieb darauf eine Nachricht, die sie unter Ethels Tür hindurchschob: »Ich habe alle Ihre neuen Sachen mit zu mir genommen. Rufen Sie mich an, sobald Sie nach Hause kommen.« Sie schrieb ihre private Telefonnummer unter die Unterschrift. Dann ging sie, mit den Schachteln und Kleidersäcken beladen, zum Taxi zurück.

In Ethel Lambstons Wohnung streckte jemand die Hand nach dem Zettel aus, den Neeve unter der Tür hindurchgeschoben hatte, las ihn, warf ihn beiseite und fuhr fort mit der systematischen Suche nach den Hundertdollarnoten, die Ethel regelmäßig unter Teppichen oder zwischen den Polstern des Sofas versteckte, Geld, das sie vergnügt als »die Alimente von Seamus, dem Schlappschwanz« bezeichnete.

Myles Kearney konnte sich nicht von der quälenden Unruhe freimachen, die in den letzten Wochen immer stärker geworden war. Seine Großmutter hatte so etwas wie einen sechsten Sinn gehabt. »Ich habe das Gefühl«, pflegte sie zu sagen, »daß schlimme Dinge im Anzug sind.« Myles erinnerte sich noch lebhaft daran, wie seine Großmutter, als er zehn Jahre alt war, das Bild seines Vetters in Irland bekam. »Er hat den Tod in den Augen«, begann sie zu weinen. Zwei Stunden später läutete das Telefon: Sein Vetter war bei einem Unfall ums Leben gekommen.

Vor siebzehn Jahren hatte Myles die Drohung Sepettis mit einem Achselzucken abgetan. Die Mafia hatte ihren eigenen Ehrenkodex. Sie rächten sich nie an den Frauen und Kindern ihrer Feinde. Doch dann war Renata getötet worden. Um drei Uhr nachmittags, als sie durch den Central Park ging, um Neeve von der Schule abzuholen, hatte man sie umgebracht. Es war ein kalter, windiger Novembertag und der Park menschenleer. Es gab keine Zeugen, die hätten aussagen können, wer Renata überredet oder gezwungen hatte, den gewohnten Weg zu verlassen und in den hinter dem Museum gelegenen Teil des Parks zu gehen.

Er war in seinem Büro gewesen, als der Schulvorsteher um halb fünf anrief, weil Mrs. Kearney nicht gekommen war, um ihre Tochter abzuholen. Sie hatten zu Hause angerufen, aber dort war sie nicht. War irgend etwas nicht in Ordnung? Als er den Hörer auflegte, hatte Myles mit erschreckender Sicherheit gewußt, daß Renata etwas zugestoßen war. Zehn Minuten später durchsuchte die Polizei den Central Park. Er selber war noch mit seinem Wagen unterwegs, als die Funkmeldung kam, daß man ihre Leiche gefunden hatte.

Bei seinem Eintreffen am Ort hielt ein Polizeikordon die Neugierigen und Sensationslüsternen zurück. Auch die Reporter waren bereits da. Er erinnerte sich, wie die Blitzlichter ihn geblendet hatten, als er auf die Stelle zuging, wo sie lag. Herb Schwartz, sein Stellvertreter, stand dort und flehte ihn an: »Schau sie dir nicht an, Myles.«

Er hatte Herbs Arm abgeschüttelt und war niedergekniet, um die Decke, die sie über sie gebreitet hatten, zurückzuschlagen. Sie sah aus, als ob sie schliefe. Ihr Gesicht war auch im Tod noch schön, voller Frieden, und zeigte keinen Ausdruck des Entsetzens, den er so oft in den Gesichtern von Mordopfern gesehen hatte. Ihre Augen waren geschlossen. Hatte sie sie selber in ihrem letzten Augenblick zugemacht oder hatte Herb es getan? Zuerst dachte er, sie trüge einen roten Schal. Irrtum. Er war ein abgehärteter Betrachter von Opfern, doch jetzt ließ ihn seine Berufserfahrung im Stich. Er wollte nicht sehen, daß jemand ihr die Halsschlagader in ihrer ganzen Länge aufgeschlitzt und dann die Kehle durchgeschnitten hatte. Der Kragen ihrer weißen Skijacke hatte sich von ihrem

Blut rot gefärbt. Die Kapuze war nach hinten geglitten, und ihr Gesicht war eingerahmt von der Fülle ihres pechschwarzen Haares. Ihre roten Skihosen, ihr rotes Blut, die weiße Jacke und der gefrorene Schnee unter ihrem Körper – noch im Tod sah sie aus wie ein Modefoto.

Er hätte sie am liebsten an sich gedrückt, ihr Leben einhauchen wollen; aber er wußte, daß er sie nicht bewegen durfte. Er mußte sich damit begnügen, ihre Wangen, ihre Augen und ihre Lippen zu küssen. Seine Hand strich sanft über ihren Hals und wurde rot von ihrem Blut. In Blut sind wir uns begegnet, dachte er, und in Blut gehen wir voneinander.

Am Tag des Angriffs auf Pearl Harbor war er ein einundzwanzigjähriger Polizeirekrut gewesen, und am darauffolgenden Morgen hatte er sich bei der Armee gemeldet. Drei Jahre später war er mit General Clarks Fünfter Armee bei den Kämpfen um Italien dabei. Stadt für Stadt hatten sie eingenommen. In Pontid war er in eine scheinbar verlassene Kirche gegangen. Im nächsten Augenblick hatte er eine Explosion gehört, und aus seiner Stirn war Blut gequollen. Blitzartig hatte er sich umgedreht und einen deutschen Soldaten erblickt, der hinter dem Altar in der Sakristei kauerte. Er konnte gerade noch auf ihn schießen, ehe er selber in Ohnmacht fiel.

Als er zu sich kam, spürte er, daß eine kleine Hand ihn schüttelte. »Komm mit!« flüsterte ihm eine Stimme in gebrochenem Englisch ins Ohr. Vor lauter Schmerzen, die in seinem Kopf hämmerten, konnte er kaum denken. Seine Augen waren verkrustet von angetrocknetem Blut. Draußen war es stockfinster. Ganz aus der Ferne war Geschützdonner zu hören. Das Kind – irgendwie erkannte er, daß es ein Kind war – führte ihn durch ausgestorbene Gassen. Er fragte sich verwundert, wohin es ihn wohl brachte und wieso es allein war. Er hörte das Schlurfen seiner Stiefel auf den Steinstufen, das Knarren einer sich öffnenden Tür, dann ein eindringliches, rasches Flüstern, die Erklärung des kleinen Mädchens. Jetzt sprach sie italienisch. Er verstand nicht, was sie sagte. Dann spürte er einen Arm, der ihn stützte und ihm half, sich auf ein Bett zu legen. Er verlor das Bewußtsein, kam zwischendurch wieder zu sich und merkte, daß sanfte Hände seinen Kopf wuschen und ihm einen Verband anlegten. Das erste, woran er sich klar erinnerte, war ein Feldarzt, der ihn untersuchte. »Sie wissen gar nicht, was für ein Glück Sie hatten«, sagte er zu ihm. »Wir wurden gestern zurückgeschlagen. Für diejenigen, die den Rückzug nicht schafften, war es eine schlimme Sache.«

Nach dem Krieg hatte Myles die Gelegenheit ergriffen, die ihm dank der Stipendien für die GIs geboten wurde, und studiert. Sein Vater, Captain bei der New Yorker Polizei, war skeptisch gewesen. »Wir hatten schon Mühe, dich durch die Oberschule zu bringen«, bemerkte er. »Dabei fehlte es dir, weiß Gott, nicht an Verstand, aber du hattest nie Lust, die Nase in Bücher zu stecken.«

Als Myles sein erstes Examen mit Auszeichnung bestand, war sein Vater entzückt gewesen, warnte ihn aber dennoch: »Du hast einen Polizisten in dir. Den vergiß nicht, wenn du all deine schönen Titel bekommst.«

Er hatte Jura studiert, ein Praktikum beim Bezirksgericht absolviert und dann eine eigene Anwaltspraxis eröffnet. Damals wurde ihm klar, daß es für einen guten Rechtsanwalt leicht ist, einen Freispruch für einen schuldigen Angeklagten zu erwirken. Ihm gefiel das ganz und gar nicht. So hatte er zugegriffen, als sich ihm die Chance bot, Staatsanwalt zu werden.

Das war 1958. Er war damals siebenunddreißig. Im Laufe der Jahre war er mit vielen Mädchen gegangen und hatte zugesehen, wie sie sich eine nach der anderen verheirateten. Und immer, wenn er selber nahe daran war, hatte eine Stimme ihm zugeflüstert: »Es gibt etwas Besseres. Warte noch ab.«

Der Gedanke, nach Italien zurückzukehren, kam ihm erst allmählich.

»Im Kugelregen durch Europa zu fahren, ist nicht dasselbe, als wenn du eine geführte Rundreise machst«, sagte seine Mutter, als er bei einem Abendessen zu Hause seine noch vagen Pläne erwähnte.

Und dann hatte sie ihm vorgeschlagen: »Wie wär's, wenn du die Familie besuchen würdest, die dich in Pontici versteckt hat? Ich wette, du warst damals gar nicht in der Lage, ihnen richtig zu danken.«

Er segnete seine Mutter noch immer für diesen Rat. Denn als er in Pontici an die Tür klopfte, hatte Renata ihm geöffnet. Sie war jetzt dreiundzwanzig Jahre alt, nicht mehr zehn. Eine große, schlanke Renata, die er kaum noch um einen Kopf überragte. Renata, die zu seinem ungläubigen Erstaunen sagte: »Ich weiß, wer Sie sind. Ich habe Sie damals zu uns nach Hause gebracht.«

»Wieso haben Sie mich erkannt?« fragte er.

»Mein Vater hat ein Bild von Ihnen und mir geknipst, ehe Sie weggeholt wurden. Ich habe es immer auf meiner Kommode stehen gehabt.«

Drei Wochen später wurden sie getraut. Die nächsten elf Jahre sollten die glücklichsten seines Lebens werden.

Myles ging zum Fenster hinüber und blickte hinaus. Dem Kalender nach war der Frühling schon seit einer Woche da, nur hatte niemand sich die Mühe gemacht, Mutter Natur davon in Kenntnis zu setzen. Er versuchte, die Erinnerung daran zu verdrängen, wie gerne Renata im Schnee spazierengegangen war.

Er spülte die Kaffeetasse und den Teller ab und stellte beides in den Geschirrspüler. Was würden Leute, die diät leben mußten, wohl zum Lunch essen, dachte er, wenn auf einmal alle Thunfische der Welt verschwänden? Vielleicht kämen sie wieder auf die bewährten, dicken Hamburger zurück. Die

Vorstellung ließ ihm das Wasser im Mund zusammenlaufen. Und das erinnerte ihn daran, daß er ja die Spaghettisauce aus dem Tiefkühler nehmen sollte.

Um sechs Uhr begann er mit den Vorbereitungen fürs Abendessen. Aus dem Kühlschrank holte er die nötigen Zutaten für einen Salat, zupfte geschickt die Blätter des Kopfsalats auseinander, hackte Zwiebeln, schnitt grüne Peperoni in rasierklingendünne Streifen. Unwillkürlich mußte er lächeln, als ihm einfiel, daß er in seiner Jugend immer gedacht hatte, ein Salat bestünde aus Tomaten und Kopfsalat mit einem Klacks Mayonnaise. Seine Mutter war eine wunderbare Frau, aber zur Köchin war sie eindeutig nicht berufen gewesen.

Erst Renata hatte ihn mit den feineren Gaumenfreuden bekannt gemacht, den verschiedenen Teigwaren, köstlichem Fisch, würzigen Salaten mit einem Hauch von Knoblauch. Neeve hatte das kulinarische Talent ihrer Mutter geerbt, aber Myles mußte zugeben, daß er selber im Laufe der Jahre gelernt hatte, einen verdammt guten Salat zuzubereiten.

Um zehn nach sieben fing er an, sich ernste Sorgen um Neeve zu machen. Wahrscheinlich waren fast keine Taxis unterwegs. Lieber Gott, laß sie an einem solchen Abend nur nicht durch den Park gehen! Er versuchte, im Geschäft anzurufen, aber niemand meldete sich. Als sie sich endlich, mit den Kleidersäcken über dem Arm und die verschiedenen Schachteln balancierend, zur Tür hereinzwängte, war er drauf und dran gewesen, im Polizeihauptquartier anzurufen, damit sie den Park nach ihr absuchten. Er preßte die Lippen aufeinander, um nichts davon verlauten zu lassen.

Statt dessen nahm er ihr die Schachteln ab und brachte eine erstaunte Miene zustande. »Ist etwa schon wieder Weihnachten?« fragte er. »Von Neeve für Neeve mit vielen guten Wünschen. Hast du den Verdienst des heutigen Tages für dich selber ausgegeben?«

»Laß deine Scherze, Myles«, sagte Neeve gereizt. »Ich sage dir eins: Ethel Lambston mag eine gute Kundin sein, aber sie ist auch eine ziemliche Landplage.« Während sie die Schachteln auf dem Sofa absetzte, berichtete sie flüchtig von ihrem vergeblichen Versuch, die Kleider bei Ethel abzuliefern.

Myles blickte sie beunruhigt an. »Ethel Lambston? Ist das nicht die Nervensäge, die du zu unserer Weihnachtsparty eingeladen hattest?«

»Genau die.« Neeve hatte Ethel spontan zu der Party kurz vor Weihnachten eingeladen, die sie und ihr Vater jedes Jahr in ihrer Wohnung gaben. Zuerst hatte Ethel Bischof Stanton festgenagelt und ihm auseinandergesetzt, warum die katholische Kirche im 20. Jahrhundert keine Bedeutung mehr hatte, dann hatte sie gemerkt, daß Myles Witwer war, und ihn den ganzen Abend nicht mehr aus den Klauen gelassen.

»Von mir aus kannst du die nächsten zwei Jahre vor ihrer Haustür kampieren«, drohte Myles seiner

Tochter. »Aber diese Frau setzt keinen Fuß mehr in meine Wohnung!«

3

Denny Adler hätte sich eine schönere Beschäftigung vorstellen können, als sich in einem Delikatessenladen an der 83. Straße und Lexington Avenue für einen minimalen Lohn und ein paar Trinkgelder abzurackern. Aber Denny hatte ein Problem. Er war auf Bewährung aus dem Knast entlassen, und sein Bewährungshelfer, Mike Toohey, war ein Schwein und genoß die Autorität, die ihm der Staat New York verliehen hatte. Denny wußte genau, daß er ohne festen Job keinen Penny ausgeben könnte, ohne daß Toohey ihn fragen würde, wovon er lebte. Also arbeitete er und verfluchte jede Minute.

Er mietete ein schmutziges Zimmer in einem heruntergekommenen Apartmenthaus in der First Avenue und 105. Straße. Natürlich wußte Toohey nicht, daß Denny den größten Teil seiner freien Zeit damit zubrachte, auf der Straße zu betteln. Alle paar Tage wechselte er sowohl seinen Standort wie auch seine Verkleidung. Manchmal zog er sich wie ein Landstreicher an, mit verdreckten Kleidern und ausgelatschten Turnschuhen, Gesicht und Haare verschmiert. Er hockte an einer Hauswand und hielt ein zerrissenes Pappschild vor sich: »Ich habe Hunger.«

Das war einer der wirksamsten Köder für mitleidige Dummköpfe.

Zu anderen Zeiten trat er in verblichenen Khakihosen und mit einer grauen Perücke auf. Er trug dann eine Sonnenbrille und einen Krückstock und hatte ein Schild »Obdachloser Veteran« umgehängt. Zu seinen Füßen stand ein Blechnapf, der sich rasch mit Münzen füllte.

Auf diese Weise verschaffte Denny sich ein ganz schönes Taschengeld. Zwar war das nicht zu vergleichen mit einem richtigen geplanten Unternehmen, aber so mischte er doch wenigstens irgendwie mit. Nur ein- oder zweimal, als er auf einen Säufer mit ein paar Dollar in der Tasche gestoßen war, hatte er seinem Drang nachgegeben, jemanden zusammenzuschlagen. Das war praktisch risikolos, denn den Polizisten war es gänzlich schnuppe, wenn ein Säufer oder ein Landstreicher zusammengeschlagen oder erstochen wurde.

In drei Monaten würde seine Bewährungsfrist vorbei sein; dann konnte er untertauchen und sich umsehen, wo es für ihn am besten etwas zu holen gab. Der Bewährungshelfer lockerte schon jetzt die Kontrolle. Am Samstag vormittag rief Toohey ihn im Delikatessenladen an. Denny konnte sich die schmächtige, über den Schreibtisch gebeugte Gestalt in dem unordentlichen Büro genau vorstellen. »Ich habe mit Ihrem Boß gesprochen, Denny. Er sagte mir, Sie seien einer seiner zuverlässigsten Mitarbeiter.«

»Danke, Sir.« Wenn Denny vor Tooheys Schreibtisch gestanden hätte, würde er sich als Zeichen von Dankbarkeit nervös die Hände gerieben haben. Er hätte Tränen in seine haselnußbraunen Augen steigen lassen und seinen verkniffenen Lippen ein dienstfertiges Lächeln abgerungen. Statt dessen schickte er mit einer Grimasse stumm einen Fluch durchs Telefon.

»Denny, Sie brauchen sich am Montag nicht bei mir zu melden. Ich habe einen sehr vollen Terminkalender, und Sie gehören zu den Leuten, denen ich vertrauen kann. Ich sehe Sie dann in einer Woche.«

»Ja, Sir.«

Denny hängte auf, und die Karikatur eines Lächelns zog über sein Gesicht. Seit er mit zwölf seinen ersten Einbruch verübte, hatte Denny die Hälfte seiner siebenunddreißig Jahre in Gewahrsam verbracht. Seine Haut hatte die graue Blässe ewiger Gefängnisluft angenommen.

Er ließ seinen Blick durch die Imbißstube des Delikatessenladens schweifen, über die widerwärtig niedlichen Tische mit den schmiedeeisernen Stühlen für die Eisesser, die weiße Kunstharztheke, die Tafeln mit den Tagesspezialitäten, die gutangezogenen, in ihre Zeitung vertieften Stammgäste vor Tellern mit Käsetoast oder Cornflakes. Seine Träumereien, was er am liebsten mit diesem ganzen Laden anstellen oder Mike Toohey antun würde, wurden von der Stimme des Geschäftsführers unterbrochen. »He! Adler, nun mal los! Die Bestellungen liefern sich nicht von selber.«

»Jawohl, Sir.« Das »Jawohl, Sir« wird auch bald aufhören, dachte Denny, während er nach seiner Jacke und der Schachtel mit den Bestellungen griff.

Als er von seiner Liefertour zurückkam, nahm der Geschäftsführer gerade den Telefonhörer ab. Er sah Denny mit der üblichen sauren Miene an. »Ich hab Ihnen doch gesagt, daß ich keine Privatgespräche während der Geschäftszeit wünsche.« Unwirsch übergab er Denny den Hörer.

Der einzige, der ihn je hier anrief, war Mike Toohey. Denny schnarrte seinen Namen und hörte ein gedämpftes »Hallo, Denny«. Er erkannte die Stimme sofort. Big Charley Santino. Vor zehn Jahren hatte Denny die Gefängniszelle mit ihm geteilt und seither immer wieder die eine oder andere Sache für ihn erledigt. Denny wußte, daß Big Charley wichtige Verbindungen zur Unterwelt hatte.

Er ignorierte den »Wird's-bald?«-Ausdruck auf dem Gesicht des Geschäftsführers. An der Theke saßen nur noch zwei oder drei Leute, und die Tische waren leer. Er hatte die herzerwärmende Gewißheit, daß Charley ihm einen interessanten Vorschlag machen wollte. Automatisch kehrte er sich gegen die Wand und legte die Hand über die Sprechmuschel. »Ja?«

»Morgen. Elf Uhr. Bryant Park hinter der Bibliothek. Warte auf einen schwarzen Chevrolet Jahrgang '84.«

Denny war sich seines breiten Lächelns nicht bewußt, als das Klicken anzeigte, daß die Verbindung abgebrochen war.

Das ganze Wochenende mit den heftigen Schneefällen saß Seamus Lambston allein in der Wohnung in der 71. Straße und West End Avenue herum. Am Freitag nachmittag hatte er seinen Barkeeper angerufen. »Ich bin krank. Sieh zu, daß Matty kommt und dir bis Montag hilft.« Freitag nacht hatte er fest geschlafen, den tiefen Schlaf seelischer Erschöpfung. Aber am Samstag war er mit einem Gefühl panischer Angst erwacht.

Ruth war am Donnerstag nach Boston gefahren. Jeannie, ihre jüngste Tochter, hatte sich dort an der Universität zum Studium eingeschrieben. Der Scheck, den Seamus für das Frühjahrssemester geschickt hatte, war nicht gedeckt gewesen. Ruth hatte daraufhin eine dringende Anleihe bei ihrer Firma aufgenommen und war mit der Ersatzsumme sofort abgereist. Nach dem Anruf ihrer völlig aufgelösten Tochter hatte es zwischen dem Ehepaar einen Krach gegeben, der bestimmt fünf Häuserblocks weit zu hören gewesen war.

»Verdammt noch mal, Ruth, ich tue wirklich, was ich kann!« hatte er gebrüllt. »Das Geschäft läuft miserabel. Kann ich denn was dafür, daß wir bei drei Kindern, die alle studieren wollen, den letzten Penny zusammenkratzen müssen! Meinst du eigentlich, ich kann Geld einfach aus der Luft zaubern?«

Sie hatten sich gegenübergestanden, angstvoll, erschöpft, ohne Hoffnung. Ruths verächtlicher Blick hatte ihn beschämt. Er wußte, daß er nicht gut gealtert war. Zweiundsechzig. Früher hatte er seine Figur mit Turnübungen und Gewichtheben in Form gehalten. Doch jetzt hatte er einen Bauch, der nicht mehr wegging; sein ehemals volles, rötlich blondes Haar wurde schütter und schmutzig gelb, und seine Brille betonte die Aufgedunsenheit seines Gesichts. Manchmal blickte er in den Spiegel und betrachtete dann das Hochzeitsfoto von Ruth und sich. Da waren sie beide gut gekleidet, gingen beide auf die Vierzig zu und heirateten beide zum zweitenmal. Sie waren glücklich und freuten sich aufeinander. Die Bar lief damals großartig, und obgleich er sehr hohe Hypotheken aufgenommen hatte, war er sicher gewesen, in ein paar Jahren alles zurückgezahlt zu haben. Ruths ruhige Art und ihr Ordnungssinn waren wie eine schützende Zuflucht für ihn nach dem, was er mit Ethel durchgemacht hatte. »Der Friede ist mir jeden Cent wert, den er mich kostet«, hatte er dem Anwalt gesagt, der nicht wollte, daß Seamus sich auf lebenslange Alimentenzahlungen einließ.

Er war selig gewesen, als Marcy geboren wurde. Unerwartet war zwei Jahre später Linda gefolgt. Aber ein Schock war es für sie gewesen, als Jeannie noch kam, als er und Ruth bereits fünfundvierzig wurden.

Ruths schlanker Körper war in die Breite gegangen. Und als die Miete für die Bar sich verdoppelte und verdreifachte und die alten Kunden anderswo hingingen, hatte ihr heiteres Gesicht allmählich einen Ausdruck ständiger Sorge angenommen. Sie wünschte sich so sehr, ihren Töchtern schöne Dinge zu schenken, Dinge, die sie sich nicht leisten konnten. Nicht selten fuhr er sie an: »Warum gibst du ihnen nicht lieber ein glückliches Zuhause statt einen Haufen überflüssigen Kram!«

Die letzten Jahre waren wegen der Schulgelder besonders quälend gewesen. Es war einfach nie genug Geld vorhanden. Und die tausend Dollar, die er Ethel jeden Monat bezahlen mußte, bis sie wieder heiratete oder starb, waren zu einem ständigen Zankapfel geworden, den Ruth ihm bei jeder Gelegenheit vorhielt. »Geh endlich wieder vor Gericht«, nörgelte sie. »Sag dem Richter, daß du es dir nicht leisten kannst, deinen Kindern eine anständige Ausbildung zu bezahlen, aber daß diese Schmarotzerin ein Vermögen verdient. Sie hat dein Geld überhaupt nicht nötig. Sie hat mehr, als sie ausgeben kann.«

Ihr letzter Krach in der vergangenen Woche war der allerschlimmste gewesen. Ruth hatte in der *Post* gelesen, daß Ethel gerade einen Buchvertrag unterschrieben und einen Vorschuß von einer halben Million Dollar bekommen hatte. Ethel hatte verlauten lassen, ihre Enthüllungsgeschichte würde »eine in die Modebranche geschleuderte Stange Dynamit« sein.

Für Ruth war dies der Tropfen, der das Faß zum Überlaufen brachte. Dies und der ungedeckte Scheck. »Jetzt geh hin zu dieser ... dieser ...«

Ruth fluchte nie, aber es war, als ob sie das unausgesprochene Wort herausgeschrien hätte. »Du kannst ihr ausrichten, daß ich zu der Zeitung hingehen und den Journalisten erzählen werde, wie sie dich aussaugt. Zwölftausend Dollar pro Jahr, seit über zwanzig Jahren!« Mit jeder Silbe wurde Ruths Stimme schriller. »Ich möchte aufhören zu arbeiten. Ich bin zweiundsechzig. Das nächste, was auf uns zukommt, werden Hochzeiten sein. Bis zum Grab können wir ein Würgehalsband tragen! Du kannst ihr sagen, daß sie in der Tat für Neuigkeiten sorgen wird. Meinst du nicht, ihre feinen Zeitschriften könnten vielleicht Anstoß daran nehmen, daß eine ihrer feministischen Mitarbeiterinnen ihren Ex-Mann erpreßt?«

»Es ist keine Erpressung. Es sind Alimente.« Seamus hatte versucht, einen vernünftigen Ton beizubehalten. »Aber natürlich, ich werde zu ihr gehen.«

Ruth sollte am späten Sonntag nachmittag zurückkommen. Um die Mittagszeit am Sonntag raffte Seamus sich aus seiner Lethargie auf und machte sich daran, die Wohnung zu putzen.

Vor zwei Jahren hatten sie auf die Reinemachefrau verzichtet, die einmal in der Woche gekommen war. Seither teilten sie sich in die lästige Hausarbeit, die von Ruths ewigem Klagelied begleitet wurde.

»Das ganze Wochenende den Staubsauger herumschieben ist genau das, was mir nach der Fahrerei in der überfüllten U-Bahn noch gefehlt hat!«

Letzte Woche war sie auf einmal in Tränen ausgebrochen. »Ich kann einfach nicht mehr!«

Um vier Uhr war die Wohnung einigermaßen in Ordnung. Sie hätte neu gestrichen werden müssen. Das Linoleum in der Küche war abgetreten. Das Haus war an eine Eigentümergemeinschaft verkauft worden, aber sie hatten sich den Kauf ihrer Wohnung nicht leisten können. Nach zwanzig Jahren hatten sie nichts vorzuweisen als ihre Mietquittungen.

Seamus stellte Käse und Wein auf den kleinen Tisch im Wohnzimmer. Die Möbel waren ausgeblichen und abgenutzt, aber im sanften Licht des Spätnachmittags sahen sie nicht einmal so schlimm aus. Noch drei Jahre, dann würde Jeannie mit dem College fertig sein. Marcy war schon im letzten und Linda im vorletzten Studienjahr. So verging das Leben mit ständigen Wünschen, dachte er.

Je näher die Zeit von Ruths Heimkehr rückte, desto mehr zitterten seine Hände. Würde sie merken, daß irgend etwas an ihm anders war?

Sie traf um Viertel nach fünf ein. »Der Verkehr war fürchterlich«, verkündete sie mißgelaunt.

»Hast du ihnen den Barscheck gebracht und die Panne mit dem anderen Scheck erklärt?« fragte er und versuchte, den herausfordernden Ton in ihrer Stimme nicht zu beachten.

»Worauf du dich verlassen kannst. Und ich kann dir auch sagen, daß der Quästor ganz schön schockiert war, als ich ihm erzählte, daß Ethel Lambston seit vielen, vielen Jahren Alimente von dir einkassiert. Vor einem halben Jahr war Ethel dort in irgendeinem Ausschuß und posaunte viel herum von gleicher Bezahlung für Männer und Frauen.« Ruth nahm das Glas Wein, das er ihr reichte, und trank einen großen Schluck.

Mit Schrecken stellte er fest, daß sie irgendwann im Laufe der Zeit Ethels Gewohnheit angenommen hatte, sich mit der Zunge über die Lippen zu fahren, wenn sie einen ärgerlichen Satz ausgestoßen hatte. Traf es zu, daß man immer wieder die gleiche Person heiratete? Er wäre bei diesem Gedanken am liebsten in hysterisches Lachen ausgebrochen.

»Also, erzähl endlich! Hast du sie gesehen?« stieß sie hervor.

Seamus wurde von unendlicher Müdigkeit ergriffen. Die Erinnerung an die letzte Szene. »Ja, ich habe sie gesehen.«

»Und ...?«

Er wählte seine Worte mit Bedacht. »Du hast recht gehabt. Sie will nicht, daß etwas von den Alimenten durchsickert, die sie seit Jahren von mir einkassiert. Sie will mich von der Angel lassen.«

Mit völlig verwandeltem Gesicht setzte Ruth das Weinglas ab. »Ich kann's nicht glauben. Wie hast du sie dazu überredet?«

Ethels spöttisches, hämisches Lächeln auf sein Drohen und sein Flehen. Der Anfall von primitiver Wut, der ihn gepackt hatte, das Entsetzen in ihren Augen ... Ihre letzte Drohung ... Oh, Gott ...!

»Wenn Ethel jetzt ihre teuren Kleider bei Neeve Kearney kauft oder in den nobelsten Lokalen ißt, brauchst du das wenigstens nicht mehr zu bezahlen.« Ruths triumphierendes Gelächter hämmerte auf sein Trommelfell, als ihre Worte in sein Bewußtsein drangen.

Seamus stellte sein Weinglas hin. »Wie kannst du so etwas sagen?« fragte er seine Frau ganz ruhig.

Am Samstag vormittag hatte es aufgehört zu schneien, und die Straßen waren wieder einigermaßen befahrbar. Neeve nahm alle Kleider von Ethel mit zurück ins Geschäft.

Betty eilte herbei, um ihr behilflich zu sein. »Sagen Sie bloß nicht, daß ihr überhaupt nichts davon gefällt!«

»Wie kann ich das wissen?« entgegnete Neeve. »In ihrer Wohnung hat sich nichts gerührt. Bei Gott, Betty, wenn ich dran denke, wie sehr wir uns beeilt haben, könnte ich ihr mit jedem einzelnen Faden den Hals zuschnüren!«

Es lief viel an diesem Tag. In der New York Times war ihr Inserat erschienen, das die Imprimé-Kleider und Regenmäntel zeigte, und hatte begeisterte Reaktionen ausgelöst. Neeves Augen leuchteten, als sie beobachtete, daß ihre Verkäuferinnen lange Quittungen schrieben. Wieder einmal bedankte sie sich im stillen bei Anthony della Salva, daß er vor sechs Jahren auf sie gesetzt hatte.

Um zwei Uhr kam Eugenia, ein schwarzes ehemaliges Mannequin und jetzt Neeves rechte Hand, und erinnerte sie, daß sie noch keine Mittagspause eingeschaltet hatte. »Ich habe Joghurt im Kühlschrank«, bot sie Neeve an.

Neeve war eben mit der Beratung einer ihrer persönlichen Kundinnen fertig geworden, die für ein paar tausend Dollar ein Brautmutterkleid gekauft hatte. Sie lächelte Eugenia kurz an. »Du weißt doch, daß ich Joghurt hasse. Laß mir lieber ein Thunfisch-Sandwich und ein Diät-Coca-Cola kommen.«

Als ihr zehn Minuten später die bestellten Sachen gebracht wurden, merkte sie erst, wie hungrig sie war. »Das ist der beste Thunfischsalat in ganz New York, Denny«, sagte sie zu dem Austräger.

»Wenn Sie meinen, Miss Kearney.« Sein bleiches Gesicht verzog sich zu einem verbindlichen Grinsen.

Während sie hastig aß, wählte Neeve Ethels Telefonnummer. Wieder nahm niemand ab. Den ganzen Nachmittag versuchte Neeves Empfangsdame, Ethel zu erreichen. Am Ende des Tages sagte Neeve zu Betty: »Ich nehme das ganze Zeug noch einmal mit nach Hause. Meinen Sonntag möchte ich wirklich nicht drangeben, um es hier zu holen, weil Ethel plötzlich beschlossen hat, das nächste Flugzeug zu nehmen, und ihre Sachen in zehn Minuten braucht.«

»So, wie ich sie kenne, würde die auch das Flugzeug dazu kriegen, wieder umzukehren, wenn sie's verpaßt hat«, bemerkte Betty trocken.

Sie mußten beide lachen, aber dann sagte Betty mit ruhiger Stimme: »Sie haben ja manchmal so verrückte Vorahnungen, Neeve, und ich schwöre, daß sie ansteckend sind. Diese Ethel ist zwar eine Plage, aber so wie diesmal hat sie sich noch nie aufgeführt.«

An diesem Samstag abend gingen Neeve und Myles in die Met, um Pavarotti zu hören. »Eigentlich solltest du mit einem Verehrer ausgehen«, klagte Myles, als der Kellner im »Ginger Man« ihnen die Speisekarte brachte, weil sie nach der Vorstellung noch essen wollten.

Neeve warf ihm einen kurzen Blick zu. »Hör mal, Myles, ich gehe sehr viel aus. Das weißt du. Wenn jemand Wichtiger in meinem Leben auftauchen sollte, dann werde ich es wissen – genau so, wie ihr es gewußt habt, Mutter und du. Jetzt bestell mir lieber die Scampi.«

Für gewöhnlich ging Myles am Sonntag in die Frühmesse.

Neeve genoß es, auszuschlafen, und ging lieber zum Hochamt in die Kathedrale. Sie war daher überrascht, ihren Vater, als sie aufstand, im Bademantel in der Küche vorzufinden. »Gibst du den Glauben auf?« fragte sie.

»Nein. Ich dachte, ich käme heute mal mit dir.« Er versuchte, es ganz beiläufig klingen zu lassen.

»Mit Nicky Sepettis Entlassung aus dem Gefängnis hat das wohl nichts zu tun«, seufzte Neeve auf. »Du brauchst nicht zu antworten.«

Nach dem Gottesdienst entschlossen sie sich zu

einem Brunch im »Café des Artistes« und gingen anschließend in ein Kino in ihrer Nähe. Als sie wieder zu Hause waren, wählte Neeve erneut Ethel Lambstons Nummer, ließ das Telefon lange läuten, legte mit einem Achselzucken den Hörer auf und begann mit Myles das übliche wöchentliche Wettrennen bei der Lösung des Kreuzworträtsels in der *New York Times*.

»Ein angenehm verlaufener Tag«, bemerkte Neeve, als sie sich nach den Elf-Uhr-Nachrichten über Myles' Sessel beugte, um ihrem Vater einen Kuß auf den Kopf zu geben. »Sag's lieber nicht«, warnte sie ihn.

Myles preßte die Lippen aufeinander. Er wußte, daß sie recht hatte. Er war drauf und dran gewesen, ihr zu sagen: »Auch wenn das Wetter morgen schön ist, wäre es mir lieber, du würdest nicht allein joggen gehen.«

Das hartnäckige Läuten des Telefons in Ethel Lambstons Wohnung war nicht unbeachtet geblieben.

Douglas Brown, Ethels achtundzwanzigjähriger Neffe, war am Freitag nachmittag dort eingezogen. Er hatte gezögert, das Risiko einzugehen, doch konnte er ja beweisen, daß man ihn an diesem Tage aus seinem möblierten Apartment rausgesetzt hatte, weil es ihm unerlaubt untervermietet worden war.

»Ich brauchte doch eine Bleibe, bis ich eine

neue Wohnung gefunden habe.« So würde seine Erklärung lauten.

Er dachte sich, daß es besser wäre, das Telefon nicht abzunehmen. Die ständigen Anrufe machten ihn nervös, aber er wollte nicht, daß irgend jemand etwas von seiner Anwesenheit merkte. Außerdem hatte sich Ethel verbeten, daß er ihr Telefon abnahm. »Es geht dich nichts an, wer mich anruft.« Anderen Leuten hatte sie womöglich dasselbe gesagt.

Er war sicher, daß es ein weiser Entschluß gewesen war, am Freitag abend nicht aufzumachen, als die Türglocke läutete. Die unter der Wohnungstür durchgeschobene Notiz betraf Kleider, die Ethel bestellt hatte.

Doug lächelte säuerlich. Wahrscheinlich war das der Abholauftrag gewesen, den Ethel für ihn vorgesehen hatte.

Am Sonntag morgen stand Denny ungeduldig wartend im scharfen, böigen Wind. Um Punkt elf Uhr sah er einen schwarzen Chevrolet herankommen. Mit langen Schritten eilte er aus dem eher mäßigen Schutz des Bryant Park auf die Straße hinaus. Der Wagen hielt neben ihm. Denny öffnete die Tür des Beifahrersitzes und stieg rasch ein. Der Wagen fuhr schon weiter, ehe er die Tür zugezogen hatte.

Seit sie vor etlichen Jahren zusammen im Gefängnis gesessen hatten, war Big Charley viel grauer und auch dicker geworden. Das Lenkrad grub sich in die Falten seines Bauchs. Denny sagte: »Hi!«, und erwartete keine Antwort. Big Charley nickte bloß.

Der Wagen fuhr rasch auf dem Henry Hudson Parkway am Fluß entlang und überquerte die George-Washington-Brücke; dann bog er in die Autobahn ein, die aus dem Staat New York hinausführte. Denny bemerkte, wie weiß der Schnee hier draußen zu beiden Seiten der Straße noch war, während er sich in der Stadt in schmutzigen Matsch verwandelt hatte.

Nach der dritten Ausfahrt kam ein Aussichtspunkt. Er war, wie Denny gern bemerkte, für Leute da, die nichts Besseres zu tun hatten, als New York von der anderen Seite des Hudson River aus anzustarren. Es überraschte Denny nicht, daß Charley dort auf den verlassenen Parkplatz zusteuerte. Hier hatten sie sich schon über frühere Aufträge unterhalten.

Charley stellte den Motor ab und langte hinter sich auf den Rücksitz, wobei er vor Anstrengung stöhnte. Er zog eine Papiertüte mit zwei Bierdosen herüber und stellte sie zwischen sich und Denny. »Deine Marke.«

Denny fühlte sich geschmeichelt. »Nett von dir, dich dran zu erinnern, Charley.« Er machte sein Bier auf.

Charley nahm einen langen Zug aus seiner eigenen Dose, ehe er antwortete. »Ich vergesse nichts.« Er zog einen Umschlag aus der Innentasche seines Jacketts. »Zehntausend«, sagte er zu Denny. »Dasselbe noch mal, wenn der Job erledigt ist.«

Denny nahm den Umschlag entgegen. Die Berührung bereitete ihm ein geradezu sinnliches Vergnügen. »Um wen geht's?«

»Du bringst ihr regelmäßig ihren Lunch. Sie wohnt im »Schwab House«, dem Riesenkasten in der 74. Straße, zwischen West End und Riverside Drive. Ein paarmal in der Woche geht sie zu Fuß ins Geschäft und zurück. Quer durch den Central Park. Entreiß ihr die Handtasche und mach sie kalt. Leer ihr Portemonnaie und schmeiß die Tasche weg, damit es aussieht, als ob ein Drogensüchtiger sie überfallen hätte. Wenn du sie im Park nicht zu fassen kriegst, versuch's im Konfektionsviertel. Da geht sie jeden Montagnachmittag hin. Ein Riesengewühl auf allen Straßen, jedermann in Eile. Die Lastwagen parken zweireihig. Dräng dich an ihr vorbei und schubse sie vor einen Lieferwagen. Laß dir Zeit. Es muß nach einem Unfall oder Raubüberfall aussehen. Verfolg sie in einer von deinen Bettlerverkleidungen.« Big Charleys kehlige Quäkstimme klang, als ob die Speckwülste um seinen Hals ihm die Stimmbänder abschnürten.

Für Charleys Verhältnisse war das eine lange Rede gewesen. Er trank einen weiteren kräftigen Schluck aus der Bierdose.

Denny wurde langsam unbehaglich zumute. »*Wer* soll das sein?«

»Neeve Kearney.«

Denny schob Charley den Umschlag wieder hin, als enthielte er eine tickende Zeitbombe. »Die Tochter des Polizeichefs? Bist du verrückt?«

»Die Tochter des *ehemaligen* Polizeichefs.«

Denny fühlte, wie ihm der Schweiß auf die Stirn trat. »Kearney war sechzehn Jahre im Amt. In der ganzen Stadt gibt es keinen Polizisten, der nicht sein Leben für ihn riskieren würde. Als seine Frau starb, haben sie jeden in die Mangel genommen, der irgendwann auch bloß einen Apfel von einem Gemüsewagen geklaut hatte. Nichts zu machen.«

Fast unmerklich nahm Big Charleys Gesicht einen anderen Ausdruck an, aber seine kehlige Stimme quäkte unverändert weiter. »Ich hab dir gesagt, Denny, daß ich nichts vergesse. Erinnerst du dich an die Nächte in unserer Zelle, als du dich mit all den Jobs dicke tatst, für die man dich nicht erwischt hat? Ein kleiner anonymer Anruf bei den Bullen genügt, und du hast dein letztes Sandwich ausgetragen. Mach mich nicht zum Denunzianten, Denny!«

Denny überlegte und verfluchte dann seine eigene Großmäuligkeit.

Wieder tastete er den Umschlag ab und dachte an Neeve Kearney. Seit fast einem Jahr belieferte er sie nun in ihrem Laden. Ursprünglich hatte das Empfangsfräulein ihm gesagt, er solle die Tüte bei ihr abgeben, aber jetzt ging er immer nach hinten in Miss Kearneys Privatbüro. Selbst wenn sie gerade telefonierte, winkte sie ihm zu und lächelte, ein echtes Lächeln, nicht das schmallippige, herablassende Nicken, mit dem ihn die meisten Kunden bedachten.

Und immer lobte sie, wie gut alles schmeckte.

Außerdem war sie ein wirklich gutaussehendes Mädchen.

Denny verdrängte die sentimentale Anwandlung. Er hatte gar keine andere Wahl, als den Auftrag auszuführen. Daß Charley ihn nicht bei der Polizei anzeigen würde, wußte der eine so gut wie der andere. Weil er jetzt von dem Mordauftrag wußte, war Denny viel zu gefährlich geworden. Wenn er sich weigerte, bedeutete das, daß er nie den Rückweg über die George-Washington-Brücke schaffen würde.

Er steckte das Geld in die Tasche.

»Das ist schon besser«, sagte Charley. »Was hast du für Arbeitszeiten in deinem Delikatessenladen?«

»Neun bis sechs. Montags frei.«

»Sie geht zwischen halb neun und neun zur Arbeit. Fang an, bei ihrem Haus herumzulungern. Ihr Laden schließt um halb sieben. Denk dran, dir Zeit zu lassen. *Es darf nicht nach einem vorsätzlichen Mord aussehen!*«

Big Charley ließ den Motor an, um sich auf die Rückfahrt nach New York zu machen. Er verfiel wieder in sein gewohntes Schweigen, das nur vom Röcheln seiner schweren Atemzüge unterbrochen wurde. Denny verging fast vor brennender Neugier. Erst als Charley von der Autobahn abfuhr, fragte er ihn: »Charley, hast du eine Ahnung, von wem der Auftrag kommt? Ich wüßte nicht, wem sie im Weg sein könnte. Sepetti ist wieder draußen. Sieht fast so aus, als ob er ein gutes Gedächtnis hätte.«

Er spürte den wütenden Blick, der ihm zugeworfen wurde. Die kehlige Stimme war auf einmal klar, und die Worte prasselten wie Steinschlag. »Du wirst leichtsinnig, Denny. Ich weiß nicht, wer sie aus dem Weg haben will. Mein Kontaktmann weiß es nicht. Und der Kontaktmann meines Kontakts weiß es auch nicht. So funktioniert das nämlich, und niemand stellt Fragen. Du bist nur ein ganz kleiner, unbedeutender Fisch, Denny, und gewisse Dinge gehen dich nichts an. Und jetzt mach, daß du rauskommst!«

Der Wagen stoppte abrupt an der Ecke der Eighth Avenue und 57. Straße. Zögernd öffnete Denny die Tür. »Charley, es tut mir leid«, sagte er. »Es war doch bloß ...«

Ein Windstoß fuhr ins Wageninnere. »Halt die Klappe und sieh zu, daß die Sache erledigt wird.«

Im nächsten Augenblick starrte Denny nur noch auf die Rückseite von Charleys Chevrolet, der die 57. Straße hinunterfuhr und verschwand. Er ging in Richtung Columbus Circle und blieb unterwegs an einer Würstchenbude stehen, um einen Hot dog zu essen und eine Coca-Cola zu trinken. Langsam begannen sich seine Nerven zu beruhigen. Liebevoll strich er über den dicken Umschlag in seiner Jackentasche.

»Eigentlich könnte ich gleich damit anfangen, meinen Unterhalt zu verdienen«, murmelte er vor sich hin und begann, den Broadway hinauf zur 74. Straße zu gehen.

Beim »Schwab House« schlenderte er um den

ganzen Gebäudekomplex und sah den Eingang am Riverside Drive. Den würde sie sicher nicht benutzen. Der andere an der West End Avenue war sehr viel bequemer.

Befriedigt überquerte er die Straße und lehnte sich direkt gegenüber an die Hausmauer. Es war ein großartiger Beobachtungsposten, stellte er fest. Die Tür in seiner Nähe ging auf, und eine Gruppe von Bewohnern kam heraus. Da er nicht wollte, daß man auf ihn aufmerksam wurde, ging er gemächlich weiter. Dabei überlegte er, daß er in seiner Verkleidung als Säufer am unauffälligsten im Hintergrund bleiben konnte, wenn er Neeve Kearney verfolgte.

Als er um halb drei quer durch die Stadt zur East Side zurückging, kam er an einer Schlange von Leuten vorbei, die vor einem Kino anstanden. Seine zusammengekniffenen Augen öffneten sich auf einmal. In der Mitte der Schlange sah er Neeve Kearney neben einem weißhaarigen Mann, dessen Gesicht Denny wiedererkannte. Ihr Vater. Mit gesenktem Kopf und hochgezogenen Schultern eilte Denny weiter. Dabei habe ich nicht einmal nach ihr gesucht, dachte er. Das wird der leichteste Auftrag sein, den ich je auszuführen hatte.

4

Am Montag morgen befand sich Neeve, mit Ethels Kleidern beladen, gerade in der Eingangshalle, als Tse-Tse, eine dreiundzwanzigjährige Schauspielerin, atemlos aus dem Lift kam. Sie hatte einen blonden Lockenkopf. Ihr Augen-Make-up war in kräftigen violett-roten Tönen abgestuft, der hübsche kleine Mund herzförmig wie der einer Puppe geschminkt. Tse-Tse, die eigentlich Mary Margaret McBride hieß, trat immer nur in kleinen Experimentiertheatern abseits vom Broadway auf, deren Stücke meistens schon nach kurzer Zeit vom Spielplan abgesetzt wurden.

Neeve war ein paarmal in Vorstellungen gegangen, um Tse-Tse zu sehen, und sie war überrascht gewesen, wie gut die junge Schauspielerin war. Mit einer Schulterbewegung, dem Herabziehen der Mundwinkel, einer kleinen Veränderung ihrer Haltung verwandelte sie sich buchstäblich in eine andere Person. Sie hatte ein ausgezeichnetes Ohr für Sprachakzente und konnte ihre Stimme von den höchsten Piepstönen bis zu einem rauchig-dunklen Alt modulieren. Sie teilte im »Schwab-House« eine Einzimmerwohnung mit einer anderen hoffnungsvollen jungen Kollegin. Den von ihrer Familie nur widerwillig zugestandenen Monatswechsel besserte sie sich durch Gelegenheitsarbeiten auf. Statt als Kellnerin auszuhelfen oder Hunde spazierenzuführen, ging sie jetzt lieber putzen. »Fünfzig Dollar für vier Stunden, und du brauchst nicht irgendeine dämliche Töle hinter dir herzuschleifen«, hatte sie Neeve erklärt.

Neeve hatte Tse-Tse an Ethel Lambston empfohlen und wußte, daß die junge Schauspielerin ein paarmal im Monat bei Ethel putzte. Jetzt kam sie ihr vor wie vom Himmel gesandt. Als das Taxi kam, erklärte sie Tse-Tse ihre Zwangslage.

»Ich muß morgen hin«, erklärte Tse-Tse eilig. »Ehrlich, Neeve, die Wohnung könnte mich tatsächlich wieder dazu bringen, Bullterrier spazierenzuführen. Ich kann aufräumen, soviel ich will, wenn ich das nächstemal komme, ist die Wohnung wieder das reinste Schlachtfeld.«

»Das hab ich auch schon gesehen«, sagte Neeve. »Hör zu, wenn Ethel ihre Sachen heute nicht abholt, bringe ich dich morgen früh mit dem Taxi zu ihr und lasse alles in ihrem Kleiderschrank. Du hast doch sicher einen Wohnungsschlüssel?«

»Vor ungefähr einem halben Jahr hat sie mir einen gegeben. Sag mir dann Bescheid. Bis später.« Tse-Tse warf Neeve eine Kußhand zu und eilte hinaus zu ihrem Jogging, der reinste Flamingo mit ihrem goldenen Kraushaar, dem verrückten Make-up, der violetten Wolljacke, roten Strumpfhosen und gelben Turnschuhen.

Im Geschäft half Betty Neeve erneut dabei,

Ethels Kleider auf den »Wird abgeholt«-Ständer im Nähatelier zu hängen. »Diesmal übertrifft Ethel sich in ihrem schusseligen Benehmen selber«, sagte sie ganz ruhig, und eine Sorgenfalte erschien auf ihrer schon gefurchten Stirn. »Meinen Sie, sie könnte verunglückt sein? Vielleicht sollten wir eine Vermißtmeldung machen.«

Neeve stapelte die Schachteln mit den Accessoires neben dem Kleiderständer aufeinander. »Ich kann Myles bitten, die Unfallprotokolle durchsehen zu lassen«, sagte sie. »Für eine Vermißtmeldung ist es noch zu früh.«

Betty grinste auf einmal. »Vielleicht hat sie endlich einen Freund gefunden und verbringt irgendwo ein wonnevolles Wochenende.«

Neeve warf einen Blick durch die offene Tür in den Verkaufssalon. Die erste Kundin war gekommen, und eine neue Verkäuferin zeigte ihr Abendkleider, die ihr absolut nicht standen. Neeve biß sich auf die Lippen. Sie wußte, daß sie etwas vom aufbrausenden Temperament ihrer Mutter geerbt hatte und ihre Zunge im Zaum halten mußte. »Ich möchte es Ethel wirklich gönnen«, bemerkte sie und ging dann mit einem entgegenkommenden Lächeln auf die Kundin und die Verkäuferin zu. »Marian, zeigen Sie der Dame doch auch noch das grüne Chiffonkleid von Della Rosa«, schlug sie vor.

Der Vormittag verlief recht lebhaft. Mehrmals versuchte die Empfangsdame, bei Ethel anzurufen. Als sie zum x-tenmal meldete, daß niemand antworte, schoß Neeve auf einmal der Gedanke durch den Kopf, daß wohl niemand glücklicher darüber wäre, wenn Ethel einen Mann getroffen hatte und mit ihm durchgebrannt war, als ihr geschiedener Ehemann, der ihr nach zwanzig Jahren immer noch jeden Monat Alimente zahlte.

Montag war Denny Adlers freier Tag. Er hatte vorgehabt, sich an die Verfolgung von Neeve Kearney zu machen, doch am Sonntag abend bekam er einen Anruf über die öffentliche Telefonkabine in der Eingangshalle seines Apartmenthauses. Sein Chef teilte ihm mit, daß er am nächsten Tag arbeiten müsse. Der Kollege hinter der Theke war gefeuert worden. »Ich habe festgestellt, daß der Mistkerl seine Pfoten in der Kasse hatte. Ich brauche Sie, Denny.«

Denny fluchte in sich hinein, aber es wäre dumm von ihm gewesen, sich zu weigern. »Ich komme«, sagte er mürrisch. Als er aufgehängt hatte, sah er im Geist Neeve Kearney vor sich, wie sie ihm zugelächelt hatte, als er ihr gestern die Lunchtüte brachte; wie ihr rabenschwarzes Haar das Gesicht umrahmte und ihre Brüste sich unter dem Luxuspulli abzeichneten. Big Charley hatte gesagt, daß sie montags nachmittags in die Seventh Avenue zu den Modeagenturen ging. Das bedeutete, daß es sinnlos war, wenn er nach der Arbeit noch versuchte, sie einzuholen. Ihm war es nur recht. Er hatte sich für Montag abend schon mit der Kellnerin aus der gegenüberliegenden Bar verabredet und wollte ihr nicht absagen.

Während er durch den feuchtkalten, nach Urin stinkenden Korridor zu seinem Zimmer zurückging, dachte er: Den nächsten Montag wirst du nicht mehr erleben, Neeve Kearney!

Den Montagnachmittag verbrachte Neeve gewöhnlich in der Seventh Avenue. Sie liebte die ungeheure Betriebsamkeit, die in diesem Viertel herrschte, in dem die Bekleidungsindustrie konzentriert war; die überfüllten Gehsteige und die engen, von parkenden Lieferwagen verstopften Straßen; die wendigen Botenjungen, die vollgehängte Kleidergestelle geschickt durch den Verkehr bugsierten; das Gefühl, daß jedermann in Eile war und keine Zeit zu verlieren hatte.

Neeve war ungefähr acht Jahre alt gewesen, als ihre Mutter sie zum erstenmal hierher mitnahm. Renata hatte sich über die nicht wirklich ernst gemeinten Einwände ihres Mannes hinweggesetzt und eine Teilzeitarbeit in einem Kleidergeschäft in der 72. Straße angenommen, nur zwei Häuserblocks von ihrer Wohnung entfernt. Nach gar nicht langer Zeit hatte der Besitzer, der sich allmählich zu alt fühlte, ihr den Einkauf für das Geschäft anvertraut. Neeve erinnerte sich noch deutlich, wie ihre Mutter den Kopf schüttelte, als ein übereifriger Designer sie zum Kauf eines von ihr abgelehnten Modells zu überreden versuchte.

»Wenn eine Frau sich in diesem Kleid hinsetzt,

schiebt es sich den Rücken hinauf«, sagte sie. Wenn etwas ihr sehr am Herzen lag, wurde ihr italienischer Akzent besonders stark. »Eine Frau muß sich anziehen, sich im Spiegel betrachten, um zu sehen, ob sie auch keine Laufmasche und keinen heruntergerissenen Saum hat, und dann sollte sie vergessen, was sie anhat. Ihre Kleider müssen ihr passen wie eine zweite Haut.«

Renata hatte aber auch einen Blick für neue Modeschöpfer gehabt. Neeve besaß noch die Kameenbrosche, die einer von ihnen ihrer Mutter geschenkt hatte, weil sie die erste war, die seine Kollektion lancierte. »Deine Mama hat mir meine erste Chance gegeben«, hatte Jacob Gold zu Neeve gesagt. »Sie war wunderschön, eine Dame, und sie verstand etwas von Mode. Wie du.« Das war sein größtes Kompliment.

Als Neeve an diesem Montag ihren üblichen Weg von der Seventh Avenue durch die Nebenstraßen einschlug, fühlte sie sich irgendwie deprimiert. Irgendwo in ihrem Innern pochte ein Schmerz, sozusagen ein seelisches Zahnweh. Demnächst werde ich auch zu diesen abergläubischen Iren gehören, schalt sie sich selber, denen ihr »Gefühl« ständig sagt, daß hinter der nächsten Straßenecke Gefahr lauert.

Bei »Artless Sportswear« bestellte sie Leinenblazer mit dazu passenden Bermuda-Shorts. »Mir gefallen die Pastellfarben«, murmelte sie. »Aber sie brauchen noch ein bißchen Pep.«

»Wir schlagen diese Bluse dazu vor.« Mit dem

Bestellblock in der Hand deutete der Verkäufer auf einen Ständer mit Blusen in zarten Farben und mit weißen Knöpfen.

»Nein, nein. Die gehören unter ein Trägerkleid für Schulmädchen.« Neeve wanderte durch die Ausstellungsräume und entdeckte bunt gemusterte seidene T-Shirts. »Das ist, was ich gemeint habe.« Sie nahm ein paar der T-Shirts in verschiedenen Farbstellungen vom Ständer und brachte sie zu den Hosenanzügen. »Dies hier zum Pfirsichfarbenen, das da zum Malvenfarbenen. Jetzt klappt's.«

Bei Victor Costa wählte sie romantische Chiffonkleider mit Bateau-Ausschnitt, die an den Kleiderbügeln schwebten. Und wieder kam ihr Renata in den Sinn. Ihre Mutter in einem schwarzen Samtkleid von Victor Costa, als sie mit Myles zu einer Silvesterparty gegangen war. Um den Hals hatte sie ihr Weihnachtsgeschenk getragen, eine Perlenkette mit brillantenbesetzter Schließe.

»Du siehst aus wie eine Prinzessin, Mommy«, hatte Neeve zu ihr gesagt. Dieser Augenblick hatte sich in ihr Gedächtnis eingegraben. Sie war sehr stolz auf ihre Eltern gewesen: Myles, aufrecht und elegant, mit schon damals vorzeitig ergrautem Haar; Renata, so schlank, deren pechschwarzes Haar zu einem Chignon aufgesteckt war.

Am nächsten Silvesterabend waren ein paar Leute zu ihnen gekommen: Pater Devin Stanton, der inzwischen Bischof war; Onkel Sal, der damals noch darum kämpfte, sich als Modeschöpfer durchzusetzen; Herb Schwartz, Myles' Stellvertreter, mit seiner Frau. Renata war seit drei Wochen tot gewesen …

Neeve merkte auf einmal, daß der Verkäufer geduldig wartend neben ihr stand. »Ich habe gerade ein bißchen in den Mond geguckt«, entschuldigte sie sich. »Und dafür ist ja nicht die richtige Tageszeit.«

Sie erledigte ihre Bestellung, besuchte rasch drei weitere Firmen, die sie sich vorgenommen hatte, und begab sich dann, als es zu dunkeln anfing, wie üblich noch zu Onkel Sal.

Anthony della Salvas Showrooms waren über das ganze Viertel verteilt, doch Neeve wußte, daß sie Sal in seinem Hauptbüro in der 36. Straße finden würde. Dort hatte er in zwei winzig kleinen Zimmern begonnen. Jetzt nahm seine Firma hier drei ganze, prächtig eingerichtete Stockwerke ein. Anthony della Salva, als Salvatore Esposito in der Bronx zur Welt gekommen, war als Modeschöpfer einem Bill Blass, Calvin Klein und Oscar de la Renta ebenbürtig.

Als sie die 37. Straße überquerte, sah Neeve sich zu ihrer Bestürzung plötzlich Gordon Steuber gegenüber. So perfekt, wie er angezogen war, in einem hellbraunen Kaschmir-Jackett über einem braun-beige gemusterten schottischen Pullover, dunkelbrauner Hose und Gucci-Schuhen, hätte der gutaussehende Gordon Steuber mit seinen regelmäßigen Gesichtszügen, den breiten Schultern und der schmalen Taille ohne weiteres eine erfolgreiche Karriere als Dressman machen können. Statt dessen war er mit Anfang vierzig ein gerissener Geschäftsmann mit einem unheimlichen Geschick, junge, unbekannte Entwerfer anzustellen und sie auszunutzen, bis sie sich erlauben konnten, von ihm wegzugehen. Seinen jungen Designern verdankte es Steuber, daß seine Kollektionen von Kleidern und Kostümen aufregend und anregend waren.

Neeve sah ihn mit einem kalten Blick an. Er verdient doch genug, dachte sie, auch ohne daß er Schwarzarbeiter betrügen muß. Und falls er, wie Sal angedeutet hat, wegen seiner Einkommenssteuer in Schwierigkeiten ist – um so besser.

Sie gingen, ohne ein Wort zu sagen, aneinander vorbei, aber Neeve hatte den Eindruck, als ob seine ganze Person Wut ausstrahlte. Sie hatte etwas von einer Aura gehört, welche die Menschen umgibt. Ich möchte lieber nicht wissen, von welcher Beschaffenheit seine Aura gerade ist, dachte Neeve, während sie Sals Büro zustrebte.

Als die Empfangssekretärin Neeve erblickte, rief sie sofort im Privatbüro des Chefs an. Einen Augenblick später flog die Tür auf, und Anthony della Salva, für Neeve Onkel Sal, kam herein. Sein Gesicht strahlte, als er auf sie zueilte und sie umarmte.

Beim Anblick von Sals Kleidung mußte Neeve lächeln. Er war selber die beste Reklame für seine Frühjahrskollektion von Herrenkleidern. Sein Anzug war eine Mischung aus Fallschirmspringer-Overall und Safari-Look. »Ich finde ihn großartig! In einem Monat wird man ihm überall in der eleganten Herrenwelt von New York begegnen«, lobte sie und gab ihm einen Kuß.

»Das ist schon heute der Fall, mein Schatz. Selbst in Iowa City reißt man sich bereits darum. Und das erschreckt mich ein bißchen. Es muß bergab mit mir gehen. Komm! Laß uns rübergehen.« Auf dem Weg zu seinem Büro begrüßte er einige auswärtige Einkäufer. »Ist man Ihnen behilflich? Kümmert Susan sich auch gut um Sie? Fein. Ach, Susan, zeigen Sie noch die Freizeit-Modelle. Die werden sich verkaufen wie warme Semmeln, das verspreche ich Ihnen.«

»Onkel Sal, möchtest du dich selber um diese Kunden kümmern?« fragte Neeve, als sie den Showroom durchquerten.

»Ganz und gar nicht. Die werden zwei Stunden von Susans Zeit vergeuden und am Ende nur drei oder vier der billigsten Stücke kaufen.« Mit einem Seufzer der Erleichterung schloß er die Tür zu seinen Privaträumen. »Es war ein verrückter Tag. Woher nehmen die Leute bloß das Geld? Ich habe meine Preise wieder erhöht. Sie sind geradezu unanständig, aber alle Welt reißt sich darum, Expreß-Bestellungen aufzugeben.«

Er lächelte selig. In den letzten Jahren war sein rundes Gesicht pausbackig geworden, und seine Äuglein verschwanden immer mehr unter den schweren Lidern. Er und Myles und der Bischof waren im selben Viertel in der Bronx aufgewachsen, hatten zusammen Schlagball gespielt und waren gemeinsam auf die Oberschule gegangen. Es war fast nicht zu glauben, daß auch Sal achtundsechzig Jahre alt war.

Auf seinem Schreibtisch lag ein Durcheinander von Stoffmustern. »Ist das nicht das Letzte? Wir haben einen Auftrag, die Innenausstattung für maßstabgetreue Mercedes-Modelle für Dreijährige zu entwerfen! Als ich drei war, hatte ich ein kleines rotes Blechauto aus zweiter Hand, das ständig eins seiner Räder verlor. Und jedesmal, wenn das passierte, bekam ich von meinem Vater eine Ohrfeige, weil ich nicht sorgfältig mit meinem Spielzeug umging.«

Neeves Stimmung wurde zusehends besser. »Ehrlich, Onkel Sal, ich wünschte, ich hätte dich auf Band aufgenommen. Ich könnte ein Vermögen damit machen, dich zu erpressen.«

»Zu gütig von dir. Setz dich. Trink einen Kaffee. Er ist frisch, das verspreche ich dir.«

»Nur fünf Minuten. Ich weiß, daß du noch zu tun hast, Onkel Sal.« Neeve knöpfte ihre Kostümjacke auf.

»Möchtest du nicht mal den Onkel weglassen? Ich werde zu alt für diese respektvolle Behandlung.« Er betrachtete sie kritisch. »Du siehst wieder einmal sehr gut aus. Wie läuft das Geschäft?«

»Großartig.«

»Und wie geht es Myles? Ich habe gehört, daß Nicky Sepetti am Freitag entlassen worden ist. Ich kann mir vorstellen, daß ihm das ziemliche Bauchschmerzen macht.«

»Am Freitag war er sehr beunruhigt; am Wochenende ging es ihm recht gut. Wie es jetzt ist, weiß ich nicht.«

»Lad mich doch diese Woche zum Abendessen ein. Ich habe Myles schon seit einem Monat nicht mehr gesehen.«

»Abgemacht.« Neeve sah zu, wie Sal den Kaffee aus der Maschine ließ, die auf einem Tablett neben seinem Schreibtisch stand. Sie blickte um sich. »Ich liebe dieses Zimmer.«

Das Wandgemälde hinter seinem Schreibtisch stellte eine Unterwasserlandschaft des Pazifischen Riffs dar, jenes Südsee-Motiv, das Sal berühmt gemacht hatte.

Sal hatte ihr mehrmals erzählt, wie er zu seiner Inspiration für diese Kreation gekommen war. »1972 war ich im Aquarium in Chicago, Neeve. In diesem Jahr war die Mode eine einzige Katastrophe. Alle hatten den Minirock satt. Jeder scheute sich, etwas Neues zu versuchen. Die großen Couturiers zeigten sehr männliche Hosenanzüge, eng anliegende ungefütterte Kostüme in dunklen Farben, dann Rüschenblusen, die eher zu Schulmädchen paßten. Nichts, wovon eine Frau hätte sagen können: ›So möchte ich aussehen.‹ Ich wanderte durch das Aquarium und kam in das Stockwerk, wo die Fische des Südpazifiks ausgestellt sind. Neeve, es war wie ein Spaziergang unter Wasser! Die einzelnen Aquarien, die vom Boden bis zur Decke reichten, waren voll von Schwärmen exotischer Fische und von Wasserpflanzen und Korallenbäumen und Muscheln. Und was für Farben überall – man hätte meinen können, Michelangelo habe sie gemalt! All diese Muster und Zeichnungen – Dutzende und Dutzende. Und jedes wieder anders! Silber, das in Blau überging; Korallenrot, mit Purpur durchzogen. Ein Fisch war gelb, leuchtend wie die Morgensonne, mit schwarzen Streifen. Welch eine Anmut in den fließenden Bewegungen. Ich dachte: Wenn ich das mit einem Stoff erreichen könnte! Auf der Stelle begann ich Skizzen zu machen. Ich wußte, daß es großartig war. Ich gewann in diesem Jahr den Coty-Preis. Ich brachte die Modeindustrie an einen Wendepunkt. Die Verkäufe der Couturiers waren phantastisch. Dazu kamen die Lizenzen für die Konfektionshäuser sowie die Accessoires. Und all das, weil ich so klug war, Mutter Natur zu kopieren.«

Er folgte jetzt Neeves Blick. »Dieses Dessin! Wundervoll. Fröhlich. Elegant. Anmutig. Schmeichelnd. Es ist immer noch das Beste, was ich je gemacht habe. Aber sag's niemandem. Bis jetzt haben sie mich noch nicht eingeholt. Nächste Woche lasse ich dich schon mal einen Blick auf meine neue Herbstkollektion werfen. Die zweitbeste Sache, die ich je gemacht habe. Sensationell! Was macht dein Liebesleben?«

»Gar nichts.«

»Und was ist mit dem jungen Mann, den du vor ein paar Monaten zum Abendessen eingeladen hattest? Der war doch ganz verrückt nach dir.«

»Die Tatsache, daß du dich nicht an seinen Namen erinnern kannst, besagt alles. Er verdient nach wie vor einen Haufen Geld in Wall Street. Er hat sich gerade eine Cessna gekauft und eine Eigentumswohnung in Vail. Aber als Persönlichkeit ist er nicht der Rede wert. Du kannst ihn vergessen. Ich sag es Myles immer wieder, und dir sag ich's auch: Wenn der Richtige kommt, dann weiß ich es.«

»Wart nicht zu lange, Neeve. Du bist mit der Vorstellung von einer Märchenliebe aufgewachsen, wie dein Vater und deine Mutter sie erlebten.« In einem großen Schluck trank Sal den Rest seines Kaffees. »Bei den meisten von uns funktioniert das aber nicht so.«

Neeve mußte innerlich lachen, denn im Eifer des Gefechts hatte Sal wieder einmal seinen gepflegten italienischen Akzent vergessen und sich ausgedrückt, wie ihm der Schnabel gewachsen war.

Jetzt fuhr er fort: »Die meisten von uns begegnen sich, interessieren sich ein bißchen füreinander, mehr oder weniger. Man trifft sich weiter, und langsam passiert was. Keine Verzauberung. Vielleicht bloß Freundschaft. Man gewöhnt sich aneinander. Vielleicht mag man die Oper nicht, aber man geht in die Oper. Möglicherweise haßt man Sport, aber man fängt an, Tennis zu spielen oder zu joggen. Und dann wird es Liebe. So ist das bei neunzig Prozent aller Menschen, Neeve, glaub's mir.«

»War das auch bei dir so?« fragte Neeve lächelnd.

»Vier Mal«, strahlte Sal sie an. »Sei nicht so ein Frechdachs! Ich bin eben Optimist.«

Neeve trank ihren Kaffee aus und stand auf. Sie fühlte sich ganz aufgekratzt. »Das bin ich, glaube ich, auch, aber du machst es mir richtig bewußt. Wie wär's also am Donnerstag mit einem Abendessen?«

»Gut. Und denk dran: Ich esse nicht so gesund wie Myles. Und sag ja nicht, daß ich es lieber tun sollte!«

Neeve küßte ihn zum Abschied, ließ ihn in seinem Büro zurück und eilte durch den Ausstellungsraum. Mit geübtem Auge nahm sie die Modelle auf den Puppen wahr. Nicht blendend, aber gut. Eine geschickte Verwendung von Farben, klare Linien, neuartig, ohne zu kühn zu sein. Sie würden sich sicher gut verkaufen. Sie war gespannt auf Sals Herbstlinie. War sie wohl so gut, wie er behauptete?

Sie kam gerade rechtzeitig in die Boutique zurück, um mit der Dekorateurin noch die neuen Schaufenster zu besprechen. Als sie um halb sieben den Laden geschlossen hatte, belud sie sich erneut mit Ethel Lambstons Kleidern, um sie mit nach Hause zu nehmen. Den ganzen Tag war keine Nachricht von Ethel gekommen, und mehr als ein halbes Dutzend Versuche, bei ihr anzurufen, waren vergeblich gewesen. Aber jetzt war wenigstens ein Ende in Sicht. Morgen früh würde sie Tse-Tse in Ethels Wohnung begleiten und alle Sachen dort lassen.

5

Am nächsten Morgen erschien Tse-Tse pünktlich um halb neun Uhr in der Eingangshalle. Sie trug ihr Haar in Schnecken über den Ohren. Ein schwarzes Samtcape hing lose von den Schultern bis auf die Füße. Darunter hatte sie ein schwarzes Kleid und ein weißes Schürzchen an. »Ich habe gerade in einem neuen schwedischen Stück eine Rolle als Stubenmädchen bekommen«, vertraute sie Neeve an und nahm ihr ein paar Schachteln aus der Hand. »Ich fand, ich könnte schon ein bißchen üben. Falls Ethel da ist, wird sie es phantastisch finden, mich so kostümiert zu sehen.« Ihr schwedischer Akzent war ausgezeichnet.

Das energische Läuten an Ethels Wohnungstür rief keinerlei Reaktion hervor. Tse-Tse klaubte den Schlüssel aus ihrer Handtasche. Nachdem sie die Tür aufgeschlossen hatte, trat sie beiseite, um Neeve vorangehen zu lassen. Mit einem Seufzer der Erleichterung ließ Neeve die Ladung Kleider aufs Sofa fallen. »Gott sei Dank!« murmelte sie, und dann erstarb ihre Stimme.

Ein muskulöser junger Mann stand im Durchgang, der zu Ethels Schlafzimmer und Bad führte. Offensichtlich war er gerade dabei, sich anzuziehen, denn in einer Hand hielt er eine Krawatte. Das frische weiße Hemd war noch nicht ganz zugeknöpft. Die hellgrünen Augen, die anziehend hätten wirken können, wenn das Gesicht einen andren Ausdruck gehabt hätte, waren ärgerlich zusammengekniffen. Das noch ungekämmte Haar fiel ihm in dichten Locken in die Stirn. Nach dem ersten Schock über sein Auftauchen erkannte Neeve blitzartig, daß seine wirre Mähne das Resultat einer Dauerwelle war. Sie hörte, wie Tse-Tse hinter ihr heftig einatmete.

»Wer sind Sie?« fragte Neeve. »Und warum haben Sie die Tür nicht aufgemacht?«

»Ich glaube, die erste Frage hätte *ich* zu stellen.« Sein Ton war sarkastisch. »Und die Tür öffne ich, wenn es mir beliebt.«

Jetzt trat Tse-Tse auf. »Sie sind Miss Lambstons Neffe«, sagte sie. »Ich habe Ihr Foto gesehen.« Der schwedische Tonfall ging ihr ganz leicht von der Zunge. »Sie sind Douglas Brown.«

»Ich weiß, wer ich bin. Würden Sie mir vielleicht sagen, wer Sie sind?« Sein Sarkasmus hatte sich nicht gelegt.

Neeve spürte Wut in sich aufsteigen. »Ich bin Neeve Kearney«, sagte sie. »Und dies ist Tse-Tse, die Miss Lambstons Wohnung in Ordnung hält. Würden Sie mir bitte verraten, wo Miss Lambston ist? Sie hat behauptet, daß sie diese Kleider unbedingt am Freitag brauchte, und seither habe ich die Sachen hin- und hergetragen.«

»Sie sind also Neeve Kearney.« Das Lächeln

wurde jetzt unverschämt. »Die Schuhe in Nummer drei gehören zum beigen Deux-pièces. Nehmen Sie dazu die Handtasche Nummer drei, und tragen Sie den Schmuck aus dem Etui A. Machen Sie das für alle Leute so?«

Neeve biß die Zähne aufeinander. »Miss Lambston ist eine sehr gute Kundin und eine sehr beschäftigte Frau. Und ich bin ebenfalls eine sehr beschäftigte Frau. Ist sie hier, und wenn nein, wann kommt sie zurück?«

Douglas Brown zuckte die Achseln. Er verlor etwas von seiner Feindseligkeit. »Ich hab keine Ahnung, wo meine Tante ist. Sie hat mich gebeten, am Freitag nachmittag herzukommen. Ich sollte irgend etwas für sie erledigen.«

»Am Freitag nachmittag?« fragte Neeve hastig.

»Ja. Ich kam her, und sie war nicht da. Da ich einen Schlüssel habe, konnte ich in die Wohnung. Bis jetzt ist sie nicht zurückgekommen. Ich hab mir das Sofa zurechtgemacht und bin dageblieben. Ich mußte gerade aus meinem möblierten Zimmer ausziehen, und der Christliche Verein Junger Männer ist nicht so ganz mein Fall.«

Irgend etwas an seiner Erklärung war zu aalglatt. Neeve sah sich im Wohnzimmer um. Am einen Ende des Sofas, auf dem sie die Kleider deponiert hatte, lagen eine zusammengefaltete Wolldecke und ein Kopfkissen. Am Fußboden davor türmten sich Papierberge. Bei allen früheren Besuchen von Neeve hatten sich so viele Akten und Zeitschriften auf diesem Sofa gestapelt, daß man dessen Bezüge überhaupt nicht mehr gesehen hatte. Zusammengeklammerte Zeitungsausschnitte häuften sich auch auf dem Tisch in der Eßecke. Da die Wohnung zu ebener Erde lag, waren die Fenster mit Gitterstäben versehen, und selbst die Fensterbretter dienten Ethel als improvisierte Aktenablage. Am anderen Ende des Zimmers konnte Neeve in die Küche blicken. Wie gewöhnlich standen auf der Anrichte Berge von Geschirr. Die Wände waren willkürlich vollgehängt mit Wechselrahmen voller Bilder, die Ethel aus Zeitungen und Magazinen ausgeschnitten hatte. Alle zeigten Ethel bei der Entgegennahme von Preisen und Auszeichnungen oder in Gesellschaft berühmter Leute.

Ein Gedanke schoß Neeve durch den Kopf. »Ich war am Freitag zu Beginn des Abends hier«, sagte sie. »Um welche Zeit, sagten Sie, sind Sie hergekommen?«

»Gegen drei Uhr. Ich gehe nie ans Telefon. Ethel will das nicht, wenn sie nicht da ist.«

»Stimmt«, sagte Tse-Tse und vergaß einen Augenblick ihren schwedischen Akzent. Doch dann fiel sie in ihre Rolle zurück. »Das ist wirklich wahr.«

Douglas Brown legte sich die Krawatte um den Hals. »Ich muß jetzt arbeiten gehen. Lassen Sie Ethels Kleider einfach da, Miß Kearney.« Dann wandte er sich an Tse-Tse. »Falls Sie eine Möglichkeit sehen, hier etwas aufzuräumen, wäre mir auch das sehr recht. Ich werde meine Sachen zusammenräumen für den Fall, daß Ethel beschließt, uns mit ihrer Gegenwart zu beehren.«

Er schien es auf einmal sehr eilig zu haben, wegzukommen. Er wandte sich um und wollte zum Schlafzimmer gehen.

»Einen Augenblick«, sagte Neeve und wartete, bis er stehenblieb und über die Schulter zurücksah. »Sie sagten, daß Sie gegen drei Uhr am Freitag hergekommen sind. Dann müssen Sie ja dagewesen sein, als ich versucht habe, die Kleider abzugeben. Würden Sie mir bitte erklären, wieso Sie an dem Abend die Tür nicht aufgemacht haben? Es hätte doch auch Ethel sein können, die ihren Schlüssel vergessen hatte, nicht wahr?«

»Um welche Zeit sind Sie gekommen?«

»Gegen sieben.«

»Da war ich ausgegangen, um etwas zu essen. Tut mir leid.« Er verschwand im Schlafzimmer und warf die Tür zu.

Neeve und Tse-Tse sahen sich an. Tse-Tse zuckte die Achseln. »Ich könnte mich eigentlich ans Werk machen.« Ihre Stimme verfiel in einen Singsang. »Dumdideldei, dumdideldei, ganz Stockholm wär schneller aufgeräumt als der Saustall hier.« Dann wurde sie plötzlich ernst. »Du glaubst doch nicht, daß Ethel etwas zugestoßen ist?«

»Ich habe mir schon vorgenommen, meinen Vater zu bitten, die Unfallprotokolle durchsehen zu lassen«, antwortete Neeve. »Allerdings muß ich sagen, daß der liebende Neffe sich keine übertriebenen Sorgen zu machen scheint. Sobald er weg ist, hänge ich Ethels Sachen in ihren Kleiderschrank.«

Einen Augenblick später tauchte Douglas Brown

aus dem Schlafzimmer auf. So wie er jetzt auftrat, in einem dunkelblauen Anzug, den Regenmantel über dem Arm, das volle Haar zurückgebürstet, hatte er etwas Düster-Anziehendes. Er schien erstaunt und keineswegs erfreut zu sein, daß Neeve immer noch da war.

»Ich dachte, Sie hätten so viel zu tun«, sagte er zu ihr. »Oder gedenken Sie, beim Putzen zu helfen?«

Neeves Lippen wurden unheilverkündend schmal. »Ich gedenke, diese Kleider in den Schrank Ihrer Tante zu hängen, damit sie sie zur Hand hat, wenn sie sie braucht. Und danach gedenke ich zu gehen.« Sie warf ihm ihre Visitenkarte hin. »Benachrichtigen Sie mich, wenn Sie von ihr hören. Ich beginne mir nämlich Sorgen zu machen.«

Douglas Brown warf einen Blick auf die Karte und steckte sie in die Tasche. »Ich wüßte nicht, warum. In den zwei Jahren, seit ich in New York wohne, hat sie ihre Verschwindungsnummer mindestens dreimal abgezogen und mich in Restaurants oder hier in der Wohnung warten lassen, bis ich schwarz wurde. Ich glaube allmählich, daß sie wirklich nicht ganz richtig im Kopf ist.«

»Haben Sie im Sinn, hierzubleiben, bis sie zurückkehrt?«

»Ich weiß eigentlich nicht, was Sie das angeht, Miss Kearney. Aber vermutlich ja.«

»Haben Sie eine Geschäftskarte mit einer Telefonnummer, unter der ich Sie während der Arbeitszeit erreichen kann?« Neeve spürte, wie der Zorn in ihr aufstieg.

»Leider drucken sie bei ›Cosmic Oil‹ noch keine Visitenkarten für ihre Angestellten am Empfang. Sehen Sie, ich bin nämlich Schriftsteller, wie meine liebe Tante. Leider bin ich aber, im Gegensatz zu ihr, von der Verlagswelt noch nicht entdeckt worden, und so halte ich mich eben damit über Wasser, daß ich am Empfangspult in der Eingangshalle bei ›Cosmic Oil‹ sitze und eintreffende Besucher anmelde. Nicht gerade eine Arbeit für einen Geistesriesen, aber soviel ich weiß, hat auch Herman Melville als kleiner Angestellter gearbeitet.«

»Halten Sie sich für einen neuen Melville?« Neeve versuchte gar nicht, den spöttischen Ton zu unterdrücken.

»Nein, ich schreibe ganz anders geartete Bücher. Mein letztes hat den Titel ›Das geistige Leben des Hugh Hefner‹. Bisher hat aber noch kein Lektor den Witz dabei kapiert.«

Damit war er zur Tür draußen. Neeve und Tse-Tse sahen sich an. »Was für ein Ekel«, sagte Tse-Tse. »Wenn ich mir vorstelle, daß er der einzige Verwandte der armen Ethel ist.«

Neeve suchte in ihrem Gedächtnis. »Ich glaube nicht, daß sie ihn mir gegenüber je erwähnt hat.«

»Als ich vor vierzehn Tagen zum Putzen kam, telefonierte sie gerade mit ihm und war richtiggehend aufgebracht. Ethel hortet wie ein Eichhörnchen überall Geld in ihrer Wohnung, und sie dachte, daß etwas davon fehlte. Sie beschuldigte ihn praktisch, es gestohlen zu haben.«

Neeve bekam in der staubigen, überladenen

Wohnung plötzlich Platzangst. Sie wollte schnellstens wieder raus. »Laß uns bloß diese Kleider weghängen.«

Möglicherweise hatte Douglas Brown in der ersten Nacht auf dem Sofa geschlafen, seither aber eindeutig Ethels Schlafzimmer benutzt. Auf dem Nachttisch stand ein voller Aschenbecher. Ethel rauchte nicht. Die Louisseize-Möbel waren teuer, wie alles in dieser Wohnung, aber sie kamen in dem ganzen Durcheinander nicht zur Geltung. Parfumflaschen und Haarbürste, Kamm und Handspiegel einer angelaufenen Silbergarnitur waren wahllos auf der Frisierkommode verstreut. Im Goldrahmen des großen Spiegels steckten lauter vollgekritzelte Notizzettel. Mehrere Herrenanzüge, Jacketts und Hosen lagen auf einer mit rosa Damast bezogenen Chaiselongue ausgebreitet. Ein Koffer war daruntergeschoben.

»Nicht einmal er hat sich getraut, Ethels Schrank durcheinanderzubringen«, bemerkte Neeve. Die Rückwand des ziemlich großen Schlafzimmers wurde in ihrer ganzen Breite von einem praktisch unterteilten Einbauschrank eingenommen. Vor vier Jahren hatte Ethel Neeve zum erstenmal gebeten, ihre Garderobe mit ihr durchzusehen. Damals hatte Neeve ihr klargemacht, warum es kein Wunder war, daß sie sich nie wirklich gut anziehen konnte. Sie brauchte mehr Platz. Drei Wochen danach hatte Ethel Neeve erneut zu sich gebeten. Sie hatte sie ins Schlafzimmer geführt und ihr voller Stolz ihre neuste Anschaffung gezeigt: eine nach Maß gefertigte Schrankwand, die sie zehntausend Dollar gekostet hatte. Die Schränke waren so unterteilt, daß auf einer Seite zuerst alle Mäntel hingen, daneben alle Kostüme und dann, wieder für sich, die Tageskleider. Es gab niedrige Stangen für Blusen und hohe für Abendkleider, außerdem Fächer für Pullover und für Handtaschen und Regale für die Schuhe. Ein Fach war für den Schmuck reserviert und mit verzierten Messinghaken versehen, an denen Halsketten und Armbänder hingen. Zwei unheimlich lebendig wirkende Porzellanhände mit gespreizten Fingern reckten sich, wie zum Gebet erhoben, darin empor.

»Sehen die nicht so aus, all könnten sie einen erwürgen?« hatte Ethel fröhlich gefragt und auf die Hände gedeutet. »Sie sind für die Ringe gedacht. Ich hab dem Möbelschreiner gesagt, daß ich alle in ihren Etuis aufbewahre, aber er redete mir zu, sie trotzdem zu nehmen. Sonst würde es mir eines Tages bestimmt leid tun.«

Im Gegensatz zur übrigen Wohnung war Ethels Kleiderschrank tadellos aufgeräumt. Die Kleider hingen ordentlich auf den mit Satin bezogenen Bügeln. Alle Reißverschlüsse waren bis oben zugezogen, die Kostümjacken samt und sonders zugeknöpft.

»Seit Ethel sich von dir anziehen läßt, bekommt sie von allen Leuten Komplimente wegen ihrer Kleider«, bemerkte Tse-Tse. »Und sie findet es herrlich.« An die Innenseiten der Schranktüren hatte Ethel Neeves Listen geklebt, auf denen angegeben war, welches Zubehör sie zu welchen Kleidern tragen sollte.

»Ich habe letzten Monat die ganze Garderobe mit Ethel durchgesehen«, murmelte Neeve. »Wir wollten Platz machen für die neuen Sachen.« Sie legte die Kleider aufs Bett und befreite sie von den Plastikhüllen. »Nun gut, ich gehe jetzt genauso vor, als ob Ethel dabei wäre. Ich verstaue den Kram und klebe die Liste an.«

Während sie die neuen Kleidungsstücke sortierte und aufhängte, überprüfte sie zugleich den Inhalt des Schranks. Ethels Zobelmantel. Ihre Nutriajacke. Der rote Kaschmirmantel. Der Burberry. Das Tweed-Cape. Der weiße Mantel mit Persianerkragen. Der Ledermantel mit Gürtel. Dann kamen die Kostüme. Von Donna Karan, Beene und – Neeve stockte, zwei Kleiderbügel mit neuen Kostümen in der Hand.

»Moment mal«, sagte sie und spähte zum obersten Regal hinauf. Sie wußte, daß Ethels Vuitton-Gepäck aus vier zusammenpassenden Stücken bestand, einem Kleidersack mit Reißverschlußtaschen, einer riesigen Reisetasche, einem großen und einem mittleren Koffer. Der Kleidersack, die Reisetasche und einer der Koffer fehlten. »Das ist wieder mal typisch Ethel«, sagte Neeve, während sie die beiden Kostüme in den Schrank hängte. »Sie ist tatsächlich weggefahren. Das beige Ensemble mit dem Nerzkragen ist nicht da.« Sie begann, alle Abteilungen auf fehlende Stücke hin durchzusehen. Das weiße Wollkostüm, das grüne Strickensemble, das schwarz-weiß Bedruckte. »Es ist nicht zu fassen! Sie hat einfach zusammengepackt und ist verreist. Ich könnte sie eigenhändig erwürgen!« Sie strich sich die Haare aus der Stirn. »Sieh mal«, sagte sie und zeigte auf die Liste an der Schranktür und dann auf die leeren Stellen in den Regalen. »Sie hat lauter warme Sachen mitgenommen. Wahrscheinlich fand sie das Wetter zu lausig für leichte Frühjahrskleider. Ich würde es ihr gönnen, wenn es da, wo sie ist, mindestens dreißig Grad warm ist. *Che noiosa! Spero che muoia di caldo!*«

»Langsam, Neeve«, unterbrach Tse-Tse sie. »Wenn du anfängst, Italienisch zu reden, beginnt deine Wut richtig zu kochen.«

Neeve zuckte die Achseln. »Sie kann mir im Mondschein begegnen. Und meine Rechnung schicke ich an ihren Buchhalter. Der hat wenigstens seinen Kopf fest angeschraubt und vergißt nie, pünktlich zu zahlen.« Sie sah Tse-Tse an. »Wie steht's denn mit dir? Hattest du damit gerechnet, heute Geld zu bekommen?«

Tse-Tse schüttelte den Kopf »Sie hat mich letztes Mal im voraus bezahlt. Ich komme schon zurecht.«

Im Geschäft erzählte Neeve Betty, was geschehen war.

»Sie sollten ihr die Taxispesen auf die Rechnung setzen und sie obendrein für persönliche Lieferdienste bezahlen lassen«, sagte Betty. »Die Frau ist wirklich der Gipfel!«

Mittags, als Neeve mit ihrem Vater telefonierte, erzählte sie auch ihm die Geschichte. »Und ich war schon im Begriff, dich die Unfallberichte durchsehen zu lassen«, sagte sie.

»Hör zu«, antwortete Myles, »jeder Zug würde eher aus den Schienen springen, wenn diese Frau vor ihm auftauchte, als mit ihr aneinanderzugeraten.«

Aus irgendeinem Grund hielt Neeves Verärgerung nicht an. Vielmehr machte sie einer hartnäckigen Beunruhigung Platz, daß etwas an Ethels plötzlicher Abreise nicht in Ordnung war. Sie war auch noch nicht frei davon, als sie um halb sieben den Laden schloß und zur Cocktailparty eilte, die von *Women's Wear Daily* im Hotel St. Regis gegeben wurde.

In der schillernden, nach der neusten Mode gekleideten Menge der Gäste entdeckte sie Toni Mendell, die elegante Chefredakteurin von *Contemporary Woman*, und eilte auf sie zu.

»Wissen Sie vielleicht, wie lange Ethel weg sein wird?« konnte Neeve sie durch das Stimmengewirr hindurch fragen.

»Nein. Ich bin überrascht, daß sie nicht hier ist«, sagte Toni. »Sie sagte, sie würde kommen. Aber wir kennen Ethel ja.«

»Wann soll ihr Modeartikel erscheinen?«

»Am Donnerstag morgen hat sie uns das Manuskript abgeliefert. Ich mußte es zuerst von unseren Anwälten prüfen lassen, damit wir sicher sein können, keine Verleumdungsklage zu riskieren. Ein paar Stellen mußten wir dann streichen, aber der Artikel ist immer noch fabelhaft. Sie haben sicher von dem Bombenvertrag gehört, den Ethel mit dem Verlag Givons and Marks abgeschlossen hat?«

»Nein.«

Ein Kellner kam und bot Toasthäppchen mit Kaviar und Lachs an. Neeve nahm sich eines. Toni schüttelte bedauernd den Kopf. »Jetzt, wo man wieder Taille trägt, darf ich mir nicht einmal eine Olive gestatten.« Toni hatte Größe 38. »Also, der Artikel beschäftigt sich mit den wichtigsten Modeströmungen der letzten fünfzig Jahre und mit ihren Schöpfern. Zugegeben, über das Thema ist immer wieder geschrieben worden, aber Sie kennen Ethel. Bei ihr wird alles zu amüsantem Klatsch. Vor vierzehn Tagen gab sie sich auf einmal schrecklich geheimnisvoll. Wie ich hörte, kam sie anderntags in Jack Campbells Büro geschossen und überredete ihn zu einem Vertrag für ein Buch über Mode und zu einem sechsstelligen Vorschuß. Wahrscheinlich hat sie sich jetzt irgendwo vergraben, um es zu schreiben.«

»Kindchen, du siehst wieder einmal göttlich aus!« erschallte eine Stimme hinter Neeves Rücken.

Tonis Lächeln entblößte die ganze Reihe ihrer untadeligen Jacketkronen. »Carmel! Wo hast du dich versteckt? Ich habe sicher ein Dutzend Nachrichten für dich hinterlassen.«

Neeve wollte sich zurückziehen, doch Toni hielt sie auf. »Eben ist Jack Campbell reingekommen, Neeve. Dort drüben, der große Mann im grauen

Anzug. Vielleicht weiß er, wo Sie Ethel erreichen können.«

Bis Neeve den Raum durchquert hatte, war Jack Campbell bereits von Leuten umringt. Sie wartete und hörte sich die Gratulationen an, die sie ihm entgegenbrachten. Aus den Gesprächen entnahm sie, daß er zum Direktor des Verlags Givons and Marks ernannt worden war, sich soeben eine Wohnung in der 52. Straße gekauft hatte und überzeugt war, daß er das Leben in New York sehr genießen werde.

Sie schätzte ihn auf Ende dreißig, ziemlich jung für den Posten. Er hatte dunkelbraunes, kurzgeschnittenes Haar. Sein Gesicht war schmal, die Augen ebenso dunkel wie das Haar. Sein Lächeln, das kleine Fältchen in den Augenwinkeln entstehen ließ, wirkte aufrichtig. Ihr gefiel die Art, wie er den Kopf neigte, um zuzuhören, was ihm ein älterer Redakteur erzählte, und sich dann jemand anderm zuwandte, ohne brüsk zu erscheinen.

Eine wahre Kunst, dachte Neeve, die Politiker ganz natürlich beherrschen, aber nicht allzu viele Geschäftsleute.

Es war ihr möglich, Jack Campbell eine Weile zu beobachten, ohne daß es auffiel. Wieso kam er ihr irgendwie bekannt vor? Sie mußte ihm schon begegnet sein. Aber wo?

Ein Kellner blieb vor ihr stehen, und sie nahm sich noch ein Glas Wein. Ihr zweites und letztes, aber sie konnte wenigstens daran nippen und beschäftigt aussehen.

»Sind Sie nicht Neeve?«

Im selben Augenblick, als sie sich abwenden wollte, war Jack Campbell auf sie zugetreten. Er stellte sich vor. »Vor sechs Jahren, auf dem Flug nach Chicago. Sie waren auf dem Rückweg aus dem Skiurlaub, und ich war auf einer Geschäftsreise. Erst fünf Minuten vor der Landung fingen wir an, uns miteinander zu unterhalten. Sie waren ganz erfüllt von dem Plan, eine Modeboutique zu eröffnen. Wie ist es Ihnen damit ergangen?«

»Sehr gut.« Neeve erinnerte sich nur vage an ihr kurzes Gespräch. Sie war aus dem Flugzeug gehastet, um ihren Anschlußflug zu erreichen. Ja, sie hatten von ihrer beruflichen Tätigkeit gesprochen. »Hatten Sie damals nicht gerade angefangen, für einen neuen Verlag zu arbeiten?«

»Ja.«

»Offensichtlich war es ein guter Schritt.«

»Jack, ich würde Sie gerne mit ein paar Leuten bekannt machen.« Die Gastgeberin hatte ihn am Ärmel gezupft.

»Ich möchte Sie nicht aufhalten«, sagte Neeve rasch. »Nur eine Frage: Soviel ich weiß, schreibt Ethel Lambston ein Buch für Sie. Können Sie mir sagen, wo ich sie erreichen kann?«

»Ich habe ihre private Telefonnummer. Würde Ihnen die etwas nützen?«

»Danke, aber die habe ich auch.« Neeve hob die Hand in einer raschen, abwinkenden Geste. »Jetzt will ich Sie wirklich nicht länger aufhalten.«

Sie drehte sich um und schlüpfte durch die

Menge. Das Stimmengewirr ging ihr plötzlich auf die Nerven. Sie merkte jetzt, daß es ein langer Tag für sie gewesen war.

Wie gewohnt, war das Trottoir vor dem St. Regis voll von Menschen, die auf ein Taxi warteten. Neeve schickte sich drein und machte sich zu Fuß auf den Heimweg. Der Abend war recht angenehm. Eigentlich könnte sie die Abkürzung durch den Central Park nehmen. Ein Spaziergang bis nach Hause täte ihrem dumpfen Kopf nur gut. Doch kurz vor dem Eingang zum Park hielt ein Taxi genau vor ihr und ließ den Fahrgast aussteigen. Sie zögerte, griff dann aber nach der offenen Tür und stieg ein. Plötzlich war ihr die Vorstellung, noch fast zwei Kilometer auf hohen Absätzen laufen zu müssen, zuwider.

Den enttäuschten Ausdruck auf Dennys Gesicht sah sie nicht. Geduldig hatte er draußen vor dem St. Regis gewartet und war ihr die Fifth Avenue hinauf gefolgt. Als sie auf den Park zuging, hatte er schon geglaubt, daß jetzt die Gelegenheit für ihn gekommen war.

Um zwei Uhr früh an diesem Morgen erwachte Neeve aus tiefem Schlaf. Sie hatte geträumt, daß sie vor Ethels Kleiderschrank stand und eine Liste aufstellte.

Eine Liste!

»Hoffentlich platzt sie dort, wo sie ist, vor Hitze ...«

Das war's! Die Mäntel. Sie waren vollzählig da.

Ethel hatte ihren Artikel am Donnerstag abgeliefert. Niemand hatte sie am Freitag gesehen. Beide Tage waren windig und scheußlich kalt gewesen. Am Freitag hatte es einen Schneesturm gegeben. Doch sämtliche Wintermäntel, die Ethel besaß, hingen an ihrem Platz im Kleiderschrank …

Nicky Sepetti fröstelte in der Wolljacke mit Zopfmuster, die seine Frau ihm im selben Jahr gestrickt hatte, als er ins Gefängnis kam. Sie paßte ihm noch in der Schulterbreite, aber um die Taille war sie ihm viel zu weit. Er hatte im Gefängnis fast dreißig Pfund abgenommen.

Von seiner Wohnung bis zur Strandpromenade war es nur einen Häuserblock weit. Mit unwirschem Kopfschütteln über die Ermahnungen seiner Frau – »Bind einen Schal um, Nicky! Du hast vergessen, wie scharf der Wind vom Meer her bläst.« – stieß er die Haustür auf und schloß sie hinter sich wieder. Der würzige Salzgeruch der Luft stieg ihm in die Nase, und er atmete ihn genußvoll ein. In seiner Kindheit in Brooklyn waren seine Mutter und er immer mit dem Bus zum Baden an die Rockaway Beach gefahren. Vor dreißig Jahren hatte er das Haus in Belle Harbour gekauft, damit Marie und die Kinder dort den Sommer verbringen konnten. Nach seiner Verurteilung war sie dann ganz hinausgezogen.

Siebzehn Jahre. Am letzten Freitag waren sie vorbei gewesen. Der erste tiefe Atemzug, den er außerhalb der Gefängnismauern tat, löste Wellen von Schmerzen in seiner Brust aus. »Meiden Sie die Kälte!« hatten die Ärzte ihm eingeschärft.

Marie hatte ein großes Essen vorbereitet und ein Schild »Willkommen zu Hause, Nicky« aufgehängt. Er war so erschöpft gewesen, daß er mitten während des Essens zu Bett gehen mußte. Die Kinder hatten angerufen, Nick junior und Tessa. »Wir lieben dich, Papa!« hatten sie ihm gesagt.

Er hatte nicht gewollt, daß sie ihn im Gefängnis besuchten. Tessa kam gerade aufs College, als er seine Strafe antrat. Jetzt war sie fünfunddreißig, hatte zwei Kinder und lebte in Arizona. Ihr Mann nannte sie Theresa.

Nick junior hatte seinen Nachnamen in Damiano geändert. Das war Maries Mädchenname. Nicholas Damiano, staatlich vereidigter Buchprüfer, lebte in Connecticut.

»Kommt jetzt noch nicht her«, riet Nicky ihnen. »Wartet, bis die Journalisten nicht mehr herumwimmeln.«

Das ganze Wochenende waren er und Marie im Haus geblieben, zwei schweigende Fremde, während draußen die Kameras darauf warteten, daß er herauskam.

Aber an diesem Morgen waren sie abgezogen. Schnee von gestern, das war er nur noch für sie. Ein kranker Strafentlassener. Nicky atmete tief durch und spürte, wie die salzige Luft seine Lungen füllte.

Ein kahlköpfiger Jogger in einem dieser verrückten Trainingsanzüge kam ihm entgegen und blieb stehen. »Schön, daß Sie wieder da sind, Mr. Sepetti. Sie sehen großartig aus!«

Nicky runzelte die Stirn. Er hatte keine Lust, sich diesen Unsinn anzuhören. Er wußte ganz genau, wie er aussah. Erst vor einer halben Stunde hatte er sich nach dem Duschen von oben bis unten eingehend im Spiegel an der Badezimmertür betrachtet. Oben auf dem Kopf waren ihm die Haare völlig ausgegangen, aber weiter unten wuchsen sie noch in einem dichten Kranz. Vor seinem Strafantritt war das Haar schwarz und silbern meliert gewesen; Pfeffer und Salz pflegte sein Friseur es zu nennen. Jetzt war das, was noch vorhanden war, fahlgrau oder, wenn man so wollte, schmutzigweiß. Auch der Rest der Selbstprüfung hatte ihn nicht gerade aufgeheitert. Vorstehende Augen, die ihn schon immer gestört hatten, auch als er noch ein recht gutaussehender jüngerer Mann war. Jetzt wölbten sie sich wie Marmeln. Eine schwache Narbe auf der Wange, die aus der Blässe hervorstach. Der Gewichtsverlust hatte sein Aussehen nicht verbessert; er wirkte schlaff wie ein Kissen, das die Hälfte der Federn verloren hat. Ein Mann, der auf die sechzig zuging. Zweiundvierzig war er gewesen, als er ins Gefängnis kam.

»Ja, großartig«, antwortete er. »Vielen Dank.« Er wußte, daß der Mann, der den Gehsteig blockierte und mit nervösem Lächeln sein ganzes Gebiß entblößte, zwei oder drei Häuser weit von ihm wohnte, aber er konnte sich nicht an den Namen erinnern.

Seine Stimme mußte verärgert geklungen haben. Der Jogger wirkte verlegen. »Na, jedenfalls freue ich mich, daß Sie wieder da sind.« Das Lächeln war jetzt gezwungen. »Toller Tag heute, nicht wahr? Ein bißchen kühl, aber man spürt den Frühling schon.«

Wenn ich die Wetterlage wissen will, stelle ich das Radio an, dachte Nicky und hob dann die Hand zum Gruß. »Ja, ja«, murmelte er und ging rasch weiter, bis er zur Strandpromenade kam.

Der Wind hatte das Meer zu einer wogenden, schaumigen Masse aufgepeitscht. Nicky lehnte sich an das Geländer und dachte daran, wie er es als Kind genossen hatte, sich von den Wellen tragen zu lassen. Seine Mutter schimpfte ständig mit ihm. »Schwimm nicht so weit raus. Du wirst ertrinken!«

Ruhelos raffte er sich wieder auf, um noch ein Stück weiter am Strand entlangzulaufen. Er wollte bis zu der Stelle gehen, von der aus er die Berg-und-Tal-Bahn des Vergnügungsparks sehen konnte, und dann umkehren. Seine Kumpel wollten ihn zu Hause abholen, zuerst mit ihm in den Klub gehen und dann seine Rückkehr mit einem Mittagessen in der Mulberry Street feiern. Es war eine Achtungsbezeigung ihm gegenüber, aber er machte sich keine Illusionen. Siebzehn Jahre waren eine zu lange Zeit, um wegzubleiben. Sie hatten sich inzwischen auf Dinge eingelassen, die er ihnen nie gestattet hätte. Es hatte sich herumgesprochen, daß er krank war. So würden sie nur das vollenden, womit sie in den letzten Jahren bereits begonnen hatten: ihn langsam aus seiner führenden Rolle zu verdrängen. Und er konnte sich nur damit abfinden.

Joey war zusammen mit ihm verurteilt worden. Zum selben Strafmaß. Aber Joey kam nach sechs Jahren raus. Jetzt hatte Joey das Ruder in der Hand.

Myles Kearney. Bei ihm konnte er sich für die zusätzlichen elf Jahre bedanken.

Nicky lief mit gesenktem Kopf gegen den Wind und versuchte immer noch, zwei bittere Pillen zu schlucken. Mochten seine Kinder behaupten, daß sie ihn liebten. In Wirklichkeit schämten sie sich seinetwegen. Wenn Marie sie besuchte, gab sie sich ihren Freunden gegenüber als Witwe aus.

Tessa. Mein Gott, wie verrückt war sie als Kind nach ihrem Vater! Vielleicht war es falsch gewesen, nicht zuzulassen, daß sie ihn in all diesen Jahren besuchte. Marie fuhr regelmäßig zu ihr. Dort, bei ihrer Tochter, aber auch bei dem Sohn in Connecticut nannte sie sich Mrs. Damiano. Er hätte so gerne Tessas Kinder gesehen, doch ihr Mann fand, er solle damit noch warten.

Marie. Nicky spürte, daß sie ihm die vielen Jahre nachtrug, die sie auf ihn gewartet hatte. Es war ein tiefsitzender Groll. Zwar tat sie so, als freue sie sich, ihn wieder bei sich zu haben, aber ihr Blick war kalt und verschleiert. Er konnte ihre Gedanken lesen: »Durch das, was du getan hast, Nicky, sind wir selbst für unsere Freunde zu Ausgestoßenen geworden.« Marie war erst vierundfünfzig, aber sie sah zehn Jahre älter aus. Sie arbeitete im Personalbüro eines Krankenhauses. Sie hätte es nicht nötig gehabt, aber als sie die Stelle bekam, hatte sie ihm erklärt: »Ich kann nicht im Haus herumsitzen und die Wände anstarren.«

Marie. Nick junior, nein, *Nicholas*, Tessa, nein, *Theresa*.

Wären sie wirklich traurig gewesen, wenn er im Gefängnis einen Herzschlag bekommen hätte? Vielleicht wäre es nicht zu spät gewesen, wenn man ihn wie Joey nach sechs Jahren rausgelassen hätte. Jetzt war es für alles zu spät.

Wegen Myles Kearney hatte er länger sitzen müssen, und er würde noch immer sitzen, wenn sie eine Möglichkeit gefunden hätten, ihn zu behalten.

Nicky war schon ein ganzes Stück zu weit gegangen, ehe er sich bewußt wurde, daß er das Gerüst der ehemaligen Berg-und-Tal-Bahn gar nicht gesehen hatte. Erschrocken stellte er fest, daß es abgebrochen worden war. Er kehrte um und machte sich auf den Rückweg. Die klammen Hände in den Taschen vergraben, stemmte er sich mit hochgezogenen Schultern gegen den Wind. Er hatte einen bitteren Geschmack im Mund und spürte jetzt nicht mehr die salzige Frische der Meeresluft auf seinen Lippen ...

Der Wagen wartete bereits auf ihn, als er nach Hause kam. Louie saß am Steuer. Louie, der einzige, dem er restlos vertrauen konnte. Louie, der Wohltaten nicht vergaß. »Sobald Sie bereit sind,

Don Sepetti«, sagte Louie. »Schön, daß ich das wieder zu Ihnen sagen kann.« Louie meinte es ehrlich.

Nicky sah den Anflug mürrischer Schicksalsergebenheit in Maries Augen, als er ins Haus kam und seine Strickjacke mit einem Jackett vertauschte. Er erinnerte sich, wie er einmal in der Schule eine Nacherzählung über etwas schreiben mußte, das er gelesen hatte. Er wählte sich die Kurzgeschichte von einem Mann aus, der eines Tages verschwindet, so daß seine Frau denkt, er sei tot; »und so richtete sie sich bequem in ihrem Leben als Witwe ein«. Marie hatte sich bequem in ihrem Leben ohne ihn eingerichtet.

Er mußte den Tatsachen ins Auge sehen. Sie wollte ihn gar nicht zurückhaben. Seine Kinder wären erleichtert, wenn er spurlos verschwände; besser noch, wenn er eines schönen, sauberen, natürlichen Todes stürbe, der auch später für ihre Kinder keiner Erklärung bedurfte. Wenn sie nur wüßten, wie nahe die Erfüllung dieser Wünsche schon war!

»Willst du etwas zu Abend essen, wenn du nach Hause kommst?« fragte Marie. »Ich habe heute Spätschicht, aber ich könnte dir etwas vorbereiten und in den Eisschrank stellen.«

»Nicht nötig.«

Während der ganzen Fahrt durch Brooklyn bis hinüber nach Manhattan saß er schweigend im Wagen. Im Klub hatte sich nichts verändert. Von außen sah es noch immer nach einem schäbigen

Lokal aus. Drinnen standen die Kartentische mit den Stühlen rundherum bereit für die Spieler. Da war die riesengroße, matt gewordene Espressomaschine, dort das Münztelefon, das, wie jedermann wußte, abgehört wurde.

Der einzige Unterschied zeigte sich in der Haltung der »Familie«. O ja, sie scharten sich um ihn, begrüßten ihn ehrerbietig, hießen ihn mit aufgesetztem Lächeln willkommen. Aber er durchschaute sie.

Er war froh, als es Zeit wurde, in die Mulberry Street zu gehen. Wenigstens Mario, der Besitzer des Restaurants, schien sich zu freuen, ihn zu sehen. Das private Hinterzimmer war für sie vorbereitet. Die Teigwaren und Vorspeisen hatte er schon in früheren Jahren am liebsten gemocht. Nicky begann sich zu entspannen und fühlte wieder etwas von der alten Kraft in seinen Körper zurückkommen. Er wartete, bis der Nachtisch, *cannoli*, mit viel starkem, schwarzem Espresso gebracht wurde, ehe er jedem der zehn Männer, die rechts und links von ihm in zwei gleichen Reihen wie Zinnsoldaten saßen, ins Gesicht sah. Er nickte und begrüßte damit die zu seiner Rechten, dann die zu seiner Linken. Zwei Gesichter waren neu für ihn. Der eine sah in Ordnung aus. Der andere wurde ihm als »Carmen Machado« vorgestellt.

Nicky musterte ihn eingehend. Um die dreißig, mit dichten dunklen Haaren und Brauen, platter Nase, sehr hager, aber zäh. Er war seit drei, vier Jahren dabei. Alfie hatte ihn im Kittchen kennengelernt, sagten sie, als er wegen eines Autodiebstahls saß. Nicky mißtraute ihm instinktiv. Er wollte Joey ausquetschen, wieviel sie wirklich über ihn wußten.

Sein Blick blieb auf Joey haften. Joey, der nach sechs Jahren rausgekommen war, der die Führung übernommen hatte, während er, Nicky, eingesperrt blieb. Joeys rundes Gesicht war von Fältchen durchzogen, die ein Lächeln darstellen sollten. Joey sah aus wie die Katze, die den Kanarienvogel gefressen hat.

Nicky verspürte ein Brennen in der Brust. Auf einmal lag ihm das Essen schwer im Magen. »Also gut, dann sagt mir jetzt, was ihr auf dem Herzen habt«, forderte er Joey auf.

Joey lächelte immer noch. »Mit Verlaub gesagt, habe ich großartige Neuigkeiten. Wir wissen alle, was du von dem Schweinehund Kearney hältst. Aber hör, was jetzt kommt. Es läuft ein Mordkontrakt auf seine Tochter. *Und er ist nicht von uns!* Steuber wird sie beseitigen lassen. Das ist fast so etwas wie ein Geschenk für dich.«

Nicky sprang auf und schlug mit der Faust auf den Tisch. Von Wut übermannt, hämmerte er auf die schwere Eichenplatte. »Ihr verdammten Idioten!« brüllte er. »Ihr stinkenden, dämlichen Hurenböcke! Macht ihn sofort rückgängig!« Er erhaschte einen flüchtigen Blick von Carmen Machado und wußte, daß er einem Polizisten ins Gesicht sah. »Macht ihn rückgängig. Ich verlange von euch, daß ihr den Kontrakt annulliert! Verstanden?«

Der Ausdruck in Joeys Gesicht wandelte sich von Furcht zu Besorgnis und dann zu Mitleid. »Nicky, du weißt sehr gut, daß das unmöglich ist. Niemand kann einen Kontrakt wieder aufheben. Es ist zu spät.«

Eine Viertelstunde später befand sich Nicky neben dem schweigend hinter dem Steuer sitzenden Louie auf dem Heimweg nach Belle Harbour. Seine Brust brannte vor ständig neu aufflammenden Schmerzen. Das Nitroglyzerin unter seiner Zunge nützte nichts. Wenn Kearneys Tochter etwas zustieß, würden die Bullen nicht ruhen, bis sie es ihm angehängt hatten, und Joey wußte das ganz genau.

Wie dumm es von ihm gewesen war, Joey auch noch vor Machado zu warnen! »Ausgeschlossen, daß der Bursche in Florida für die Palino-Familie gearbeitet hat«, hatte er zu Joey gesagt. »Du warst einfach zu beschränkt, um dich richtig über ihn zu erkundigen. Stimmt's? Du blöder Hund, jedesmal, wenn du den Mund aufmachst, breitest du alles vor einem Bullen aus.«

Am Dienstag morgen erwachte Seamus Lambston nach vier Stunden Schlaf, der von quälenden Träumen heimgesucht gewesen war. Um halb drei Uhr früh hatte er sein Lokal geschlossen, noch eine Weile Zeitung gelesen und war dann ganz leise ins Bett gekrochen, um Ruth nicht zu stören.

Als seine Töchter noch klein waren, konnte er morgens ausschlafen, erst am Mittag in die Bar gehen, zu einem frühen Abendessen mit der Familie nach Hause kommen und dann wieder zurückgehen, bis die Bar schloß. Aber in den letzten Jahren, seit es mit dem Geschäft unablässig bergab ging und die Miete sich verdoppelte und verdreifachte, hatte er Barkeeper und Kellner entlassen und die Speisekarte vereinfacht, bis er nur noch Sandwiches zum Essen anbot. Er besorgte den ganzen Einkauf selber, war bereits um acht oder halb neun im Lokal und blieb, mit Ausnahme eines zu Hause hastig eingenommenen Abendessens, bis zur Schließungszeit. Trotzdem konnte er sich kaum über Wasser halten.

Ethels Gesicht verfolgte ihn in seinen Träumen. Ihre Froschaugen, wenn sie ärgerlich war. Ihr ironisches Lächeln, das er auf ihrem Gesicht ausgelöscht hatte.

Als er am Donnerstag nachmittag zu ihr in die Wohnung gekommen war, hatte er ein Foto seiner Töchter hervorgezogen. »Ethel«, flehte er sie an, »sieh sie dir an. Sie brauchen das Geld, das ich dir bezahle. Gib mir eine Chance.«

Sie hatte das Bild genommen und eingehend betrachtet. »Das hätten meine Kinder sein sollen«, sagte sie und gab ihm das Foto zurück.

Jetzt krampfte sich sein Magen vor Furcht zusammen. Die Alimentenzahlung wurde am Fünften fällig. Morgen. Würde er es wagen, den Scheck nicht auszuschreiben?

Es war halb acht. Ruth war schon aufgestanden. Er hörte das Plätschern der Dusche. Er verließ das

Bett und ging in das kleine Zimmer, das zugleich als Wohnraum und Büro diente. Von den Strahlen der Morgensonne war es in ein grelles Licht getaucht. Er setzte sich an den Schreibsekretär, der schon seit drei Generationen in seiner Familie war. Ruth haßte ihn.

Sie hätte viel lieber sämtliche alten, schweren Möbel durch moderne Stücke in hellen, freundlichen Farben ersetzt. »Alle guten Möbel hast du Ethel gelassen, als ihr euch getrennt habt«, hielt sie ihm immer wieder vor. »Und ich mußte mit dem Krempel von deiner Mutter leben. Die einzigen neuen Gegenstände, die ich je anschaffen konnte, waren die Baby- und Kinderbetten für die Mädchen, und auch die waren nicht das, was ich mir für sie gewünscht hätte.«

Seamus schob die quälende Entscheidung, ob er Ethels Scheck ausschreiben sollte, hinaus und stellte zuerst ein paar andere aus. Für Gas, Elektrizität, Miete und Telefon. Das Kabelfernsehen hatten sie schon vor einem halben Jahr abbestellt. Dadurch sparten sie zweiundzwanzig Dollar monatlich.

Aus der Küche hörte er, wie Ruth den Kaffeekocher auf den Herd setzte. Wenige Minuten später kam sie mit einem kleinen Tablett ins Zimmer, auf dem sie ein Glas Orangensaft und eine Tasse mit heißem Kaffee brachte. Sie lächelte, und einen Moment erinnerte sie ihn an die hübsche, ausgeglichene Frau, die er drei Monate nach seiner Scheidung geheiratet hatte. Ruth neigte nicht zu Zärtlichkeiten, doch als sie das Tablett neben ihn stellte, beugte sie sich vor und drückte ihm einen Kuß auf den Kopf.

»Wenn ich dich da die monatlichen Schecks schreiben sehe, wird es mir erst richtig bewußt«, sagte sie. »Kein Geld mehr an Ethel. Mein Gott, Seamus, endlich können wir anfangen aufzuatmen. Laß uns das heute abend feiern! Nimm dir jemand, der dich in der Bar vertritt. Wir sind seit Monaten nicht mehr zum Essen ausgegangen.«

Seamus spürte, wie sein Magen sich zusammenkrampfte. Der starke Kaffeeduft verursachte ihm plötzlich Übelkeit. »Liebling«, begann er zögernd, »ich kann nur hoffen, daß sie sich nicht anders besinnt. Ich meine, ich habe nichts Schriftliches von ihr. Findest du nicht, ich sollte ihr einfach den gewohnten Scheck schicken, damit sie ihn zurücksenden kann? Ich glaube, das wäre das beste. Dann hätten wir nämlich etwas Rechtsgültiges, ich meine, einen Beweis, daß sie einverstanden ist, wenn ich mit den Zahlungen aufhöre.«

Seine Stimme erstickte zu einem Keuchen, als eine schmerzhafte Ohrfeige seinen Kopf gegen die linke Schulter schnellen ließ. Er blickte auf und zuckte zusammen, als er die Empörung und den mörderischen Haß in Ruths Gesicht sah. Denselben Ausdruck hatte er erst vor ein paar Tagen auf einem anderen Gesicht gesehen.

Doch dann erschienen hellrote Flecken auf Ruths Backenknochen, und Tränen der Erschöpfung stiegen ihr in die Augen. »Verzeih mir, Seamus. Ich habe einfach die Nerven verloren.« Ihre Stimme versagte. Sie biß sich auf die Lippen und gab sich einen Ruck. »Aber keine weiteren Schecks. Sie soll sich unterstehen, ihr Wort zurückzunehmen! Eher bringe ich sie eigenhändig um, als daß ich dich noch einen einzigen Cent an sie bezahlen lasse.«

6

Am Mittwochmorgen erzählte Neeve ihrem Vater von den Befürchtungen, die sie wegen Ethel hegte. Während sie mit besorgt gerunzelter Stirn einen Toast mit Rahmkäse bestrich, sprach sie die Überlegungen aus, die sie die halbe Nacht wachgehalten hatten. »Ethel ist zwar schusselig genug, ohne ihre neuen Kleider abzufliegen, aber sie hatte für Freitag eine Verabredung mit ihrem Neffen.«

»Behauptet er«, warf Myles ein.

»Genau. Ich weiß, daß sie am Donnerstag ihren Artikel abgeliefert hat. Donnerstag war eiskaltes Wetter, und gegen Abend fing es an zu schneien. Freitag war der reinste Wintertag.«

»Du mauserst dich noch zum Meteorologen«, bemerkte Myles.

»Ernstlich, Myles, irgend etwas kann da nicht stimmen. Alle warmen Mäntel hingen in Ethels Kleiderschrank.«

»Neeve, die Frau wird ewig leben. Ich sehe geradezu, wie der liebe Gott und der Teufel sie sich gegenseitig zuschieben: Nimm sie nur, sie gehört dir!« Myles freute sich über seinen eigenen Witz.

Neeve machte eine verzweifelte Miene, weil er ihre Besorgnis nicht ernst nahm; zugleich war sie für den scherzhaften Ton dankbar. Ein frischer Luftzug drang durch den Spalt des ein wenig offenstehenden Küchenfensters und legte sich über die Abgasgerüche der Tausenden von Autos, die unten auf der Schnellstraße am Hudson River entlangfuhren. Der Schnee verschwand ebenso rasch, wie er gekommen war. Der Frühling lag in der Luft, was wohl dazu beigetragen hatte, daß Myles wieder besserer Stimmung war. Oder gab es noch einen anderen Grund?

Neeve stand auf, holte die Kaffeekanne vom Herd und füllte ihre beiden Tassen nach. »Du scheinst ja heute recht aufgekratzt«, bemerkte sie. »Bedeutet das, daß du aufgehört hast, dich wegen Nicky Sepetti zu sorgen?«

»Nun ja, ich habe mit Herb gesprochen und bin beruhigt, daß Nicky nicht einmal die Zähne putzen kann, ohne daß einer unserer Leute seine Plomben zählt.«

»Aha.« Neeve wußte, daß es nicht ratsam war, Myles weitere Fragen zu stellen. »Hauptsache, daß du meinetwegen nicht mehr ständig beunruhigt bist.« Sie sah auf ihre Uhr. »Langsam muß ich mich fertig machen.« An der Küchentür zögerte sie. »Myles, ich kenne Ethels Garderobe wie meine eigene. Sie ist am Donnerstag oder Freitag ohne Mantel verschwunden. Findest du dafür eine Erklärung?«

Myles ließ die *New York Times*, die er gerade zu lesen begonnen hatte, geduldig wieder sinken. »Laß uns das ›Denk-mal-Spiel‹ spielen, Neeve.

Denk mal, daß Ethel in irgendeinem anderen Geschäft einen Mantel gesehen und gefunden hat, den könnte sie jetzt gerade gebrauchen.«

Das ›Denk-mal-Spiel‹ hatten sie erfunden, als die vierjährige Neeve sich verbotenerweise eine Flasche Coca-Cola aus dem Eisschrank genommen hatte. Myles hatte sie erwischt, als sie eben den letzten Tropfen austrank, und sie streng angesehen. »Ich habe eine gute Idee, Papa«, hatte sie eilig gesagt. »Wir spielen das ›Denk-mal-Spiel‹. Denk mal, das wär Apfelsaft.«

Neeve kam sich plötzlich lächerlich vor. »Genau darum bist du der Polizist, und ich bin für die Modeboutique zuständig.«

Doch als sie geduscht und sich fertig angezogen hatte, war ihr der Trugschluß in Myles Überlegungen aufgegangen. Das Coca-Cola war damals auch kein Apfelsaft gewesen. Und jetzt hätte sie alles, was sie besaß, verwettet, daß Ethel nicht irgendwo anders einen Mantel gekauft hatte.

Am Mittwoch morgen erwachte Douglas Brown schon früh und begann, seine Herrschaft über Ethels Wohnung auszudehnen. Es war eine angenehme Überraschung für ihn gewesen, das Apartment bei seiner Rückkehr von der Arbeit blitzsauber und so aufgeräumt vorzufinden, wie dies angesichts der vielen Papierstapel menschenmöglich war. Im Tiefkühler hatte er ein paar eingefrorene Fertigmahlzeiten gefunden, eine Lasagne ausgewählt und in der Zeit, bis sie aufgewärmt war, ein kaltes Bier getrunken. Ethel besaß den allerneusten Fernsehapparat mit einem großen Bildschirm, und Doug hatte sich mit einem Tablett ins Wohnzimmer gesetzt und beim Essen eine Sendung angeschaut.

Jetzt nahm er von dem mit seidenen Laken bezogenen, luxuriösen Bett aus die Einrichtung des Schlafzimmers in Augenschein. Sein Koffer lag noch auf der Chaiselongue; seine Anzüge hatte er über die Lehne gehängt. Zum Teufel! Wahrscheinlich war es nicht ratsam, ihren kostbaren Kleiderschrank zu benutzen. Aber er sah keinen Hinderungsgrund, seine Sachen in dem anderen Schrank zu verstauen.

Der Wandschrank im Flur diente eindeutig als Rumpelkammer. Es gelang ihm, die Fotoalben, Stapel von Katalogen und Zeitschriften so zusammenzuschieben, daß er die Kleiderstange für seine Anzüge benutzen konnte.

Während der Kaffee im Kocher blubberte, duschte Doug sich und genoß sowohl das blendende Weiß der Kacheln wie auch die Tatsache, daß die ganze Ansammlung von Ethels Parfumflaschen und Wässerchen jetzt schön geordnet auf dem Glasbord rechts neben der Tür stand. Auch die Frottiertücher lagen zusammengefaltet im Wäscheschrank im Badezimmer. Bei diesem Gedanken runzelte Douglas plötzlich die Stirn. Das Geld! Hatte die kleine Schwedin, die Ethels Wohnung in Ordnung hielt, womöglich das Geld gefunden?

Er sprang aus der Dusche, rieb seinen mageren Körper energisch trocken, schlang sich das Handtuch um die Hüften und eilte ins Wohnzimmer. Er hatte eine einzige Hundertdollarnote nahe beim Lehnsessel unter dem Teppich liegen gelassen. Sie war noch da. Entweder war das Mädchen also ehrlich, oder sie hatte das Geld nicht gesehen.

Ethel war ja so dumm, überlegte er. Jeden Monat, wenn der Scheck von ihrem Ex-Mann kam, löste sie ihn in lauter Hunderternoten ein. »Mein Geld zum Rausschmeißen«, hatte sie zu Doug gesagt. Es war das Geld, das sie ausgab, wenn sie ihn zum Essen in ein teures Restaurant einlud. »Die essen weiße Bohnen, und wir tafeln hier mit Kaviar«, erklärte sie. »Manchmal verplempere ich alles in einem Monat. Manchmal sammelt es sich an. Ab und zu sehe ich nach und schicke die überzähligen Piepen an meinen Buchhalter, der die Kleider davon bezahlt. Restaurants und Kleider – dafür hat der Schlappschwanz all die Jahre gesorgt.«

Doug hatte mit ihr gelacht und auf Seamus, den Schlappschwanz, angestoßen. Aber an jenem Abend war ihm auch klargeworden, daß Ethel keine Übersicht hatte, wieviel Bargeld in der Wohnung versteckt war, und daher ein- bis zweihundert Dollar im Monat gar nicht vermissen würde. Das war der Betrag, den er sich während der letzten zwei Jahre regelmäßig angeeignet hatte. Das eine oder andere Mal hatte sie Verdacht geschöpft, doch sobald sie etwas zu sagen versuchte, hatte er den Empörten gespielt, und sie hatte sofort eingelenkt. »Wenn du aufschreiben würdest, was du ausgibst, sähest du ja, wohin das Geld gegangen ist!« hatte er gebrüllt.

»Es tut mir leid, Doug«, hatte Ethel sich entschuldigt. »Du kennst mich doch. Plötzlich hab ich eine Idee – und schon schieße ich los.«

Er löschte das letzte Gespräch aus seinem Gedächtnis, als sie ihn gebeten hatte, am vergangenen Freitag eine Besorgung für sie zu erledigen, und dann hinzufügte, er könne aber kein Trinkgeld dafür erwarten, denn: »Ich habe deinen Rat beherzigt und mir aufgeschrieben, was für Ausgaben ich hatte.«

Er war hastig hergekommen, überzeugt, daß er sie besänftigen könnte, denn er wußte, daß sie ihn nicht fallenlassen würde, weil sie dann niemanden mehr gehabt hätte, den sie herumkommandieren konnte ...

Als der Kaffee fertig war, schenkte Douglas sich eine Tasse ein und kehrte ins Schlafzimmer zurück, um sich anzuziehen. Während er die Krawatte band, betrachtete er sich kritisch im Spiegel. Er sah gut aus. Die Gesichtswasser, die er sich neuerdings von dem Geld kaufte, das er Ethel stahl, hatten seinen Teint gereinigt. Er hatte auch einen anständigen Friseur gefunden. Und die beiden Anzüge, die er sich kürzlich angeschafft hatte, saßen genau so, wie gute Anzüge sitzen sollten. Das neue Mädchen am Empfang von »Cosmic« machte ihm bereits schöne Augen. Er hatte ihr gegenüber durchblicken lassen, daß er den elenden Job am Empfangspult nur übernommen hatte, weil er ein Theaterstück schrieb. Sie kannte Ethels Namen. »Sie sind auch Schriftsteller?« hatte sie ehrfurchtsvoll gehaucht. Er hätte Linda ganz gerne mit hergebracht. Aber er mußte vorsichtig sein, jedenfalls fürs erste ...

Bei einer zweiten Tasse Kaffee sah Douglas systematisch die Papiere auf Ethels Schreibtisch durch. Es gab eine mit »Wichtig« bezeichnete Mappe. Als er sie durchblätterte, wurde sein Gesicht plötzlich aschfahl. Ethel, die alte Schwätzerin, besaß die höchst kotierten Aktien. Sie hatte Land in Florida und eine Versicherung für eine Million Dollar!

Im hintersten Teil der Mappe lag eine Kopie ihres Testaments. Er traute seinen Augen nicht, als er es las.

Alles, bis auf den letzten Fünfer, hinterließ sie ihm. Und das war eine recht beträchtliche Summe.

Er würde zu spät zur Arbeit kommen. Aber das war ihm egal. Doug hängte seine Anzüge wieder über die Lehne der Chaiselongue, machte ordentlich das Bett, leerte den Aschenbecher und legte eine zusammengefaltete Decke, ein Kissen und Bettücher auf das Sofa, um damit anzudeuten, daß er hier geschlafen hatte. Dann schrieb er einen Zettel: »Liebe Tante Ethel, vermute Dich auf einer Deiner Überraschungsreisen. Wußte, daß Du nichts dagegen hättest, wenn ich hier auf dem Sofa schlafe, bis meine neue Behausung fertig ist. Hoffentlich hattest Du viel Spaß. Dein Dich liebender Neffe Doug.«

Das legt die Art unserer Beziehung fest, dachte

er, wobei er Ethels Bild an der Wand von der Wohnungstür aus zuwinkte.

Am Mittwoch hinterließ Neeve um halb drei Uhr nachmittags auf Tse-Tses Telefonbeantworter eine Nachricht. Eine Stunde später rief Tse-Tse bei ihr an. »Neeve, wir hatten gerade Kostümprobe. Ich glaube, das Stück ist großartig«, erzählte sie begeistert. »Ich habe zwar nichts weiter zu tun, als den Truthahn zu servieren und ›ja‹ zu sagen. Aber man kann nie wissen. Vielleicht sitzt Joseph Papp oder ein anderer berühmter Regisseur im Publikum.«

»Du wirst bestimmt noch ein Star«, sagte Neeve und meinte es aufrichtig. »Ich kann's kaum erwarten, damit anzugeben, daß ich dich schon kannte, als du noch et cetera ... Hör zu, Tse-Tse, ich muß noch mal in Ethels Wohnung. Du hast doch den Schlüssel sicher noch?«

»Hat niemand etwas von ihr gehört?« Tse-Tses Stimme verlor den fröhlichen Klang. »Da geht doch irgend etwas Seltsames vor, Neeve. Der komische Neffe, der in ihrem Bett schläft und in ihrem Zimmer raucht. Entweder rechnet er nicht damit, daß sie zurückkommt, oder es ist ihm egal, ob sie ihn rausschmeißt.«

Neeve stand auf. Sie fühlte sich plötzlich ganz verkrampft hinter ihrem Schreibtisch, und die in ihrem Büro verstreuten Muster von Kleidern, Taschen, Schuhen und Schmuckstücken kamen ihr schrecklich unwichtig vor. »Tse-Tse«, fragte sie,

»wäre es dir möglich, morgen vormittag noch einmal in Ethels Wohnung zu gehen? Wenn Ethel da ist, um so besser. Dann sagst du, daß du dir ihretwegen Sorgen gemacht hättest. Wenn der Neffe da ist, kannst du ja sagen, Ethel habe dich gebeten, noch gewisse Arbeiten zu erledigen, zum Beispiel die Küchenschränke auszuwaschen oder etwas Ähnliches.«

»Klar, mache ich«, bestätigte Tse-Tse. »Vergiß nicht, daß mir das Stück fast keine Gage einbringt, nur Prestige. Aber ich muß dir auch sagen, daß es Ethel schnuppe ist, wie ihre Küchenschränke aussehen.«

»Wenn sie wieder auftaucht und dir nichts bezahlen will, übernehme ich das«, sagte Neeve. »Ich werde mit dir kommen. Ich weiß, daß Ethel einen Terminkalender in ihrem Schreibtisch hat. Ich möchte mir nur ungefähr ein Bild davon machen, was sie möglicherweise für Pläne hatte, ehe sie verschwunden ist.«

Sie verabredeten sich für den folgenden Morgen um acht Uhr in der Eingangshalle. Bei Ladenschluß verriegelte Neeve die Tür der Boutique und kehrte in ihr Büro zurück, um noch in Ruhe Schreibarbeiten zu erledigen. Um sieben Uhr rief sie in der bischöflichen Residenz an und wurde mit Bischof Devin Stanton verbunden.

»Ich habe deine Nachricht erhalten, Neeve«, sagte er. »Mit größtem Vergnügen komme ich morgen abend zu euch zum Essen. Wird Sal auch da sein? Gut. Die drei Musketiere aus der Bronx treffen sich wirklich zu selten. Ich habe Sal schon seit Weihnachten nicht mehr gesehen. Hat er vielleicht wieder geheiratet?«

Ehe er das Gespräch beendete, erinnerte der Bischof Neeve noch daran, daß sein Lieblingsgericht Spaghetti *al pesto* seien. »Der einzige Mensch, der das noch besser als du machen konnte, war deine Mutter. Gott hab sie selig«, fügte er sanft hinzu.

Normalerweise erwähnte Devin Stanton Renata nicht bei einem gewöhnlichen Telefongespräch. Neeve hatte den plötzlichen Verdacht, daß er mit Myles über Nicky Sepettis Entlassung gesprochen haben könnte. Doch ehe sie ihn deswegen ausfragen konnte, hatte er schon aufgehängt. Ich setz dir deinen Pesto vor, Onkel Dev, dachte sie. Aber ich setz dir auch einen Floh ins Ohr. Mein Vater kann mich wirklich nicht mein Leben lang bemuttern.

Kurz bevor sie aufbrach, rief sie noch in Sals Wohnung an. Er war in der gewohnten überschäumend guten Laune.

»Selbstverständlich habe ich die Einladung für morgen abend nicht vergessen. Was gibt's denn? Ich werde den Wein mitbringen. Dein Vater meint zwar, daß nur er etwas von Wein verstünde.«

Neeve lachte mit ihm und legte den Hörer auf die Gabel. Sie knipste alle Lichter aus und verließ das Geschäft. Das unberechenbare Aprilwetter war wieder kalt geworden. Trotzdem empfand sie das Bedürfnis nach einem längeren Spaziergang. Myles zuliebe hatte sie eine Woche aufs Joggen verzichtet, und sie fühlte sich steif in allen Gliedern.

Mit raschen Schritten lief sie bis zur Fifth Avenue und beschloß, auf der Höhe der 79. Straße quer durch den Central Park zu gehen. Sie trachtete stets, die Gegend hinter dem Metropolitan Museum zu meiden, wo man die Leiche ihrer Mutter gefunden hatte.

Die Madison Avenue war noch belebt, voller Autos und Fußgänger. Auf der Fifth Avenue sausten Taxis und Limousinen rasch an ihr vorbei, doch auf der am Park entlangführenden Straßenseite waren fast keine Menschen. Entschlossen warf Neeve den Kopf zurück, als sie sich der 79. Straße näherte. Sie war nicht gewillt, sich von ihrem Vorhaben abbringen zu lassen.

Sie wollte eben in den Park einbiegen, als ein Polizeiauto neben ihr hielt. »Miss Kearney.« Ein lächelnder Sergeant kurbelte das Fenster herunter. »Wie geht's denn dem Commissioner?«

Sie erkannte den Mann. Während einer bestimmten Zeit war er der Chauffeur ihres Vaters gewesen. Sie trat zu ihm, um sich mit ihm zu unterhalten.

Wenige Schritte hinter ihr blieb Denny abrupt stehen. Er trug einen langen, unförmigen Mantel mit hochgeschlagenem Kragen und eine gestrickte Mütze. Sein Gesicht war fast ganz verhüllt. Doch auch so spürte er, daß sich der Blick des Polizisten auf dem Beifahrersitz des Streifenwagens fest auf ihn richtete. Polizisten hatten ein sehr gutes Gedächtnis, was Gesichter anging, und erkannten selbst solche wieder, die sie nur kurz im Profil gesehen hatten. Denny wußte das. Er ging daher lieber weiter und beachtete weder Neeve noch die Polizisten; trotzdem spürte er, daß Blicke ihn verfolgten. Direkt vor ihm war eine Busstation. Da gerade ein Bus kam, mischte er sich unter die Wartenden und stieg ein. Als er seinen Fahrschein löste, merkte er, daß ihm der Schweiß auf der Stirn stand. Noch eine Sekunde, und der Bulle hätte ihn womöglich erkannt.

Mit finsterer Miene setzte Denny sich auf einen freien Platz. Dieser Job wäre mehr Geld wert gewesen, als was man ihm dafür bezahlte. Wenn Neeve Kearney umgelegt wurde, würden sich vierzigtausend New Yorker Polizisten auf Menschenjagd begeben.

Als Neeve den Park betrat, fragte sie sich, ob es purer Zufall gewesen war, daß Sergeant Collins sie gesehen hatte. Oder sollte Myles die besten Leute in New York aufgeboten haben, um Schutzengel für sie zu spielen?

Im Park gab es eine Menge Jogger, einige wenige Radfahrer, ein paar Fußgänger und eine traurige Anzahl von Obdachlosen, die unter Schichten von Zeitungspapier oder zerrissenen Wolldecken dalagen. Sie konnten sterben, ohne daß jemand davon Notiz nehmen würde, dachte Neeve, während sie geräuschlos in ihren weichen italienischen Stiefeln über die Wege lief. Zu ihrem eigenen Ärger konnte sie nicht anders, als ständig über die Schulter nach hinten zu blicken. Als Teenager hatte sie sich in der Bibliothek im Zeitungsarchiv die Bilder ihrer ermordeten Mutter angesehen. Während sie jetzt mit immer rascher werdenden Schritten durch den Park eilte, hatte sie das unheimliche Gefühl, die Bilder wieder vor sich zu sehen. Doch diesmal war es ihr eigenes Gesicht, nicht das Renatas, das die Titelseite der *Daily News* mit der Schlagzeile ERMORDET! einnahm.

Kitty Conway hatte sich der Gruppe von Reitschülern im Morrison State Park aus einem einzigen Grund angeschlossen: Sie mußte ihre Zeit ausfüllen. Sie war eine hübsche, achtundfünfzigjährige Frau mit rotblondem Haar und grauen Augen, die durch die feinen Fältchen, die ringsum von ihnen ausstrahlten, noch betont wurden. Es gab eine Zeit, da diese Augen ständig amüsiert oder schelmisch zu funkeln schienen. Als Kitty fünfzig wurde, hatte sie zu ihrem Mann gesagt: »Wie kommt es nur, daß ich mich immer noch wie zweiundzwanzig fühle?«

»Weil du zweiundzwanzig *bist*!« hatte er geantwortet.

Jetzt war Michael schon fast drei Jahre tot. Während sie vorsichtig auf die Fuchsstute stieg, kamen ihr alle die Tätigkeiten in den Sinn, auf die sie sich in diesen drei Jahren eingelassen hatte. Sie besaß heute ein Diplom als Grundstücksmaklerin und war eine verdammt gute Verkäuferin. Sie hatte ihr Haus in Ridgewood, das sie und Michael erst kurz vor seinem Tod gekauft hatten, neu eingerichtet. Sie nahm aktiv teil an einem literarischen Zirkel und arbeitete einen Tag im Monat freiwillig im Museum.

Sie hatte zwei Reisen nach Japan unternommen, wo Mike junior, ihr einziger Sohn, als Berufsoffizier stationiert war, und das Zusammensein mit ihrer halbjapanischen Enkelin sehr genossen. Sie hatte auch wieder begonnen, Klavierstunden zu nehmen, doch ohne rechte Begeisterung. Zweimal im Monat brachte sie behinderte Patienten mit ihrem Wagen zum Arzt, und das Neuste waren jetzt die Reitstunden. Doch was immer sie tat, wie viele Freundschaften sie auch pflegte, überall verfolgte sie das Gefühl von Einsamkeit. Auch jetzt, als sie sich folgsam in das Dutzend anderer Reitschüler hinter dem Lehrer einreihte, empfand sie nur tiefe Traurigkeit beim Anblick der in einen leichten Dunstschleier gehüllten Bäume, jenes rötlichen Schimmers, in dem sich der Frühling ankündigte. »Ach, Michael«, flüsterte sie, »ich wünschte, es würde besser. Ich versuche wirklich alles.«

»Wie kommen Sie zurecht, Kitty?« brüllte der Reitlehrer.

»Gut«, rief sie zurück.

»Wenn Sie wirklich wollen, daß es gutgeht, dann halten Sie die Zügel straffer. Zeigen Sie ihr, daß Sie der Herr sind. Und lassen Sie die Fersen unten!«

»Verstanden.« Scher dich zum Teufel, dachte Kitty. Dieser Gaul ist wirklich der schlimmste von allen. Eigentlich hätte ich Charley reiten sollen, aber den hast du natürlich der Neuen, die so sexy ist, zugeteilt.

Der Pfad stieg steil an. Das Pferd blieb bei jedem bißchen Grün am Wegrand stehen, um zu fressen.

Ein Reiter nach dem anderen aus der Gruppe überholte sie. Sie wollte den Anschluß nicht verlieren. »Los, weiter, verdammt noch mal!« murmelte sie und stieß ihre Hacken in die Flanken des Pferdes.

Mit einer plötzlichen, heftigen Bewegung warf die Stute den Kopf zurück und bäumte sich. Erschrocken riß Kitty an den Zügeln, als das Pferd in einen Seitenpfad abschwenkte. Krampfhaft versuchte sie, daran zu denken, sich nicht nach vorn zu beugen. *Zurück*lehnen, wenn es Schwierigkeiten gibt! Sie spürte die lockeren Steine unter den Hufen des Pferdes weggleiten. Aus seiner unregelmäßigen Gangart fiel es jetzt in vollen Galopp, raste bergab, über unebenes Gelände. O Gott, wenn das Pferd stürzt, werde ich unter ihm zerquetscht! Sie versuchte, die Stiefel so weit zurückzuziehen, daß nur noch die Fußspitzen in den Steigbügeln waren, damit sie, falls sie runterfiel, nicht hängenblieb.

Hinter sich hörte sie den Reitlehrer brüllen. »Zügel lockern!« Sie spürte, wie das Pferd stolperte, als ein großer Stein unter der Hinterhand nachgab. Es war schon drauf und dran, in die Knie zu gehen, konnte sich aber wieder auffangen. Ein Stück schwarzes Plastik wirbelte hoch und streifte Kittys Wange. Sie sah nach unten, der Eindruck einer in einer leuchtendblauen Manschette steckenden Hand schoß ihr durch den Kopf und war schon wieder verschwunden.

Am Fuß des steinigen Abhangs angekommen, ging das Pferd vollends durch und eilte im gestreckten Galopp zurück zum Stall. Es gelang Kitty, bis zum letzten Augenblick im Sattel zu bleiben; sie fiel erst herunter, als die Stute abrupt an der Tränke stehenblieb. Sie spürte sämtliche Knochen knacken, als sie auf den Boden stürzte, aber sie konnte sich selber wieder hochrappeln und schüttelte Arme und Beine und bewegte den Kopf von einer Seite zur anderen. Gott sei Dank, sie schien nichts gezerrt oder gebrochen zu haben.

Der Reitlehrer kam angaloppiert. »Ich hab Ihnen doch gesagt, Sie müssen die Führung behalten! Sie sind der Herr und Meister. Ist mit Ihnen alles in Ordnung?«

»Alles bestens«, antwortete Kitty und ging zu ihrem Wagen. Dich sehe ich erst im nächsten Jahrtausend wieder!

Als sie sich eine halbe Stunde später dankbar im dampfenden, sprudelnden Wasser ihrer Jacuzzi-Badewanne zurücklehnte, mußte sie auf einmal lachen. Eine richtige Reiterin bin ich also nicht, entschied sie. Das wär's für mich gewesen mit dem Sport der Könige. Von jetzt an werde ich, wie jeder vernünftige Mensch, nur noch joggen. Im Geist machte sie das erschreckende Erlebnis noch einmal durch. Wahrscheinlich hatte es nicht länger als zwei Minuten gedauert. Der schlimmste Moment war, als der elende Gaul ausrutschte ... Das Bild des Plastikfetzens, der an ihrem Gesicht vorbeigeflogen war, kehrte wieder. Und der Eindruck von einer Hand in einem Ärmel. Wie lächerlich. Dennoch – sie hatte es gesehen.

Sie schloß die Augen und genoß das beruhigende

Wirbeln des Wassers und den Duft des parfümierten Badeöls.

Da es abends noch sehr kalt wurde, schaltete sich die Heizung in der Wohnung ein. Trotzdem fröstelte Seamus bis ins Mark. Nachdem er den Hamburger und die Pommes frites eine Weile auf seinem Teller hin und her geschoben hatte, gab er es auf, so zu tun, als würde er essen. Er wußte, daß Ruth ihn über den Tisch hinweg mit ihren Blicken durchbohrte. »Hast du's getan?« fragte sie endlich.

»Nein.«

»Warum nicht?«

»Weil es vielleicht besser ist, den Dingen ihren Lauf zu lassen.«

»Ich hab dir gesagt, du sollst es schriftlich festhalten. Danke ihr, daß sie eingesehen hat, daß du das Geld nötiger brauchst als sie.« Ruths Stimme wurde lauter. »Sag ihr, daß du ihr in den letzten zwanzig Jahren fast eine Viertelmillion Dollar bezahlt hast, zusätzlich zu der großen Abfindung, und daß es einfach unanständig ist, noch mehr zu verlangen für eine Ehe, die weniger als sechs Jahre gedauert hat. Gratuliere ihr zu dem großartigen Vertrag, den sie für ihr neues Buch abgeschlossen hat, und sag ihr, wie froh du bist, daß sie dein Geld nicht nötig hat, während deine Kinder es wirklich brauchen. Dann unterschreib den Brief und wirf ihn in ihren Kasten. Wir behalten eine Kopie. Und falls sie protestiert, wird alle Welt erfahren, was für eine habgierige, scheinheilige Person sie ist. Ich möchte wissen, wie viele Universitäten ihr noch Ehrentitel verleihen, wenn sie ihr Wort bricht.«

»Ethel genießt Drohungen geradezu«, flüsterte Seamus. »Es wäre ein Fehler, ihr zu schreiben. Sie ist imstande und zeigt so einen Brief stolz herum. Sie würde die Alimentenzahlungen als einen Sieg der Frauen darstellen.«

Ruth schob ihren Teller beiseite. »Schreib!«

Sie hatten noch einen alten Xerox-Apparat im Bürozimmer stehen. Erst nach drei Versuchen brachten sie eine lesbare Fotokopie des Briefes zustande. Ruth reichte Seamus seinen Mantel. »So, jetzt gehst du hin und wirfst das persönlich in ihren Briefkasten.«

Seamus entschloß sich, die neun Straßen weit zu Fuß zu gehen. Bedrückt hielt er den Kopf gesenkt und vergrub die Hände in den Taschen. Er betastete die beiden Briefumschläge, die er bei sich trug. Der eine enthielt einen Scheck. Er hatte ihn ganz hinten aus dem Scheckheft genommen und ohne Ruths Wissen ausgefüllt. Der Brief war in dem anderen Umschlag. Welchen sollte er in Ethels Kasten werfen? Im Geist sah er das Gesicht, das sie bei der Lektüre seiner Mitteilung machen würde, vor sich. Ebenso deutlich konnte er sich ausmalen, was Ruth täte, wenn er den Scheck hinterließe.

Er bog um die Ecke der West End Avenue in die 82. Straße. Es waren noch ziemlich viele Leute unterwegs. Junge Ehepaare, die ihre Einkäufe auf dem Heimweg von der Arbeit machten und mit

Lebensmitteltüten beladen waren. Gutangezogene Menschen mittleren Alters, die Taxis herbeiwinkten, um sich zu teuren Abendessen oder ins Theater fahren zu lassen. Heruntergekommene Gestalten, die sich gegen Hausmauern lehnten.

Seamus zitterte fröstelnd, als er bei Ethels Haus ankam. Die Briefkästen befanden sich im Eingang hinter der verschlossenen Haustür am oberen Ende des Treppenaufgangs. Immer wenn er im allerletzten Moment mit dem Scheck kam, läutete er beim Hauswart, der ihn dann einließ, so daß er den Scheck in Ethels Briefkasten werfen konnte. Doch heute war das nicht nötig. Ein Mädchen, das, wie er wußte, im dritten Stock wohnte, drängte sich an ihm vorbei und wollte die Stufen hinauflaufen. Unvermittelt packte er die Kleine am Arm. Erschrocken und verängstigt drehte sie sich um. Sie war ein schlaksiges Kind mit schmalem Gesicht und scharfen Zügen. Sie mochte etwa vierzehn sein. Anders als meine Töchter, dachte Seamus, die aus irgendeinem Erbteil hübsche Gesichter und ein warmes, liebevolles Lächeln mitbekommen haben.

Während er einen der Umschläge aus der Tasche zog, wurde er einen Moment von tiefem Bedauern überwältigt. »Könnte ich mit dir ins Haus kommen? Ich muß etwas in Miss Lambstons Briefkasten stecken.«

Der mißtrauische Ausdruck verschwand. »Natürlich. Ich weiß ja, wer Sie sind. Ihr Ex-Mann. Dann muß wohl heute der Fünfte sein. Da bringen

Sie immer das Lösegeld, sagt sie.« Das Mädchen lachte hämisch.

Wortlos tastete Seamus nach dem Umschlag in seiner Tasche und wartete, bis sie die Tür aufgeschlossen hatte. Von neuem überkam ihn mörderische Wut. Sie hatte ihn also auch noch zum Gespött des ganzen Hauses gemacht!

Die Briefkästen waren unmittelbar hinter der Eingangstür. Ethels Kasten war ziemlich voll. Er wußte noch immer nicht, was er tun sollte. Den Brief dalassen oder den Scheck? Das Mädchen stand wartend an der Tür und beobachtete ihn. »Sie sind gerade noch rechtzeitig«, sagte sie. »Ethel hat meiner Mutter gesagt, sie würde Sie verklagen, wenn sie ihren Scheck nicht pünktlich kriegt.«

Panik ergriff ihn. Er mußte den Scheck dalassen. Rasch zog er den Umschlag aus seiner Tasche und versuchte hastig, ihn durch den engen Briefkastenschlitz zu stopfen.

Als er nach Hause kam, nickte er bejahend auf Ruths eindringliche Frage. Er fühlte sich jetzt nicht imstande, ihren Wutausbruch zu ertragen, wenn er gestand, daß er Ethel die Alimente gezahlt hatte. Nachdem sie mit erhobenem Haupt aus dem Zimmer gegangen war, hängte er seinen Mantel auf und nahm den zweiten Briefumschlag aus der Tasche. Er tat einen Blick hinein. Der Umschlag war leer.

Am ganzen Leibe zitternd, ließ Seamus sich auf einen Stuhl sinken. Der Ärger würgte ihn in der Kehle, und er stützte den Kopf auf die Hände.

Er hatte also wieder einmal alles falsch gemacht. Er hatte den Scheck und den Brief in denselben Umschlag gesteckt. Und jetzt waren beide in Ethels Briefkasten.

Nicky Sepetti verbrachte den Mittwoch vormittag im Bett. Das Brennen in seinem Brustkorb war noch schlimmer als am Vorabend. Marie ging im Schlafzimmer ein und aus. Sie brachte ihm ein Tablett mit Orangensaft, Kaffee, frischen Brötchen, dick mit Marmelade bestrichen. Sie versuchte ihn zu überreden, einen Arzt holen zu lassen.

Louie erschien am Mittag, kurz nachdem Marie zur Arbeit gegangen war. »Mit Verlaub, Don Nicky, Sie sehen wirklich krank aus«, sagte er. »Sie hatten recht wegen Machado«, flüsterte er dann. »Man hat ihn unschädlich gemacht.« Er lächelte und zwinkerte Nicky zu.

Nicky schickte ihn hinunter an den Fernseher. Wenn er bereit wäre, nach New York zu fahren, würde er es ihn wissen lassen.

Gegen Abend stand Nicky auf und begann sich anzuziehen. In der Mulberry Street würde ihm wohler sein; außerdem wäre es nicht gut, wenn irgend jemand Verdacht schöpfte, wie krank er wirklich war. Als er nach seinem Jackett griff, brach ihm am ganzen Körper der Schweiß aus. Er hielt sich am Bettpfosten fest und setzte sich langsam hin. Er lockerte die Krawatte, öffnete den Kragen seines Hemds und legte sich dann zurück aufs Bett. Während der nächsten Stunden kam und ging der Schmerz in seiner Brust wie eine riesige Welle. Unter der Zunge brannte ihm der Mund von den Nitroglyzerintabletten. Sie wirkten nicht im geringsten schmerzlindernd, sondern verursachten, während sie zergingen, nur kurze, stechende Kopfschmerzen.

Gesichter schwebten vor seinen Augen vorbei. Das Gesicht seiner Mutter: »Nicky, treib dich nicht ständig mit diesen Jungen herum. Nicky, du bist ein guter Kerl. Laß dich nicht in dumme Geschichten ein.« Er hatte sich vor der Bande bestätigen müssen. Kein Ding war zu groß oder zu klein gewesen. Aber er war nie gegen Frauen vorgegangen. Das, was er im Gerichtssaal gesagt hatte, war nur eine dumme Bemerkung gewesen. Tessa. Wie gerne würde er Tessa noch einmal sehen. Nicky junior. Nein, Nicholas. Theresa und Nicholas. Sie würden froh sein, wenn er wie ein Gentleman im Bett stürbe.

Von ganz weit her hörte er, daß die Haustür geöffnet und geschlossen wurde. Marie mußte hereingekommen sein. Dann ein Läuten an der Tür, ein harter Befehlston. Maries ärgerliche Stimme. »Ich weiß nicht, ob er zu Hause ist. Was wollen Sie?«

Ich bin zu Hause, dachte Nicky. Jawohl, zu Hause. Die Schlafzimmertür flog auf. Durch glasige Augen sah er den Schock in Maries Gesicht, hörte ihren Aufschrei: »Holt einen Arzt!« Noch mehr Gesichter. Polizisten. Sie brauchten nicht in Uniform zu sein; auch als Sterbender erkannte er sie noch instinktiv. Und dann wußte er, warum sie da waren. Wegen dieses eingeschleusten Spitzels, der liquidiert worden war. Natürlich waren die Bullen direkt zu ihm gekommen.

»Marie«, sagte er und brachte nur ein Flüstern zustande.

Sie beugte sich über ihn, legte ihr Ohr an seine Lippen und strich ihm sanft über die Stirn. »Nicky«, schluchzte sie.

»Beim ... Grab ... meiner ... Mutter ... ich ... habe ... nicht ... befohlen ... daß Kearneys Frau ... umgebracht wird.« Er wollte noch sagen, daß er vorgehabt hatte, alles zu tun, damit der Kontrakt für Kearneys Tochter nicht erfüllt würde. Doch er brachte nur noch ein gequältes »Mama!« hervor, ehe ein letzter betäubender Schmerz ihm die Brust zerriß. Dann brachen seine Augen. Der Kopf fiel seitlich aufs Kissen, als sein schweres Röcheln durchs Haus hallte und plötzlich aufhörte.

Wie vielen Leuten mochte das Klatschmaul Ethel wohl von ihrer Vermutung erzählt haben, daß er sich an dem Geld vergriff, das sie überall in ihrer Wohnung versteckt hatte?

Diese Frage verfolgte Doug am Mittwoch morgen, nachdem er an seinem Pult in der Eingangshalle des Bürohauses von »Cosmic Oil« eingetroffen war. Mechanisch kontrollierte er, ob die Besucher wirklich angemeldet waren, schrieb Namen auf, teilte Besucherausweise aus und sammelte sie wieder ein, wenn die Leute das Gebäude verließen. Ein paarmal kam Linda, das Empfangsfräulein vom sechsten Stock, vorbei, um ein bißchen mit ihm zu plaudern. Er war heute eher kühl zu ihr, was ihr Rätsel aufzugeben schien. Was würde sie erst denken, wenn sie wüßte, daß er einen Haufen Geld erben sollte? Wo hatte Ethel bloß so reiche Beute gemacht?

Es gab nur eine einzige Antwort. Ethel hatte ihm erzählt, daß sie Seamus geschröpft hatte, als er die Scheidung haben wollte. Außer den Alimenten hatte sie auch eine beträchtliche Abfindung zugesprochen erhalten und war wahrscheinlich geschickt genug gewesen, das Geld gut anzulegen. Zudem hatte sich das Buch, das sie vor fünf oder sechs Jahren schrieb, gut verkauft. Bei all ihrer Schusseligkeit war Ethel zugleich doch ganz schön schlau. Genau das war es, was Doug auf dem Magen lag und ihn mit Besorgnis erfüllte. Sie hatte gewußt, daß er sich an ihrem Geld vergriff. *Wie vielen Leuten hatte sie davon erzählt?*

Nachdem er sich bis zum Mittag mit dem Problem herumgeschlagen hatte, kam er zu einem Entschluß. Er hatte auf seinem Konto gerade noch genug, um vierhundert Dollar abheben zu können. Ungeduldig wartete er in der endlosen Schlange auf der Bank und bekam das Geld in Hunderternoten. Er wollte sie an ein paar von Ethels geheimen Orten verstecken, und zwar jenen, die sie meistens nicht benutzte. Auf diese Weise wäre das Geld da, wenn irgend jemand danach suchte. Einigermaßen beruhigt, kaufte er sich unterwegs noch einen Hot dog und kehrte an die Arbeit zurück.

Um halb sieben sah Doug, als er eben um die Straßenecke bog, wie Seamus eilig die Treppe vor Ethels Haus herunterkam. Fast hätte er laut herausgelacht. Natürlich! Heute war ja der Fünfte, und Seamus, der Schlappschwanz, war pünktlich mit dem Scheck zur Stelle. Was für eine Jammergestalt war er doch in dem schäbigen Mantel! Mit Bedauern wurde Doug klar, daß auch er eine Weile würde warten müssen, ehe er sich wieder neue Kleidungsstücke kaufen konnte. Von jetzt an mußte er sehr, sehr vorsichtig sein.

Mit dem Schlüssel, den Ethel in einer Schachtel auf ihrem Schreibtisch aufbewahrte, holte Doug jeden Tag die Post aus dem Kasten. Seamus' Umschlag war so in den Schlitz gestopft, daß noch eine Ecke herausschaute. Alles andere waren vorwiegend Reklamen und Drucksachen. Ethels Rechnungen gingen direkt an ihren Buchhalter. Er sah die Umschläge rasch durch und ließ sie alle auf den Schreibtisch fallen. Alle, mit Ausnahme des unfrankierten Briefs, den Seamus zu dem Haufen beigetragen hatte. Er war nicht richtig zugeklebt. Es war etwas Geschriebenes darin, und die Umrisse eines Schecks zeichneten sich deutlich ab.

Es wäre ganz leicht, den Umschlag zu öffnen und wieder zu verschließen. Doug betastete einen Augenblick die Klappe, dann öffnete er den Umschlag ganz vorsichtig, um ihn nicht zu zerreißen. Der Scheck fiel ihm entgegen. Doug zog auch das Begleitschreiben heraus und entfaltete es. Er las es, las es noch einmal und merkte, daß ihm vor Verwunderung der Mund offenblieb. Was, zum Teufel ...

Vorsichtig steckte er Brief und Scheck zurück in den Umschlag, leckte an den gummierten Stellen und drückte die Klappe fest an. Das Bild von Seamus, der, die Hände in den Manteltaschen vergraben, die Straße fast im Laufschritt überquerte, stieg wie in einer Zeitlupenaufnahme bedrohlich vor Dougs innerem Auge empor. Seamus führte irgendetwas im Schilde. Aber was für ein Spiel trieb er, wenn er schrieb, daß Ethel sich einverstanden erklärt habe, keine Alimente mehr von ihm zu verlangen, und dann den Scheck beilegte?

Wenn du glaubst, dachte Doug, daß sie dich von der Angel läßt, bist du schief gewickelt. Ein Frösteln überlief ihn. War der Brief am Ende für seine Augen bestimmt und gar nicht für Ethels?

Als Neeve nach Hause kam, stellte sie zu ihrer Freude fest, daß Myles einen Großeinkauf an Lebensmitteln getätigt hatte. »Sogar bei Zabar bist du gewesen!« sagte sie befriedigt. »Ich hatte schon überlegt, wie früh ich morgen aus dem Geschäft weggehen könnte. Jetzt kann ich heute schon alles vorbereiten.« Vorsichtshalber hatte sie ihm gesagt, daß sie nach Ladenschluß noch Schreibarbeiten erledigen wollte. Nun schickte sie ein stummes Dankgebet zum Himmel, daß ihr Vater sie nicht danach gefragt hatte, auf welchem Weg sie nach Hause gekommen war.

Myles hatte eine kleine Lammkeule zubereitet,

grüne Bohnen dazu gekocht und einen Tomatensalat mit Zwiebeln an einer Vinaigrettesoße gemacht. Er hatte den kleinen Tisch in seinem Arbeitszimmer gedeckt und eine Flasche Burgunder geöffnet und bereitgestellt. Neeve zog sich in aller Eile lange Hosen und einen Pullover an, machte es sich mit einem Seufzer der Erleichterung auf einem Stuhl bequem und griff nach der Weinflasche. »Das ist aber wirklich nett von Ihnen, Chef«, sagte sie.

»Na ja, da du morgen abend die alten Musketiere aus der Bronx bewirtest, fand ich, daß *eine* gute Tat mit einer anderen vergolten werden sollte.« Myles begann den Braten zu tranchieren.

Neeve beobachtete ihn schweigend. Seine Hautfarbe war gut. Die Augen hatten nicht mehr den müden, schwermütigen Blick. »Ich will dir wirklich kein Kompliment machen«, bemerkte sie, »aber weißt du, daß du topfit aussiehst?«

»Ich fühl mich auch gut.« Myles legte die schön geschnittenen Scheiben Fleisch auf Neeves Teller. »Hoffentlich habe ich nicht zuviel Knoblauch drangetan.«

Sie kostete den ersten Bissen. »Herrlich! Du mußt dich wirklich besser fühlen, daß du so gut kochst.«

Myles trank einen Schluck von dem Burgunder. »Ein guter Tropfen, wenn ich das selber sagen darf.« Sein Blick verschleierte sich.

»Eine schwere Depression«, hatte der Arzt ihr erklärt. »Der Herzanfall, die Pensionierung, der Schrittmacher ...«

»Und die ständige Sorge um mich«, hatte Neeve hinzugefügt.

»Ja, er sorgt sich andauernd um Sie, weil er sich nicht verzeihen kann, daß er es bei Ihrer Mutter nicht getan hat.«

»Wie soll ich ihn davon abbringen?«

»Sehen Sie, daß Nicky Sepetti im Gefängnis bleibt. Wenn das nicht möglich ist, drängen Sie Ihren Vater im Frühjahr, irgendeine Aufgabe zu übernehmen. Im Augenblick quält er sich noch zu sehr. Ohne Sie wäre er verloren, aber er erträgt es schwer, emotionell von Ihnen abhängig zu sein. Er hat seinen Stolz. Und noch etwas, Neeve: Hören Sie auf, ihn zu bemuttern.«

Das war vor einem halben Jahr gewesen. Jetzt kam der Frühling. Neeve wußte, daß sie sich wirklich Mühe gegeben hatte, Myles wieder so zu behandeln wie früher, als sie über alles mögliche in heftige Diskussionen gerieten, von der Anleihe, die sie bei Sal aufgenommen hatte, bis zu politischen Fragen.

Und nun, da er wieder im Gleis ist, dachte sie, muß er sich wegen Nicky Sepetti aufregen, und so könnte das ewig weitergehen.

Unwillkürlich schüttelte sie den Kopf und blickte um sich. Mit dem abgetretenen Perserteppich in roten und blauen Farbtönen, dem einladenden Ledersofa und den dazu passenden Sesseln war dies hier ihr liebstes Zimmer in der Wohnung. Die Wände hingen voll von Fotografien: Myles bei der Verleihung zahlloser Medaillen und Auszeichnungen; Myles mit dem Bürgermeister von New York und dem Präsidenten der Vereinigten Staaten. Die Fenster gingen auf den Hudson River hinaus. Die gerafften viktorianischen Vorhänge hatte noch Renata aufgehängt. Sie waren von einem warmen, tiefen Blau mit karmesinroten Streifen, die im Widerschein der kristallenen Wandleuchter schillerten. Zwischen den Leuchtern hingen Bilder von Renata. Das allererste war von ihrem Vater aufgenommen worden und zeigte das zehnjährige Kind, das Myles das Leben gerettet hatte; bewundernd blickte es auf den Mann, der mit bandagiertem Kopf und von Kissen gestützt im Bett saß. Renata mit Neeve als Baby und mit Neeve bei ihren ersten Gehversuchen. Renata, Neeve und Myles mit Taucherbrillen am Meer. Das war ein Jahr vor Renatas Tod gewesen.

Myles erkundigte sich, was es am nächsten Abend zu essen geben sollte. »Ich wußte nicht, was du brauchst. So habe ich allerhand eingekauft.«

»Sal sagte mir, daß er nicht deine Schonkost essen möchte. Der Bischof hat sich Spaghetti *al pesto* gewünscht.«

Myles brummte. »Ich kann mich noch an die Zeit erinnern, als Sal ein Riesensandwich für ein Festessen hielt und Devin von seiner Mutter in den Schnellimbiß geschickt wurde, um billige Fischstäbchen und Dosenspaghetti zu holen.«

Neeve trank den Kaffee in der Küche, während sie mit den Vorbereitungen für das Gästeessen begann. Renatas Kochbücher standen auf einem

Regal über dem Spülbecken. Sie griff nach ihrem Lieblingsbuch, einem alten Familienstück mit Rezepten aus Norditalien.

Nach Renatas Tod hatte Myles seine Tochter zu einem Privatlehrer geschickt, damit sie ihr Italienisch nicht verlernte. Als junges Mädchen war sie jeden Sommer einen Monat bei den Großeltern in Italien gewesen, und ein Studienjahr hatte sie auf der Ausländeruniversität in Perugia verbracht. Jahrelang mochte sie die Kochbücher nicht anrühren, weil sie sich scheute, die Notizen anzusehen, die ihre Mutter mit ihrer großen, schwungvollen Handschrift hineingeschrieben hatte. »Mehr Pfeffer. Nur 20 Minuten backen. Vorsicht mit dem Olivenöl.« Im Geist sah sie Renata, wie sie beim Kochen vor sich hin sang, während Neeve ein bißchen rühren, abwiegen oder mischen durfte.

Manchmal hatte Renata am Rand der Buchseiten kleine Skizzen ihrer Tochter gezeichnet, entzückende, gut gelungene Miniaturen: Neeve, wie eine Prinzessin gekleidet, am Tisch sitzend; Neeve, über eine große Teigschüssel gebeugt; Neeve, an einem Plätzchen knabbernd. Es waren Dutzende von Zeichnungen, und jede rief erneut das Gefühl des großen Verlusts wach. Selbst jetzt brachte Neeve es noch nicht über sich, die Skizzen länger zu betrachten. Die Erinnerungen waren zu schmerzlich.

»Ich habe ihr immer wieder gesagt, sie solle Kunstunterricht nehmen«, ertönte Myles' Stimme hinter ihr.

Neeve hatte nicht gemerkt, daß er ihr über die

Schulter blickte. »Mutter war sehr befriedigt von dem, was sie tat.«

»Gelangweilten Frauen Kleider zu verkaufen?«

Neeve biß sich auf die Zunge. »Genau das würdest du wohl auch von mir sagen?«

Myles sah sie betreten an. »Ach, Neeve, entschuldige. Ich bin sehr nervös. Ich gebe es zu.«

»Du bist nervös, aber du hast es auch gemeint. Und jetzt geh bitte raus aus meiner Küche.«

Absichtlich lärmte sie mit den Töpfen und Pfannen herum, während sie Zutaten abwog, umfüllte, zurechtschnitt, anbriet, ablöschte und in den Backofen schob. Sie mußte der Tatsache ins Auge sehen, daß Myles der größte lebende männliche Chauvinist war. Wenn Renata ein Kunststudium gemacht und sich zu einer mittelmäßigen Aquarellistin entwickelt hätte, wäre das in seinen Augen die richtige Beschäftigung für eine Dame gewesen. Er konnte einfach nicht verstehen, daß es wichtig war, Frauen dabei zu helfen, sich richtig anzuziehen, weil das im geschäftlichen und gesellschaftlichen Leben eine entscheidende Rolle spielte.

Man hat in *Vogue*, *Town and Country*, der *New York Times* und Gott weiß wo sonst noch über mich geschrieben, aber das beeindruckt ihn nicht. Er meint, ich stehle den Leuten ihr Geld mit den Preisen für teure Kleider.

Sie erinnerte sich, wie verärgert Myles gewesen war, als er bei ihrer Weihnachtsparty damals in der Küche auf Ethel Lambston gestoßen war, die ungeniert in Renatas Kochbüchern blätterte.

»Interessieren Sie sich fürs Kochen?« hatte er sie eisig gefragt.

Natürlich hatte Ethel seine Verärgerung nicht bemerkt. »Ganz und gar nicht«, antwortete sie unbekümmert. »Aber ich kann Italienisch lesen und habe zufällig die Bücher entdeckt. *Questi disegni sono stupendi!*«

Sie hatte ihm das Buch mit den Zeichnungen hingehalten, und Myles hatte es ihr aus der Hand genommen. »Meine Frau war Italienerin. Ich selber spreche die Sprache nicht.«

Genau da hatte Ethel erkannt, daß Myles Witwer und ohne feste Bindung war, und sich den ganzen Abend an ihn gehängt.

Neeve war mit ihren Vorbereitungen schließlich fertig. Sie stellte die Gerichte in den Kühlschrank, räumte die Küche auf und deckte den Tisch im Eßzimmer. Die ganze Zeit beachtete sie ihren Vater überhaupt nicht. Er saß in seinem Zimmer vor dem Fernseher. Als sie zuletzt noch die Platten und Schüsseln auf der Anrichte bereitgestellt hatte, kamen gerade die Elf-Uhr-Nachrichten.

Myles hielt ihr ein Glas Kognak hin. »Wenn deine Mutter wütend auf mich war, hat sie auch einen Heidenlärm mit den Kochtöpfen und Pfannen gemacht.« Sein Lächeln war jungenhaft verlegen. Es war seine Entschuldigung.

Neeve nahm den Kognak an. »Schade, daß sie sie dir nicht an den Kopf geschmissen hat.«

Sie mußten beide lachen. In diesem Augenblick läutete das Telefon. Myles nahm den Hörer ab.

Seinem freundlichen »Hallo« folgte ein Trommelfeuer von Fragen. Neeve sah, wie sein Mund hart wurde. Als er den Hörer wieder auflegte, sagte er mit tonloser Stimme: »Das war Herb Schwartz. Einer unserer Leute war in Nicky Sepettis engsten Kreis eingeschleust worden. Man hat ihn gerade auf einer Müllhalde gefunden. Er lebt noch, und es besteht Aussicht, daß er durchkommt.«

Neeve bekam einen trockenen Mund, als sie ihm zuhörte. Myles' Gesicht war verzerrt, aber sie konnte den Ausdruck nicht recht deuten. »Er heißt Tony Vitale«, sagte Myles. »Er ist dreiunddreißig. Bei ihnen nannte er sich Carmen Machado. Man hat vier Schüsse auf ihn abgegeben. Eigentlich müßte er tot sein, aber irgendwie klammerte er sich ans Leben. Er mußte uns unbedingt Mitteilung von irgend etwas machen.«

»Und was war das?« flüsterte Neeve.

»Herb ist auf der Notfallstation gewesen. Tony sagte zu ihm: ›Kein Kontrakt, Nicky, Neeve Kearney.‹« Myles schlug die Hände vors Gesicht, als wolle er so sein Mienenspiel verbergen.

Neeve starrte ihn an. »Du hast doch nicht im Ernst geglaubt, daß ein Kontrakt bestünde?«

»Oh, doch.« Myles' Stimme wurde lauter. »Doch, das habe ich geglaubt. Und jetzt kann ich zum erstenmal seit siebzehn Jahren ruhig schlafen.« Er legte ihr die Hände auf die Schultern. »Neeve, sie sind zu Nicky gegangen, um ihn auszufragen. Unsere Leute. Und sie sind gerade rechtzeitig gekommen, um ihn sterben zu sehen. Der elende

Schweinehund hat einen Herzschlag bekommen. Er ist tot, Neeve. Nicky Sepetti ist tot!«

Er nahm sie in die Arme, und sie spürte das wilde Klopfen seines Herzens.

»Dann soll sein Tod dich jetzt befreien, Vater«, flehte sie. Unbewußt hatte sie sein Gesicht in ihre Hände genommen und erinnerte sich dann, daß dies auch die liebevolle Geste ihrer Mutter gewesen war. Ganz bewußt ahmte sie Renatas Tonfall nach: »*Caro Milo*, hör doch auf mich.«

Sie brachten alle beide ein wehmütiges Lächeln zustande. »Ich will mir Mühe geben. Ich verspreche es«, sagte Myles.

Polizeidetektiv Anthony Vitale, der unter dem Namen Carmen Machado in die Verbrecherfamilie Sepetti eingeschleust worden war, lag in der Intensivstation des St.-Vincent-Krankenhauses. Die Kugeln waren in seiner Lunge steckengeblieben, hatten ein paar Rippen zersplittert und ihm die linke Schulter zertrümmert. Wie durch ein Wunder war er noch am Leben. Schläuche waren in seinen Körper geführt und tropften Antibiotika und Glukose in seine Venen. Ein Atemgerät hatte die Funktion der Lungen übernommen.

Von Zeit zu Zeit erlangte er das Bewußtsein wieder; dann sah er die besorgten Gesichter seiner Eltern. Ich bin zäh. Ich setze alles daran, um durchzukommen, hätte er sie gerne getröstet.

Wenn er nur sprechen könnte! War er wohl imstande gewesen, irgend etwas zu sagen, als sie ihn gefunden hatten? Er hatte versucht, sie wegen des Kontrakts zu informieren, aber es war nicht so herausgekommen, wie er es beabsichtigt hatte.

Nicky Sepetti und seine Bande hatten keinen Auftrag erteilt, Neeve Kearney zu liquidieren. Der Kontrakt war von jemand anders ausgegangen. Tony wußte, daß man am Dienstag abend auf ihn geschossen hatte. Wie lange war er wohl schon im Krankenhaus? Undeutlich erinnerte er sich an bruchstückhafte Mitteilungen, die sie Nicky wegen des Kontrakts gemacht hatten: Niemand kann einen Kontrakt wieder aufheben. Der Ex-Commissioner darf sich auf ein weiteres Begräbnis gefaßt machen!

Tony versuchte sich aufzurichten. Er mußte sie unbedingt warnen.

»Immer schön langsam«, hörte er eine sanfte Stimme.

Er spürte einen Stich in seinem Arm, und kurz darauf glitt er hinüber in einen ruhigen, traumlosen Schlaf.

7

Am Donnerstag morgen kurz nach acht Uhr warteten Neeve und Tse-Tse in einem Taxi auf der gegenüberliegenden Straßenseite von Ethels Wohnung. Am Dienstag war Ethels Neffe um zwanzig nach acht zur Arbeit weggegangen. Heute wollten sie sichergehen, ihm nicht zu begegnen. Den Protest des Taxifahrers: »Vom Warten werde ich nicht reich!«, beschwichtigte Neeve mit dem Versprechen eines Trinkgelds von zehn Dollar.

Tse-Tse war es, die Doug um Viertel nach acht als erste erblickte. »Da ist er.«

Neeve beobachtete, wie er die Wohnungstür abschloß, sich nach allen Seiten umsah und dann in Richtung Broadway davonging. Der Morgen war frisch, und er trug einen Regenmantel mit Gürtel. »Das ist ein echter Burberry«, stellte sie fest. »Für einen Empfangsangestellten scheint er ja verdammt gut bezahlt zu werden.«

Die Wohnung war erstaunlich gut aufgeräumt. Bettlaken und eine Decke lagen an einem Ende des Sofas unter einem Kopfkissen. Der Kissenbezug war verknittert; offensichtlich war darauf geschlafen worden. Es gab keine Spur eines benutzten Aschenbechers, aber Neeve war sicher, daß sie einen schwachen Geruch von Zigarettenrauch in der Luft feststellen konnte. »Er hat geraucht, will aber nicht, daß man ihn erwischt«, bemerkte sie. »Ich frage mich, warum.«

Das Schlafzimmer war vorbildlich ordentlich. Das Bett war gemacht. Dougs Koffer lag auf der Chaiselongue. Anzüge, Hosen und Jacken auf Kleiderbügeln lagen über der Lehne. Seine Nachricht für Ethel stand auf dem Toilettentisch gegen den Spiegel gelehnt.

»Wer hält hier wen zum Narren?« fragte Tse-Tse. »Wie kommt er dazu, das zu schreiben, und wieso benutzt er ihr Schlafzimmer nicht mehr?«

Neeve wußte, daß Tse-Tse einen guten Blick für Kleinigkeiten hatte. »Also gut«, sagte sie. »Fangen wir mal bei der Nachricht an. Hat er je schon eine Notiz für sie hinterlassen?«

Tse-Tse trug wieder ihr Stubenmädchenkostüm. »Noch nie«, sagte sie und schüttelte so heftig den Kopf, daß die Schnecken über ihren Ohren wackelten.

Neeve ging zum Kleiderschrank und öffnete die Tür. Bügel für Bügel sah sie Ethels ganze Garderobe durch, um sich zu vergewissern, daß sie keinen der Mäntel übersehen hatte. Sie waren alle vorhanden: Zobelpelz, Nutriajacke, Kaschmirmantel, Wollmantel, Burberry, Ledermantel, Cape. Sie erklärte Tse-Tse, die ihr verwundert zusah, was sie machte.

Tse-Tse bestärkte sie in ihrem Verdacht. »Ethel erzählt mir immer wieder, daß sie keine Impulsivkäufe mehr macht, seit du sie für ihre Garderobe berätst. Du hast recht. Sie besitzt keinen anderen Mantel.«

Neeve schloß die Schranktür. »Es ist mir gar nicht wohl, daß ich so herumschnüffle, aber ich muß es tun. Ethel hat in ihrer Handtasche immer einen kleinen Notizkalender bei sich. Ich bin aber ziemlich sicher, daß sie auch noch einen größeren Terminkalender besitzt.«

»Ja, das stimmt«, sagte Tse-Tse. »Er liegt auf ihrem Schreibtisch.«

Die Agenda lag neben einem Stapel Post. Neeve schlug sie auf. Für jeden Tag gab es eine ganze Seite, auch noch für den Dezember des vorangegangenen Jahres.

Sie blätterte die Seiten durch, bis sie zum 31. März kam. In großen Buchstaben hatte Ethel notiert: »Doug Kleider bei Neeve abholen lassen.« Die Zeitangabe 15 Uhr war eingerahmt. In der Zeile darunter stand: »Doug bei mir.«

Tse-Tse sah Neeve über die Schulter. »Da hat er also nicht gelogen«, sagte sie. Die Morgensonne, die die ganze Zeit hell ins Zimmer geschienen hatte, verschwand plötzlich hinter einer Wolke. Tse-Tse erschauerte. »Mein Gott, Neeve, die Wohnung wird mir langsam unheimlich.«

Neeve antwortete nicht, sondern blätterte den ganzen April durch. Es waren verschiedene Abmachungen über den ganzen Monat verteilt, Besprechungen, Cocktailpartys, Mittagessen, aber sämtliche Seiten waren durchgestrichen. Am 1. April hatte

Ethel aufgeschrieben »Material sammeln; an Buch arbeiten.«

»Sie hat alles abgesagt. Demnach hatte sie vor, wegzufahren oder sich wenigstens irgendwo zu vergraben, um zu schreiben«, murmelte Neeve.

»Vielleicht ist sie einen Tag früher verreist«, meinte TseTse.

»Möglich.« Neeve blätterte wieder zurück. Die letzte Märzwoche war angefüllt mit Namen von bekannten Designern: Nina Cochran, Gordon Steuber, Victor Costa, Ronald Altern, Regina Mavis, Anthony della Salva, Kara Potter. »Sie kann diese Leute nicht alle aufgesucht haben«, sagte Neeve. »Ich nehme an, daß sie sie vor Ablieferung ihres Artikels angerufen hat, um zu verifizieren, ob sie ihre Aussagen auch richtig wiedergibt.« Sie zeigte auf eine Eintragung von Donnerstag, den 30. März: »Ablieferungstermin Artikel *Contemporary Woman.*«

Rasch überflog sie die ersten drei Monate des Jahres und stellte fest, daß Ethel neben jeder Verabredung die Kosten für Taxis und Trinkgelder geschrieben und sich kurze Notizen über Mittagessen, Diners und Begegnungen gemacht hatte: »Gutes Interview, wird aber ungeduldig, wenn er warten muß ... Carlos neuer Oberkellner in Le Cygne ... Taxis von Valet Limo vermeiden, Wagen stinken nach Deo-Spray ...«

Alle Notizen waren flüchtig hingeworfen, die Zahlen oft durchgestrichen oder geändert. Außerdem war Ethel eine nervöse Zeichnerin. Sämtliche

Seiten waren voll von Dreiecken, Herzen, Spiralen und anderen Kritzeleien.

Einer momentanen Eingebung folgend, schlug Neeve die Seite vom 22. Dezember auf, dem Tag, an dem sie und Myles ihre Weihnachtsparty gegeben hatten.

Offensichtlich hatte Ethel den Anlaß als wichtig betrachtet. Neeves Name und ihre Adresse waren in Druckbuchstaben notiert und unterstrichen. Kringel und Schnörkel umrandeten Ethels Kommentar: »Neeves Vater – anziehender Single.« Am Rand der Seite hatte Ethel eine plumpe Imitation einer der Zeichnungen aus Renatas Kochbuch versucht.

»Myles bekäme ein Magengeschwür, wenn er das sähe«, bemerkte Neeve. »Ethel wollte ihn zu einem offiziellen Neujahrsessen einladen. Ich mußte ihr sagen, daß er sich noch immer zu krank fühlt, um auszugehen. Ich glaube, er wäre erstickt.«

Wieder schlug sie die Seiten der letzten Märzwoche auf und begann sich die Namen, die Ethel aufgeschrieben hatte, zu notieren. »Das ist wenigstens ein Ausgangspunkt.« Zwei Namen sprangen ihr in die Augen. Toni Mendell, die Chefredakteurin von *Contemporary Woman*. Die Cocktailparty war nicht der geeignete Ort gewesen, um sie auszufragen, ob sie sich an irgendeine Bemerkung von Ethel erinnern könnte, die darauf hindeutete, daß sie sich zum Schreiben zurückziehen wollte. Der andere Name war Jack Campbell. Der Buchvertrag war also für Ethel immens wichtig. Vielleicht hatte sie

Campbell mehr über ihre Pläne gesagt, als ihm bewußt war.

Neeve klappte die Agenda zu und schob sie zurück in die Schutzhülle. »So, jetzt sollte ich lieber gehen.« Sie band ihren rot-blauen Schal wieder um und schlug den großen Mantelkragen hoch. Ihr schwarzes Haar hatte sie zu einem Chignon aufgesteckt.

»Du siehst fabelhaft aus«, bemerkte Tse-Tse. »Heute morgen im Lift hörte ich einen Mann fragen, wer du wohl wärst.«

Neeve zog ihre Handschuhe an. »Bestimmt ein edler Ritter, nehme ich an.«

Tse-Tse kicherte. »So zwischen vierzig und scheintot. Schon etwas angegraut.«

»Den überlaß ich dir. Also gut, falls Ethel überraschend auftaucht oder ihr liebender Neffe früher nach Hause kommt, hast du ja deine Erklärung. Mach dir ein bißchen an den Küchenschränken zu schaffen. Wasch die Gläser auf den obersten Borden. Laß es aussehen, als ob du viel zu tun gehabt hättest; aber halt die Augen offen.« Neeve warf einen Blick auf den Poststapel. »Sieh das da mal durch. Vielleicht hat Ethel einen Brief bekommen, der sie veranlaßt hat, ihre Pläne zu ändern. Mein Gott, ich komme mir wirklich vor wie eine Schnüfflerin, aber es muß sein. Wir wissen beide, daß irgend etwas verdächtig ist. Und wir können hier nicht ewig ein- und ausgehen.«

Auf dem Weg zur Tür blickte Neeve sich überall um. »Du bringst es tatsächlich fertig, daß es hier richtig wohnlich aussieht. In gewisser Weise erinnert mich die Wohnung sogar an Ethel. Gewöhnlich bemerkt man nur das ganze oberflächliche Durcheinander und ist abgestoßen. Ethel benimmt sich immer so unberechenbar, daß man vergißt, was für einen scharfen Verstand sie hat.«

An der Wand neben der Wohnungstür hingen Ethels zahllose Pressefotos. Die Hand schon auf der Türklinke, blieb Neeve stehen und betrachtete sie aufmerksam. Auf den meisten Bildern sah Ethel so aus, als sei sie mitten in einem Satz fotografiert worden. Der Mund war immer ein wenig geöffnet, die Augen blitzten vor Energie, ihre Gesichtsmuskeln waren sichtlich in Bewegung.

An einem Schnappschuß blieb Neeves Blick hängen. Ethels Gesichtsausdruck war ruhig, der Mund geschlossen, die Augen blickten traurig. Was hatte ihr Ethel einmal anvertraut? »Ich bin am Valentinstag geboren. Leicht zu behalten, nicht wahr? Aber wissen Sie, wie viele Jahre es her ist, daß mir irgend jemand eine Karte geschrieben oder sich die Mühe gemacht hat, mich anzurufen? Ich kann mir selber ›Happy Birthday‹ vorsingen.«

Neeve hatte vorgehabt, Ethel am vergangenen Valentinstag Blumen zu schicken und sie zum Lunch einzuladen, aber dann war sie in dieser Woche gerade in Vail im Skiurlaub gewesen. Es tut mir leid, Ethel, dachte sie. Es tut mir ehrlich leid.

Es kam ihr so vor, als ob die traurigen Augen auf dem Schnappschuß ihr nicht vergaben.

Nach seiner Schrittmacher-Operation hatte Myles sich angewöhnt, am Nachmittag einen langen Spaziergang zu machen. Was Neeve nicht wußte, war, daß er seit vier Monaten auch zu einem Psychiater ging. »Sie leiden an Depressionen«, hatte ihm der Herzspezialist ins Gesicht gesagt. »Das tun die meisten Leute nach einer solchen Operation. Das gehört dazu. Ich vermute aber, daß es bei Ihnen auch noch andere Ursachen haben könnte.« Er hatte nicht lockergelassen, bis Myles sich bei Dr. Adam Felton anmeldete.

Donnerstag um zwei Uhr war seine übliche Zeit. Er haßte die Vorstellung, auf einer Couch zu liegen, und setzte sich lieber in einen tiefen Ledersessel.

Adam Felton war nicht der typische Psychiater, wie Myles ihn sich vorgestellt hatte. Er war Mitte vierzig, mit Bürstenschnitt, einer leicht verrückten Brille und einem schlanken, drahtigen Körper. Nach der dritten oder vierten Konsultation hatte er Myles' Vertrauen gewonnen. Dieser hatte nicht mehr das Gefühl, sich seelisch zu entblößen. Die Gespräche mit Felton waren für ihn eher wie ein Rückversetzen in den Bereitschaftsraum der Polizei, wenn er seinen Leuten alle Gesichtspunkte einer Untersuchung auseinandergesetzt hatte.

Merkwürdig, dachte er, während er zusah, wie Felton einen Bleistift zwischen den Fingern drehte, daß mir nie in den Sinn gekommen ist, mich lieber Dev gegenüber auszusprechen. Aber dies war ja keine Beichte. »Ich wußte gar nicht, daß Psychiater nervöse Angewohnheiten haben dürfen«, bemerkte er trocken.

Adam Felton lachte und zwirbelte den Bleistift extra noch einmal kräftig herum. »Ich habe alles Recht auf einen nervösen Tick, wenn ich schon das Rauchen aufgegeben habe. Sie wirken heute ja mächtig aufgekratzt.« Es hätte eine beiläufige Bemerkung zu einem guten Bekannten auf einer Cocktailparty sein können.

Myles sagte ihm, daß Nicky Sepetti tot sei, und als Felton ihm weitere bohrende Fragen stellte, rief er: »Dieses Thema haben wir doch bereits besprochen! Siebzehn Jahre lang habe ich mit dem Gefühl gelebt, daß Neeve etwas zustoßen müßte, sobald Sepetti entlassen würde. Ich habe Renata gegenüber versagt. Wie oft muß ich Ihnen denn das noch sagen! *Ich habe Nickys Drohung nicht ernst genommen!* Er war ein kaltblütiger Killer. Er war keine drei Tage draußen, als unser Mann erschossen wurde. Vermutlich hatte Nicky ihn erkannt. Er sagte immer, er könne jeden Polizisten wittern.«

»Und jetzt haben Sie das Gefühl, daß Ihre Tochter nicht mehr in Gefahr ist?«

»Ich weiß, daß sie es nicht mehr ist. Unser Mann war noch in der Lage, uns zu sagen, daß es keinen Mordkontrakt auf Neeve gibt. Sie müssen es unter sich besprochen haben. Ich weiß, daß die anderen sich auf so etwas nicht einlassen würden. Sie waren sowieso dabei, Nicky hinauszudrängen. Sie werden froh sein, daß sie ihn in ein Leichentuch wickeln können.«

Adam Felton fing wieder an, mit dem Bleistift zu spielen, hielt dann ein und ließ ihn entschlossen in den Papierkorb fallen. »Sie sagen, daß Sepettis Tod Sie von einer Angst befreit hat, die Sie siebzehn Jahre lang verfolgte. Was bedeutet das jetzt für Sie? Wie wird sich Ihr Leben ändern?«

Als Myles vierzig Minuten später die Praxis verließ und sich zu Fuß wieder auf den Weg machte, hatte er den raschen, entschlossenen Gang wiedergefunden, der früher so typisch für ihn gewesen war. Er wußte, daß er sich körperlich fast vollständig erholt hatte. Und nun, da er sich wegen Neeve keine Sorgen mehr zu machen brauchte, wollte er sich wieder einer Aufgabe zuwenden. Er hatte Neeve nichts davon gesagt, daß er schon gefragt worden war, ob er die Leitung der staatlichen Drogenfahndungsstelle in Washington übernehmen würde. Das bedeutete, daß er sich sehr viel dort aufhalten und sich eine Wohnung nehmen müßte. Für Neeve wäre es nur gut, allein zu sein. Sie verbrächte dann nicht mehr so viel Zeit zu Hause, sondern würde ausgehen und mit jungen Menschen zusammenkommen. Ehe er krank wurde, fuhr sie im Sommer an den Wochenenden meistens ans Meer und im Winter öfter zum Skilaufen. Im letzten Jahr mußte er sie geradezu zwingen, wenigstens ein paar Tage zu verreisen. Er wünschte, daß sie heiraten würde. Er wäre ja nicht ewig da. Nickys Herzschlag kam ihm sehr gelegen, denn jetzt konnte er unbeschwert nach Washington gehen.

Myles erinnerte sich gut an den furchtbaren Schmerz seines eigenen Herzanfalls. Es war, als wäre ihm eine Dampfwalze mit Spikes über die Brust gerollt. »Hoffentlich hast du dasselbe gespürt, als du den Löffel weglegtest, du Dreckskerl!« dachte er. Dann war ihm, als sähe er das Gesicht seiner Mutter, die ihn streng anblickte. *Wer andern Böses wünscht, wird selber Böses erleiden. Alles kommt, wie es kommen soll.*

Er überquerte die Lexington Avenue und ging am Restaurant »Bella Vita« vorbei. Der köstliche Duft der italienischen Küche stieg ihm verlockend in die Nase; voller Vorfreude dachte er an das Abendessen, das Neeve für heute vorbereitet hatte. Es war schön, wieder einmal mit Dev und Sal zusammenzukommen. Mein Gott, wie lange schien es her zu sein, daß sie miteinander aufwuchsen. In der Bronx, dem Stadtteil, über den man heute die schrecklichsten Sachen erzählte. Damals war es ein herrlicher Ort gewesen. Es hatte nur sieben Häuser in ihrer Straße gegeben und ringsum dichte Birken- und Eichenwälder. Sie hatten dort Baumhütten gebaut. Der Gemüsegarten von Sals Eltern hatte in der heutigen Industriezone der Williamsbridge Road gelegen. Auf den Feldern, wo er und Sal und Dev Schlitten gefahren waren, war seither der riesige Komplex des Einstein-Krankenhauses gebaut worden ... Aber es gab dort noch immer sehr viele schöne Wohngegenden.

Als Myles in der Park Avenue um einen kleinen schmelzenden Schneehaufen herumging, erinnerte er sich, wie Sal einmal die Herrschaft über seinen Schlitten verlor und ihm über den Arm fuhr, so daß er an drei Stellen gebrochen war. Sal hatte zu heulen begonnen. »Mein Vater bringt mich um!« Sofort hatte Dev die Schuld auf sich genommen, und sein Vater war gekommen, um sich zu entschuldigen. »Er hat es nicht absichtlich getan, er ist einfach ein ungeschickter Kerl.« Devin Stanton. Seine bischöfliche Eminenz. Es wurde gemunkelt, daß der Vatikan ihn bereits für die nächste frei werdende Erzdiözese ausersehen habe, und das konnte sogar einen Kardinalshut bedeuten.

Als Myles zur Fifth Avenue kam, warf er einen Blick nach rechts. Er konnte das Dach eines großen weißen Gebäudes ausmachen: das Metropolitan Museum. Schon lange hatte er sich vorgenommen, einmal den Dendur-Tempel gründlicher zu betrachten.

Jetzt marschierte er spontan die sechs Straßen bis zum Museum und war dann die nächste Stunde ganz mit den herrlichen Überresten einer längst vergangenen Zivilisation beschäftigt.

Erst als er auf die Uhr blickte und fand, daß es Zeit für ihn sei, nach Hause zu gehen und die Getränke bereitzustellen, wurde er sich bewußt, was der tiefere Grund seines Museumsbesuchs war. Er wollte die Stelle aufsuchen, wo Renata umgekommen war. Laß es bleiben, befahl er sich selber. Doch sobald er draußen war, konnte er nicht umhin, seine Schritte zur Rückseite des Museums zu lenken, dorthin, wo man ihre Leiche gefunden hatte. Es war eine Wallfahrt, die er alle vier bis fünf Monate unternahm.

Ein rötlicher Schleier umgab die Bäume des Central Park, ein Vorbote des bald sprießenden ersten Grüns. Eine Menge Menschen waren im Park. Jogger. Kindermädchen, die Babywagen vor sich her stießen. Junge Mütter mit lebhaften Dreijährigen. Obdachlose, mitleiderregende Männer und Frauen, die zusammengekauert auf Bänken saßen. Ein ununterbrochener Verkehrsfluß. Pferdedroschken.

Myles blieb an der Lichtung stehen, wo Renata gefunden worden war. Komisch, dachte er, sie liegt auf dem Gate-of-Heaven-Friedhof begraben, aber für mich ist es so, als wäre ihr Körper immer hier. Mit gesenktem Kopf, die Hände in den Taschen seiner Wildlederjacke, stand er da. Wäre es damals ein Tag wie dieser gewesen, dann hätten sich Menschen im Park aufgehalten. Irgend jemand hätte vielleicht gesehen, was geschah. Eine Gedichtstrophe ging ihm durch den Sinn: *Und wie in goldnen Träumen / Geht linder Frühlingswind / Rings in den stillen Bäumen – / Schlaf wohl, mein süßes Kind!*

Zum erstenmal hatte Myles heute an diesem Ort das Gefühl, als ob eine Wunde zu heilen begönne. »Es ist nicht mein Verdienst, aber wenigstens ist unsere Tochter außer Gefahr, *carissima mia*«, flüsterte er. »Und hoffentlich warst du dabei, als Nicky Sepetti vor dem Thron des Höchsten Richters erschien, und hast ihm den Weg zur Hölle gewiesen.«

Myles wandte sich um und ging rasch durch den Park davon. Adam Feltons letzte Worte klangen ihm noch im Ohr: »Also gut, Sie brauchen sich wegen Nicky Sepetti keine Sorgen mehr zu machen. Sie haben vor siebzehn Jahren eine schreckliche Tragödie erlebt. Die Frage ist: Sind Sie jetzt bereit, Ihr Leben weiterzuleben?«

Leise wiederholte Myles die knappe Antwort, die er Felton gegeben hatte: »Ja.«

Als Neeve nach ihrem Besuch in Ethels Wohnung im Geschäft eintraf, waren die meisten Angestellten schon da. Außer Eugenia, ihrer rechten Hand und Stellvertreterin, die auch als Empfangsdame arbeitete, beschäftigte sie sieben Verkäuferinnen und drei Schneiderinnen.

Eugenia war dabei, ein paar Kleiderpuppen neu anzuziehen. »Schön, daß man wieder zweiteilige Ensembles trägt«, sagte sie, während sie geschickt das Oberteil eines zimtfarbenen seidenen Deux-pièces drapierte. »Welche Handtasche?«

Neeve trat ein paar Schritte zurück. »Halt sie noch mal hin. Die kleinere, glaube ich. Die andere ist zu stark rostbraun für das Kleid.«

Als Eugenia den Mannequinberuf aufgegeben hatte, war sie ohne Bedauern allmählich von Größe 38 zu Größe 44 übergegangen, ohne jedoch ihre graziösen Bewegungen zu verlieren, die sie zum Liebling der großen Couturiers gemacht hatten. Sie hängte die Tasche an den Arm der Puppe. »Du hast wieder einmal recht«, sagte sie gutgelaunt.

»Wir bekommen heute viel zu tun. Ich spüre das schon.«

»Hoffentlich.« Neeve versuchte, es ganz unbekümmert klingen zu lassen, aber es gelang ihr nicht.

»Neeve, gibt's was Neues wegen Ethel Lambston? Ist sie immer noch nicht aufgetaucht?«

»Keine Spur von ihr.« Neeve sah sich im Geschäft um. »Hör zu, ich ziehe mich jetzt in mein Büro zurück und erledige ein paar Telefongespräche. Sag niemand, daß ich da bin, falls es nicht wirklich unumgänglich ist. Ich möchte heute keine Vertreter empfangen.«

Als erstes rief sie bei *Contemporary Woman* an, um Toni Mendell zu sprechen. Sie war den ganzen Tag in einem Journalistenseminar. Neeve versuchte es bei Jack Campbell. Er war in einer Besprechung. Sie hinterließ ihm eine Nachricht und bat um seinen Rückruf. »Es ist ziemlich dringend«, sagte sie seiner Sekretärin. Sie ging die Liste mit den Namen der Modeschöpfer durch, die Ethel sich in ihrem Terminkalender notiert hatte. Die ersten drei, die Neeve erreichte, hatte Ethel nicht aufgesucht, sondern lediglich angerufen, um sich bestätigen zu lassen, daß sie das, was sie ihnen zuschrieb, auch wirklich gesagt hatten. Elke Pearson, die Designerin von Sportkollektionen, faßte die Verärgerung, die Neeve in allen anderen Stimmen heraushörte, so zusammen: »Ich werde nie verstehen, warum ich mich von dieser Frau habe interviewen lassen. Sie hat mich mit Fragen bombardiert, bis mir der Kopf schwirrte. Ich mußte sie beinahe rausschmeißen, und ich habe den Verdacht, daß mir ihr verdammter Artikel nicht gefallen wird.«

Anthony della Salva war der nächste Name. Neeve machte sich weiter keine Sorgen, als sie ihn nicht erreichte. Sie würde ihn beim Abendessen sehen. Gordon Steuber. Ethel hatte ihr gestanden, daß sie ihn in ihrem Artikel anprangern würde. Aber wann hatte sie ihn zum letztenmal gesehen? Widerwillig wählte Neeve die Nummer von Steubers Büro und wurde sofort zu ihm durchgestellt.

Er verschwendete keine Zeit auf Höflichkeiten. »Was wollen Sie?« fragte er kurz angebunden.

Im Geiste sah sie ihn vor sich, wie er zurückgelehnt in seinem mit Messingnägeln beschlagenen, imposanten Ledersessel saß. Mit ebenso kalter Stimme wie er sagte sie: »Man hat mich gebeten, ausfindig zu machen, wo Ethel Lambston sich aufhält. Es ist dringend.« Einer Eingebung folgend, fügte sie hinzu: »Aus ihrem Terminkalender weiß ich, daß sie letzte Woche bei Ihnen war. Hat sie irgendeine Andeutung gemacht, ob und wohin sie verreisen wollte?«

Mehrere Sekunden herrschte völlige Stille. Er muß sich erst überlegen, was er sagen soll, dachte sie. Als Steuber sprach, war sein Ton ruhig und distanziert.

»Ethel Lambston hat schon vor Wochen versucht, mich wegen eines Artikels, den sie schreiben wollte, zu interviewen. Ich habe sie nicht empfangen. Ich habe keine Zeit für Klatschtanten. Letzte

Woche telefonierte sie, aber ich nahm den Anruf nicht entgegen.«

Neeve hörte nur noch ein Klicken.

Sie wollte eben die Nummer des nächsten Designers auf ihrer Liste wählen, als ihr Telefon läutete. Jack Campbell war am Apparat. Seine Stimme klang besorgt. »Meine Sekretärin hat mir ausgerichtet, Ihr Anruf sei dringend gewesen. Gibt es irgendwelche Schwierigkeiten, Neeve?«

Es kam ihr auf einmal lächerlich vor, daß sie ihm am Telefon erklären wollte, sie sei ernsthaft besorgt um Ethel Lambston, weil diese ihre Kleider nicht abgeholt hatte.

Statt dessen sagte sie: »Sie haben sicher sehr viel zu tun, aber könnte ich Sie möglichst bald einmal eine halbe Stunde sprechen?«

»Ich bin heute zum Mittagessen mit einem meiner Autoren verabredet«, sagte er. »Wie wäre es um drei Uhr in meinem Büro?«

Der Verlag Givons and Marks befand sich in den obersten sechs Etagen eines Eckgebäudes Park Avenue und 41. Straße. Jack Campbell hatte sein Büro in einem riesigen Eckzimmer im 47. Stock mit einer atemberaubenden Aussicht auf Manhattan. Sein beeindruckend großer Schreibtisch war schwarz poliert. In den Bücherregalen an der Wand dahinter stapelten sich Manuskripte. Ein schwarzes Ledersofa und ebensolche Sessel standen um einen niedrigen Cocktailtisch mit Glasplatte. Es überraschte Neeve, daß der Raum keinerlei persönliche Merkmale aufwies.

Als könne er Gedanken lesen, sagte Jack Campbell: »Bis meine Wohnung bezugsbereit ist, wohne ich im ›Hampshire House‹. Meine ganze Habe ist noch im Möbellager. Daher sieht es hier auf wie im Wartezimmer eines Zahnarztes.«

Er hatte sein Jackett über die Rückenlehne seines Schreibtischsessels gehängt. Er trug einen Jacquard-Pullover mit grün-braunem Schottenmuster. Er stand ihm gut, fand Neeve. Herbstfarben. Sein Gesicht war zu schmal, die Züge zu unregelmäßig, als daß man sie schön hätte nennen können. Doch durch die ruhige Kraft, die von ihnen ausging, waren sie überaus anziehend. In seinen Augen lag eine herzliche Wärme, als er sie anlächelte, und Neeve war froh, daß sie eines ihrer neuen Frühjahrsmodelle angezogen hatte, ein türkisfarbenes Wollkleid mit dazu passender halblanger Jacke.

»Wie wär's mit einem Kaffee?« fragte Jack. »Ich trinke zwar zuviel davon, aber ich nehme trotzdem noch einen.«

Neeve wurde sich auf einmal bewußt, daß sie nichts zu Mittag gegessen hatte und ihr Kopf leicht schmerzte. »Ja, gerne. Einen schwarzen, bitte.«

Während sie warteten, bewunderte sie die Aussicht. »Kommen Sie sich nicht geradezu wie der König von New York vor?«

»In diesem ersten Monat, seit ich hier bin, habe ich mich sehr anstrengen müssen, meinen Kopf bei der Arbeit zu haben«, erzählte er ihr. »Als Zehnjähriger beschloß ich, daß ich eines Tages in New York leben wollte. Das war vor sechsundzwanzig

Jahren. So lange hat es gedauert, bis ich's geschafft hab.«

Als der Kaffee kam, setzten sie sich an den Glastisch. Jack Campbell lehnte sich bequem auf dem Sofa zurück; Neeve saß auf der Kante eines Sessels. Sie wußte, daß er eine andere Verabredung hatte verschieben müssen, damit er sie so rasch empfangen konnte. Sie holte tief Atem und berichtete ihm von Ethel. »Mein Vater hält mich für verrückt«, sagte sie. »Aber ich habe ein komisches Gefühl, daß ihr irgend etwas passiert ist. Darum wollte ich fragen, ob Ethel eine Andeutung gemacht hat, daß sie beabsichtigte zu verreisen. Soviel ich weiß, soll das Buch, das sie für Sie schreibt, im Herbst erscheinen.«

Jack Campbell hatte ihr mit derselben Aufmerksamkeit zugehört, die sie schon auf der Cocktailparty an ihm beobachtet hatte. »Nein, das stimmt nicht.«

Neeve sah ihn mit großen, erstaunten Augen an. »Ja, aber ...«

Campbell schlürfte den letzten Schluck Kaffee aus seiner Tasse. »Ich habe Ethel vor ein paar Jahren bei einer Buchmesse kennengelernt, als sie dort am Stand von Givons and Marks ihr erstes Buch vorstellte, die Studie über Frauen in der Politik. Es war verdammt gut. Amüsant, mit vielen Stories. Und es hat sich ausgezeichnet verkauft. Daher war ich sehr interessiert, als sie mich sprechen wollte. Sie gab mir eine kurze Zusammenfassung des Artikels, den sie gerade schrieb, und erwähnte, daß sie wahrscheinlich auf eine Sache gestoßen sei, die die Modewelt erschüttern könnte, wenn sie ein Buch darüber schriebe. Sie fragte, ob ich einen Vertrag mit ihr machen wollte und mit was für einer Vorauszahlung sie rechnen könnte.

Ich sagte, daß ich ein bißchen mehr über das Buch wissen müßte, es angesichts ihres vorangegangenen Erfolgs aber sicher kaufen würde, wenn es wirklich so sensationell sei, wie sie behaupte. Voraussichtlich könnten wir dann über einen sechsstelligen Vorschuß reden. Letzte Woche las ich in der Post, daß sie einen Vertrag für eine halbe Million Dollar mit mir geschlossen habe und das Buch im Herbst erscheinen werde. Seither steht das Telefon nicht mehr still. Alle Taschenbuchverlage wollen Angebote machen. Ich habe Ethels Literaturagenten angerufen. Mit ihm hatte sie überhaupt nie über die Sache gesprochen. Ich versuchte dann vergeblich, sie anzurufen. Die erwähnten Bedingungen wurden von mir weder bestätigt noch negiert. Sie ist wirklich eine Publicity-Hyäne! Allerdings, wenn sie das Buch schreibt und es wirklich gut ist, dann kann mir der ganze Rummel nur recht sein.«

»Sie haben aber keine Ahnung, was für eine Art Geschichte sie meinte, die die ganze Branche erschüttern würde?«

»Nicht die geringste.«

Neeve seufzte und stand auf. »Jetzt habe ich Ihre Zeit genug in Anspruch genommen. Eigentlich könnte ich mich beruhigt fühlen. Es sähe Ethel ähnlich, Feuer und Flamme für ein solches Vorhaben zu sein und sich dann in irgendeine Hütte zurückzuziehen. Ich kümmere mich jetzt lieber um meine eigenen Sachen.« Sie streckte ihm die Hand entgegen. »Vielen Dank.«

Er ließ ihre Hand nicht sofort los. Mit einem warmen Lächeln fragte er sie: »Sorgen Sie eigentlich immer für einen raschen Abgang? Vor sechs Jahren sausten Sie wie ein Pfeil aus dem Flugzeug. Neulich abends waren Sie auch auf einmal verschwunden, als ich mich umdrehte.«

Neeve entzog ihm ihre Hand. »Manchmal mäßige ich mein Tempo bis zu Jogging-Geschwindigkeit, aber jetzt muß ich mich beeilen und in meinem eigenen Geschäft nach dem Rechten sehen.«

Er begleitete sie bis zur Tür. »Ich höre, daß ›Neeve's Boutique‹ einer der elegantesten Läden in New York sei. Darf ich ihn mir mal ansehen?«

»Natürlich. Und Sie müssen nicht einmal etwas kaufen.« »Meine Mutter lebt in Nebraska und trägt nur praktische Kleider.«

Während sie im Lift hinunterfuhr, fragte sich Neeve, ob dies wohl Jack Campbells Art war, ihr zu verstehen zu geben, daß es keine bestimmte Frau in seinem Leben gab. Zu ihrer eigenen Verwunderung summte sie vor sich hin, als sie in die plötzlich milde Luft des Aprilnachmittags hinaustrat und ein Taxi herbeiwinkte.

Im Geschäft fand sie eine Nachricht vor, sie möge doch sofort Tse-Tse in Ethels Wohnung anrufen. Tse-Tse nahm beim ersten Läuten ab. »Neeve, Gott sei Dank, daß du anrufst. Ich will hier weg, ehe der komische Neffe nach Hause kommt. Irgend etwas ist wirklich merkwürdig, Neeve. Ethel hat die Angewohnheit, Hundertdollarnoten in der ganzen Wohnung zu verstecken. Deshalb konnte sie mich letztesmal im voraus bezahlen. Als ich am Dienstag hier war, sah ich eine Banknote unter dem Teppich. Heute morgen habe ich eine im Geschirrschrank und drei weitere in den Möbeln gefunden. *Neeve, die waren garantiert am letzten Dienstag noch nicht da.*«

Seamus ging um halb fünf aus seiner Bar weg. Ohne die Menge der Fußgänger zu beachten, eilte er durch das Gedränge auf dem Gehsteig der Columbus Avenue. Er mußte zu Ethels Wohnung gehen und wollte nicht, daß Ruth etwas davon erfuhr. Seit seiner Entdeckung am vorangegangenen Abend, daß er Brief und Scheck in denselben Umschlag gesteckt hatte, kam er sich wie ein gefangenes Tier vor, das wild im Käfig herumsprang und einen Ausweg suchte.

Es gab nur eine Hoffnung. Er hatte den Umschlag nicht sehr tief in den Briefkasten geschoben. Er sah die Ecke vor sich, die aus dem Schlitz herausragte. Vielleicht konnte er das Kuvert wieder herausziehen. Es war eine Chance von eins zu einer Million. Sein normaler Menschenverstand sagte ihm, daß der Briefträger den Umschlag wahrscheinlich inzwischen mit anderer Post ganz in den Kasten hineingestoßen hatte. Aber er klammerte sich an die geringe Chance. Es war das einzige, was er überhaupt tun konnte.

In Ethels Straße warf er rasche Blicke auf die Vorübergehenden. Er hoffte, nicht auf bekannte Gesichter von Ethels Nachbarn zu stoßen. Als er bei ihrem Haus anlangte, steigerte sich sein Gefühl der Hoffnungslosigkeit bis zur Verzweiflung. Er konnte nicht einmal versuchen, einen Brief zu stehlen, ohne alles zu verpfuschen. Man brauchte einen Schlüssel, um in die Eingangshalle zu den Briefkästen zu gelangen. Am gestrigen Abend hatte das unerträgliche Gör ihm die Tür geöffnet. Jetzt müßte er wohl beim Hauswart klingeln, und der würde bestimmt nicht zulassen, daß er sich an Ethels Briefkasten zu schaffen machte.

Während er noch unschlüssig da stand, ging im dritten Stock ein Fenster auf. Eine Frau lehnte sich hinaus. Über ihre Schulter hinweg konnte er das Gesicht des Mädchens sehen, mit dem er gestern gesprochen hatte.

»Sie war die ganze Woche nicht da«, teilte ihm eine schrille Stimme mit. »Und wissen Sie, letzten Donnerstag hätte ich beinahe die Polizei gerufen, als ich hörte, wie Sie sie angeschrien haben.«

Seamus drehte sich um und floh. Sein Atem ging in kurzen, abgehackten Stößen, während er blindlings die West End Avenue hinunterrannte. Erst als er sicher in seiner eigenen Wohnung war und die Tür hinter sich abgeschlossen hatte, wurde ihm bewußt, daß sein Herz wild klopfte und er keuchend nach Atem rang. Zu seiner Bestürzung hörte er Schritte im Korridor, die vom Schlafzimmer herkamen. Ruth war bereits zu Hause. Rasch wischte er sich mit der Hand übers Gesicht und versuchte, sich zusammenzureißen.

Ruth schien seine Erregung nicht zu bemerken. Sie hatte seinen braunen Anzug über dem Arm. »Den wollte ich gerade in die Reinigung bringen«, begann sie. »Könntest du mir in drei Teufels Namen verraten, wieso du eine Hundertdollarnote in der Tasche hast?«

Nachdem Neeve gegangen war, blieb Jack Campbell noch fast zwei Stunden in seinem Büro. Doch er konnte sich nicht auf das Manuskript konzentrieren, das ihm ein Literaturagent mit einer begeisterten Empfehlung geschickt hatte. Nach ein paar vergeblichen Anläufen, sich von der Geschichte fesseln zu lassen, schob er das Manuskript ungewöhnlich gereizt beiseite. Der Ärger war gegen ihn selber gerichtet. Es war nicht fair, die ernste Arbeit von jemand zu beurteilen, wenn die Gedanken zu neunundneunzig Prozent bei einer anderen Sache waren.

Neeve Kearney. Merkwürdig, daß er schon vor sechs Jahren bedauert hatte, sie nicht um ihre Telefonnummer gebeten zu haben. Er hatte sie sogar, als er einige Monate später in New York war, im Telefonbuch von Manhattan gesucht. Es gab ganze Seiten von Kearneys, aber keine Neeve. Sie hatte etwas von einem Kleidergeschäft gesagt. Er schlug auch im Branchenverzeichnis nach. Vergeblich.

Dann hatte er es aufgegeben und die Sache auf sich beruhen lassen. Soviel er wußte, lebte sie mit einem Mann zusammen. Irgendwie hatte er sie nie ganz vergessen können. Als sie bei der Cocktailparty auf ihn zukam, hatte er sie sofort erkannt. Sie war nicht mehr das zweiundzwanzigjährige junge Mädchen im Skipullover. Sie war eine interessante, elegant gekleidete junge Frau. Doch das kohlschwarze Haar, der milchweiße Teint, die großen braunen Augen und die vielen Sommersprossen waren noch dieselben.

Jetzt fragte Jack sich, ob sie ernsthaft an jemand gebunden war. Wenn nicht …

Um sechs Uhr steckte seine Assistentin den Kopf zur Tür herein. »Mir reicht's für heute«, verkündete sie. »Darf ich Sie wohl darauf hinweisen, daß Sie allen andern das Leben schwermachen, wenn Sie abends so lange arbeiten?«

Jack schob das ungelesene Manuskript zurück und stand auf. »Ich gehe schon«, sagte er. »Nur noch eine Frage, Ginny. Was wissen Sie über Neeve Kearney?«

Während er zu Fuß zu seiner möblierten Wohnung am Südrand des Central Park ging, dachte er über ihre Antwort nach. Neeve Kearney hatte eine ungeheuer erfolgreiche Modeboutique. Ginny kaufte dort Kleider für ganz spezielle Anlässe. Neeve war sehr beliebt und angesehen. Vor ein paar Monaten hatte sie Aufsehen erregt, als sie einen Designer fallenließ, der Kinder in seinen Nähateliers beschäftigte. Neeve konnte eine Kämpferin sein.

Er hatte Ginny auch nach Ethel Lambston gefragt, und sie hatte die Augen verdreht. »Bringen Sie mich bloß nicht auf dieses Thema!«

Jack blieb gerade lange genug in seiner Wohnung, um sicher zu sein, daß er keine Lust hatte, sich selber etwas zum Essen zu machen. Er fand, daß eines der Nudelgerichte bei »Nicola« gerade das richtige für ihn wäre. Das Restaurant lag in der 84. Straße zwischen Lexington und Third Avenue.

Es war ein guter Entschluß. Wie gewöhnlich warteten schon verschiedene Leute auf einen Tisch, aber nachdem er einen Drink an der Bar zu sich genommen hatte, klopfte ihm Lou, sein bevorzugter Kellner, leicht auf die Schulter. »Ihr Tisch ist bereit, Mr. Campbell.« Bei einer halben Flasche Valpolicella, einem Salat aus Brunnenkresse und Endivien und bei einer Portion *tagliatelle* mit Meeresfrüchten konnte er sich endlich entspannen. Als er einen doppelten Espresso bestellte, bat er gleichzeitig um die Rechnung.

Beim Verlassen des Restaurants zuckte er die Achseln. Er hatte den ganzen Abend gewußt, daß er noch in die Madison Avenue hinübergehen und sich Neeves Boutique ansehen würde. Wenige Minuten später stand er vor den geschmackvoll dekorierten Schaufenstern, während ein kühler Wind ihn daran erinnerte, daß es erst April war und das Wetter im Vorfrühling sehr launisch sein konnte. Was er sah, gefiel ihm. Die ausgesprochen weiblichen, weich fallenden Imprimé-Kleider mit den farblich darauf abgestimmten Schirmen, die selbstbewußten

Posen der Kleiderpuppen, die fast arrogante Haltung ihrer Köpfe. Er war überzeugt, daß sich in dieser Mischung aus Stärke und Sanftheit Neeves Persönlichkeit ausdrückte.

Als er eingehend ein Schaufenster betrachtete, wußte er auf einmal wieder, was Ethel zu ihm gesagt hatte, als sie ihn mit ihrem Buchvorschlag überfiel. Es war seinem Gedächtnis entfallen, als er versucht hatte, es Neeve zu erzählen. »Es gibt Klatsch, es gibt Aufregung, und es gibt die riesige Vielfalt der Mode«, hatte Ethel ihm in ihrer hastigen, atemlosen Art mitgeteilt. »Um all das geht's in meinem Artikel. Doch nehmen wir einmal an, ich hätte noch einiges mehr zu liefern. Eine Bombe. Dynamit!«

Da die Zeit für seine nächste Verabredung drängte, hatte Jack das Gespräch beendet. »Schicken Sie mir einen detaillierten Buchplan.«

Ethel war hartnäckig und ließ sich nicht so leicht abschieben. »Wieviel ist denn eine skandalöse Enthüllungsstory wert?«

Seine beinahe scherzhafte Antwort: »Wenn sie sensationell genug ist, einen mittleren sechsstelligen Betrag.«

Jack blickte unverwandt auf die Schaufensterpuppen mit ihren fröhlichen Schirmen. Dann wanderte sein Blick zu der elfenbein und blau gestreiften Markise mit dem Schriftzug »Neeve's Boutique«. Morgen wollte er Neeve anrufen und ihr genau erzählen, was Ethel gesagt hatte.

Von neuem verspürte er das Bedürfnis, durch

Bewegung eine undefinierbare innere Unruhe loszuwerden. Er wandte sich zum Gehen. Als er die Madison Avenue hinunterging, dachte er: Ich such doch nur nach einem Vorwand. Warum bitte ich sie nicht einfach, mit mir auszugehen?

In diesem Augenblick wurde ihm der Grund seiner Unruhe klar. Er wollte auf keinen Fall zu hören bekommen, daß Neeve an jemand anders gebunden war.

Donnerstags war Kitty Conway sehr beschäftigt. Von neun bis zwölf Uhr vormittags fuhr sie mit alten Leuten zum Arzt. Am Nachmittag half sie unentgeltlich in der kleinen Verkaufsboutique des Garden-State-Museums. Beide Tätigkeiten gaben ihr das Gefühl, etwas Nützliches zu tun.

Vor vielen Jahren hatte sie im College Anthropologie studiert, mit der vagen Vorstellung, vielleicht eine zweite Margaret Mead zu werden. Dann war sie Mike begegnet. Während sie an diesem Donnerstag gerade einer Siebzehnjährigen half, die Kopie eines ägyptischen Halsschmucks auszuwählen, kam ihr der Gedanke, daß sie sich für den kommenden Sommer eigentlich für eine anthropologische Studienreise anmelden könnte. Es war eine vielversprechende Aussicht.

Auf der Heimfahrt an diesem Aprilabend spürte Kitty, daß sie von ruheloser Ungeduld ergriffen wurde. Höchste Zeit, daß sie wieder ihr Leben lebte. Sie bog von der Lincoln Avenue ab und lächelte, als sie ihr etwas erhöht gelegenes Haus in der Biegung des Grand View Circle auftauchen sah: ein beeindruckendes Haus im Kolonialstil, weiß mit schwarzen Fensterläden.

Drinnen ging sie durch die Zimmer im Erdgeschoß und knipste die Lampen an; dann entzündete sie das Gasfeuer im Kamin des kleinen Salons. Als Michael noch lebte, hatte er schön brennende Kaminfeuer entfacht, da er es verstand, die Scheite über dem Kleinholz richtig aufzuschichten und die Flammen regelmäßig anzufachen, so daß der Duft nach Hickoryholz den Raum erfüllte. Kitty konnte nie ein Feuer richtig in Gang bringen, wie sehr sie sich auch bemühte. So hatte sie die Gasflammen installieren lassen und sich im stillen bei Michael entschuldigt.

Sie ging hinauf ins große Schlafzimmer, das sie in Aprikosengelb und Blaßgrün neu hatte tapezieren lassen, nach einem Muster, das sie von einem Wandteppich im Museum kopiert hatte. Während sie ihr graues wollenes Deux-pièces auszog, kämpfte sie mit sich, ob sie gleich duschen und einen bequemen Pyjama und ihren Schlafrock anziehen sollte. Eine schlechte Angewohnheit, sagte sie sich. Es ist erst sechs Uhr.

Statt dessen holte sie einen leuchtend blauen Trainingsanzug aus dem Schrank und griff nach den Turnschuhen. »Von heute an wird wieder gejoggt!« befahl sie sich selbst.

Sie nahm den gewohnten Weg. Ihre Straße hinunter bis zur Lincoln Avenue, dann zwei Kilometer in Richtung Stadt, eine Runde um die Busstation und wieder zurück nach Hause. Mit dem befriedigenden Gefühl, ihre Pflicht erfüllt zu haben, warf sie den Trainingsanzug und ihre Unterwäsche in den Wäschekorb im Bad, nahm eine Dusche, schlüpfte dann in einen Hausanzug und betrachtete sich im Spiegel. Sie war immer schlank gewesen und behielt ihre Figur recht gut bei. Die Fältchen um die Augen waren nicht sehr tief. Das Haar wirkte ganz natürlich; der Färbespezialist in ihrem Frisiersalon hatte genau ihren eigenen rötlichen Ton getroffen. Nicht schlecht, sagte Kitty zu ihrem Spiegelbild, aber mein Gott, in zwei Jahren werde ich *sechzig*!

Es war Zeit für die Sieben-Uhr-Nachrichten und eindeutig auch Zeit für einen Sherry. Kitty ging durchs Schlafzimmer ins Treppenhaus, als ihr einfiel, daß sie das Licht im Bad hatte brennen lassen. Spare in der Zeit, so hast du in der Not! Außerdem sollte man sowieso Strom sparen. Sie eilte zurück ins Badezimmer und streckte die Hand nach dem Lichtschalter aus. Ihre Finger wurden plötzlich taub. Aus dem Wäschepuff hing der Ärmel ihres blauen Trainingsanzugs. Angst schnürte Kitty wie ein eisiger Schraubstock die Kehle zusammen. Ihr Mund wurde trocken, und sie spürte, wie sich ihre Nackenhaare sträubten. Der Ärmel! Es müßte eine Hand drin stecken. Gestern. Als das Pferd durchgegangen war. Der Plastikfetzen, der ihr Gesicht gestreift hatte. Das verwischte Bild von blauem Stoff und einer Hand. Sie war nicht verrückt gewesen. *Sie hatte eine Hand gesehen!*

Kitty vergaß die Sieben-Uhr-Nachrichten anzustellen. Statt dessen saß sie, vornübergebeugt, auf dem Sofa vor dem Kamin und trank in kleinen Schlucken ihren Sherry. Weder das Feuer noch der Sherry konnten das Frösteln mildern, das ihren ganzen Körper ergriffen hatte. Sollte sie die Polizei benachrichtigen? Und wenn sie sich geirrt hatte? Dann würde sie sich lächerlich machen.

Ich *habe* mich nicht geirrt, sagte sie sich, aber ich werde bis morgen warten. Ich fahre zum Park und gehe noch einmal die Strecke entlang. Was ich gesehen habe, war eine Hand, aber demjenigen, dem sie gehört, ist sowieso nicht mehr zu helfen.

»Du sagst, daß Ethels Neffe in ihrer Wohnung ist?« fragte Myles, während er den Eiskübel füllte. »Dann hat er sich das Geld geliehen und es später zurückgelegt. So was gibt's.«

Wieder kam sich Neeve ein bißchen lächerlich vor, als Myles eine vernünftige Erklärung für die Umstände hatte, die mit Ethels Verschwinden, ihren Wintermänteln und jetzt mit den Hundertdollarnoten zusammenhingen. Sie war froh, Myles noch nichts von ihrem Treffen mit Jack Campbell gesagt zu haben. Als sie nach Hause gekommen war, hatte sie eine blaue seidene Hose mit dazu passender Hemdbluse angezogen. Sie erwartete, daß Myles so etwas sagte wie: »Ziemlich ausgefallen für ein Servierfräulein.« Statt dessen wurde sein Blick ganz weich, als sie in die Küche kam. »Deine Mutter hat immer wunderschön in Blau ausgesehen. Du wirst ihr mit jedem Tag ähnlicher.«

Neeve nahm Renatas Kochbuch vom Regal. Sie hatte Melone mit hauchdünnen Scheiben von Rohschinken vorgesehen, danach Spaghetti mit Pesto, dann mit Krabben gefüllte Seezunge und verschiedene junge Gemüse sowie einen gemischten Salat aus Endivien und Rapunzel, zum Schluß Käse und eine Weinschaumcreme. Sie blätterte in dem Kochbuch, bis sie zu der Seite mit den Zeichnungen kam. Erneut vermied sie es, sie anzusehen, sondern konzentrierte sich auf die handgeschriebenen Anweisungen, die Renata über die Backzeit der Seezunge notiert hatte.

Nachdem sie sich überzeugt hatte, daß alles vorbereitet war, ging sie zum Eisschrank und holte eine Dose Kaviar heraus. Myles sah zu, wie sie Toastecken auf eine Servierplatte legte. »Ich habe nie Geschmack an dem Zeug finden können«, sagte er. »Sehr plebejisch von mir, ich weiß.«

»Ein Plebejer bist du kaum.« Neeve verteilte mit einem Löffel den Kaviar auf dem Toast. »Aber du verpaßt eine Menge.« Sie betrachtete ihn. Er trug ein dunkelblaues Jackett, graue Hosen, ein hellblaues Hemd und eine elegante rot-blau gestreifte Krawatte, die Neeve ihm zu Weihnachten geschenkt hatte. Er sieht wirklich gut aus, dachte sie, und man würde niemals vermuten, wie krank er gewesen ist. Sie sagte es ihm.

Myles streckte die Hand nach der Platte aus und ließ geschickt ein Kaviarbrötchen in seinem Mund verschwinden. »Ich find's immer noch nicht gut«, bemerkte er und fuhr dann fort: »Ich fühle mich kerngesund, und das Nichtstun geht mir allmählich auf die Nerven. Man hat ein bißchen bei mir vorgefühlt, ob ich die Leitung der Drogenfahndungsstelle in Washington übernehmen würde. Das hieße aber, daß ich die meiste Zeit dort verbringen müßte. Was meinst du dazu?«

Neeve tat einen leisen Aufschrei und umarmte ihn. »Wie wunderbar! Sag zu. Das wäre ein Job, in den du dich richtig verbeißen könntest.«

Sie summte vor sich hin, als sie die Kaviarbrötchen und eine Platte mit Käse ins Wohnzimmer brachte. Nun müßte man nur noch Ethel Lambstons Spur finden. Gerade ging ihr durch den Kopf, wie lange es wohl dauern würde, bis Jack Campbell sie anrief, als die Türglocke läutete. Ihre beiden Gäste waren zusammen eingetroffen.

Bischof Devin Stanton gehörte zu den wenigen kirchlichen Würdenträgern, die sich auch bei privaten Anlässen wohler in einem geistlichen Gewand fühlten als im Sportjackett. Sein graumeliertes Haar wies noch ganz wenige Spuren von Kupferrot auf. Die sanften blauen Augen hinter der silbergeränderten Brille strahlten Güte und Klugheit aus. Seine hohe, schlanke Gestalt machte den Eindruck von Quecksilbrigkeit, wenn er sich bewegte. Neeve hatte immer das unbehagliche Gefühl, daß Dev ihre Gedanken lesen konnte, und war jeweils erleichtert, wenn sie spürte, daß ihm das, was er las, gefiel. Sie umarmte ihn voller Wärme.

Anthony della Salva sah wieder einmal blendend aus in einer seiner eigenen Kreationen, einem anthrazitgrauen Anzug aus italienischer Seide. Der perfekte Schnitt verbarg geschickt, daß sein schon immer zur Fülligkeit neigender Körper in letzter Zeit Gewicht angesetzt hatte. Neeve dachte an Myles' Bemerkung, Sal erinnere ihn an einen wohlgenährten Kater. Die Beschreibung paßte auf ihn. Sein schwarzes Haar, ohne einen Faden Grau, glänzte mit den Gucci-Schuhen um die Wette.

Wie gewöhnlich sprudelte er über vor guter Laune. »Dev, Myles, Neeve, meine drei liebsten Menschen, ausgenommen meine derzeitige Freundin, aber ganz sicher einschließlich meiner Ex-Frauen. Dev, meinst du, daß die Kirche mich im Alter wieder in ihren Schoß aufnehmen wird?«

»Ein verlorener Sohn sollte eigentlich reumütig und in Lumpen zurückkehren«, bemerkte der Bischof trocken.

Myles lachte schallend und legte seinen beiden Freunden die Arme um die Schultern. »Ach, es ist schön, euch zwei hierzuhaben. Es kommt mir vor, als ob wir wieder in der Bronx wären. Trinkt ihr immer noch Martini oder habt ihr etwas Fashionableres gefunden?«

Der Abend begann auf die angenehme, ungezwungene Weise, die schon zum Ritual geworden war. Eine kurze Diskussion, ob man einen zweiten Martini trinken sollte, ein Achselzucken, darauf die Bemerkung des Bischofs: »Warum nicht? So oft kommen wir ja nicht zusammen«, dann Myles:

»Ich höre besser auf«, und ein unbekümmertes: »Selbstverständlich!« von Sal. Ihr Gespräch drehte sich um Fragen der kommunalen und kirchlichen Lokalpolitik und mündete in Sals Klagen über die billigen Importe aus dem Ausland. »Sicher, wir sollten hier herstellen, aber wir können für ein Drittel des Preises in Korea oder Hongkong arbeiten lassen. Wenn wir nicht einen Teil im Ausland produzieren, werden wir einfach zu teuer. Aber wenn wir das tun, sind wir Feinde der Gewerkschaft.« Was Myles mit der Bemerkung quittierte: »Meiner Meinung nach haben wir keine blasse Ahnung, wieviel Mafia-Geld in dieser Industrie steckt.«

Unvermeidlich kamen sie auf Nicky Sepettis Tod zu sprechen.

»Es ist ihm zu leicht gemacht worden, so im Bett sterben zu können«, sagte Sal. Sein Gesicht hatte den jovialen Ausdruck verloren. »Nach dem, was er deinem süßen Kind angetan hat.«

Neeve sah, wie Myles die Lippen zusammenpreßte. Vor langer Zeit hatte Sal einmal gehört, daß Myles Renata scherzhaft »mein süßes Kind« nannte, und zu Myles' Mißfallen hatte er den Ausdruck übernommen. »Wie geht's denn meinem süßen Kind?« begrüßte er Renata. Neeve erinnerte sich noch gut, wie Sal am Abend der Totenwache tränenüberströmt an Renatas Sarg gekniet hatte, dann aufgestanden war, Myles umarmt und zu ihm gesagt hatte: »Versuch dir vorzustellen, daß dein süßes Kind nur schläft.«

Tonlos hatte Myles geantwortet: »Sie schläft

nicht. Sie ist tot. Und nenne sie bitte nie wieder so, Sal. Das war *mein* Name für sie.«

Bis jetzt hatte Sal sich daran gehalten. Einen Augenblick trat peinliches Schweigen ein, dann stürzte Sal den Rest seines Martini hinunter und stand auf. »Bin gleich wieder da«, sagte er mit breitem Lächeln und ging über den Korridor zur Gästetoilette.

Devin seufzte. »Er mag ein genialer Modeschöpfer sein, nur sehr zartfühlend ist er nicht.«

»Er hat mir aber den Start ermöglicht«, rief Neeve ihnen in Erinnerung. »Ohne Sal wäre ich heute vermutlich Assistentin eines Einkäufers bei Bloomingdale.«

Sie sah Myles' Blick und warnte ihn: »Sag bloß nicht, daß ich dann besser dran wäre.«

»Das ist mir noch nie in den Sinn gekommen.«

Als sie das Essen auftrug, zündete Neeve die Kerzen an und dämpfte das Licht des Deckenleuchters. Sanfte Schatten breiteten sich im Raum aus. Jeder Gang erntete allgemeines Lob. Myles und der Bischof nahmen sich von allem zweimal, Sal sogar dreimal. »Der Teufel hole die Diät!« sagte er. »Dies ist die beste Küche in ganz Manhattan.«

Beim Dessert kehrte das Gespräch unweigerlich zu Renata zurück. »Dies ist eines ihrer Rezepte«, teilte Neeve ihnen mit, »speziell für euch zwei zubereitet. Ich habe erst jetzt begonnen, mich richtig mit ihren Kochbüchern zu beschäftigen. Es macht Spaß.«

Myles berichtete ihnen, daß er möglicherweise

die Leitung der Drogenfahndungsstelle in Washington übernehmen werde.

»Es könnte sein, daß ich dir dort unten Gesellschaft leiste«, sagte Devin lächelnd und fügte dann hinzu: »Es ist noch streng vertraulich.«

Sal ließ es sich nicht nehmen, Neeve beim Abtragen zu helfen, und er bot sich auch an, den Espresso zu machen. Während er sich an der Espressokanne zu schaffen machte, nahm Neeve die hübschen gold-grünen Mokkatassen aus dem Buffet, die seit mehreren Generationen in der Familie Rossetti waren.

Ein dumpfer Schlag und ein Schmerzensschrei ließen sie in die Küche stürzen. Die Kanne mit dem Espresso war umgefallen, hatte den ganzen Küchentisch überschwemmt und Renatas Kochbuch durchnäßt. Sal hielt seine feuerrote Hand unter das fließende kalte Wasser. Sein Gesicht war aschfahl. »Der Griff an der verdammten Kanne ist abgebrochen.« Er versuchte, unbekümmert zu wirken. »Myles, ich glaube, du willst dich jetzt dafür rächen, daß ich dir als Kind den Arm gebrochen habe.«

Ganz offensichtlich war die Verbrennung schlimm und schmerzhaft.

Neeve holte eilig die Eukalyptusblätter, die Myles für Brandwunden immer im Haus hatte. Vorsichtig tupfte sie Sals Hand trocken und bedeckte sie mit den Blättern. Dann umwickelte sie sie mit einer Leinenserviette. Der Bischof stellte die Espressokanne wieder auf und fing an, die Nässe zu beseitigen. Myles war dabei, das Kochbuch zu trocknen. Neeve sah den Ausdruck in seinen Augen, als er Renatas Zeichnungen betrachtete, die jetzt ganz durchweicht und fleckig waren.

Sal bemerkte es ebenfalls. Er zog seine Hand von Neeve zurück. »Mein Gott, Myles, es tut mir schrecklich leid.«

Myles hielt das Buch über das Spülbecken, ließ den Kaffee abtropfen und legte es dann, in ein Handtuch eingewickelt, oben auf den Eisschrank. »Was, zum Teufel, muß dir leid tun? Neeve, ich habe diese verflixte Kanne noch nie gesehen. Wann hast du die gekauft?«

Neeve setzte neues Kaffeewasser in dem alten Kocher auf. »Sie war ein Geschenk«, sagte sie zögernd. »Ethel Lambston hat sie dir zu Weihnachten geschickt, nachdem sie bei unserer Party war.«

Devin Stanton blickte verwirrt drein, als Myles, Neeve und Sal in ironisches Gelächter ausbrachen.

»Ich werde Euer Eminenz alles erklären, wenn wir uns wieder gesetzt haben«, sagte Neeve. »Du meine Güte, ich kann tun, was ich will – ich werde Ethel nicht mal für die Zeit eines Abendessens los.«

Bei Espresso und Sambuca-Likör erzählte sie von Ethels scheinbarem Verschwinden.

»Hauptsache, sie bleibt für uns unsichtbar«, war Myles' Kommentar.

Sal versuchte, sich nicht anmerken zu lassen, wie stark ihn die Hand, auf der sich jetzt Brandblasen bildeten, schmerzte. Er schenkte sich einen zweiten Sambuca ein. »Es gibt keinen Designer auf der Seventh Avenue«, sagte er, »den sie nicht für ihren Artikel angezapft hat. Um deine Frage zu beantworten, Neeve, sie rief letzte Woche bei mir an und bestand darauf, mit mir verbunden zu werden. Wir waren mitten in einer Sitzung. Sie hatte ein paar Fragen wie: ›Stimmt es, daß Sie in der Schule den Rekord fürs Schuleschwänzen hielten?‹«

Neeve starrte ihn an. »Du machst wohl einen Witz?«

»Ganz und gar nicht. Ich vermute, daß Ethel es in ihrem Artikel darauf anlegt, alle die Geschichten zu entlarven, die sich unsere Public-Relations-Leute für viel Geld über uns ausgedacht haben. Das mag ein heißes Thema für einen Artikel sein, aber sagt mir doch nicht, daß es eine halbe Million für ein Buch wert ist! Das will mir nicht in den Kopf.«

Neeve war schon drauf und dran, ihnen zu erzählen, daß dieser Betrag Ethel in Wirklichkeit gar nicht angeboten worden war, doch sie biß sich auf die Zunge. Jack Campbell wollte bestimmt nicht, daß es sich herumsprach.

»Übrigens«, fuhr Sal fort, »man sagt, daß durch deinen Hinweis auf die Schwarzarbeit in Steubers Ateliers ziemlich viel Dreck zum Vorschein kommt. Neeve, halte dich fern von dem Kerl!«

»Was soll das heißen?« fragte Myles in scharfem Ton.

Neeve hatte Myles noch nichts davon gesagt, daß Gordon Steuber möglicherweise ihretwegen vor Gericht gestellt würde. Sie gab Sal ein Zeichen mit dem Kopf und erklärte: »Steuber ist ein Designer, dessen Sachen ich nicht mehr kaufe wegen der Art, wie er sein Geschäft führt.« Dann wandte sie sich an Sal: »Ich behaupte immer noch, daß etwas an Ethels Verschwinden von der Bildfläche nicht stimmt. Du weißt, daß sie alle Kleider bei mir kauft, und alle ihre Wintermäntel hängen im Schrank.«

Sal zuckte die Achseln. »Neeve, ehrlich gesagt, Ethel ist so zerstreut, daß sie wahrscheinlich ohne Mantel hinausgerannt ist und es gar nicht merkte. Warte ab, was geschieht. Wahrscheinlich taucht sie mit etwas auf, das sie ganz billig von der Stange gekauft hat.«

Myles lachte. Neeve schüttelte den Kopf. »Du bist wirklich eine große Hilfe.«

Ehe sie vom Tisch aufstanden, sprach Devin Stanton noch ein Gebet. »Wir danken Dir, Herr, für unsere Freundschaft, für die köstliche Mahlzeit, für die schöne junge Frau, die sie zubereitet hat, und wir bitten Dich, segne das Andenken an Renata, die wir alle geliebt haben.«

»Ich danke dir, Dev.« Myles berührte die Hand des Bischofs. Dann lachte er. »Wenn sie jetzt hier wäre, Sal, würde sie dir befehlen, die Küche aufzuräumen, weil du das Durcheinander verursacht hast.«

Nachdem der Bischof und Sal gegangen waren, räumten Neeve und Myles die Geschirrspülmaschine ein und wuschen in einträchtigem Schweigen Töpfe und Schüsseln ab. Neeve nahm die Unglückskanne in die Hand. »Die werfe ich lieber weg, ehe sich noch jemand damit verbrüht«, bemerkte sie.

»Nein, laß sie da«, sagte Myles. »Sie sieht ziemlich teuer aus. Irgendwann kann ich sie reparieren, während ich ›Gefahr‹ im Fernsehen anschaue.«

Gefahr. Das Wort schien in der Luft zu hängen. Unwillig schüttelte Neeve bei diesem Gedanken den Kopf; dann knipste sie das Licht in der Küche aus und gab Myles einen Gutenachtkuß. Sie blickte noch einmal um sich, um sich zu vergewissern, daß alles in Ordnung war. Das Licht aus dem Korridor fiel schwach in den kleinen Salon, und Neeve zuckte zusammen, als der Schein die aufgequollenen, verwischten Seiten von Renatas Kochbuch beleuchtete, das Myles auf seinen Schreibtisch gelegt hatte.

8

Am Freitag morgen verließ Ruth Lambston die Wohnung, während Seamus sich rasierte. Sie sagte ihm nicht auf Wiedersehen. Der Ausdruck seines vor Zorn verzerrten Gesichts, als sie ihm die Hundertdollarnote unter die Nase gehalten hatte, ging ihr zu sehr nach. Der monatliche Alimentenscheck hatte im Lauf der letzten Jahre jedes Gefühl, das sie für ihren Mann empfand, erstickt, außer dem Groll. Doch jetzt war eine neue Empfindung dazugekommen. Sie hatte Angst. Vor ihm? Oder um ihn? Sie wußte es nicht.

Ruth verdiente als Sekretärin sechsundzwanzigtausend Dollar im Jahr. Sie rechnete sich aus, daß nach Abzug der Steuern und Sozialabgaben sowie der Kosten für Bus, Kleider und Mittagessen ihr Nettoverdienst von drei Tagen pro Woche etwa dem Betrag von Ethels Alimenten entsprach. »Ich schinde mich für diese Blutsaugerin«, war eine Bemerkung, die sie Seamus regelmäßig an den Kopf warf.

Für gewöhnlich versuchte Seamus, sie zu besänftigen. Aber gestern abend hatte sein Gesicht sich vor Wut verkrampft. Er hatte die Faust erhoben, und Ruth war einen Moment zurückgezuckt, überzeugt, daß er sie schlagen würde. Er hatte jedoch die Hundertdollarnote gepackt und entzweigerissen. »Du willst wissen, woher ich sie habe?« hatte er sie angebrüllt. »Das Weibsbild hat sie mir gegeben. Als ich sie bat, mich von den finanziellen Verpflichtungen zu befreien, sagte sie, daß sie mir gerne unter die Arme greifen würde. Sie sei zu beschäftigt gewesen, um zum Essen auszugehen, und dies hätte sie vom letzten Monat noch übrig.«

»Dann hat sie dir also nicht gesagt, daß du die Alimentenzahlungen einstellen sollst?« schrie Ruth.

Der Ärger auf seinem Gesicht hatte sich in Haß verwandelt. »Vielleicht habe ich ihr begreiflich gemacht, daß es Grenzen dafür gibt, was ein Mensch ertragen kann. Vielleicht ist das etwas, was du auch noch lernen mußt!«

Diese Antwort hatte Ruth so nachhaltig in Wut versetzt, daß ihr Atem noch immer stoßweise ging. »Untersteh dich, mir zu drohen!« hatte sie ihn angeschrien und dann entsetzt zugesehen, wie Seamus in Tränen ausbrach. Schluchzend erzählte er ihr, daß er den Scheck in denselben Umschlag wie seinen Brief gesteckt hatte und das Kind aus dem Stockwerk über Ethel zu ihm sagte, er bringe wohl das monatliche »Lösegeld«. »Das ganze Haus hält mich für einen Trottel!«

Ruth hatte die ganze Nacht im Zimmer einer ihrer Töchter wachgelegen. Sie war so voller Verachtung für Seamus, daß sie den Gedanken, in seiner Nähe zu sein, nicht ertrug. Gegen Morgen wurde ihr klar, daß die Verachtung auch ihr selber galt. Diese Frau hat mich zu einer keifenden Megäre gemacht, dachte sie. Das muß ein Ende haben!

Jetzt war ihr Mund zu einem harten, geraden Strich geworden, als sie, statt nach rechts zur Untergrundbahnstation am Broadway abzubiegen, geradeaus die West End Avenue hinaufging. Ein scharfer Morgenwind blies ihr entgegen, aber in ihren flachen Schuhen kam sie gut dagegen an.

Sie wollte Ethel gegenübertreten. Das hätte sie schon vor Jahren tun sollen. Sie hatte genügend Artikel von ihr gelesen, um zu wissen, daß Ethel sich als Feministin gebärdete. Jetzt, da sie den Buchvertrag unterschrieben hatte, war sie verwundbar geworden. Die *Post* würde mit Wonne auf der Leserbriefseite abdrucken, daß Ethel tausend Dollar im Monat aus einem Mann herauspreßte, der für die Ausbildung von drei Töchtern aufzukommen hatte. Ruth erlaubte sich ein grimmiges Lächeln. Falls Ethel ihren Anspruch auf die Alimente nicht aufgab, würde Ruth sie in die Zange nehmen. Zuerst mit der *Post*. Dann mit dem Gericht.

Sie war zum Personalbüro ihrer Firma gegangen, um einen Überbrückungskredit in der Höhe des Schulgelds aufzunehmen. Die Personalchefin war schockiert, als sie von den Alimenten erfuhr. »Ich habe eine Freundin, die eine gute Scheidungsanwältin ist«, sagte sie. »Sie kann es sich leisten, auch einmal ohne Honorar zu arbeiten, und sie würde mit Vergnügen einen Fall wie diesen übernehmen. Soviel ich weiß, kann man eine im gegenseitigen Einverständnis getroffene Scheidungskonvention nicht einfach mißachten. Aber man könnte versuchen, eine gerichtliche Abänderung herbeizuführen. Wenn sich die Öffentlichkeit empört, geraten die Dinge vielleicht in Fluß.«

Ruth hatte gezögert. »Ich möchte meine Töchter nicht in eine peinliche Lage bringen. Es wäre ja auch ein Eingeständnis, daß sich die Bar kaum rentiert. Lassen Sie mich darüber nachdenken.«

Als sie die 73. Straße überquerte, entschied Ruth sich: Entweder verzichtet sie auf die Alimente, oder ich werde mit der Anwältin sprechen.

Eine junge Frau mit einem Kinderwagen kam ihr entgegen. Ruth trat zur Seite, um ihr Platz zu machen, und stieß mit einem schmalgesichtigen Mann zusammen, dessen Gesicht fast ganz von einer Mütze verdeckt war und dessen schmutziger Mantel nach Wein stank. Angewidert rümpfte sie die Nase, klemmte ihre Handtasche fester unter den Arm und wechselte auf die andere Straßenseite hinüber. Die Gehsteige wimmelten von Fußgängern, Kindern mit Schulbüchern, älteren Leuten, die ihren täglichen Morgenspaziergang zum Zeitungsstand machten, Menschen auf dem Weg zur Arbeit, die ein Taxi herzuwinken versuchten.

Ruth konnte nie vergessen, daß sie vor zwanzig Jahren beinahe ein Haus in Westchester gekauft hatten. Fünfunddreißigtausend Dollar sollte es damals kosten; heute müßte es das Zehnfache wert sein. Als die Bank die Höhe der Alimentenzahlungen erfuhr, wurde ihnen die Hypothek nicht bewilligt.

Ruth bog jetzt in die 82. Straße ein, in der Ethels Haus lag. Sie straffte die Schultern, rückte ihre randlose Brille zurecht, als bereite sie sich wie ein Boxer darauf vor, in den Ring zu treten. Seamus hatte ihr erzählt, daß Ethel ein Apartment im Parterre mit einem eigenen Eingang bewohnte. Der Name E. Lambston über der Türglocke bestätigte dies.

Von drinnen hörte sie den schwachen Ton eines laufenden Radios. Sie drückte den Zeigefinger fest auf die Klingel. Niemand reagierte auf ihr erstes und zweites Läuten. Aber Ruth ließ sich nicht so leicht entmutigen. Beim drittenmal behielt sie den Finger auf dem Knopf.

Das laute Klingeln dauerte eine volle Minute, ehe es durch das Klicken des gedrehten Schlüssels belohnt wurde. Die Tür wurde aufgerissen. Ein junger Mann mit ungekämmtem Haar und in einem noch nicht zugeknöpften Hemd starrte sie wütend an. »Was, zum Teufel, wollen Sie?« fragte er und machte gleich darauf sichtlich den Versuch, sich zu beruhigen. »Verzeihung. Sind Sie eine Freundin von Tante Ethel?«

»Ja, und ich muß sie sprechen.« Ruth machte einen Schritt vorwärts und zwang den jungen Mann, ihr entweder den Weg zu versperren oder sie durchzulassen. Er trat zurück, und sie befand sich im Wohnzimmer. Rasch blickte sie sich überall um. Seamus sprach immer von Ethels unordentlichem Haushalt, aber die Wohnung war tadellos aufgeräumt. Ein bißchen viele Zeitungen lagen herum, aber sie waren in Stapeln geordnet. Schöne antike Möbel. Seamus hatte ihr von den Stücken erzählt, die er Ethel gekauft hatte. Und ich lebe in all dem greulichen Plunder, dachte Ruth.

»Ich bin Douglas Brown.« Doug wurde auf einmal von Besorgnis ergriffen. Irgend etwas an dieser Frau und an der Art, wie sie die Wohnung beäugte, machte ihn nervös. »Ich bin Ethels Neffe«, sagte er. »Haben Sie eine Verabredung mit ihr?«

»Nein. Aber ich bestehe darauf, sofort mit ihr zu sprechen.« Ruth stellte sich ihrerseits vor. »Ich bin Seamus Lambstons Frau, und ich bin hier, um den letzten Scheck, den er Ihrer Tante gegeben hat, wieder abzuholen. Von jetzt an werden keine Alimente mehr gezahlt!«

Auf dem Schreibtisch lag ein Stapel Post. Ziemlich weit oben sah sie einen weißen, braun geränderten Umschlag aus dem Haufen herausragen. Es war das Briefpapier, das Seamus von seinen Töchtern zum Geburtstag bekommen hatte. »Ich nehme mir den da«, sagte sie.

Ehe Doug sie daran hindern konnte, hatte sie den Umschlag in der Hand. Hastig öffnete sie ihn und zog den Inhalt heraus. Nachdem sie einen Blick darauf geworfen hatte, zerriß sie den Scheck und tat den Brief zurück in den Umschlag.

Während Doug ihr zusah, zu perplex, um zu protestieren, griff sie in ihre Handtasche und holte die Stücke der von Seamus zerrissenen Hunderternote hervor. »Ihre Tante ist nicht da, nehme ich an«, sagte sie.

»Sie sind ganz schön unverfroren«, fuhr Doug sie an. »Ich könnte Sie verhaften lassen.«

»Das würde ich an Ihrer Stelle nicht versuchen. Hier!« Damit drückte sie ihm die Stücke des zerrissenen Geldscheins in die Hand. »Sagen Sie der Schmarotzerin, sie soll sich den zusammenkleben und damit ihr letztes Luxusmahl auf Kosten meines Mannes bezahlen. Sagen Sie ihr, daß sie keinen roten Heller mehr von uns bekommt, und wenn sie es versucht, wird sie es bis zu ihrem letzten Atemzug bereuen!«

Ruth ließ Doug gar keine Gelegenheit zu antworten. Sie ging hinüber zu der Wand, wo Ethels Fotos hingen, und betrachtete sie eingehend. »Da gibt sie vor, sich für alle möglichen, nicht näher bezeichneten guten Zwecke einzusetzen, und nimmt ringsum ihre verdammten Auszeichnungen entgegen, und dabei treibt sie den einzigen Menschen, der je versucht hat, sie als Frau und menschliches Wesen zu behandeln, ins Grab.« Ruth wandte sich um und sah Doug ins Gesicht. »Für mich ist sie verachtenswert. Ich weiß auch, was sie von Ihnen denkt. Sie lassen sich in teure Restaurants zum Essen ausführen, für das mein Mann und ich und unsere Kinder die Rechnung zahlen. Doch damit nicht genug, bestehlen Sie die Frau auch noch. Ethel hat meinem Mann von Ihnen erzählt. Ich kann nur sagen, Sie sind auch nicht besser als sie.«

Damit war sie verschwunden. Mit blutleeren Lippen sank Doug aufs Sofa. Wem hatte Ethel, das Großmaul, wohl sonst noch erzählt, daß er sich seinen Teil an ihrer Alimentenbeute zu nehmen pflegte?

Als Ruth auf den Gehsteig hinaustrat, sprach eine Frau sie an, die auf der Eingangstreppe des Hauses stand. Sie schien Anfang vierzig zu sein. Ihr blondes Haar war, wie Ruth bemerkte, künstlich zerzaust, ihr Pullover und die engen Hosen entsprachen der neuesten Mode. Das Gesicht drückte unverhohlene Neugier aus.

»Tut mir leid, Sie zu belästigen«, sagte die Frau. »Ich bin Georgette Wells, Ethels Nachbarin, und ich mache mir Sorgen um sie.«

Ein magerer Teenager stieß die Haustür auf, polterte die Stufen hinunter und stellte sich neben Mrs. Wells. Ihre wachen Augen musterten Ruth und stellten fest, daß sie vor Ethels Wohnung stand. »Sind Sie eine Freundin von Miss Lambston?« fragte sie.

Ruth war sicher, daß dies das Mädchen sein mußte, das sich über Seamus lustig gemacht hatte. Zu einer tiefen Abneigung kam plötzlich ein kalter Schrecken, der ihr den Magen zusammenkrampfte. Warum machte diese Frau sich Sorgen um Ethel? Sie dachte an die mörderische Wut in Seamus' Gesicht, als er ihr erzählte, wie Ethel ihm die Hundertdollarnote in die Tasche gesteckt hatte. Sie dachte an die aufgeräumte Wohnung, die sie gerade verlassen hatte.

Wie oft hatte Seamus in all den vergangenen Jahren behauptet, Ethel brauche ein Zimmer nur zu betreten und schon sehe es darin aus, als ob eine Bombe explodiert sei. Ethel konnte kürzlich *nicht* mehr zu Hause gewesen sein.

»Ja«, antwortete Ruth und versuchte, einen freundlichen Ton zu finden. »Ich wundere mich, daß Ethel nicht da ist. Aber gibt es einen Grund zur Sorge?«

»Dana, geh jetzt zur Schule«, befahl die Mutter des Mädchens. »Du wirst wieder zu spät kommen.«

Dana schmollte. »Ich will aber zuhören.«

»Also gut«, sagte Mrs. Wells ungeduldig und wandte sich erneut an Ruth. »Irgend etwas Merkwürdiges geht da vor. Letzte Woche hatte Ethel Besuch von ihrem Ex-Mann. Gewöhnlich kommt er am Fünften des Monats, wenn er die Alimente nicht vorher per Post geschickt hat. Als ich ihn am letzten Donnerstag herumschleichen sah, fand ich das schon etwas seltsam. Es war doch erst der Dreißigste. Wieso sollte er sie verfrüht bezahlen? Was soll ich Ihnen sagen? Die beiden haben einen entsetzlichen Krach gehabt. Ich konnte hören, wie sie sich anschrien, als wäre ich im selben Zimmer.«

Es gelang Ruth, mit beherrschter Stimme zu fragen: »Was haben sie denn gesagt?«

»Na ja, ich meine, ich konnte sie schreien hören. Ich konnte aber nicht verstehen, was sie sagten. Ich wollte gerade runtergehen für den Fall, daß Ethel in Schwierigkeiten war ...«

Nein, dachte Ruth, du wolltest besser hören.

»... da ging mein Telefon, und meine Mutter

rief aus Cleveland an wegen der Scheidung meiner Schwester, und es dauerte eine Stunde, ehe sie mal Luft holte. Da war aber der Krach unten schon vorbei. Ich rief bei Ethel an. Sie kann wirklich komisch sein, wenn sie von ihrem Ex erzählt. Zum Totlachen, wie sie ihn nachmacht! Aber sie nahm das Telefon nicht ab, darum dachte ich, sie sei ausgegangen. Sie wissen ja, wie Ethel ist; ständig rast sie irgendwohin. Gewöhnlich sagt sie mir Bescheid, wenn sie länger als zwei Tage wegbleibt, aber sie hat mir nichts gesagt. Jetzt ist ihr Neffe in der Wohnung, und das ist auch nicht ganz koscher.«

Georgette Wells kreuzte die Arme. »Ziemlich kalt, nicht wahr? Verrücktes Wetter. Kommt vom vielen Haarspray im Ozon, nehme ich an. Jedenfalls«, fuhr sie fort, während Ruth sie anstarrte und Dana jedes Wort begierig einsog, »habe ich das komische Gefühl, daß Ethel etwas passiert ist und daß dieser Versager von einem Ex-Mann etwas damit zu tun hat.«

»Und vergiß nicht, Mama«, unterbrach Dana ihre Mutter, »daß er am Mittwoch wieder hier war und aussah, als ob er vor irgend etwas schreckliche Angst hätte.«

»Darauf wollte ich gerade kommen. Du hast ihn am Mittwoch gesehen. Das war der Fünfte, und vermutlich hat er da den Scheck gebracht. Ich hab ihn auch gestern gesehen. Können Sie mir sagen, wieso er noch mal gekommen ist? Dabei hat kein Mensch Ethel gesehen. So wie ich es mir zusammenreime, könnte er ihr etwas angetan und dabei eine Spur hinterlassen haben, die ihm Sorgen macht.« Georgette Wells hatte ihre Geschichte beendet und lächelte triumphierend. »Als gute Freundin von Ethel«, bat sie Ruth, »helfen Sie mir bitte, einen Entschluß zu fassen. Soll ich die Polizei anrufen und sagen, ich hätte das Gefühl, meine Nachbarin könnte ermordet worden sein?«

Am Freitag morgen erhielt Kitty Conway einen Anruf des Krankenhauses. Einer der freiwilligen Chauffeure war krank geworden. Könnte sie für ihn einspringen?

Erst am späteren Nachmittag war sie wieder zu Hause und konnte ihren Trainingsanzug und die Laufschuhe anziehen und mit ihrem Wagen zum Morrison State Park fahren. Die Schatten wurden schon länger, und sie kämpfte unterwegs mit sich, ob sie lieber bis zum nächsten Morgen warten sollte; doch dann fuhr sie entschlossen weiter. Das Pflaster des Parkplatzes und die von ihm ausgehenden Fußwege waren bei dem sonnigen Wetter der letzten Tage getrocknet, aber in den Waldpartien war der Boden unter ihren Füßen immer noch feucht.

Kitty ging bis zum Vorplatz des Reitstalls. Sie wollte versuchen, von hier aus den Pfad zurückzugehen, um den Ort wiederzufinden, an dem ihr Pferd vor achtundvierzig Stunden durchgegangen war. Zu ihrer Enttäuschung mußte sie bald feststellen, daß sie gänzlich unsicher war, welchem Weg sie folgen sollte. »Überhaupt kein Orientierungssinn«, murmelte sie, als ihr ein Zweig ins Gesicht schlug. Mike hatte ihr immer genaue Zeichnungen mit Kreuzungen und markanten Punkten gemacht, wenn sie allein an einen unbekannten Ort fahren wollte.

Nach vierzig Minuten vergeblichen Herumirrens waren ihre Turnschuhe durchnäßt und voller Lehm, die Beine taten ihr weh, und erreicht hatte sie nichts. Auf einer Lichtung, wo die Reitklassen für gewöhnlich einen Halt einlegten und sich neu gruppierten, ruhte sie sich einen Augenblick aus. Es waren keine anderen Wanderer zu sehen, und sie hörte auch kein Geräusch von Reitern. Die Sonne war jetzt schon fast untergegangen. Ich muß verrückt sein, dachte sie. Dies ist wirklich kein Ort, an dem man sich allein aufhalten sollte. Ich werde morgen wiederkommen.

Sie stand auf, um den Weg, den sie gekommen war, zurückzugehen. Halt! dachte sie plötzlich. Es muß ein Stückchen weiter vorn gewesen sein. Wir sind an der Weggabelung rechts eingeschwenkt und den kleinen Abhang hinaufgeritten. Und irgendwo dort hat der verflixte Gaul beschlossen abzubrausen.

Sie wußte, daß sie auf der richtigen Spur war. Eine Art Vorahnung, gepaart mit wachsender Furcht, ließ ihr Herz wild klopfen. Während der schlaflosen Nacht waren die Gedanken ruhelos in ihrem Kopf gekreist. Sie *hatte* eine Hand gesehen ... Sie *müßte* die Polizei benachrichtigen ... Dummes Zeug! Alles nur Einbildung. Sie würde sich bloß lächerlich machen. Sie könnte auch anonym anrufen und sich dann aus der Sache heraushalten. Nein. Vielleicht hatte sie doch recht, und man würde den anonymen Anrufer feststellen. Am Ende war sie wieder bei ihrem ursprünglichen Vorsatz: Selber hingehen und nachsehen.

Sie brauchte zwanzig Minuten, um die Strecke zurückzulegen, für die das Pferd fünf Minuten benötigt hatte. Hier hat das dumme Vieh angefangen, all das Grünzeug zu fressen, erinnerte sie sich. Ich zog die Zügel an, und da machte es einen Satz und sauste geradeaus hier hinunter.

»Hier« war ein steiler, steiniger Hang. Kitty begann ihn in der zunehmenden Dämmerung hinabzugehen. Die Steine rutschten unter ihren Turnschuhen weg. Einmal verlor sie das Gleichgewicht und fiel hin, wobei sie sich die Hand aufschrammte. Das hat mir noch gefehlt, dachte sie. Trotz der Kälte trat ihr der Schweiß auf die Stirn. Sie wischte ihn mit der von der lehmigen Erde schmutzigen Hand ab. Von einem blauen Ärmel war keine Spur zu entdecken.

Auf halber Höhe kam sie zu einem großen Findling und setzte sich, um sich auszuruhen. Ich habe doch gesponnen, entschied sie. Zum Glück habe ich mich nicht noch vollends lächerlich gemacht und die Polizei angerufen. Sie wollte kurz verschnaufen und dann heimfahren und eine schöne heiße Dusche nehmen. »Ich begreife nicht, was die Leute am Wandern finden«, sagte sie laut zu sich selber. Als ihr Atem wieder gleichmäßig ging, wischte sie sich die Hände an ihrem hellgrünen Trainingsanzug ab. Dann stützte sie sich mit der rechten Hand auf den Rand des Steins, um aufzustehen. Und spürte, daß sie etwas berührte.

Kitty blickte hinunter. Sie wollte schreien, brachte aber keinen Ton heraus, nur ein unterdrücktes, ungläubiges Stöhnen. Ihre Finger streiften andere, manikürte, dunkelrot lackierte Finger, die aus einem rings um sie verteilten Haufen Steine emporragten, eingerahmt von der blauen Manschette, die sich in Kittys Unterbewußtsein festgesetzt hatte. Ein schwarzer Plastikfetzen umschlang wie ein Trauerflor das schmale, reglose Handgelenk.

Als Trinker verkleidet bezog Denny Adler am Freitag früh um sieben Uhr Posten und hockte sich an die Hauswand gegenüber dem »Schwab House«. Es war sehr frisch und windig, und er mußte sich sagen, daß Neeve Kearney wohl kaum zu Fuß zur Arbeit gehen würde. Er hatte jedoch vor langer Zeit, als er auf jemanden angesetzt worden war, gelernt, geduldig zu sein. Big Charley hatte erwähnt, daß Neeve Kearney sich für gewöhnlich schon früh in ihr Geschäft begab, etwa zwischen halb acht und acht.

Ungefähr um Viertel vor acht begann der große Auszug. Kinder wurden von einem Bus abgeholt, der sie in eine der exklusiven Privatschulen brachte. Ich war auch in einer Privatschule, dachte Denny, nämlich der Besserungsanstalt von Brownsville in New Jersey.

Junge Geschäftsleute strömten aus den Häusern. Alle in den gleichen Regenmänteln – nein, *Burberrys*, dachte Denny. Bitte keine Verwechslungen! Dann kamen die schon leicht ergrauten höheren Angestellten, Männer und Frauen, alle gepflegt und wohlhabend aussehend. Von seinem Platz aus konnte er sie sehr gut beobachten.

Um zwanzig vor neun war Denny klar, daß er keinen glücklichen Tag erwischt hatte. Wenn er etwas nicht riskieren durfte, so war es, daß der Geschäftsführer des Delikatessenladens sich über ihn ärgerte. Angesichts seiner Vorgeschichte konnte er sicher sein, daß sein Chef verhört würde, sobald der Kontrakt erfüllt war. Er wußte aber auch, daß sein Bewährungshelfer sich für ihn verwenden würde. »Einer meiner besten Leute«, würde Toohey sagen. »Kommt nicht einmal zu spät zur Arbeit. Der ist in Ordnung.«

Widerwillig erhob Denny sich, rieb die Hände aneinander und sah an sich hinunter. Er trug einen vor Schmutz starrenden, weiten Mantel, der nach billigem Wein stank, eine viel zu große Mütze mit Ohrenschützern, die praktisch sein ganzes Gesicht bedeckte, und zerlöcherte Turnschuhe. Was man nicht sah, war, daß er unter dem Mantel seine korrekte Arbeitskleidung anhatte: eine ausgeblichene Jeansjacke mit Reißverschluß und Blue jeans. In einer Tragtasche hatte er seine normalen Turnschuhe sowie einen feuchten Waschlappen und ein Handtuch bei sich. Ein Stellmesser befand sich in der rechten Manteltasche.

Sein Plan war, zur nächsten U-Bahn-Station zu gehen, ganz bis ans Ende des Bahnsteigs zu laufen, Mantel und Mütze in die Tragtasche zu stopfen, die schmutzigen Turnschuhe gegen die guten auszutauschen und sich Gesicht und Hände mit dem Waschlappen zu reinigen.

Wenn doch Neeve Kearney gestern abend bloß nicht in ein Taxi gestiegen wäre! Er hätte schwören können, daß sie im Begriff gewesen war, zu Fuß nach Hause zu gehen. Es wäre die beste Gelegenheit gewesen, sie im Central Park zu überfallen ...

Fest davon überzeugt, daß er seinen Auftrag erledigen würde, wenn nicht an diesem Vormittag, dann vielleicht am Abend, wenn nicht heute, dann vielleicht morgen, faßte Denny sich in Geduld und machte sich auf den Weg. Er achtete darauf, beim Laufen zu schwanken und die Einkaufstasche zu schlenkern, als sei er sich gar nicht bewußt, daß er sie trug. Die wenigen Leute, die ihm überhaupt einen Blick schenkten, machten mit angewidertem oder mitleidigem Gesicht einen Bogen um ihn.

Beim Überqueren der West End Avenue stieß er mit einer alten Hure zusammen, die mit gesenktem Kopf, ihre Handtasche fest umklammernd, daherkam. Sie hatte einen bösen, schmalen Mund. Es hätte ihm Spaß gemacht, ihr einen Stoß zu geben und die Handtasche zu packen, aber er ließ den Gedanken gleich wieder fallen, eilte an ihr vorbeibog in die 72. Straße ein und strebte der U-Bahn-Station zu.

Wenige Minuten danach tauchte er wieder auf; Gesicht und Hände waren sauber, das Haar zurückgekämmt, die Jeansjacke bis zum Hals geschlossen. Die Einkaufstasche, in der sich Mantel, Mütze, Waschlappen und Handtuch befanden, hatte er zu einem festen Bündel gerollt.

Um halb elf brachte er Kaffee zu Neeve ins Büro.

»Tag, Denny«, sagte sie, als er hereinkam. »Ich hab heute morgen verschlafen, und jetzt komme ich einfach nicht in Schwung. Mir ist es egal, was die anderen hier sagen, aber Ihr Kaffee ist unvergleichlich viel besser als das Zeug, das sie mit ihrer Maschine zusammenbrauen.«

»Kann doch jedem passieren, daß er mal die Zeit verschläft, Miss Kearney«, sagte Denny. Er zog den Plastikbecher aus seiner Tüte und stellte ihn ihr beflissen hin.

Als Neeve an diesem Morgen aufwachte, hatte sie zu ihrem Schrecken festgestellt, daß es bereits Viertel vor neun war. Mein Gott, dachte sie, als sie die Bettdecke zurückschlug und aufsprang, das kommt davon, wenn man die halbe Nacht mit den drei Kumpanen aus der Bronx aufbleibt. Sie zog ihren Morgenrock über und eilte in die Küche. Der Kaffee wartete schon in der Kanne, Myles hatte bereits Orangensaft eingegossen und Brotscheiben und den Toaster bereitgestellt. »Du hättest mich wecken sollen, Chef!« sagte sie vorwurfsvoll.

»Es schadet der Modebranche sicher nicht, wenn

sie mal eine halbe Stunde auf dich warten muß.« Er war vertieft in die *Daily News*.

Neeve beugte sich über seine Schulter. »Irgendwas Aufregendes?«

»Ein Bericht auf der ersten Seite über Leben und Taten des Nicky Sepetti. Er wird morgen beerdigt, mit einem Leichenzug, der ihm nach dem Trauergottesdienst das Geleit von der Sankt-Camilla-Kirche bis zum Calvary-Friedhof gibt.«

»Hattest du erwartet, daß er sang- und klanglos beigesetzt würde?«

»Nein. Ich hatte gehofft, daß er eingeäschert würde und ich das Vergnügen hätte, den Sarg in den Ofen zu stoßen.«

»Bitte, Myles, hör auf.« Neeve versuchte das Thema zu wechseln. »Es war schön gestern abend, nicht?«

»Ja. Ich bin neugierig, wie es Sals Hand geht. Ich wette, daß er letzte Nacht nicht mit seiner neusten Verlobten schlafen konnte. Hast du gehört, wie er erzählte, daß er schon wieder an Heirat denkt?«

Neeve trank ihren Orangensaft mit einer Vitaminkapsel. »Im Ernst? Wer ist denn die Glückliche?«

»Ich bin nicht überzeugt, daß ›glücklich‹ das richtige Wort ist«, bemerkte Myles. »Er hat ja schon alle Variationen gehabt. Heiratete erst, als er beruflich den Durchbruch geschafft hatte, und durchlief dann eine ganze Skala vom Wäschemannequin über eine Ballerina zu einer Dame der Gesellschaft und zu einer Gesundheitsfanatikerin.

Zieht von Westchester nach New Jersey, dann nach Connecticut und nach Sneden's Landing und läßt jede von ihnen in einer Luxusvilla zurück. Gott weiß, was ihn das im Laufe der Jahre gekostet haben mag.«

»Meinst du, daß er je seßhaft wird?« fragte Neeve.

»Wer weiß? Er kann soviel Geld verdienen, wie er will, im Grunde bleibt Sal Esposito immer der unsichere Junge, der sich bestätigen muß.«

Neeve tat eine Brotscheibe in den Toaster. »Was habe ich sonst noch verpaßt, während ich am häuslichen Herd hantierte?«

»Dev ist in den Vatikan gerufen worden. Aber das bleibt unter uns. Er hat es mir beim Weggehen anvertraut, als Sal pinkeln ging – entschuldige, deine Mutter hat mir verboten, so zu reden. Also, als Sal sich die Hände waschen ging.«

»Ich hörte, daß er etwas von Baltimore sagte. Geht es um das dortige Erzbistum?«

»Er glaubt, daß es dazu kommt.«

»Das würde einen roten Hut für ihn bedeuten.«

»Möglicherweise.«

»Ich muß schon sagen, ihr Jungens aus der Bronx habt's zu was gebracht. Es muß wohl an der Luft dort liegen.«

Der Toast sprang heraus. Neeve strich sich Butter und reichlich Marmelade darauf und biß hinein. Auch wenn es offensichtlich ein trüber Tag bleiben würde, machte die Küche mit den hell gebeizten

Eichenschränken und dem blau-weiß-grün gemusterten Fliesenboden doch einen fröhlichen Eindruck. Hellgrüne rechteckige Leinensets mit dazu passenden Servietten lagen auf der schmalen, rohen Holzplatte des Tischs. Die Tassen, Untertassen und Teller und der Milchkrug stammten noch aus Myles' Kindheit und waren aus englischem Steingut mit einem chinesischen Muster. Es war für Neeve undenkbar, den Tag ohne das gewohnte Frühstücksgeschirr zu beginnen.

Neeve betrachtete ihren Vater aufmerksam. Er war wirklich wieder der alte. Das lag nicht nur an Nicky Sepetti. Es war vor allem die Aussicht, wieder zu arbeiten, eine Aufgabe zu übernehmen, die dringend war. Sie wußte, wie sehr Myles den Drogenhandel und seine entsetzlichen Folgen bedauerte. Und wer weiß? Vielleicht würde er in Washington jemandem begegnen. Er sollte wieder heiraten. Er war ein wirklich gutaussehender Mann. Sie sagte es ihm spontan.

»Dasselbe hast du mir schon gestern abend gesagt«, antwortete Myles. »Ich überlege, ob ich mich nicht für die Ausklappseite im *Playgirl* anbieten sollte. Meinst du, daß ich Chancen hätte?«

»Wenn sie dich nehmen, werden die Damen Schlange nach dir stehen«, bemerkte Neeve, während sie ihren Kaffee mit in ihr Zimmer nahm. Es war höchste Zeit, sich fertigzumachen und ins Geschäft zu gehen.

Als Seamus nach dem Rasieren aus dem Bad kam,

stellte er fest, daß Ruth weggegangen war. Einen Augenblick stand er unentschlossen da, schlurfte dann über den Flur ins Schlafzimmer, löste die Schnur des braunen Frotteebademantels, den ihm seine Töchter zu Weihnachten geschenkt hatten, und ließ sich aufs Bett sinken. Die Müdigkeit war so überwältigend, daß er kaum die Augen offenhalten konnte. Er hatte nur noch den einen Wunch, sich wieder ins Bett zu legen und zu schlafen, schlafen, schlafen.

In diesen ganzen problembeladenen Jahren war es nie geschehen, daß Ruth nicht bei ihm geschlafen hatte. Manchmal konnten Wochen, ja Monate vergehen, ohne daß sie einander berührten; so sehr setzten ihnen die Geldsorgen zu, daß sie sich ausgebrannt fühlten. Doch auch dann hatten sie in stillschweigendem Einverständnis nebeneinander gelegen, alle beide an die Tradition gebunden, daß eine Frau an der Seite ihres Mannes zu schlafen hatte.

Seamus blickte sich im Schlafzimmer um, sah es jetzt mit Ruths Augen. Die Möbel hatte seine Mutter gekauft, als er zehn war. Sie waren nicht antik, bloß alt – Mahagonifurnier, ein schief im Rahmen hängender Spiegel über der Frisierkommode. Seine Mutter hatte das Möbelstück mit viel Aufwand poliert und sich gefreut, wie schön es glänzte. Für sie war die zusammengehörende Einrichtung mit Bett, Schrank und Kommode die Erfüllung ihres Wunschtraums von einem »schönen Heim« gewesen.

Ruth hatte dagegen immer Bilder aus *House Beautyful* ausgeschnitten von Zimmereinrichtungen, die sie sich gewünscht hätte. Moderne Möbel. Pastellfarben. Eine leichte, luftige Atmosphäre. Die Geldsorgen hatten Hoffnung und Fröhlichkeit auf ihrem Gesicht ausgelöscht und sie zu einer zu strengen Mutter für ihre Töchter werden lassen. Er erinnerte sich, wie sie Marcy einmal angeschrien hatte: »Was fällt dir ein, dein Kleid zu zerreißen! Ich habe es mühsam zusammengespart.«

All das nur wegen Ethel.

Seamus stützte den Kopf in die Hände. Der Telefonanruf, den er gemacht hatte, lag ihm auf der Seele. Es war ausweglos.

Gestern abend hätte er Ruth um ein Haar geschlagen. Die Erinnerung an die letzten Minuten bei Ethel, an den Augenblick, als er jede Beherrschung verlor …

Er sank zurück aufs Kopfkissen. Was hatte es für einen Sinn, in die Bar zu gehen, noch einen äußeren Schein zu wahren? Er hatte einen Schritt getan, den er nie für möglich gehalten hätte. Es war zu spät, ihn rückgängig zu machen. Das wußte er. Es hätte auch nichts genützt. Das wußte er ebenfalls. Er schloß die Augen.

Er hatte nicht gemerkt, daß er eingeschlafen war, aber auf einmal war Ruth da. Sie saß auf der Bettkante. Der Ärger schien aus ihrem Gesicht gewichen zu sein. Sie sah verwirrt aus, wie von

Panik ergriffen, wie ein Verurteilter vor dem Erschießungskommando.

»Seamus«, sagte sie, »du mußt mir alles erzählen. Was hast du mit ihr gemacht?«

Am Freitag morgen traf Gordon Steuber um zehn Uhr in seinem Büro an der 37. Straße ein. Er war im Aufzug mit drei korrekt gekleideten Herren hinaufgefahren, in denen er sofort die staatlichen Rechnungsprüfer erkannte, die wiedergekommen waren, um ihre Nase in seine Buchhaltung zu stecken. Steubers Angestellten genügte ein Blick auf seine finstere Miene mit den zusammengezogenen Augenbrauen und sein wütender Schritt, damit sich in Windeseile die Parole herumsprach: »Seht euch vor!«

Er durchquerte den Showroom, wobei er sowohl Kunden wie Angestellte ignorierte, eilte am Schreibtisch seiner Sekretärin vorbei, ohne sie einer Antwort auf ihr schüchternes »guten Morgen, Sir« zu würdigen, betrat sein Privatbüro und knallte die Tür hinter sich zu.

Als er sich an seinen Schreibtisch setzte und sich in den prächtigen Ledersessel zurücklehnte, verschwand der finstere Ausdruck und machte einer besorgten Miene Platz.

Er ließ den Blick durch das Büro schweifen, nahm das Ambiente in sich auf, das er sich geschaffen hatte: die mit feinstem Leder bezogenen Sofas und Sessel; die Bilder, die ihn ein Vermögen gekostet hatten; die Plastiken, die nach Aussage seines Beraters in Kunstfragen museumswürdig waren ... Aber dank Neeve Kearney hatte er alle Aussicht, jetzt mehr Zeit vor Gericht als in seinem Büro zu verbringen. Oder sogar im Gefängnis, wenn er sich nicht vorsah.

Steuber stand auf und ging zum Fenster. Die 37. Straße. Sie hatte die hektische Atmosphäre der Straßenhändler bewahrt. Als Junge war er gleich nach Schulschluß ins Kürschneratelier seines Vaters gekommen, um dort zu helfen. Sie verarbeiteten billige Felle. Mit schöner Regelmäßigkeit hatte sein Vater alle zwei Jahre Bankrott angemeldet. Mit fünfzehn wußte Gordon genau, daß er nicht gewillt war, für den Rest seines Lebens Kaninchenhaare in der Nase zu haben und einfältigen Frauenzimmern einzureden, sie sähen in schäbigen Tierfellen wundervoll aus.

Das Innenfutter. Darauf war er schon gekommen, ehe er alt genug war, um sich zu rasieren. Das war die Konstante. Ob man eine Jacke oder einen Mantel, eine Stola oder ein Cape verkaufte – es brauchte ein Futter.

Diese einfache Erkenntnis, zusammen mit einer nur zögernd gewährten Anleihe seines Vaters, war der Anfang der Firma »Steuber Enterprises« gewesen. Die jungen Leute, die er frisch von den besten Mode- und Designschulen anheuerte, brachten Phantasie und Flair mit. Seine Futter mit den aufregenden Mustern hatten eingeschlagen.

Aber in einer Welt, die auf Anerkennung aus ist, kann man sich mit Futterstoffen keinen wirklich großen Namen machen. Daher hatte er begonnen, Nachwuchskräfte zu engagieren, die Kostüme entwerfen konnten. Sein Ehrgeiz war, berühmt wie Coco Chanel zu werden.

Und wieder hatte er Erfolg gehabt. Seine Kostüme wurden in den feinsten Geschäften verkauft. Doch er war nur einer unter einem oder zwei Dutzend Herstellern, die sich alle um dieselben, wohlsituierten Kundinnen bemühten. Darin lag nicht genug Geld.

Steuber nahm sich eine Zigarette. Vor ihm auf dem Schreibtisch lag sein goldenes Feuerzeug mit den in Rubinen eingelegten Initialen. Er drehte es, nachdem er die Zigarette angezündet hatte, einen Augenblick in der Hand hin und her, ehe er es zurücklegte. Die Steuerfahnder brauchten bloß zusammenzuzählen, wieviel die Einrichtung dieses Zimmers und das Feuerzeug gekostet hatten, um ihre Nase noch tiefer in seine Bücher zu stecken, bis sie genug gefunden hatten, um ihn wegen Steuerhinterziehung anzuklagen.

Die verdammten Gewerkschaften waren schuld, daß man keinen wirklichen Gewinn erzielen konnte, redete er sich ein. Das war allgemein bekannt. Immer wenn Steuber die Werbespots der Textilarbeitergewerkschaft sah, hätte er am liebsten den Bildschirm zerschmettert. Sie waren doch nur auf immer mehr Geld aus. Stoppt die Importe! Engagiert uns!

Erst vor drei Jahren hatte er mit etwas begonnen, was auch alle anderen taten, nämlich nicht registrierte Werkstätten für Immigranten ohne Arbeitserlaubnis einzurichten. Warum auch nicht? Die Mexikanerinnen waren gute Näherinnen.

Dann hatte er entdeckt, wo das wirklich große Geld lag. Er war bereits entschlossen, die Schwarzarbeitateliers aufzulösen, als Neeve Kearney deren Existenz aufgedeckt hatte. Dann hatte auch die verrückte Ethel Lambston begonnen, überall herumzuschnüffeln. Er sah die aufdringliche Person wieder vor sich, die am vergangenen Mittwoch abend hier hereingeplatzt war. May saß noch im Vorzimmer. Sonst hätte er sie an Ort und Stelle ...

Er hatte sie buchstäblich rausgeschmissen, sie an den Schultern gepackt, durch den ganzen Showroom bis zum Ausgang geschoben und ihr einen Stoß versetzt, daß sie gegen den Aufzug taumelte. Selbst dadurch hatte sie sich nicht unterkriegen lassen. Als er die Tür zuschlug, rief sie zurück: »Falls Sie es noch nicht wissen, Sie werden nicht nur wegen Steuerhinterziehung in Schwierigkeiten kommen, sondern auch wegen Schwarzarbeit. Und das ist bloß der Anfang. Ich weiß, womit Sie Ihre eigenen Taschen gefüttert haben!«

Da war ihm klargeworden, daß sie ihre Nase auf keinen Fall in seine Angelegenheiten stecken durfte. Sie mußte unter allen Umständen davon abgehalten werden.

Das Telefon läutete mit einem sanften Schnurrton. Ärgerlich nahm Gordon Steuber den Hörer auf. »Was gibt's, May?«

In entschuldigendem Ton sagte seine Sekretärin: »Ich wußte, daß Sie nicht gestört werden möchten, Sir, aber die Herren von der Staatsanwaltschaft wollen Sie unbedingt sprechen.«

»Schicken Sie sie rein.« Steuber zog sein hellbeiges Seidenjackett zurecht, wischte mit dem Taschentuch ein Stäubchen von seinen Manschettenknöpfen aus Brillanten und setzte sich in den Schreibtischsessel.

Als die drei Beamten hereinkamen, ganz auf ihren Auftrag eingestellt, dachte er zum zehntenmal in der letzten Stunde, daß ihm dies alles von Neeve Kearney eingebrockt worden war.

Um elf Uhr am Freitag vormittag kehrte Jack Campbell aus einer Konferenz mit seinen Mitarbeitern in sein Büro zurück und nahm sich erneut das Manuskript vor, das er schon am vergangenen Abend hatte lesen wollen. Diesmal zwang er sich zur Konzentration, um den pikanten Abenteuern einer angesehenen dreiunddreißigjährigen Psychiaterin zu folgen, die sich in einen ihrer Patienten, einen alternden Filmstar, verliebt und mit ihm Ferien auf einer Karibikinsel verbringt.

Du liebe Güte! dachte Jack, als er die letzten Seiten rasch durchblätterte. Er klappte das Manuskript im selben Augenblick zu, als Ginny mit einer Handvoll Briefe hereinkam. Sie warf einen fragenden Blick auf das Manuskript. »Wie ist es?«

»Schrecklich. Aber es wird sich gut verkaufen. Komisch, bei all den Sexszenen unter dem Sternenhimmel frage ich mich immer, ob da eigentlich die Mücken nicht stechen. Ist das ein Zeichen, daß ich alt werde?«

Ginny grinste. »Das bezweifle ich. Sie denken doch dran, daß Sie eine Verabredung zum Lunch haben?«

»Ich hab's mir aufgeschrieben.« Jack stand auf und streckte sich.

Ginny warf ihm einen anerkennenden Blick zu. »Ist Ihnen bewußt, daß alle jungen Lektorinnen für Sie schwärmen? Ständig werde ich gefragt, ob Sie auch bestimmt noch nicht gebunden sind.«

»Sagen Sie, daß Sie und ich zusammengehören.«

»Das würde ich mir wünschen. Wenn ich zwanzig Jahre jünger wäre.«

Jacks Lächeln wich einem Stirnrunzeln. »Ginny, mir ist gerade etwas eingefallen. Wann ist Redaktionsschluß für die nächste Nummer von *Contemporary Woman*?«

»Das weiß ich nicht genau. Warum?«

»Ich frage mich, ob ich wohl schon einen Abzug von Ethel Lambstons Mode-Artikel bekommen könnte. Ich weiß, daß Toni vor Erscheinen eines Hefts eigentlich nichts davon rausläßt. Aber sehen Sie mal, was Sie erreichen können.«

Eine Stunde später, als Jack gerade zum Lunch gehen wollte, rief Ginny durch. »Der Artikel erscheint nächste Woche, aber Toni tut Ihnen den Gefallen und zeigt ihn Ihnen vorher. Sie schickt auch Fotokopien von Ethels Originalmanuskript.«

»Das ist fabelhaft von ihr.«

»Sie hat es von sich aus angeboten«, fuhr Ginny fort. »Sie sagte, die Auslassungen in Ethels Artikeln seien meistens aufregender zu lesen als das, was die Anwälte zum Abdruck freigeben. Toni fängt auch an, sich Sorgen wegen Ethel zu machen. Und da Sie ja Ethels Buch herausbringen wollen, findet sie, daß sie keinen Vertrauensbruch begeht.«

Auf dem Weg zu seiner Verabredung merkte Jack, wie gespannt er darauf war, sich die aus Ethels Artikel herausgefallenen Stücke anzusehen, die zu heikel für eine Veröffentlichung waren.

Weder Seamus noch Ruth gingen am Freitag zur Arbeit. Sie saßen in ihrer Wohnung und starrten einander an wie zwei Menschen, die zusammen in Treibsand geraten waren und darin versanken, außerstande, das Unausweichliche abzuwenden. Gegen Mittag machte Ruth einen starken Kaffee und grillierten Käsetoast. Sie zwang Seamus, aufzustehen und sich anzuziehen. »Iß«, befahl sie ihm, »und erzähl mir noch einmal ganz genau, was geschehen ist.«

Während sie zuhörte, mußte sie dauernd daran denken, was dies für ihre Töchter bedeutete. Was für Hoffnungen sie gehegt hatte. Wie sie für das Schulgeld gespart, welche Opfer sie gebracht hatte. Was nützte das alles, wenn ihr Vater im Gefängnis saß?

Noch einmal brach die ganze Geschichte aus Seamus hervor. Mit schweißglänzendem Gesicht, die Hände hilflos auf den Knien, erzählte er, wie er Ethel angefleht hatte, ihn von seiner Verpflichtung zu befreien, wie sie ihr Spiel mit ihm getrieben hatte. »Vielleicht tu ich's, vielleicht auch nicht«, hatte sie gesagt. Dann hatte sie hinter den Kissen auf dem Sofa herumgesucht. »Mal sehen, ob noch Geld zum Vorschein kommt, das mein Neffe zu stehlen vergessen hat.« Lachend hatte sie ihm die gefundene Hundertdollarnote in die Tasche gesteckt mit der Bemerkung, sie habe im verflossenen Monat nicht viel Zeit gehabt, zum Essen auszugehen.

»Ich hab ihr einen Kinnhaken versetzt«, berichtete Seamus mit tonloser Stimme. »Ich hätte nie gedacht, daß ich so etwas tun könnte. Ihr Kopf sank zur Seite. Sie fiel rückwärts hin. Ich wußte nicht, ob ich sie getötet hatte. Sie stand wieder auf und hatte Angst. Ich würde sie umbringen, sagte ich zu ihr, wenn sie noch einen einzigen Cent von mir verlangte. Sie wußte, daß es mir ernst war. ›Also gut‹, sagte sie, ›keine Alimente mehr.‹«

Seamus stürzte den Rest des Kaffees hinunter. Sie saßen in dem kleinen Wohnzimmer. Der Tag war von Anfang an kalt und grau gewesen, und jetzt schien bereits der frühe Abend hereinzubrechen. Grau und kalt. Genauso wie am letzten Donnerstag in Ethels Wohnung. Anderntags war der Schneesturm losgebrochen. Ein neuer Sturm war im Anzug. Da war er sicher.

»Und dann bist du weggegangen?« drängte Ruth.

Seamus zögerte. »Dann bin ich weggegangen.«

Irgend etwas schien noch nicht fertig zu sein. Ruth sah sich im Zimmer um, sah die schweren Eichenmöbel, die sie seit zwanzig Jahren haßte, den abgetretenen Maschinenteppich, mit dem sie hatte leben müssen. Und sie wußte, daß Seamus ihr nicht die ganze Wahrheit gesagt hatte. Sie blickte auf ihre Hände. Zu klein. Breit. Kurze Finger. Alle drei Töchter hatten lange, schlanke Finger. Wessen Erbteil? Seamus'? Wahrscheinlich. Ruths Familienbilder zeigten kleine, gedrungene Menschen. Aber sie waren stark. Und Seamus war schwach. Ein schwacher, verängstigter Mann, den die Verzweiflung gepackt hatte. In welchem Ausmaß? »Du hast mir nicht alles gesagt«, fing sie wieder an. »Ich will es wissen. Ich muß es wissen. Es ist die einzige Möglichkeit, damit ich dir helfen kann.«

Mit in den Händen vergrabenem Gesicht erzählte er ihr den Rest. »Oh, Gott«, schluchzte Ruth. »Oh, mein Gott!«

Um ein Uhr mittags kam Denny erneut in Neeves Geschäft und brachte in einem Karton zwei Thunfischsandwiches und Kaffee. Auch diesmal gab man ihm ein Zeichen, daß er direkt in Neeves Büro gehen sollte. Neeve sprach gerade auf ihre Assistentin ein, die gutaussehende Schwarze. Er gab keiner von beiden Gelegenheit, ihn wieder hinauszuschicken. »Wollen Sie hier drinnen essen?« fragte er.

»Denny, Sie verwöhnen uns«, sagte Neeve. »Das

sieht ja schon nach Zimmerservice wie im Hotel aus.«

Denny erstarrte, da er seinen Fehler erkannte. Er trat zu sehr in Erscheinung. Aber er wollte hören, ob sie irgendwelche Pläne hatte.

Gleichsam als Antwort auf seine unausgesprochene Frage sagte Neeve zu Eugenia: »Nächsten Montag werde ich erst am späteren Nachmittag in die Seventh Avenue gehen können. Mrs. Poth kommt um halb zwei her und möchte, daß ich ihr bei der Auswahl einiger Kleider helfe.«

»Damit können wir dann die Miete fürs nächste Vierteljahr bezahlen«, bemerkte Eugenia vergnügt.

Denny faltete die Servietten zusammen. *Montag am späten Nachmittag*. Gut zu wissen. Er blickte um sich. Ein kleines Büro. Kein Fenster. Schade. Wäre in der Außenwand ein Fenster gewesen, hätte er direkt von hinten auf sie schießen können. Aber Charley hatte ihm eingeschärft, es dürfe nicht nach einem gezielten Anschlag aussehen. Sein Blick blieb auf Neeve haften. Sie sah wirklich prima aus. Eine Klassefrau! Wenn man an all die Scheusale dachte, die sonst herumliefen, war es ein Jammer, daß ausgerechnet diese hier dran glauben mußte. Er murmelte ein »Wiedersehn!« und ging hinaus. Ihr Dank klang ihm noch in den Ohren. An der Kasse bezahlte man ihn, und der Betrag wurde wie gewöhnlich großzügig aufgerundet. Aber auch mit zwei Dollar pro Lieferung dauert es sehr, sehr lange, bis zwanzigtausend zusammenkommen, dachte

Denny, als er die schwere Glastür aufstieß und auf die Straße hinaustrat.

Während sie von ihrem Sandwich abbiß, wählte Neeve Toni Mendells Nummer in der Redaktion von *Contemporary Woman*. Als Toni hörte, was Neeve von ihr wollte, rief sie: »Mein Gott, was hat das alles zu bedeuten? Jack Campbells Sekretärin hat mich schon angerufen und dasselbe von mir erbeten. Ich sagte ihr, daß ich mir auch Sorgen wegen Ethel mache. Um ehrlich zu sein, ich habe Jack eine Kopie von Ethels Originalmanuskript gegeben, weil er ihr Verleger ist. Die kann ich Ihnen nicht schicken, aber Sie können den Artikel haben.« Sie ließ Neeve nicht dazu kommen, ihr zu danken. »Ich bitte nur inständig darum, daß Sie ihn niemandem zeigen. Es wird etliche Leute im Modezirkus geben, die sich schwarz ärgern, wenn sie ihn lesen.«

Eine Stunde später waren Neeve und Eugenia bereits ganz in Ethels Artikel vertieft. Er hatte den Titel »Die Großen und die Gernegroßen in der Welt der Mode« und war selbst für Ethels Verhältnisse von beißendem Spott. Sie begann mit der Schilderung der drei wichtigsten Modeströmungen der letzten fünfzig Jahre: Christian Diors New Look von 1947, Mary Quants Minirock in den frühen sechziger Jahren und dem Südsee-Look von Anthony della Salva im Jahre 1972.

Über Dior hatte Ethel geschrieben:

»1947 befand sich die Modewelt in einer totalen Flaute, in der noch der militärische Einfluß der Kriegsjahre zu spüren war: knapp bemessene Stoffe, eckige Schultern, Messingknöpfe. Dior, damals ein junger, schüchterner Couturier, beschloß, mit alledem aufzuräumen. Kurze Röcke waren für ihn Überbleibsel aus einer Zeit der Einschränkungen, die abgeschafft werden mußten. Was für ein Genie er war, zeigte sich darin, daß er den Mut hatte, einer ungläubig staunenden Welt zu verkünden, daß Kleider in Zukunft eine Länge von zweiunddreißig Zentimetern über dem Boden hätten. Allen Anfeindungen zum Trotz blieb Dior unerschütterlich bei seinen Ideen, beziehungsweise bei seiner Schere, und schuf mit jeder neuen Saison immer wieder Kleider voller Schönheit und Eleganz.
In den frühen sechziger Jahren begannen sich die Zeiten zu ändern, was nicht nur auf den Vietnamkrieg und das Zweite Vatikanische Konzil zurückzuführen war. Die Welle der Veränderung lag schon in der Luft, und eine junge, unerschrockene englische Modeschöpferin betrat die Szene: Mary Quant, das kleine Mädchen, das nie erwachsen werden und gar nie Kleider für Erwachsene tragen wollte. So erschienen der Minirock, das Hängekleid, die farbigen Strümpfe und hohen Stiefel. Und damit der Grundsatz, daß junge Menschen unter keinen Umständen jemals älter aussehen dürften. Als man Mary Quant einmal bat, den Zweck der Mode zu

erklären und wohin sie führe, antwortete sie frischfröhlich: ›Zum Sex.‹

1972 war es aus mit dem Minirock. Die Frauen waren es leid, das verwirrende Spiel um Saumlängen weiter mitzumachen. Sie gaben den Kampf auf und wandten sich der männlichen Mode zu. Jetzt trat Anthony della Salva mit dem Südsee-Look auf den Plan. Er verbrachte die allerersten Jahre seines Lebens allerdings nicht als Antonio della Salva in einem Palazzo auf einem der sieben Hügel Roms, wie uns sein Publicity-Manager glauben machen möchte, sondern wuchs als Salvatore Esposito auf einer Farm in der Bronx auf. Seinen Farbensinn dürfte er entwickelt haben, als er seinem Vater half, Gemüse und Früchte auf dem Lieferwagen zu arrangieren, die sie in der Umgebung verkauften. Seine Mutter, Angelina – nicht *contessa* Angelina –, war bekannt für ihren Begrüßungsspruch: ›Gott segne Ihre Mama, Gott segne Ihren Papa. Wie wär's mit einer schönen Pampelmuse?‹ Sal war ein mäßiger Schüler und ein mittelmäßig begabter Student auf der Modehochschule. Aber das Schicksal wollte es, daß er zu einem der wenigen Auserwählten wurde. Er schuf die Kollektion, die ihn an die Spitze brachte: den Südsee-Look. Mit einem einzigen, großartigen Geniestreich gab er der Mode neuen Auftrieb. Jeder, der 1972 bei jener ersten Modeschau dabei war, kann sich noch an die Wirkung der zauberhaften Kleider erinnern, die von den Mannequins herabzufließen schienen. Und erst seine Farben! Er hatte sie der Unterwasserwelt des Südpazifiks entnommen, den Korallen, der Pflanzen- und Tierwelt, und er hatte sich der Muster bedient, die von der Natur vorgegeben waren, und damit seine eigenen exotischen Dessins geschaffen, einige prachtvoll und gewagt, andere eher gedämpft wie sein in Silber übergehendes Blau. Der Schöpfer des Südsee-Looks hat alle Auszeichnungen verdient, die die Modeindustrie zu vergeben hat.«

An diesem Punkt mußte Neeve schallend lachen. »Sal wird begeistert sein von dem, was Ethel über den Südsee-Look geschrieben hat«, sagte sie. »Aber ich bin nicht sicher, wie er den Rest aufnimmt. Er hat so viel gelogen, daß er selber davon überzeugt ist, in Rom geboren zu sein und eine römische Gräfin zur Mutter gehabt zu haben. Aus seinen Bemerkungen von neulich abend zu schließen, hat er anderseits wohl schon mit so etwas gerechnet. Und heutzutage hängt ja jeder an die große Glocke, wie schwer seine Eltern es gehabt haben. Sal wird also vermutlich ausfindig machen, mit welchem Schiff seine Eltern rübergekommen sind, und sich ein Modell davon nachbauen lassen.«

Nach der Beschreibung der wichtigsten Modeströmungen ging Ethel in ihrem Artikel auf die mondänen Designer ein, die selber »einen Knopf kaum von einem Knopfloch unterscheiden können«, aber talentierte junge Leute engagierten, deren Entwürfe sie dann als eigene Kollektionen ausführten. Sie nahm die Verschwörung der Modeschöpfer aufs Korn, die es sich allzu leicht machten, indem sie alle paar Jahre die Mode völlig auf den Kopf stellten, selbst wenn das bedeutete, daß ältere Witwen sich wie Revuetänzerinnen anzuziehen hatten. Schließlich machte sie sich über die dummen Kühe lustig, die jedem Diktat brav folgten und ohne weiteres ein paar tausend Dollar für ein Kostüm verplemperten, das kaum zwei Meter Gabardine aufwies.

Und dann feuerte Ethel aus allen Rohren auf Gordon Steuber:

»1911 machte der große Brand bei der ›Triangle Shirtwaist Company‹ die Öffentlichkeit zum erstenmal auf die entsetzlichen Arbeitsbedingungen in der Bekleidungsindustrie aufmerksam. Dank der Internationalen Vereinigung der Arbeitnehmer der Damenbekleidungsindustrie hat die Konfektion sich zu einer Branche entwickelt, in der talentierte Leute auf anständige Weise gut verdienen können. Einige Konfektionäre haben jedoch Wege gefunden, ihre Gewinne auf Kosten der Wehrlosen zu erhöhen. Die neuen Ateliers für Schwarzarbeit befinden sich im südlichen Teil der Bronx und in Long Island City. Nicht registrierte Einwanderer, viele von ihnen beinahe noch Kinder, schuften für Hungerlöhne, weil sie keine Arbeitserlaubnis besitzen und Angst haben zu protestieren. Der König unter diesen betrügerischen Konfektionären ist Gordon Steuber.

Wer immer eines seiner Kleidungsstücke anzieht, sollte sich in Gedanken das Kind vorstellen, das es genäht hat und sich wahrscheinlich nicht einmal sattessen kann. Mehr über Steuber werden die Leser in einem späteren Artikel erfahren.«

Ethel schloß ihren Artikel mit einer Lobeshymne auf Neeve Kearney, die Besitzerin von »Neeve's Boutique«, die die Untersuchung gegen Gordon Steuber ausgelöst und seine Modelle aus ihrem Geschäft verbannt hatte.

Neeve legte die Blätter auf den Tisch. »Sie hat wirklich jeden wichtigen Designer unter Beschuß genommen! Vielleicht hat sie selber Angst gekriegt und beschlossen, eine Weile zu verschwinden, bis der Sturm sich gelegt hat.«

»Könnte Steuber sie und die Zeitschrift nicht verklagen?« fragte Eugenia.

»Die Wahrheit ist die beste Verteidigung. Wahrscheinlich haben sie alle nötigen Beweise. Was mich aber wirklich zur Weißglut bringt, ist, daß Ethel trotz alledem ein Kostüm von Steuber gekauft hat, als sie das letztemal bei mir war, das Stück, das versehentlich nicht zurückgeschickt wurde.«

Das Telefon läutete. Einen Moment später meldete die Empfangsdame über die Gegensprechanlage: »Mr. Campbell möchte Sie sprechen, Neeve.«

Eugenia machte große Augen. »Du müßtest dein Gesicht mal sehen!« Sie schob die Reste des Lunchs samt den Servietten und den Pappbechern zusammen und fegte alles in den Papierkorb.

Neeve wartete, bis die Tür wieder geschlossen war, ehe sie den Hörer aufnahm. Sie versuchte, mit ganz normaler Stimme »Neeve Kearney« zu sagen, und stellte bestürzt fest, daß es klang, als sei sie außer Atem.

Jack kam gleich zur Sache. »Neeve, könnten Sie heute mit mir zu Abend essen?« Er wartete ihre Antwort gar nicht ab. »Ich hatte vor, Ihnen zu erzählen, daß ich Ethel Lambstons Artikel habe, und Sie zu fragen, ob wir ihn zusammen ansehen sollten, aber in Wirklichkeit möchte ich Sie einfach gerne sehen.«

Neeve war verlegen und spürte ihr Herz klopfen. Sie verabredeten sich für sieben Uhr im Carlyle.

Im Laufe des Nachmittags gab es unerwartet viel zu tun. Um vier Uhr ging Neeve in den Verkaufssalon und nahm sich einiger Kundinnen an. Es waren lauter neue Gesichter. Ein junges Mädchen, das kaum älter als neunzehn sein konnte, kaufte ein teures Abendkleid und auch noch ein Cocktailkleid. Sie wollte unbedingt von Neeve selber beraten werden. »Wissen Sie«, vertraute sie ihr an, »eine meiner Freundinnen arbeitet bei *Contemporary Woman* und hat einen Artikel gesehen, der nächste Woche erscheint. Es heißt darin, daß Sie in Ihrem kleinen Finger mehr Flair für Mode haben als die meisten Designer in der Seventh Avenue und daß Sie einen immer richtig beraten. Als ich das meiner Mutter sagte, schickte sie mich hierher.«

Zwei andere Kundinnen kamen mit derselben Geschichte. Jemand kannte irgend jemand, der ihr von dem Artikel erzählt hatte. Um halb sieben hängte Neeve befriedigt das Schild »Geschlossen« an die Tür. »Ich glaube allmählich, daß wir die arme Ethel lieber loben statt kritisieren sollten«, sagte sie. »Vermutlich hat sie mehr zur Belebung des Geschäfts beigetragen, als wenn ich auf jeder Seite von *Women's Wear Daily* ein Inserat gemacht hätte.«

Nach der Arbeit ging Doug Brown noch kurz in den kleinen Supermarkt, der auf seinem Heimweg zu Ethels Wohnung lag. Es war halb sieben, als er den Schlüssel im Schloß drehte und das Telefon läuten hörte.

Im ersten Moment beschloß er, es nicht zu beachten, so, wie er es schon die ganze Woche getan hatte. Doch als es unaufhörlich weiterläutete, wurde er schwankend. Einerseits mochte Ethel nicht, daß jemand ihr Telefon abnahm. Andererseits schien es logisch, daß sie nach einer Woche versuchen könnte, ihn anzurufen.

Er stellte die Einkaufstüte mit den Lebensmitteln auf den Küchentisch. Das schrille Läuten hielt an. Schließlich nahm er den Hörer ab. »Hallo.«

Die Stimme am andern Ende klang verschwommen und gepreßt. »Ich muß mit Ethel Lambston sprechen.«

»Sie ist nicht da. Ich bin ihr Neffe. Soll ich ihr etwas ausrichten?«

»Allerdings. Sagen Sie Ethel, ihr Ex-Mann hat einen Haufen Schulden, aber bei den falschen Leuten. Und er kann sie nicht zurückzahlen, solange er ihr Geld geben muß. Wenn sie nicht aufhört, ihn auszuquetschen, werden die ihr mal eine Lektion erteilen. Sagen Sie ihr, es könnte ihr schwerfallen, mit gebrochenen Fingern zu tippen.«

Es knackte in der Leitung, und die Verbindung war abgebrochen.

Doug ließ den Hörer auf die Gabel fallen und sank aufs Sofa. Er spürte den Schweiß auf der Stirn und in den Achselhöhlen. Er faltete die Hände, damit sie nicht zitterten.

Was sollte er tun? War der Anruf eine echte Drohung oder ein Trick? Er konnte nicht einfach darüber hinweggehen. Aber die Polizei wollte er nicht benachrichtigen. Sie hätte beginnen können, ihm Fragen zu stellen.

Neeve Kearney.

Sie war diejenige, die sich Sorgen um Ethel machte. Ihr wollte er von dem Anruf erzählen, wollte den verängstigten, besorgten Verwandten spielen, der um Rat bittet. Auf diese Weise wäre er gedeckt, ganz gleich, ob es sich um einen Trick oder um eine echte Drohung handelte.

Eugenia war gerade dabei, die Schaukästen mit dem teuren Modeschmuck abzuschließen, als das Telefon läutete. »Für dich, Neeve. Jemand, der furchtbar aufgeregt klingt.«

Myles! Ein neuer Herzanfall? Neeve stürzte zum Telefon. »Ja?«

Aber es war Douglas Brown, Ethel Lambstons

Neffe. In seiner Stimme lag keine Spur seiner sonstigen herablassenden Unverschämtheit. »Miss Kearney, haben Sie eine Ahnung, wo ich versuchen könnte, meine Tante zu erreichen? Als ich eben in die Wohnung zurückkam, ging das Telefon. Irgendein Kerl sagte, ich solle Ethel warnen, daß Seamus – das ist ihr Ex-Mann – eine Menge Schulden hat, die er nicht bezahlen kann, solange er ihr Geld geben muß. Und wenn sie Seamus das nicht erläßt, haben sie ihr einen Denkzettel versprochen. *Es könnte ihr schwerfallen, mit gebrochenen Fingern zu tippen*, hat er gesagt.«

Douglas Brown schien den Tränen nahe zu sein. »Miss Kearney, wir müssen Ethel warnen!«

Als Doug wieder aufhängte, wußte er, daß er die richtige Entscheidung getroffen hatte. Auf Anraten der Tochter des ehemaligen Commissioners wollte er jetzt bei der Polizei anrufen und die Drohung melden. In den Augen der Polizisten stünde er da wie ein Freund der Familie Kearney.

Er griff eben nach dem Telefon, als es erneut klingelte. Diesmal nahm er ohne Zögern ab.

Es war die Polizei, die *ihn* anrief.

Myles Kearney hielt es für das beste, sich freitags möglichst unsichtbar zu machen. Am Freitag war Lupa, ihre langjährige Putzfrau, den ganzen Tag damit beschäftigt, zu waschen, Staub zu saugen, zu bohnern und zu schrubben.

Als Lupa mit der Morgenpost in der Hand

erschien, zog Myles sich in sein Arbeitszimmer zurück. Es war wieder ein Brief aus Washington dabei, in dem er dringend gebeten wurde, den Posten als Chef der Drogenfahndungsstelle anzunehmen.

Myles spürte das Adrenalin in seinen Adern, das ihm Auftrieb gab. Achtundsechzig. Das war noch kein Alter. Die Aussicht, sich wieder voll einer notwendigen Aufgabe widmen zu können. Neeve. Ich habe ihr zuviel von Liebe auf den ersten Blick erzählt. Bei den meisten Menschen spielt es sich ja nicht auf diese Weise ab. Wenn ich nicht mehr ständig um sie herum bin, wird sie zu einem normalen Leben finden.

Er lehnte sich in den Schreibtischsessel zurück, seinen alten, bequemen Ledersessel, der die ganzen sechzehn Jahre, als er Polizeichef war, in seinem Büro gestanden hatte. Er paßt genau zu meinem Hinterteil, dachte er. Falls ich nach Washington gehe, lasse ich ihn hinbringen.

Im Korridor summte jetzt der Staubsauger. Ich mag mir den Radau nicht den ganzen Tag anhören, dachte er. Spontan wählte er seine alte Telefonnummer im Büro des Polizeichefs, gab Herb Schwartz' Sekretärin seinen Namen an und hatte einen Augenblick später Herb am Apparat.

»Myles, wie geht es dir?«

»Zuerst habe ich eine Frage: Wie geht es Tony Vitale?« Er sah Herb im Geist vor sich, kleingewachsen, zierlich, mit klugen, forschenden Augen, einem hervorragenden Verstand und einer ungewöhnlichen Begabung, mit einem Blick die ganze

Situation zu erfassen. Vor allem aber ein wirklicher treuer Freund.

»Wir können es immer noch nicht mit Bestimmtheit sagen. Sie haben ihn als tot zurückgelassen, und glaube mir, sie wußten voraussichtlich sehr gut, was sie taten. Aber der Junge ist phänomenal. Die Ärzte nehmen an, daß er entgegen aller Wahrscheinlichkeit durchkommen wird. Ich hatte vor, ihn nachher zu besuchen. Willst du mitkommen?«

Sie verabredeten sich zum Mittagessen.

Bei einem Truthahnsandwich in einer Snackbar unweit des Krankenhauses orientierte Herb Myles über das bevorstehende Begräbnis von Nicky Sepetti.

»Wir werden ein Auge drauf haben. Der FBI wird es beobachten, die Staatsanwaltschaft ebenfalls. Aber ich weiß nicht, Myles, meinem Gefühl nach war Nicky, auch ohne, daß er von Gott heimgerufen wurde, schon ausgebootet. Siebzehn Jahre sind zu lange, um aus dem Verkehr gezogen zu sein. Die Welt hat sich verändert. Früher hätte die Bande doch die Finger von Drogen gelassen. Jetzt schwimmen sie geradezu darin. Nickys Welt existiert nicht mehr. Wenn er nicht von selber gestorben wäre, hätte man seinem Ende nachgeholfen.«

Nach dem Lunch gingen sie auf die Intensivstation des Krankenhauses. Anthony Vitale lag eingehüllt in Bandagen, hing am Tropf und war an Apparate angeschlossen, die seinen Blutdruck und seinen Puls kontrollierten. Seine Eltern saßen im Wartezimmer.

»Wir dürfen ihn jede Stunde ein paar Minuten sehen«, sagte sein Vater. »Er wird durchkommen.« In seiner Stimme lag ruhige Zuversicht.

»Ein zäher Polizist ist nicht so schnell umzubringen«, sagte Myles zu ihm und drückte ihm die Hand.

Jetzt wandte Tonys Mutter sich an Myles. »Ich glaube, daß Tony versucht, uns etwas mitzuteilen«, sagte sie.

»Er hat uns gesagt, was wir hören mußten. Daß Nicky Sepetti keinen Mordkontrakt auf meine Tochter ausgeschrieben hat.«

Rosa Vitale schüttelte den Kopf. »Ich war in den letzten zwei Tagen jede Stunde bei Tony. Das ist nicht alles. Er möchte uns noch etwas anderes wissen lassen.«

Tony wurde rund um die Uhr bewacht. Herb Schwartz gab dem jungen Polizisten, der im Schwesternzimmer der Intensivstation saß, ein Zeichen, zu ihm zu kommen. »Hören Sie genau hin«, wies er ihn an.

Myles und Herb fuhren zusammen im Lift hinunter. »Was hältst du von der Sache?« fragte Herb.

Myles zuckte die Achseln. »Wenn es etwas gibt, dem ich zu vertrauen gelernt habe, dann ist es der Instinkt einer Mutter.« Er dachte an den weit zurückliegenden Tag, als seine Mutter ihm gesagt hatte, er solle die nette Familie aufsuchen, die ihm im Krieg Obdach gewährt hatte. »Tony könnte an jenem Abend eine ganze Menge gehört haben. Sie müssen alles durchgesprochen haben, um Nicky das Gefühl zu geben, daß er wieder Bescheid wisse.«

Ein Gedanke schoß ihm durch den Kopf. »Übrigens, Herb, Neeve setzt mir zu, weil irgendeine Schriftstellerin, die sie kennt, eine Ethel Lambston, von der Bildfläche verschwunden ist. Bitte, sag deinen Jungens, daß sie nach ihr Ausschau halten sollen. Ungefähr sechzig. Einen Meter fünfundsiebzig groß. Gut angezogen. Platinblond gefärbtes Haar. Wahrscheinlich macht sie gerade irgendeinem armen Kerl das Leben schwer, den sie für ihre Zeitung interviewt, aber ...«

Der Aufzug hielt. Sie traten in die Eingangshalle hinaus, und Schwartz zog ein Notizbuch aus der Tasche. »Ich bin der Lambston schon in der Residenz des Bürgermeisters begegnet. Sie hat ihn sehr bei seiner Wahlkampagne unterstützt, und jetzt wird er sie kaum noch los. Eine etwas überspannte Person, nicht wahr?«

»So ist's.«

Sie mußten beide lachen.

»Warum macht denn Neeve sich ihretwegen Gedanken?«

»Weil sie schwört, Ethel Lambston habe am letzten Donnerstag oder Freitag ihre Wohnung ohne Wintermantel verlassen. Sie kauft alle ihre Kleider bei Neeve.«

»Vielleicht ist sie nach Florida oder in die Karibik

gefahren und wollte sich nicht mit einem Mantel belasten«, gab Herb zu bedenken.

»Das war eine von vielen Möglichkeiten, auf die ich Neeve auch schon hinwies, aber sie behauptet, daß sämtliche Kleidungsstücke, die in Ethels Schrank fehlen, für Winterwetter bestimmt sind. Neeve muß es ja wissen.«

Herb runzelte die Stirn. »Am Ende ist Neeve da einer Sache auf der Spur. Gib mir noch mal die Personenbeschreibung.«

Myles kehrte in die Ruhe und den Frieden der blitzsauberen Wohnung zurück. Neeves Anruf um halb sieben freute und beunruhigte ihn zugleich. »Du gehst zum Abendessen aus? Fein. Ich hoffe, er ist interessant.«

Dann erzählte sie ihm von dem Anruf von Ethels Neffen. »Du hast ihm geraten, die Drohung der Polizei zu melden. Das war richtig. Ich hab heute mit Herb über Ethel gesprochen. Ich werde ihn auch hierüber informieren.«

Myles begnügte sich für sein eigenes Abendessen mit Früchten, Crackers und einem Glas Mineralwasser. Während er aß und dabei Zeitung zu lesen versuchte, wurde er ständig unruhiger, daß er Neeves instinktiver Besorgnis, Ethel Lambston könnte etwas zugestoßen sein, zuwenig Beachtung geschenkt hatte.

Er goß sich noch ein Glas Perrier ein und ging seinem Unbehagen auf den Grund. Die telefonische Drohung, von der der Neffe berichtet hatte, klang nicht, als ob sie echt sei.

Neeve und Jack Campbell saßen im Restaurant des Hotels Carlyle. Neeve hatte sich umgezogen und trug statt des Jersey-Ensembles, das sie zur Arbeit angehabt hatte, ein Imprimékleid in zarten Farben. Jack hatte Drinks bestellt, einen Dry Martini mit Wodka und Oliven für sich, ein Glas Champagner für Neeve. »Sie erinnern mich an das Lied ›Ein hübsches Mädchen ist wie eine Melodie‹«, sagte er. »Darf man überhaupt heute jemand noch ›ein hübsches Mädchen‹ nennen oder wären Sie lieber eine ›gutaussehende junge Frau‹?«

»Ich bin für das Lied.«

»Ist das nicht eines der Kleider, die Ihre Puppen im Schaufenster gerade tragen?«

»Gut beobachtet. Wann haben Sie sie gesehen?«

»Gestern abend. Ich bin auch nicht zufällig vorbeigegangen. Ich war schrecklich neugierig.« Jack Campbell wirkte bei diesem Geständnis nicht im geringsten verlegen.

Neeve musterte ihn. Er trug einen dunkelblauen Anzug mit feinen hellgrauen Nadelstreifen. Unwillkürlich nickte sie beifällig zu dem Gesamteindruck, der Hermès-Krawatte, die genau das Blau aufnahm, dem Maßhemd, den schlichten goldenen Manschettenknöpfen.

»Habe ich das Examen bestanden?« fragte er.

Neeve lächelte ihn an. »Sehr wenig Männer bringen es fertig, eine wirklich zu ihrem Anzug passende Krawatte zu tragen. Ich lege meinem Vater seit Jahren die richtige Krawatte hin.«

Der Kellner kam mit den Drinks. Jack wartete, bis er wieder gegangen war, ehe er weitersprach. »Ich möchte ein bißchen mehr über Sie wissen. Angefangen mit der Frage, woher der Name Neeve kommt.«

»Er ist keltisch. Eigentlich wird er NIAMH geschrieben, aber Neeve ausgesprochen. Ich habe schon vor langer Zeit aufgegeben, das zu erklären. Und als ich mein Geschäft aufmachte, übernahm ich einfach die phonetische Schreibweise.«

»Wer war die ursprüngliche Neeve?«

»Eine Göttin. Man sagt, die genaue Übersetzung sei ›Morgenstern‹. Mir ist die Legende am liebsten, wonach sie auf die Erde herunterkam, um sich den Mann zu holen, den sie haben wollte. Lange Zeit waren sie glücklich, bis er den Wunsch hatte, die Erde wieder zu besuchen. Er wußte, daß er, falls seine Füße den Erdboden berührten, sein wirkliches Alter wiederbekäme. Den Rest können Sie sich denken. Er fiel vom Pferd, und die arme Niamh ließ ein Häufchen Knochen liegen und kehrte zurück in den Himmel.«

»Und das tun auch Sie Ihren Verehrern an?«

Sie brachen beide in Lachen aus. Neeve hatte den Eindruck, daß sie in stillschweigendem Einverständnis ein Gespräch über Ethel hinausschoben. Sie hatte Eugenia von der telefonischen Drohung erzählt, doch seltsamerweise hatte diese es beruhigend gefunden. »Wenn Ethel solche Anrufe kriegt, bedeutet das für mich, daß sie beschlossen hat, sich davonzumachen, bis die Gemüter sich beruhigt haben. Du hast dem Neffen geraten, es der Polizei zu melden. Dein Vater beschäftigt sich auch mit der Angelegenheit. Mehr kannst du nicht tun. Ich wette, daß die gute Ethel sich in einen Kurort verzogen hat.«

Neeve hätte es gerne geglaubt. Sie verbannte Ethel aus ihrem Kopf, trank ihren Champagner und lächelte Jack Campbell über den Tisch hinweg an.

Bei der Vorspeise, Sellerie mit Remouladensoße, sprachen sie über ihre Kindheit. Jacks Vater war Kinderarzt. Jack war in einem Vorort von Omaha aufgewachsen. Er hatte eine ältere Schwester, die noch in der Nähe der Eltern wohnte. »Tina hat fünf Kinder. Die Nächte sind kalt in Nebraska.« Während seiner Schulzeit hatte er in den Sommerferien in einer Buchhandlung gearbeitet und so begonnen, sich für das Verlagswesen zu begeistern. »Als ich mein Universitätsdiplom hatte, ging ich nach Chicago und arbeitete als Vertreter eines Verlags von Lehrbüchern. Eine gute Gelegenheit, um zu zeigen, daß man sich durchsetzen kann. Zu dieser Arbeit gehört auch, herauszufinden, ob einer der Professoren, denen man Bücher verkauft, vielleicht selber an einem Buch schreibt. Eine Dozentin verfolgte mich mit ihrer Autobiographie, bis ich ihr schließlich sagte: ›Madam, wir wollen den Tatsachen ins Auge sehen. Sie haben ein sehr langweiliges Leben gehabt.‹ Da beklagte sie sich bei meinem Chef.«

»Und Sie verloren Ihren Job?«

»Nein. Man ernannte mich zum Lektor.«

Neeve blickte sich im Raum um und ließ die diskrete Eleganz auf sich wirken, die feinen Porzellanteller, das schöne Besteck und die Damasttischtücher, die Blumenarrangements, dazu das angenehme Murmeln der Stimmen an den Nebentischen. Sie fühlte sich ungewöhnlich, unsinnig glücklich. Während sie ihre Lammkoteletts aßen, erzählte sie Jack von sich selbst. »Mein Vater kämpfte verbissen darum, mich auf die Universität zu schicken, aber ich war am liebsten zu Hause. Ich ging nach Mount St. Vincent, studierte ein Semester in Oxford und war auch ein Jahr auf der Universität in Perugia. In den Sommerferien und nach dem Unterricht arbeitete ich in Modegeschäften. Ich wußte immer schon, was ich einmal machen wollte. Mein größtes Vergnügen waren Modeschauen. Onkel Sal war fabelhaft. Nach dem Tod meiner Mutter ließ er mich mit dem Auto von der Schule abholen, und ich durfte ihn begleiten, wenn eine neue Kollektion präsentiert wurde.«

»Und was machen Sie in Ihrer Freizeit?«

Die Frage klang allzu beiläufig. Neeve wußte genau, warum er sie gestellt hatte, und mußte lächeln.

»Vier, fünf Sommer lang hab ich einen Teil eines Ferienhauses auf Long Island gemietet«, erzählte sie ihm. »Das war herrlich. Letztes Jahr mußte ich darauf verzichten, weil Myles zu krank war. Im Winter bin ich mindestens zwei Wochen in Vail zum Skilaufen. Ich war im Februar dort.«

»Mit wem fahren Sie hin?«

»Immer mit meiner besten Freundin, Julie. Die anderen Gesichter wechseln.«

»Und wie steht's mit Männern?« fragte er geradeheraus.

Neeve lachte. »Diese Frage hätte auch von Myles kommen können. Ich schwöre, daß er erst zufrieden ist, wenn er den Brautvater spielen kann. Natürlich habe ich eine Reihe Freundschaften gehabt, und ich bin praktisch während der ganzen Studienzeit mit demselben Jungen gegangen.«

»Was ist daraus geworden?«

»Er ging nach Harvard zum Studium, und ich interessierte mich mehr und mehr für Mode. So kamen wir einfach auseinander. Dann gab es einen Jeff und danach einen Richard, aber die wahre Liebe war es nie. Vor zwei Jahren hätte ich mich um ein Haar verlobt, mit Gene. Aber wir verkrachten uns bei einem Wohltätigkeitsball auf der *Intrepid*.«

»Dem Schiff?«

»Jaja. Die lag im Hudson River vor Anker. An einem Wochenende wurde ein Riesenfest gegeben. Ich kannte mindestens neunzig Prozent der Gäste. Im Laufe des Abends wurden Gene und ich in der Menge getrennt. Ich machte mir keine Sorgen, sondern dachte, daß wir uns irgendwann schon wieder finden würden. Als wir uns dann trafen, war er wütend. Er fand, ich hätte mich mehr bemühen müssen, ihn wiederzufinden. Ich lernte ihn da von einer Seite kennen, mit der ich nicht zusammenleben wollte.«

Neeve zuckte die Achseln. »Die Wahrheit ist,

daß ich den Passenden einfach noch nicht gefunden habe.«

»Bis jetzt«, sagte Jack lächelnd. »Sie kommen mir genauso vor wie die Neeve aus der Sage, die davonreitet und ihre Verehrer zurückläßt. Jetzt werde ich Ihnen ein bißchen von mir erzählen, obwohl Sie mich nicht gerade mit Fragen über mich bombardiert haben. Ich bin ebenfalls ein guter Skifahrer. Die letzten zwei Jahre war ich über Weihnachten in Arosa. Ich halte Ausschau nach einem Sommerhaus, wo ich auch ein Segelboot haben kann. Vielleicht zeigen Sie mir ein bißchen die Orte in Long Island. Genau wie Sie war ich auch ein paarmal drauf und dran, mich fest zu binden; vor vier Jahren habe ich mich sogar verlobt.«

»Was ist daraus geworden?« fragte Neeve.

Jack zog die Schultern hoch. »Sobald der Ring am Finger war, wurde die junge Dame überaus besitzergreifend. Ich sah voraus, daß ich ziemlich bald kaum noch würde frei atmen können. Ich glaube nämlich fest an Khalil Gibrans Ratschlag über die Ehe.«

»An die Säulen des Tempels, die getrennt stehen müssen?«

Neeve wurde mit einem Ausdruck belustigter Anerkennung belohnt. »Genau das.«

Sie warteten, bis sie ihre heißen Himbeeren gegessen hatten und einen Espresso tranken, ehe sie auf Ethel zu sprechen kamen. Neeve erzählte Jack von dem Anruf von Ethels Neffen und der Vermutung, daß Ethel sich irgendwo versteckt halten könnte. »Mein Vater ist in Verbindung mit seiner ehemaligen Dienststelle. Er wird veranlassen, daß man den Urheber der Drohung ausfindig macht. Ich muß ehrlich sagen, Ethel sollte dem armen Kerl wirklich die Zahlungen erlassen. Sie braucht die Alimente so nötig wie ein Loch im Kopf.«

Jack zog die gefalteten Blätter des Artikels aus der Tasche. Neeve sagte, daß sie ihn bereits gelesen hatte.

»Würden Sie ihn als beleidigend bezeichnen?« fragte Jack.

»Nein. Ich würde ihn eher komisch und frech und bissig und leicht lesbar und möglicherweise verleumderisch nennen. Es steht nichts darin, was nicht jedermann in der Branche bereits weiß. Ich bin nicht sicher, wie Onkel Sal reagieren wird, aber wie ich ihn kenne, legt er es sicher zu seinem Vorteil aus, daß seine Mutter Gemüse und Obst verkauft hat. Gedanken mache ich mir eher wegen Gordon Steuber. Mein Gefühl sagt mir, daß er gemein werden könnte. Was die anderen Designer betrifft, die Ethel aufs Korn genommen hat, so kann ich dazu nicht viel sagen.«

Jack nickte. »Meine nächste Frage: Glauben Sie, daß der Artikel irgendwelchen Stoff für ein aufsehenerregendes Buch enthält?«

»Nein. Selbst Ethel brächte das nicht fertig.«

»Ich habe das Originalmanuskript mit allen gestrichenen Passagen des Artikels. Ich hatte aber noch keine Gelegenheit, sie genauer anzusehen.«

Jack gab dem Ober ein Zeichen und erbat die Rechnung.

Auf der dem Carlyle gegenüberliegenden Straßenseite wartete Denny. Er wußte, daß er nur geringe Aussicht auf Erfolg hatte. Er war Neeve die ganze Madison Avenue hinunter bis zum Carlyle gefolgt, aber er hatte absolut keine Gelegenheit gehabt, nahe an sie heranzukommen. Zu viele Menschen. Kräftige Typen auf dem Heimweg von der Arbeit. Selbst wenn er imstande gewesen wäre, sie anzufallen, wäre er mit ziemlicher Sicherheit selber niedergeschlagen worden. Seine einzige Hoffnung war, daß Neeve alleine herauskommen, vielleicht zur Busstation oder vielleicht sogar den ganzen Weg nach Hause zu Fuß gehen würde. Doch als sie herauskam, war sie in Begleitung eines Mannes, und sie stiegen zusammen in ein Taxi.

Dennys Gesicht unter der Maske von Schmutz verzerrte sich vor lauter Enttäuschung. Wenn das Wetter weiterhin so blieb, würde sie sich nur noch in Taxis fortbewegen. Er mußte am Wochenende arbeiten. Er konnte es sich in gar keinem Fall erlauben, bei seinem Job Aufmerksamkeit zu erregen. Das bedeutete, daß er sich nur am frühen Morgen in der Nähe ihres Wohnhauses herumtreiben konnte, für den Fall, daß sie ins Geschäft oder zum Joggen ging, oder erst abends nach sechs Uhr.

Somit blieb nur der Montag. Und das Viertel der Kleiderfabrikanten. Ganz tief in seinem Inneren hatte Denny das Gefühl, daß es dort passieren würde. Er schlüpfte in einen Hauseingang, entledigte sich des zerlumpten Mantels, wischte Gesicht und Hände mit einem schmutzigen Handtuch ab, stopfte beides in die Einkaufstasche und machte sich auf zu einer Bar in der Third Avenue. Er lechzte nach einem Glas Bier mit einem Schuß Whisky.

Um zehn Uhr hielt das Taxi vor dem »Schwab House«. »Mein Vater nimmt gerne noch einen Schlaftrunk«, sagte Neeve zu Jack. »Kommen Sie mit?«

Wenig später tranken sie in Myles' Arbeitszimmer einen Kognak. Neeve spürte, daß irgend etwas ihren Vater bedrückte. Auch während er sich ungezwungen mit Jack unterhielt, hatte Myles einen besorgten Ausdruck im Gesicht. Sicher hatte er ihr etwas zu sagen, was er nicht jetzt besprechen wollte.

Jack erzählte Myles von seiner ersten Begegnung mit Neeve im Flugzeug. »Sie lief so rasch weg, daß ich ihre Telefonnummer nicht bekommen konnte. Und wie sie sagt, hat sie trotzdem ihren Anschluß verpaßt.«

»Das kann ich bezeugen«, sagte Myles. »Ich habe vier Stunden am Flughafen auf sie gewartet.«

»Ich muß gestehen, daß ich hocherfreut war, als sie neulich bei der Cocktailparty auf mich zukam und mich nach Ethel Lambston fragte. Nach dem, was Neeve mir gesagt hat, scheint Ethel Ihnen nicht gerade ans Herz gewachsen zu sein, Mr. Kearney.«

Neeve hielt den Atem an, als sie die Veränderung in Myles' Gesicht sah. »Jack«, sagte er, »eines Tages werde ich lernen, Neeves Intuition mehr Beachtung zu schenken.« Er wandte sich seiner Tochter zu.

»Herb rief vor zwei Stunden an. Im Morrison State Park hat man eine Leiche gefunden, auf die die Beschreibung von Ethel zutraf. Ihr Neffe wurde geholt, und er hat sie identifiziert.«

»Was ist mit ihr passiert?« flüsterte Neeve.

»Ihre Kehle war durchschnitten.«

Neeve schloß die Augen. »Ich *wußte* ja, daß etwas nicht stimmte. Ich *wußte* es!«

»Du hattest recht. Wie es scheint, haben sie auch schon einen Verdächtigen. Die Nachbarin aus dem oberen Stock kam heruntergerannt, als sie das Polizeiauto sah. Offenbar hatte Ethel am letzten Donnerstag eine Riesenkrach mit ihrem Ex-Mann. Seither hat niemand sie mehr gesehen. Am Freitag hielt sie die Verabredungen mit dir und ihrem Neffen nicht ein.«

Myles trank den letzten Schluck Kognak und stand auf, um sein Glas wieder zu füllen. »Für gewöhnlich trinke ich nicht noch einen zweiten Kognak, aber morgen vormittag wollen die Leute von der Mordkommission des 20. Reviers mit dir sprechen. Und die Bezirksanwaltschaft von Rockland County bittet, daß du hinauskommst, um die Kleider anzusehen, die Ethel trug. Sie wissen nämlich, daß die Leiche nach ihrem Tod transportiert worden ist. Ich sagte Herb, daß Ethel sämtliche Kleider bei dir kaufte und dir aufgefallen sei, daß keiner ihrer Mäntel fehlte. Aus dem Kostüm, das sie anhatte, waren die Etiketten herausgerissen. Sie möchten sehen, ob du es als ein Stück aus deinem Geschäft erkennst. Verdammt noch mal, Neeve«, rief Myles aus, »mir ist der Gedanke zuwider, daß du Zeugin in einem Mordfall sein sollst!«

Jack Campbell hielt sein leeres Glas zum Nachfüllen hin. »Mir ebenfalls«, sagte er mit ruhiger Stimme.

9

Irgendwann im Laufe der Nacht hatte der Wind gedreht und die tiefhängenden Wolken hinaus über den Atlantik geblasen. Der Samstag brach mit strahlendem Sonnenschein an. Aber die Luft war für die Jahreszeit immer noch ungewöhnlich frisch, und die Wettervorhersage im Radio kündigte neue Bewölkung und sogar leichte Schneeschauer am Nachmittag an. Neeve sprang mit einem Satz aus dem Bett. Sie hatte sich um halb acht mit Jack Campbell zum Joggen verabredet.

Sie zog einen Trainingsanzug und Laufschuhe an und band ihr schwarzes Haar zu einem Pferdeschwanz zusammen. Myles war schon in der Küche. Er runzelte die Stirn.

»Ich mag einfach nicht, daß du so früh allein joggen gehst.«

»Ich gehe gar nicht allein.«

Myles zog die Brauen hoch. »Aha. Das geht aber rasch. Er gefällt mir, Neeve.«

Sie goß Orangensaft ein. »Schraub deine Hoffnungen noch nicht zu hoch. Der Börsenmakler gefiel dir auch.«

»Das habe ich nie gesagt. Ich sagte, er käme mir anständig vor. Das ist ein Unterschied.«

Myles hörte auf zu scherzen. »Neeve, ich hab mir überlegt, daß es besser ist, wenn du zuerst nach Rockland County fährst und dort mit den Inspektoren sprichst, ehe du dich mit unseren Leuten hier triffst. Falls du recht hast, stammen die Kleider, die Ethel trug, aus deiner Boutique. Das ist das erste, was festgestellt werden muß. Danach, denke ich, solltest du nochmals mit dem Staubkamm durch ihren Kleiderschrank gehen und nachsehen, was genau sonst noch fehlt. Wir wissen, daß der Hauptverdacht der Mordkommission sich auf Ethels geschiedenen Mann richtet, aber man kann nichts als bewiesen annehmen.«

Die Gegensprechanlage summte. Neeve nahm den Hörer ab. Es war Jack. »Ich bin sofort unten«, sagte Neeve zu ihm.

»Um welche Zeit möchtest du nach Rockland County fahren?« fragte sie Myles. »Ich muß wirklich auch noch ein bißchen ins Geschäft gehen.«

»Mitte des Nachmittags wäre gut.« Als Neeve ihn erstaunt ansah, setzte er hinzu: »Im Fernsehen kommt die Direktübertragung der Begräbnisfeierlichkeiten für Nicky Sepetti. Da möchte ich in der ersten Reihe sitzen.«

Denny hatte um sieben Uhr seinen Posten bezogen. Um zwanzig nach sieben sah er einen großen Mann im Jogginganzug ins »Schwab House« gehen. Ein paar Minuten später kam Neeve Kearney mit ihm heraus. Sie liefen in Richtung Central Park. Denny stieß einen leisen Fluch aus. Wenn sie doch bloß allein gewesen wäre! Auf seinem Herweg war er quer durch den Park gegangen. Er war fast menschenleer gewesen. Überall hätte er sie niedermachen können. Er tastete nach dem Revolver in seiner Tasche. Gestern abend hatte Big Charley bei seiner Heimkehr auf der gegenüberliegenden Straßenseite im Auto auf ihn gewartet. Charley hatte das Fenster heruntergekurbelt und ihm eine braune Papiertüte gereicht. Als Denny sie entgegennahm, hatten seine Finger die Umrisse eines Revolvers gefühlt.

»Die Kearney macht uns langsam echte Schwierigkeiten«, hatte Big Charley zu ihm gesagt. »Es braucht nicht mehr nach einem Unfall auszusehen. Mach, daß du sie auf irgendeine Weise zu fassen kriegst.«

Er war sehr in Versuchung, ihnen in den Park zu folgen, sie alle beide zu erledigen. Aber das hätte Big Charley womöglich nicht gepaßt.

Denny begann, in die entgegengesetzte Richtung zu gehen. Er hatte sich heute in einen weiten Pullover gehüllt, der ihm bis zu den Knien reichte, zerrissene Hosen und Ledersandalen angezogen und eine Strickmütze aufgesetzt, die früher einmal leuchtend gelb gewesen war. Darunter trug er eine graue Perücke, und fettige graue Strähnen klebten ihm auf der Stirn. Er sah aus wie ein leicht umnebelter Drogensüchtiger. In der anderen Aufmachung glich er einem Säufer. Auf diese Weise würde niemand sich an einen bestimmten Typ erinnern können, der sich in der Nähe von Neeve Kearneys Wohnblock aufgehalten hatte.

Als er eine Münze in das Drehkreuz der U-Bahn-Station warf, dachte Denny, daß er eigentlich von Big Charley eine Zulage verlangen müßte für das, was ihn der ständige Kleiderwechsel kostete.

Neeve und Jack betraten den Central Park auf der Höhe der 79. Straße. Sie liefen zuerst ein Stück in östlicher, danach in nördlicher Richtung. Als sie sich dem Metropolitan Museum näherten, bog Neeve instinktiv wieder nach Westen ab. Sie wollte nicht an der Stelle vorbeilaufen, wo ihre Mutter gestorben war. Jack warf ihr einen erstaunten Blick zu. »Verzeihung«, sagte Neeve. »Sie führen ja.«

Sie bemühte sich krampfhaft, geradeaus zu schauen, konnte aber nicht umhin, einen kurzen Blick in die Gegend hinter den kahlen Bäumen zu werfen. *Der Tag, an dem ihre Mutter nicht gekommen war, um sie von der Schule abzuholen. Die Vorsteherin, Schwester Maria, hatte ihr vorgeschlagen, im Büro zu warten und schon damit zu beginnen, ihre Hausaufgaben zu machen. Es wurde beinahe finster, bis Myles sie holen kam. Da wußte sie bereits, daß etwas Schlimmes geschehen war. Ihre Mutter kam nie zu spät.*

Als sie aufblickte und Myles vor sich stehen sah, mit rotgeränderten Augen und einem Ausdruck voller Verzweiflung und Mitleid, hatte sie sofort Bescheid gewußt. Sie hatte ihm die Arme entgegengestreckt. »Ist Mama tot?«.

»Mein armes, kleines Kind«, hatte Myles gesagt

und sie auf den Arm genommen und an sich gedrückt. »Mein armes, kleines Kind.«

Neeve spürte, daß ihr Tränen in die Augen traten. Mit einem raschen Spurt rannte sie bis ans Ende des stillen Weges, vorbei am Anbau des Museums mit der ägyptischen Abteilung. Erst als sie schon fast beim großen Reservoir angelangt war, verlangsamte sie ihr Tempo wieder.

Jack hatte mit ihr Schritt gehalten. Jetzt ergriff er ihren Arm. »Neeve.« Es war eine Frage. Als sie sich nach Westen und dann wieder nach Süden wandten und allmählich in ein rasches Spaziergängertempo fielen, erzählte sie ihm von Renata.

Sie verließen den Park wieder bei der 79. Straße. Die letzten Häuserblocks bis zum »Schwab House« gingen sie nebeneinander her und hielten sich an den Händen.

Als Ruth am Samstag morgen um sieben Uhr das Radio einschaltete, hörte sie die Nachricht von Ethels Tod. Um Mitternacht hatte sie eine Schlaftablette genommen und war daraufhin mehrere Stunden in einen schweren, betäubenden Schlaf gesunken, der erfüllt war von Alpträumen, an die sie sich nur dunkel erinnerte. Seamus war verhaftet. Seamus stand vor Gericht. Diese Teufelin Ethel sagte gegen ihn aus. Vor mehreren Jahren hatte Ruth in einer Anwaltspraxis gearbeitet und wußte daher einigermaßen Bescheid, welche Art von Anklagen gegen Seamus erhoben werden konnten.

Doch als sie jetzt die Nachrichten hörte, stellte

sie die Teetasse mit zitternden Fingern auf den Tisch. Sie erkannte, daß noch ein Anklagepunkt hinzukam: *Mord.*

Sie stieß den Stuhl vom Tisch zurück und rannte ins Schlafzimmer. Seamus war erst im Begriff zu erwachen. Er schüttelte den Kopf und fuhr sich mit der Hand übers Gesicht, eine Geste, die Ruth schon immer gereizt hatte.

»Du hast sie umgebracht!« brüllte sie. »Wie soll ich dir helfen, wenn du mir nicht die Wahrheit sagst!«

»Von was redest du?«

Vehement stellte sie das Radio an. Der Nachrichtensprecher berichtete gerade, wie und wo man Ethel gefunden hatte.

»Jahrelang bist du mit den Kindern in den Morrison State Park zum Picknicken gefahren«, schrie sie. »Du kennst die Gegend wie deine Hosentasche. *Sag mir endlich die Wahrheit! Hast du sie erstochen?*«

Eine Stunde später, wie gelähmt vor Entsetzen, machte Seamus sich auf zu seiner Bar. Man hatte Ethels Leiche gefunden. Er wußte, daß die Polizei ihn abholen würde.

Am Vortag hatte Brian, der Barkeeper, die Tages- und Abendschicht arbeiten müssen. Um seine Unzufriedenheit zu zeigen, hatte er das Lokal schmutzig und unaufgeräumt zurückgelassen. Der junge Vietnamese, der sich um die Küche kümmerte, war schon da. Wenigstens einer, der bereit war zu arbeiten. »Meinen Sie wirklich, daß Sie schon herkommen sollten, Mr. Lambston?« fragte er. »Sie sehen immer noch krank aus.«

Seamus suchte sich zu erinnern, was Ruth ihm eingeschärft hatte. »*Sag, daß du einen Anflug von Grippe hattest. Du bleibst praktisch nie von der Arbeit weg. Sie müssen dir glauben, daß du gestern wirklich krank warst, daß du auch am Wochenende krank warst. Sie müssen unbedingt glauben, daß du am letzten Wochenende deine Wohnung überhaupt nicht verlassen hast. Hast du mit irgend jemand gesprochen? Hast du irgendwen gesehen? Die Nachbarin wird unweigerlich erzählen, daß du letzte Woche ein paarmal dort gewesen bist.*«

»Ich werde diesen scheußlichen Virus nicht los«, murmelte er. »Gestern fühlte ich mich schlecht, aber am Wochenende war ich richtig krank.«

Ruth rief um zehn Uhr an. Wie ein folgsames Kind hörte er zu und wiederholte Wort für Wort, was sie ihm auftrug.

Um elf Uhr öffnete er das Lokal. Gegen zwölf erschienen allmählich die wenigen verbliebenen Stammgäste. »Seamus«, rief einer von ihnen mit Stentorstimme und verzog das Gesicht zu einem jovialen Lächeln, »traurige Nachrichten, was die arme Ethel betrifft, aber großartig für Sie, daß Sie die Alimente los sind. Spendieren Sie eine Runde?«

Um zwei Uhr, kurz nachdem der nicht allzu lebhafte Mittagsbetrieb verebbt war, betraten zwei Männer die Bar. Der eine, Anfang fünfzig, mit breiten Schultern und einem rotbackigen Gesicht, sah schon von weitem wie ein Polizist aus. Sein

Begleiter war ein schlanker Lateinamerikaner Ende zwanzig. Sie wiesen sich aus als die Inspektoren O'Brien und Gomez vom 20. Polizeirevier.

»Mr. Lambston«, fragte O'Brien ganz ruhig, »wissen Sie, daß Ihre frühere Frau, Ethel Lambston, im Morrison State Park gefunden wurde und daß sie das Opfer eines Mords ist?«

Seamus klammerte sich an den Rand der Bartheke. Seine Handknöchel wurden weiß, er nickte nur und brachte kein Wort heraus.

»Würden Sie bitte mit uns ins Revier kommen?« sagte Inspektor O'Brien und räusperte sich. »Wir möchten Ihnen gerne ein paar Fragen stellen.«

Sobald Seamus in sein Lokal gegangen war, hatte Ruth in Ethel Lambstons Wohnung angerufen. Der Hörer wurde abgenommen, aber niemand meldete sich. Schließlich sagte sie: »Ich möchte bitte mit Ethel Lambstons Neffen, Douglas Brown, sprechen. Hier ist Ruth Lambston.«

»Was wollen Sie?« Ruth erkannte die Stimme des Neffen.

»Ich muß Sie sehen. Ich bin gleich bei Ihnen.«

Zehn Minuten später setzte ein Taxi sie vor Ethels Haus ab. Während sie ausstieg und den Fahrer bezahlte, blickte sie nach oben. Im dritten Stock bewegte sich ein Vorhang. Die lieben Nachbarn, die nichts verpassen wollten!

Douglas Brown hatte bereits Ausschau nach ihr gehalten. Er öffnete die Tür und trat einen Schritt zurück, um sie hereinzulassen. Die Wohnung war noch immer ungewöhnlich gut aufgeräumt, obwohl Ruth eine feine Staubschicht auf dem Tisch bemerkte. In New York mußte man täglich Staub wischen.

Erstaunt, daß sie in diesem Augenblick überhaupt an so etwas denken konnte, stand sie jetzt Douglas gegenüber. Sie bemerkte den teuren Morgenmantel und den seidenen Pyjama, der darunter hervorsah. Douglas' Augen waren verschwollen, als ob er getrunken hätte. Seine regelmäßigen Züge hätten schön sein können, wenn sie markanter gewesen wären. So erinnerten sie Ruth an Sandburgen, die Kinder am Strand bauen und die von Wind und Wasser wieder eingeebnet werden.

»Was wollen Sie?« fragte er.

»Ich will weder Ihre noch meine Zeit damit verschwenden zu sagen, ich sei betrübt über Ethels Tod. Ich will den Brief holen, den Seamus ihr geschrieben hat, und ich will, daß Sie dies an seine Stelle tun.« Sie hielt ihm einen Umschlag hin. Er war nicht zugeklebt. Douglas öffnete ihn. Er enthielt einen am 5. April datierten Alimentenscheck.

»Was versuchen Sie vorzutäuschen?«

»Ich täusche gar nichts vor. Ich mache einfach einen Tausch. Geben Sie mir den Brief zurück, den Seamus an Ethel geschrieben hat. Und merken Sie sich folgendes: Der Grund von Seamus' Kommen am letzten Mittwoch war, Ethel den Alimentenscheck zu bringen. Ethel war nicht zu Hause. Am Donnerstag kam Seamus noch einmal, weil er befürchtete, den Umschlag nicht genügend tief in ihren Briefkasten gesteckt zu haben. Er wußte, daß sie ihn verklagen würde, wenn der Scheck nicht da war.«

»Warum sollte ich darauf eingehen?«

»Weil Seamus Ethel letztes Jahr fragte, wem sie eigentlich ihr ganzes Geld hinterlassen wolle. Darum. Sie antwortete ihm, daß sie gar keine Wahl hätte, Sie seien ihr einziger Verwandter. Aber letzte Woche erzählte Ethel Seamus, daß Sie sie bestehlen und sie deshalb vorhabe, ihr Testament zu ändern.«

Ruth sah, wie Douglas kreidebleich wurde. »Sie lügen!«

»Meinen Sie?« fragte Ruth. »Ich gebe *Ihnen* eine Chance, und Sie werden Seamus eine Chance geben. Wir halten den Mund wegen Ihrer Diebstähle, und Sie halten den Mund wegen des Briefes.«

Wider Willen empfand Douglas Bewunderung für die Frau, die ihm so entschlossen entgegentrat.

So wie sie dastand, die Handtasche unter den Arm geklemmt, mit ihrem Allwettermantel, praktischen Halbschuhen, der randlosen Brille, die ihre blaßblauen Augen vergrößerte, dem strengen, schmallippigen Mund, wußte er, daß sie nicht bluffte.

Er richtete den Blick gegen die Zimmerdecke. »Sie scheinen zu vergessen, daß das Klatschmaul da oben jedem, der es hören will, erzählt, Seamus und Ethel hätten am Tag, bevor Ethel nicht zu ihren Verabredungen erschien, einen Riesenkrach gehabt.«

»Ich habe mit der Frau gesprochen. Sie kann kein einziges Wort wiedergeben. Behauptet nur, sie habe laute Stimmen gehört. Seamus spricht immer sehr laut. Und Ethel kreischte, sobald sie den Mund aufmachte.«

»Sie scheinen wirklich an alles gedacht zu haben«, bemerkte Doug. »Ich hole den Brief.« Er ging ins Schlafzimmer.

Geräuschlos trat Ruth an den Schreibtisch. Neben einem Stapel von Briefen sah sie den Rand des Dolchs mit dem rotgoldenen Griff, den Seamus ihr beschrieben hatte. Im nächsten Augenblick befand er sich in ihrer Handtasche. War es nur Einbildung, daß er sich klebrig anfühlte?

Als Douglas Brown mit Seamus' Brief wieder aus dem Schlafzimmer kam, warf Ruth rasch einen Blick darauf und steckte ihn tief in das Außenfach ihrer Handtasche. Ehe sie wegging, gab sie Doug die Hand. »Es tut mir sehr leid, daß Ihre Tante tot ist, Mr. Brown«, sagte sie. »Seamus hat mich gebeten, Ihnen auch sein Beileid auszudrücken. Trotz aller Schwierigkeiten, die er und Ethel hatten, gab es doch eine Zeit, wo sie sich liebten und glücklich miteinander waren. Diese Zeit wird er in Erinnerung behalten.«

»Mit anderen Worten«, erwiderte Douglas kalt, »wenn die Polizei Fragen stellt, war dies der offizielle Grund Ihres Besuchs.«

»Sehr richtig. Der inoffizielle Grund ist, daß,

wenn Sie sich an die Abmachungen halten, weder Seamus noch ich bei der Polizei auch nur das geringste darüber verlauten lassen, daß Ihre Tante Sie enterben wollte.«

Ruth kehrte nach Hause zurück und begann mit geradezu religiösem Eifer, die Wohnung zu putzen. Sie scheuerte die Wände, nahm die Vorhänge ab und legte sie zum Einweichen in die Badewanne. Der zwanzig Jahre alte Staubsauger wimmerte müde, als sie mit ihm über den abgetretenen Spannteppich fuhr.

Während sie sich so zu schaffen machte, wurde Ruth von dem Gedanken verfolgt, wie sie den Dolch loswerden konnte.

Alle sich automatisch anbietenden Orte schieden aus. Der Müllschlucker? Was, wenn die Polizei die Abfallcontainer untersuchte? Sie wollte ihn auch nicht in einen Abfallcontainer irgendwo auf der Straße werfen. Vielleicht wurde sie beobachtet, und ein Polizist holte ihn wieder heraus.

Zwischendurch rief sie Seamus an und wiederholte mit ihm, was er aussagen sollte, wenn er befragt würde.

Sie konnte es nicht länger aufschieben. Sie mußte sich entscheiden, was sie mit dem Dolch tun wollte. Sie nahm ihn aus der Handtasche, hielt ihn unter kochendheißes Wasser und rieb dann mit Messingpolitur auf ihm herum. Auch so kam er ihr immer noch klebrig vor – klebrig von Ethels Blut.

Sie empfand keinen Funken Mitleid für Ethel. Es

kam einzig und allein darauf an, ihren Töchtern eine fleckenlose Zukunft zu sichern.

Voller Abscheu starrte sie auf den Dolch. Er sah jetzt nagelneu aus. So ein verrücktes indisches Ding mit rasiermesserscharfer Klinge und einem kunstvoll in Rot und Gold verzierten Griff. Wahrscheinlich sehr kostbar.

Nagelneu.

Natürlich! Es war ja so einfach, so leicht. Jetzt wußte sie genau, wo sie ihn verstecken mußte.

Um zwölf Uhr machte Ruth sich auf zu Prahm und Singh, einem indischen Kunsthandwerkgeschäft in der Sixth Avenue. Sie ging von einem Regal zum andern, blieb vor Ausstellungstischen stehen, inspizierte eingehend die Körbe voll Kleinkram. Schließlich fand sie, was sie gesucht hatte, einen großen Korb voller Brieföffner. Die Griffe waren billige Imitationen des kunstvollen Musters auf Ethels antikem Stück. Aufs Geratewohl nahm sie einen in die Hand. Dann zog sie aus ihrer Handtasche Ethels Dolch hervor, ließ beide Stücke in den Korb fallen und wühlte noch ein bißchen darin herum, bis sie sicher war, daß die Mordwaffe ganz unten auf dem Boden lag.

»Kann ich Ihnen behilflich sein?« fragte ein Verkäufer.

Erschrocken blickte Ruth auf. »Ach ja ... Ich wollte gerade ... ich meine, ich würde mir gerne ein paar Untersetzer ansehen.«

»Die sind dort drüben. Ich werde sie Ihnen zeigen.«

Um ein Uhr war Ruth wieder zu Hause, goß sich eine Tasse Tee auf und wartete, daß ihr Herzklopfen nachließ. Niemand wird ihn dort finden, tröstete sie sich selber. Niemals, niemals ...«

Nachdem Neeve ins Geschäft gegangen war, schenkte Myles sich noch einmal Kaffee ein und dachte über die Tatsache nach, daß Jack Campbell sie nach Rockland County begleiten wollte.

Jack hatte ihm auf Anhieb sehr gut gefallen. Seit Jahren schärfte er Neeve immer wieder ein, sie dürfe sich nicht zu sehr auf die Vorstellung von Liebe auf den ersten Blick verlassen. Mein Gott, dachte er, ist es doch möglich, daß der Blitz zweimal einschlägt?

Um Viertel nach zehn machte er es sich in seinem tiefen Ledersessel bequem und sah zu, wie die Fernsehkameras Nicky Sepettis Begräbnis übertrugen. Drei mit teuren Blumenarrangements beladene Wagen fuhren vor dem Sarg her zur Kirche. In einer Flotte von gemieteten Limousinen folgten die Trauernden und jene, die vorgaben zu trauern. Myles wußte, daß der FBI und die Staatsanwaltschaft und auch die Polizei ihre Leute geschickt hatten, die sich die Nummern der Privatwagen notierten und die Gesichter der Leute fotografierten, die in die Kirche strömten.

Nickys Witwe wurde von einem stämmigen, etwa vierzigjährigen Mann und einer etwas jüngeren Frau begleitet, die in ein schwarzes Cape mit Kapuze gehüllt war, die ihr Gesicht fast verdeckte.

Alle drei trugen dunkle Brillen. Der Sohn und die Tochter wollten nicht erkannt werden, schloß Myles. Er wußte, daß beide sich von Nickys Partnern ferngehalten hatten. Kluge Kinder.

Die Übertragung wurde aus dem Inneren der Kirche fortgesetzt. Myles dämpfte den Ton und ging zum Telefon, wobei er nach wie vor den Bildschirm im Auge behielt. Herb war in seinem Büro.

»Hast du die *News* und die *Post* gelesen?« fragte Herb. »Die spielen den Mord an Ethel Lambston wirklich hoch.«

»Ich hab's gesehen.«

»Unsere Ermittlungen konzentrieren sich immer noch auf den Ex-Mann. Mal sehen, was bei der Haussuchung zum Vorschein kommt. Die Auseinandersetzung, die die Nachbarin am letzten Donnerstag mit anhörte, könnte damit geendet haben, daß er sie erdolchte. Andererseits kann er ihr so viel Angst eingejagt haben, daß sie sich entschloß, die Stadt zu verlassen, und daß er ihr gefolgt ist. Myles, von dir habe ich gelernt, daß jeder Mörder eine Visitenkarte hinterläßt. Die werden wir auch in diesem Fall finden.«

Sie machten ab, daß Neeve die Beamten der Mordkommission vom 20. Polizeirevier am Sonntag nachmittag in Ethels Wohnung treffen sollte. »Ruf mich an, wenn ihr in Rockland County irgend etwas erfahrt, das von Interesse sein könnte«, bat Herb. »Der Bürgermeister möchte verkünden, daß der Fall gelöst ist.«

»Sonst noch was?« bemerkte Myles lakonisch. »Ich sag dir Bescheid.«

Er stellte den Ton des Fernsehers wieder auf normale Lautstärke und sah zu, wie der Priester die sterblichen Überreste von Nicky Sepetti segnete. Dann wurde der Sarg aus der Kirche getragen, während der Chor »Fürchte dich nicht« sang. Myles hörte auf die Worte. »Fürchte dich nicht, denn ich werde immer bei dir sein.« *Du* bist bei mir gewesen, Tag und Nacht, siebzehn Jahre lang, du Hund! dachte er. Vielleicht werde ich, wenn du unter der Erde bist, endlich von dir befreit sein.

Nickys Witwe erschien auf der Kirchentreppe. Sie wandte sich plötzlich um und ging auf den nächsten Fernsehkommentator zu. Während ihr Gesicht auf dem Bildschirm erschien, ein müdes, resigniertes Gesicht, begann sie zu sprechen. »Ich möchte eine Erklärung abgeben. Eine Menge Leute waren nicht einverstanden mit den Geschäften meines Mannes – möge seine Seele in Frieden ruhen. Für diese Geschäfte wurde er ins Gefängnis geschickt. Man hat ihn aber viele weitere Jahre im Gefängnis behalten wegen eines Verbrechens, das er nicht begangen hatte. Auf dem Totenbett hat Nicky mir geschworen, daß er nichts zu tun hatte mit der Ermordung von Commissioner Kearneys Ehefrau. Denken Sie von ihm, was Sie wollen, aber halten Sie ihn nicht für den Verantwortlichen an jenem Tod.«

Ein Hagel von Fragen, die unbeantwortet blieben, folgte ihr, als sie zu ihren Kindern zurückging und sich neben sie stellte. Myles schaltete den Fernseher aus. Ein Lügner bis an sein Ende, dachte er. Doch während er sich eine Krawatte umband und mit geschickten, raschen Bewegungen knotete, merkte er, daß der Keim des Zweifels in seinem Kopf gelegt worden war.

Nachdem er erfahren hatte, daß Ethel Lambstons Leiche gefunden worden war, stürzte Gordon Steuber sich in fieberhafte Aktivität. Er ordnete die Räumung seines letzten illegalen Ateliers in Long Island City an und ließ die Schwarzarbeiter vor den Folgen warnen, wenn sie der Polizei etwas sagten. Dann telefonierte er mit Korea, um eine erwartete Lieferung aus einer seiner dortigen Fabriken abzubestellen. Als er erfuhr, daß die Ware bereits auf dem Flugplatz verladen wurde, warf er mit einer wütenden Geste das Telefon an die Wand. Dann zwang er sich zu vernünftigen Überlegungen und versuchte, das Ausmaß des Schadens abzuschätzen. Welche Beweise hatte Ethel Lambston wirklich gehabt, und wieviel war nur Bluff gewesen? Wie konnte er sich, wenn der Artikel erschien, am besten aus der Affäre ziehen?

Obwohl es Samstag war, saß May Evans, seine langjährige Sekretärin, im Büro, um einige Akten aufzuarbeiten. May war mit einem Trinker verheiratet und hatte einen halbwüchsigen Jungen, der laufend in Schwierigkeiten geriet. Mindestens ein halbes Dutzend Mal hatte Steuber Schadenersatz bezahlt und ihn vor einer Anzeige bewahrt. Auf

Mays Verschwiegenheit konnte er zählen. Er bat sie in sein Büro.

Steuber hatte sich wieder beruhigt und betrachtete May eingehend, ihre trockene, bereits ganz faltige Haut, die ängstlichen, niedergeschlagenen Augen, ihr hastiges, geflissentliches Gebaren. »May«, begann er. »Sie haben vermutlich von Ethel Lambstons tragischem Tod gehört.«

May nickte.

»May, ist Ethel vor ungefähr zehn Tagen an einem Abend hiergewesen?«

May blickte ihn unsicher an. »An einem Abend bin ich ein bißchen länger hiergeblieben. Außer Ihnen war niemand mehr da. Ich glaube, daß ich Ethel hereinkommen sah und daß Sie sie vor die Tür setzten. Irre ich mich?«

Gordon lächelte. »Ethel ist nicht hiergewesen, May.«

Sie nickte. »Ich verstehe. Haben Sie letzte Woche ihren Anruf entgegengenommen? Ich glaube, daß ich ihn durchgestellt habe. Sie wurden sehr wütend und hängten auf.«

»Ich habe den Anruf nie entgegengenommen.« Gordon ergriff Mays blaugeäderte Hand und drückte sie leicht. »Meiner Erinnerung nach habe ich mich geweigert, mit ihr zu sprechen oder sie zu empfangen, und ich habe keine Ahnung, was sie in ihrem demnächst erscheinenden Artikel über mich geschrieben haben könnte.«

May entzog ihm ihre Hand und trat vom Schreibtisch zurück. Ihr glanzloses braunes Haar ringelte sich um ihr Gesicht. »Ich verstehe, Mr. Steuber«, sagte sie ganz ruhig.

»Gut. Bitte schließen Sie die Tür ab, wenn Sie gehen.«

Genau wie Myles sah auch Anthony della Salva sich Nicky Sepettis Begräbnis im Fernsehen an. Sal lebte in einer Wohnung mit Terrasse im obersten Stockwerk des »Trump Park«, dem luxuriösen Wohngebäude, das von Donald Trump für sehr reiche Leute renoviert worden war. Die Wohnung, die vom neusten arrivierten Innenarchitekten nach Motiven des Südsee-Looks eingerichtet war, hatte eine atemberaubende Aussicht auf den Central Park. Seit der Scheidung von seiner letzten Frau hatte Sal beschlossen, in Manhattan zu bleiben. Er wollte keine abgelegenen Villen mehr in Westchester oder Connecticut oder Long Island bewohnen. Er liebte es, zu jeder Nachtstunde ausgehen zu können und ein Restaurant zu finden, das noch offen hatte. Er liebte Theaterpremieren und elegante Partys und genoß es, von Leuten erkannt zu werden, die eine Rolle spielten.

»Überlassen wir die Provinz den Hinterwäldlern«, war sein Wahlspruch.

Sal trug eine seiner neusten Kreationen, Hosen und Lumber aus feinstem Ziegenleder. Dunkelgrüne Manschetten und ein dunkelgrüner Kragen betonten die sportliche Note. Die Modekritiker hatten seine beiden letzten großen Kollektionen nicht gerade freundlich beurteilt, seine männliche

Linie jedoch mit gewissen Vorbehalten gelobt. Die wirklichen Stars der Branche blieben natürlich die Couturiers, die die weibliche Mode revolutionierten. Doch was auch immer über Sals Kollektionen gesagt oder nicht gesagt wurde, er galt nach wie vor als einer der bahnbrechenden Modeschöpfer des 20. Jahrhunderts.

Sal dachte an den Tag vor zwei Monaten, als Ethel Lambston zu ihm ins Büro gekommen war. Der nervös plappernde Mund, die Angewohnheit, immer hastig zu sprechen. Sie hatte auf die Wand mit dem Südsee-Look-Motiv gedeutet und »Das ist genial!« gesagt.

»Selbst eine schnüffelnde Journalistin wie Sie erkennt die Wahrheit, Ethel«, hatte er erwidert, worauf sie beide lachen mußten.

»Kommen Sie schon«, hatte sie ihm zugesetzt, »seien Sie aufrichtig und vergessen Sie den ganzen Quatsch von wegen Villa in Rom. Was ihr Herrschaften immer noch nicht kapiert habt: Der ganze falsche Schein von Adel beeindruckt nicht mehr. Wir leben in der Welt des Burger King. Heute muß man aus einfachen Verhältnissen stammen. Ich tue Ihnen geradezu einen Gefallen, wenn ich die Leute wissen lasse, daß Sie in der Bronx aufgewachsen sind.«

»Es gibt eine Menge Leute in meiner Umgebung, die mehr zu verstecken haben als eine bescheidene Herkunft, Ethel. Ich schäme mich gar nicht.«

Sal sah zu, wie der Sarg mit Nicky Sepetti die Kirchentreppe hinuntergetragen wurde. Das reicht, dachte er und wollte gerade den Apparat ausschalten, als Sepettis Witwe das Mikrophon ergriff und verkündete, ihr Mann habe nichts mit der Ermordung von Renata zu tun gehabt.

Eine Weile blieb Sal mit gefalteten Händen sitzen. Er war sicher, daß auch Myles sich die Übertragung ansah. Er wußte, wie Myles zumute sein mußte, und beschloß, ihn anzurufen. Zu seiner Erleichterung sprach Myles ganz gefaßt mit ihm. Ja, er hatte das Intermezzo auch gesehen, sagte er.

»Meiner Meinung nach hoffte Sepetti, daß seine Kinder ihm glauben«, bemerkte Sal. »Sie sind beide gut verheiratet und möchten sicher nicht, daß die Enkelkinder erfahren, daß ihr Großvater in den Akten der Polizei registriert ist.«

»Das ist die nächstliegende Erklärung«, antwortete Myles. »Mein Gefühl sagt mir allerdings, daß ein Geständnis auf dem Totenbett, um seine Seele zu retten, eher Nickys Stil entsprach.« Er brach ab. »Ich muß jetzt gehen. Neeve wird gleich da sein. Sie hat die unangenehme Aufgabe, festzustellen, ob die Kleider, die Ethel trug, aus ihrem Geschäft stammen.«

»Ich hoffe für sie, daß es nicht der Fall ist«, sagte Sal. »Sie hat diese Art von Publizität nicht nötig. Sag Neeve, sie soll vorsichtig sein, sonst sagen die Leute, sie möchten in ihren Kleidern nicht begraben sein. Mehr ist nicht nötig, um den Ruf von ›Neeve's Boutique‹ zu ruinieren.«

Um drei Uhr stand Jack Campbell vor der Wohnungstür der Kearneys. Neeve hatte sich, nachdem sie aus dem Geschäft nach Hause gekommen war, umgezogen und trug einen rot-schwarz karierten hüftlangen Rippenpullover und lange Hosen. Den Harlekin-Eindruck unterstrichen die Ohrgehänge, die sie selber für dieses Ensemble entworfen hatte: Masken der Komödie und der Tragödie aus Onyx und Granaten.

»Ihre Hoheit, die Schachkönigin«, bemerkte Myles trocken, als er Jack die Hand schüttelte.

Neeve zuckte die Achseln. »Ich kann dir nur sagen, Myles, daß mir das, was wir jetzt zu tun haben, nicht besonders angenehm ist. Aber Ethel, die so viel Freude an der Mode fand, hätte dieses neue Modell gefallen.«

Die letzten Strahlen der verschwindenden Sonne gaben Myles' Arbeitszimmer eine freundliche Wärme. Die Wettervorhersage erwies sich als richtig. Wolken zogen über dem Hudson River auf. Jack betrachtete wohlgefällig einige Dinge, die ihm am Vorabend entgangen waren. Das hübsche kleine Ölbild der toskanischen Hügel, das links neben dem Kamin hing. Die gerahmte sepiafarbene Fotografie eines kleinen Kindes auf den Armen einer dunkelhaarigen jungen Frau von beeindruckender Schönheit. Was mochte es heißen, die Frau, die man liebte, durch einen Mörder zu verlieren? Der Schmerz mußte unerträglich sein.

Er bemerkte, daß Neeve und ihr Vater sich mit demselben trotzigen Gesicht anstarrten. Die

Ähnlichkeit war so groß, daß er am liebsten gelächelt hätte. Er spürte jedoch, daß das Thema Mode offenbar ein ständiger Anlaß für kleine Auseinandersetzungen zwischen ihnen war, in die er lieber nicht hineingezogen werden wollte. Er ging zum Fenster, wo ein sichtlich beschädigtes Buch zum Trocknen in der Sonne lag.

Myles hatte frischen Kaffee gemacht und goß ihn in schöne Porzellanbecher von Tiffany. »Eins kannst du mir glauben, Neeve«, sagte er, »deine Freundin Ethel braucht künftig keine Unsummen mehr für extravagante Kleider auszugeben. Sie liegt jetzt im Evaskostüm auf einem Tisch im Leichenschauhaus mit einer Identitätsetikette am großen Zeh.«

»Hat Mutter auch so geendet?« entfuhr es Neeve mit leiser, wütender Stimme. Dann hielt sie erschrocken inne, rannte zu ihrem Vater und legte ihm beide Hände auf die Schultern. »Oh, Myles, verzeih! Das war gemein von mir, so etwas zu sagen.«

Myles stand unbeweglich wie eine Statue mit der Kaffeekanne in der Hand. Eine Ewigkeit von zwanzig Sekunden verstrich.

»Ja«, sagte er dann, »genau so hat auch deine Mutter geendet. Und es war gemein von uns beiden, so etwas zu sagen.«

Er wandte sich an Jack. »Entschuldigen Sie den Familienstreit. Zu ihrem Glück oder Unglück hat meine Tochter ein italienisches Temperament gepaart mit irischer Empfindlichkeit geerbt. Ich für mein Teil habe nie begriffen, daß Frauen so viel Theater um Kleider machen können. Meine eigene Mutter trug während der Woche Kittelschürzen und hatte ein bedrucktes Kleid mit Blumenmuster für die Messe am Sonntag und für die Festessen des Polizeiklubs. Über dieses Thema habe ich mit Neeve, genau wie früher mit ihrer Mutter, interessante Diskussionen.«

»Das habe ich gemerkt.« Jack nahm sich einen Becher von dem Tablett, das Myles ihm hinhielt. »Ich bin froh, daß auch noch andere Leute zuviel Kaffee trinken.«

»Ein Whisky oder ein Glas Wein wären wahrscheinlich willkommener«, sagte Myles, »aber das sparen wir uns für später. Ich habe noch eine ausgezeichnete Flasche Burgunder, die uns zur gegebenen Stunde wieder erwärmen wird, was immer mein Arzt auch dazu sagen mag.« Er ging zum Weingestell, das sich im unteren Teil des Bücherschranks befand, und zog eine Flasche heraus.

»Früher konnte ich den einen Wein nicht vom anderen unterscheiden«, erzählte er Jack. »Der Vater meiner Frau hatte einen wirklich erlesenen Weinkeller, so daß Renata im Haus eines Kenners aufwuchs. Von ihr hab ich gelernt, was ein guter Wein ist. Sie hat mir auch noch viele andere Dinge beigebracht, von denen ich nichts wußte.« Er deutete auf das Buch auf der Fensterbank. »Das gehörte ihr. Es ist vorgestern abend naß geworden. Könnte man es irgendwie restaurieren?«

Jack nahm das Buch in die Hand. »Wie schade«,

sagte er. »Diese Zeichnungen müssen reizend gewesen sein. Haben Sie ein Vergrößerungsglas?«

»Irgendwo ja.«

Neeve suchte auf Myles' Schreibtisch und brachte eine Lupe. Sie sahen beide zu, wie Jack die fleckigen, welligen Buchseiten eingehend betrachtete. »Die Zeichnungen sind nicht wirklich verwischt worden«, sagte er. »Wissen Sie was? Ich erkundige mich einmal bei meinen Angestellten, ob jemand mir einen guten Restaurator nennen kann.« Er gab Myles das Vergrößerungsglas zurück. »Übrigens halte ich es nicht für gut, daß die Sonne draufscheint.«

Myles nahm das Buch und die Lupe und legte beides auf seinen Schreibtisch. »Ich bin für alles dankbar, was Sie tun können. Und jetzt sollten wir uns auf den Weg machen.«

Sie setzten sich zu dritt auf die vorderen Sitze von Myles' sechs Jahre altem Lincoln. Myles chauffierte. Jack Campbell legte seinen Arm ungezwungen auf die Rücklehne. Neeve versuchte, nicht darauf zu achten, sich nicht an ihn zu lehnen, als der Wagen von der Schnellstraße in die Auffahrtsrampe zur George-Washington-Brücke abbog.

Jack berührte ihre Schulter. »Entspannen!« sagte er. »Ich beiße nicht.«

Das Büro des Bezirksanwalts von Rockland County war typisch für die Büros von Bezirksanwälten im ganzen Land. Vollgestopft. Altmodische, unbequeme Möbel. Akten, die sich auf Tischen und Schränken türmten. Überheizte Räume, außer wenn ein Fenster offenstand und ein eiskalter, unangenehmer Durchzug herrschte.

Zwei Inspektoren der Mordkommission warteten bereits auf sie. Neeve merkte, daß eine Veränderung mit Myles vorging, kaum daß er das Gebäude betreten hatte. Sein Kinn wurde markanter, sein Gang aufrechter. Seine Augen bekamen einen stahlblauen Glanz. »Er ist in seinem Element«, flüsterte sie Jack Campbell zu. »Ich weiß gar nicht, wie er das Untätigsein im letzten Jahr ausgehalten hat.«

»Der Bezirksanwalt bittet Sie zu sich ins Büro, Sir.« Die Inspektoren wußten offensichtlich, daß sie den Mann vor sich hatten, der der angesehene Chef der Polizei der Stadt New York gewesen war und ihr am längsten vorgestanden hatte.

Der Bezirksanwalt, Myra Bradley, war eine anziehende junge Frau, die kaum mehr als sechs- oder siebenunddreißig Jahre alt sein konnte. Neeve genoß das Erstaunen auf Myles' Gesicht. Du bist wirklich ein männlicher Chauvinist, dachte sie. Du mußt doch gewußt haben, daß Myra Bradley letztes Jahr ernannt wurde, aber du hast es lieber verdrängt.

Neeve und Jack wurden vorgestellt. Myra Bradley bedeutete ihnen mit einer Geste, sich zu setzen, und kam gleich zur Sache. »Es geht hier um die Frage der örtlichen Zuständigkeit. Wir wissen, daß die Leiche transportiert worden ist, aber wir wissen nicht, von wo. Die Frau kann im Park nur fünf Schritte von der Stelle, an der sie gefunden wurde, ermordet worden sein. In diesem Fall sind wir zuständig.«

Die Bezirksanwältin zeigte auf den Aktenordner auf ihrem Schreibtisch. »Laut dem Befund des Gerichtsmediziners wurde der Tod durch einen heftigen Schnitt mit einem scharfen Gegenstand verursacht, der die Halsschlagader durchtrennte und die Luftröhre aufschlitzte. Möglicherweise hat sie sich gewehrt. Ihr Unterkiefer war schwarz und blau unterlaufen, und sie hatte einen Schnitt am Kinn. Im übrigen ist es ein Wunder, daß sie nicht schon von Tieren gefunden wurde. Wahrscheinlich deshalb nicht, weil sie fast vollständig mit Steinen bedeckt war. Sie sollte ja nicht gefunden werden. Sie an diesem Ort zu verstecken, setzte sehr sorgfältiges Planen voraus.«

»Das heißt, Sie suchen nach jemand, der die Gegend gut kennt«, sagte Myles.

»Ja. Es ist unmöglich, die genaue Todeszeit festzustellen, aber nach Aussage ihres Neffen ist sie am Freitag der letzten Woche nicht zu der Verabredung mit ihm erschienen. Die Leiche war ziemlich gut erhalten, und wenn wir uns die Wetterbedingungen ansehen, stellen wir fest, daß der Kälteeinbruch vor neun Tagen, am Donnerstag, erfolgte. Wenn Ethel Lambston also am Donnerstag oder Freitag gestorben ist und kurz darauf begraben wurde, würde dies erklären, warum noch keine Verwesung eingetreten ist.«

Neeve saß rechts vom Schreibtisch der Distriktanwältin, Jack neben ihr. Sie erschauerte plötzlich, und er legte seinen Arm auf ihre Stuhllehne. *Wenn ich mich doch nur an ihren Geburtstag erinnert hätte!* Sie versuchte, den Gedanken zu verdrängen und sich auf das zu konzentrieren, was Myra Bradley sagte.

»... leicht sein können, daß man Ethel Lambston monatelang nicht gefunden hätte, so lange, daß eine Identifizierung äußerst schwierig geworden wäre. Sie sollte auch nicht identifiziert werden können. Sie trug keinen Schmuck, und es wurde weder eine Handtasche noch eine Brieftasche in ihrer Nähe gefunden.« Sie wandte sich an Neeve. »Ist in den Kleidern, die Sie verkaufen, immer eine Etikette eingenäht?«

»Selbstverständlich.«

»Aus den Kleidern von Mrs. Lambston waren sämtliche Etiketten entfernt worden.« Die Bezirksanwältin stand auf. »Würden Sie so freundlich sein, Miss Kearney, und sich die Kleider jetzt ansehen?«

Sie gingen ins Nebenzimmer. Einer der Inspektoren brachte zwei Plastiksäcke mit zerknitterten, schmutzigen Kleidungsstücken herein. Neeve sah zu, wie er die Säcke ausleerte. Der eine enthielt Unterwäsche, einen Büstenhalter und den dazugehörigen Slip, beide mit Spitzen gesäumt, der Büstenhalter blutbespritzt, ferner eine Strumpfhose mit einer breiten Laufmasche auf der Vorderseite des rechten Beins. Die blauen weichen Lederpumps waren von einem Gummiband zusammengehalten. Neeve mußte an die Schuhregale in Ethels ausgeklügeltem Kleiderschrank denken, auf die sie so stolz gewesen war.

Im zweiten Sack befand sich ein dreiteiliges Kostüm: eine Jacke aus weißem Wollstoff mit blauen Ärmelaufschlägen und blauem Kragen, ein weißer wollener Rock und eine blau-weiß gestreifte Hemdbluse. Alle drei Stücke waren blutgetränkt und voll Schmutz. Neeve spürte Myles' Hand auf ihrer Schulter. Sie nahm sich zusammen und besah die Kleider. Irgend etwas daran stimmte nicht, irgend etwas, das über das schreckliche Ende hinausging, das diesen Kleidern und der Frau, die sie getragen hatte, widerfahren war.

Sie hörte die Bezirksanwältin fragen: »Gehören diese Stücke zu den Sachen, die in Ethel Lambstons Kleiderschrank fehlen?«

»Ja.«

»Haben Sie ihr das Ensemble verkauft?«

»Ja, kurz vor Weihnachten.« Neeve blickte Myles an. »Sie trug es bei unserer Einladung, weißt du noch?«

»Nein.«

Neeve sprach langsam. Es kam ihr vor, als hätte die Zeit sich verflüchtigt. Sie war wieder in ihrer Wohnung mit dem für die traditionelle Weihnachtsparty aufgebauten kalten Buffet. Ethel hatte besonders hübsch ausgesehen. Das weiß-blaue Kostüm hatte Chic und stand ihr gut zu den dunkelblauen Augen und dem platinblonden Haar. Mehrere Leute machten ihr Komplimente. Aber dann hatte Ethel Myles mit Beschlag belegt und pausenlos auf ihn eingeredet, und er verbrachte den Rest des Abends mit vergeblichen Versuchen, ihr zu entgehen …

Irgend etwas stimmte nicht in ihrer Erinnerung. Aber was? »Sie kaufte das Kostüm mit ein paar anderen Kleidern Anfang Dezember. Es ist ein Originalmodell von Gordon Steuber.« Was war es bloß, das ihr nicht einfallen wollte? Sie kam einfach nicht darauf. »Hatte sie einen Mantel an?«

»Nein.« Die Bezirksanwältin gab den Beamten ein Zeichen mit dem Kopf, und sie begannen, die Kleider zusammenzulegen und wieder in die Plastiksäcke zu tun. »Commissioner Schwartz sagte mir, Sie hätten angefangen, sich wegen Ethel Sorgen zu machen, als Sie entdeckten, daß alle warmen Mäntel in ihrem Kleiderschrank hingen. Wäre es nicht denkbar gewesen, daß sie sich bei jemand anders als bei Ihnen einen Mantel gekauft hatte?«

Neeve stand auf. Der Raum schien schwach nach einem Desinfektionsmittel zu riechen. Sie wollte sich nicht lächerlich machen, indem sie betonte, daß Ethel einfach nirgendwo anders als bei ihr kaufte. »Ich mache gern ein Inventar von Ethels Kleiderschrank«, sagte sie. »Ich habe sämtliche Quittungen ihrer Käufe in einem Ordner und kann Ihnen genau angeben, was fehlt.«

»Ich möchte eine möglichst vollständige Aufstellung haben. Hat sie für gewöhnlich Schmuck zu diesem Ensemble getragen?«

»Ja, eine goldene mit Brillanten besetzte Nadel, dazu passende Ohrringe und ein breites Goldarmband. Sie trug auch immer mehrere Brillantringe.«

»Sie hatte keinen Schmuck an. Wir könnten es also einfach mit einem Raubmord zu tun haben.«

Jack nahm Neeves Arm, als sie das Zimmer verließen. »Ist alles in Ordnung?«

Neeve schüttelte den Kopf. »Irgend etwas ist mir entgangen.«

Einer der Inspektoren hatte sie gehört. Er gab ihr seine Karte. »Sie können mich jederzeit anrufen.«

Sie begaben sich zum Ausgang des Gerichtsgebäudes. Myles ging voraus und unterhielt sich mit Myra Bradley; seine silbergraue Mähne überragte ihren dunkelbraunen Bubikopf um Haupteslänge. Letztes Jahr hatte sein Kaschmirmantel ihm viel zu weit von den Schultern gehangen. Nach der Operation war er bleich und mager gewesen. Jetzt füllten seine Schultern den Mantel aus. Sein Gang war energisch und sicher. Er fühlte sich sichtlich wohl. Polizeiarbeit war das, was seinem Leben einen Sinn gab. Neeve betete im stillen, daß wegen der Stelle in Washington nichts dazwischenkam.

Solange er arbeiten kann, wird er hundert Jahre alt, dachte sie. Es gab eine verrückte Redensart: Willst du ein Jahr lang glücklich sein, dann gewinne in der Lotterie. Willst du dein Leben lang glücklich sein, dann liebe das, was du machst. Die Liebe zu seiner Arbeit hatte Myles geholfen, nach dem Tod von Renata weiterzumachen.

Die Inspektoren waren, als die anderen gingen, zurückgeblieben, um Ethels Sachen wieder wegzutragen. Kleider, von denen Neeve wußte, daß sie eines Tages bei einem Prozeß wieder vorgezeigt würden. Die Ethel zuletzt getragen hatte …

Myles hatte recht. Es war dumm von ihr gewesen, in so einer Harlekinaufmachung mit den leise klingelnden Ohrgehängen an diesen düsteren Ort zu kommen. Neeve war froh, daß sie ihr schwarzes Cape, unter dem sich das auffallende Ensemble verbarg, nicht ausgezogen hatte. Eine Frau war tot. Keine einfache und keine beliebte, aber eine hochintelligente Frau, die sich durchzusetzen wußte; die gerne gut aussehen wollte, aber weder die Zeit noch den richtigen Instinkt hatte, um sich in der Modewelt zurechtzufinden.

Mode. Das war es. Irgend etwas war mit dem Ensemble, das Ethel trug, nicht in Ordnung …

Ein Frösteln ging durch Neeves Körper. Jack Campbell mußte es gespürt haben. Er nahm plötzlich ihren Arm. »Sie haben sich ihr sehr verbunden gefühlt, nicht wahr?«

»Mehr, als ich dachte.«

Ihre Schritte hallten in dem langen Korridor wider. Der Marmorboden war alt und abgetreten und voller Risse, wie Adern unter der Haut.

Ethels Schlagader. Ihr Hals war dünn, aber faltenlos gewesen. Bei vielen Frauen stellten sich, wenn sie auf die sechzig zugingen, die verräterischen Zeichen des Alters ein. »Es beginnt beim Hals«, pflegte Renata zu sagen, wenn ein Kleiderfabrikant sie überreden wollte, tief ausgeschnittene Modelle für reife Frauen zu bestellen.

Sie kamen zur Tür des Gerichtsgebäudes. Die Bezirksanwältin und Myles einigten sich, daß Manhattan und Rockland County bei den Ermittlungen eng zusammenarbeiten wollten. »Eigentlich habe ich ja nichts zu sagen«, bemerkte Myles. »Nur vergesse ich manchmal, daß ich nicht derjenige bin, der die Hebel betätigt.«

Neeve wußte, worum sie noch bitten mußte, und hoffte inständig, daß es nicht lächerlich wirkte. »Ich frage mich ...« Die Bezirksanwältin, Myles und Jack warteten. Sie setzte noch einmal an. »Ich frage mich, ob es möglich wäre, mit der Frau zu sprechen, die Ethels Leiche gefunden hat. Ich weiß nicht warum, aber ich habe das Gefühl, daß ich mit ihr reden sollte.« Sie spürte einen Kloß im Hals und schluckte leer, während die anderen sie anblickten.

»Mrs. Conway hat eine vollständige Aussage gemacht«, erwiderte Myra Bradley langsam. »Sie können sie sich ansehen, wenn Sie möchten.«

»Ich würde lieber mit ihr sprechen.« Laßt sie bloß nicht nach dem Grund fragen, dachte Neeve verzweifelt »Ich muß es einfach.«

»Dank meiner Tochter konnte Ethel Lambston identifiziert werden«, sagte Myles. »Wenn sie mit der Zeugin sprechen möchte, sollte man es ihr meiner Meinung nach erlauben.«

Er hatte die Tür bereits geöffnet, und Myra Bradley zitterte im kalten Aprilwind. »Man könnte glauben, wir seien noch im März«, sagte sie. »Hören Sie, ich habe absolut nichts einzuwenden. Wir haben zwar den Eindruck, daß Mrs. Conway uns alles gesagt hat, was sie weiß, aber vielleicht kommt noch etwas zum Vorschein. Einen Augenblick, bitte. Ich werde anrufen, um zu sehen, ob sie zu Hause ist.«

Kurz darauf kam sie zurück. »Mrs. Conway ist da und gerne bereit, mit Ihnen zu sprechen. Hier ist die Adresse und eine Beschreibung, wie Sie hinfinden.« Sie tauschte mit Myles ein Lächeln, das Lächeln zweier professioneller Polizeibeamten. »Sollte sie sich erinnern, den Kerl gesehen zu haben, der Ethel Lambston umgebracht hat, rufen Sie uns rasch an, nicht wahr?«

Kitty Conway hatte im Bibliothekszimmer das Kaminfeuer angezündet, ein flackerndes Feuer mit blauen Flammenspitzen, die von den glühenden Holzscheiten emporloderten. »Sagen Sie mir, wenn es Ihnen zu warm ist«, entschuldigte sie sich. »Aber ich friere seit dem Augenblick, als ich die Hand der armen Frau berührt habe.« Verlegen schwieg sie, doch die drei auf sie gerichteten Augenpaare schienen voller Verständnis zu sein.

Sie waren ihr sympathisch. Neeve Kearney. Nicht einfach schön, sondern interessant. Ein faszinierendes Gesicht mit vorstehenden Backenknochen und einem weißen Teint, der ihre intensiv blickenden braunen Augen zur Geltung brachte. Aber ihre Züge wirkten abgespannt; die Pupillen waren riesengroß. Ganz offensichtlich war der jüngere Mann, Jack Campbell, besorgt um sie. Als er ihr das

Cape abnahm, sagte er: »Neeve, Sie zittern noch immer.«

Kitty verspürte plötzlich Sehnsucht. Ihr Sohn war derselbe Typ wie Jack Campbell; etwas größer als einen Meter achtzig, breitschultrig, schlank, mit einem energischen, intelligenten Gesicht. Sie bedauerte, daß Mike junior am andern Ende der Welt lebte.

Myles Kearney. Als der Anruf der Bezirksanwältin kam, hatte Kitty sofort gewußt, um wen es sich handelte. Jahrelang war sein Name immer wieder in den Medien erwähnt worden. Einige Male hatte sie ihn auch gesehen, als sie hin und wieder mit Mike zum Essen in »Neary's Pub« in der 57. Straße gegangen war. Sie hatte von seinem Herzinfarkt und seiner Pensionierung gelesen, aber er schien sich ganz erholt zu haben. Ein gutaussehender Ire.

Kitty war froh, daß sie statt der Jeans und des alten, viel zu weiten Pullovers eine seidene Bluse und Slacks angezogen hatte. Da ihre Besucher die angebotenen Drinks ablehnten, bestand Kitty darauf, Tee zu machen. »Sie brauchen etwas, um sich aufzuwärmen«, sagte sie zu Neeve und verschwand im Korridor, der zur Küche führte.

Myles hatte sich in einen Ohrenfauteuil mit rot-orange-braun gestreiftem Bezug gesetzt. Neeve und Jack saßen nebeneinander auf Sesseln, die im Halbrund vor dem Kamin standen. Myles warf einen wohlgefälligen Blick auf die Einrichtung. Gemütlich. Es gab nicht viele Leute, die so gescheit waren, Sofas und Sessel zu kaufen, in denen ein großgewachsener Mann bequem seinen Kopf zurücklehnen konnte. Er stand auf, um sich die gerahmten Familienfotos zu betrachten. Die übliche Lebensgeschichte. Das junge Paar. Kitty Conway hatte sich im Lauf der Jahre nicht viel verändert. Sie und ihr Mann mit ihrem kleinen Sohn. Eine Zusammenstellung von Bildern des Jungen in verschiedenen Altersstufen. Zuletzt ein Bild mit ihrem Sohn und seiner japanischen Frau und deren Töchterchen. Myra Bradley hatte ihm gesagt, daß die Frau, die Ethels Leiche entdeckt hatte, verwitwet war.

Myles hörte Kittys Schritte im Flur. Rasch wandte er sich den Bücherregalen zu. Eine Reihe fiel ihm besonders auf, eine Sammlung offenbar vielgelesener Bücher über Anthropologie. Er besah sie sich näher.

Kitty stellte das Silbertablett auf den runden Tisch beim Kamin, schenkte Tee ein und bot Gebäck an. »Ich habe heute morgen für reichlich Aufregung gesorgt, nehme ich an. Kein Wunder, nach dem, was ich gestern erlebt habe«, sagte sie und ging hinüber zu Myles.

»Wer ist denn hier der Anthropologe?« fragte er.

Sie lächelte. »Eine reine Liebhaberei von mir. Es packte mich auf der Universität, als der Professor sagte, um die Zukunft zu verstehen, müsse man die Vergangenheit studieren.«

»Genau das habe ich meinen Inspektoren auch immer eingeschärft«, erwiderte Myles.

»Er dreht seinen Charme an«, flüsterte Neeve Jack zu. »Ein ganz ungewohnter Anblick.«

Während sie Tee tranken, erzählte Kitty, wie ihr Pferd den Hang hinuntergaloppiert war, das Stück Plastik ihr ins Gesicht flog und sie den flüchtigen Eindruck von einer Hand in einem blauen Ärmel hatte. Sie erklärte, daß der aus dem Wäschekorb heraushängende Ärmel ihres Trainingsanzugs sie plötzlich dazu bewog, noch einmal in den Park zurückzukehren und genau nachzusehen.

Die ganze Zeit hörte Neeve ihr aufmerksam zu, den Kopf zur Seite geneigt, um kein einziges Wort zu verpassen. Sie wurde noch immer von dem Gedanken verfolgt, daß irgend etwas ihr entging, etwas, das in ihrer Reichweite lag und nur festgehalten werden mußte. Plötzlich wußte sie es.

»Mrs. Conway, bitte beschreiben Sie mir genau, was Sie sahen, als Sie die Leiche fanden.«

»Neeve?« Myles schüttelte den Kopf. Er wollte seine Fragen sorgfältig aufbauen und nicht unterbrochen werden.

»Entschuldige, Myles, aber es ist schrecklich wichtig. *Beschreiben Sie mir Ethels Hand. Beschreiben Sie, was Sie sahen.*«

Kitty schloß die Augen. »Sie sah aus wie die Hand einer Schaufensterpuppe. Sie war ganz weiß, und die Fingernägel schienen grellrot. Die Manschette des Jackenärmels war blau und reichte bis zum Handgelenk; ein Stückchen schwarzes Plastik haftete daran. Die Bluse war blau und weiß, sah aber kaum unter der Manschette hervor. Sie war ziemlich zerknittert. Es scheint verrückt, aber ich hätte sie beinahe zurechtgezogen.«

Neeve stieß einen langen Seufzer aus. Sie beugte sich vor und rieb sich die Stirn. »Das war's, was mir nicht einfallen wollte! Die Bluse.«

»Was ist damit?« fragte Myles.

»Sie –« Neeve biß sich auf die Lippen. Er würde es wieder für lächerlich halten, was sie sagen wollte. Die Bluse, die Ethel angehabt hatte, gehörte ursprünglich zu dem dreiteiligen Modell. Doch als Ethel das Kostüm kaufte, hatte Neeve ihr gesagt, daß sie die Bluse nicht für passend hielt. Sie hatte Ethel eine andere Bluse verkauft, ganz weiß und ohne die unruhigen blauen Streifen. Sie hatte Ethel zweimal in dem Ensemble gesehen, und beide Male hatte sie die weiße Bluse getragen.

Wieso hatte sie die blau-weiß gestreifte Bluse angezogen?

»Also, was ist, Neeve?« beharrte Myles.

»Wahrscheinlich ist es nichts. Ich habe mich nur gewundert, daß Ethel diese Bluse zu dem Kostüm anhatte. Für mich paßte sie nicht richtig.«

»Aber hast du nicht selber der Polizei gesagt, du hättest das Ensemble wiedererkannt, und wußtest auch, wer es entworfen hat?«

»Ja, Gordon Steuber. Es stammte aus seinem Atelier.«

»Tut mir leid, Neeve, aber jetzt komme ich nicht mehr mit.« Myles versuchte, seine Gereiztheit zu verbergen.

»Aber *ich* glaube zu verstehen.« Kitty schenkte Neeve noch eine Tasse dampfenden Tee ein. »Trinken Sie das!« befahl sie. »Sie sehen erschöpft aus.« Sie sah Myles ins Gesicht. »Wenn ich Ihre Tochter richtig verstanden habe, will sie sagen, daß Ethel Lambston sich nicht von sich aus so angezogen hätte, wie sie aufgefunden wurde.«

»Ich bin ganz sicher, daß sie die Bluse nicht zu dem Kostüm getragen hätte«, sagte Neeve und begegnete Myles' ungläubigem Blick. »Offenbar ist die Leiche transportiert worden. Gibt es eine Möglichkeit, festzustellen, ob jemand sie, nachdem sie schon tot war, angezogen hat, oder nicht?«

Douglas Brown wußte, daß die Mordkommission beabsichtigte, in Ethels Wohnung eine Haussuchung vorzunehmen. Trotzdem war es ein Schock für ihn, als sie mit dem Befehl vor der Tür standen. Ein Team von vier Detektiven verteilte sich in der Wohnung. Er sah zu, wie sie Puder auf Oberflächen streuten, mit dem Staubsauger über Teppiche, Fußböden und Möbel fuhren, Plastiktüten sorgfältig verschlossen und beschrifteten, in die sie Staub und Fasern und Teilchen getan hatten, als sie die kleine Perserbrücke neben Ethels Schreibtisch eingehend untersuchten und berochen.

Beim Anblick von Ethels Leiche war es Douglas schlecht geworden, was ihm unpassenderweise die einzige Dampferfahrt seines Lebens in Erinnerung rief, bei der er entsetzlich seekrank geworden war. Ethel war mit einem Tuch bedeckt, das auch ihr

Gesicht einhüllte wie ein Nonnenschleier, so daß er wenigstens ihren Hals nicht ansehen mußte. Um nicht an ihren Hals zu denken, konzentrierte er sich auf die schwarz und blau unterlaufene Stelle am Unterkiefer. Dann hatte er nur genickt und war hinaus auf die Toilette gestürzt.

Die ganze Nacht hatte er in Ethels Bett wach gelegen und sich überlegt, was er tun sollte. Er könnte der Polizei von Seamus erzählen und von seinen verzweifelten Bemühungen, Ethel zum Verzicht auf die Alimente zu bewegen. Aber Seamus' Frau Ruth würde über ihn, Douglas, schwatzen. Kalter Schweiß trat ihm auf die Stirn, als ihm bewußt wurde, wie dumm es von ihm gewesen war, vor ein paar Tagen zur Bank zu gehen und die abgehobene Summe ausdrücklich in Hunderternoten zu verlangen. Wenn die Polizei herausfand ...

Ehe die Polizei kam, hatte er sich mit dem Gedanken herumgeschlagen, ob es richtig war, die Banknoten dort zu lassen, wo er sie versteckt hatte. Doch wer konnte, wenn sie nicht mehr da wären, sagen, ob Ethel sie nicht alle ausgegeben hatte? Irgend jemand könnte es wissen. Das verrückte Geschöpf, das zum Putzen gekommen war, hatte die Scheine möglicherweise gesehen.

Am Ende entschied Douglas sich dafür, gar nichts zu tun. Sollten die Polizisten das Geld ruhig finden. Falls Seamus oder seine Frau versuchten, ihn zu beschuldigen, würde er sie als Lügner bezeichnen. Der Gedanke verschaffte ihm eine gewisse Beruhigung, und er überlegte, wie es in Zukunft weiterginge. Die

Wohnung gehörte jetzt ihm. Ethels Geld war seins. Er würde alle die lächerlichen Kleider und das ganze Drum und Dran – A paßt zu A, B gehört zu B – loswerden. Vielleicht sollte er den ganzen Krempel einfach zusammenpacken und in die Mülltonne tun. Bei dieser Vorstellung verzog sein Gesicht sich zu einem grimmigen Lächeln. Doch wozu verschwenderisch werden und das viele Geld, das Ethel für ihre Garderobe ausgegeben hatte, einfach zum Fenster rauswerfen! Lieber wollte er eine gute Second-hand-Boutique ausfindig machen und die Sachen verkaufen.

Als er sich an diesem Samstagmorgen anzog, hatte er bewußt eine dunkelblaue Hose und ein dunkles Sporthemd mit langen Ärmeln gewählt. Er wollte den Eindruck von zurückhaltender Trauer erwecken. Nach der schlaflosen Nacht hatte er Ringe um die Augen, was ihm jetzt nur gelegen kam.

Die Detektive nahmen sich Ethels Schreibtisch vor. Douglas sah zu, wie sie die mit »Wichtig« bezeichnete Mappe aufmachten. Das Testament! Er hatte sich immer noch nicht entschieden, ob er zugeben sollte, daß er es kannte. Der eine Detektiv beendete seine Lektüre und blickte zu ihm herüber. »Haben Sie das irgendwann gesehen?« fragte er in beiläufigem Ton.

Auf der Stelle traf Douglas seine Entscheidung. »Nein. Die Papiere gehören meiner Tante.«

»Hat sie nie mit Ihnen über ihr Testament gesprochen?« Douglas brachte ein klägliches Lächeln zustande. »Sie hat manchmal Witze darüber gemacht und gesagt, wenn sie mir bloß ihre Alimente vermachen könnte, hätte ich für mein Leben ausgesorgt.«

»Dann wußten Sie also nicht, daß sie Ihnen offenbar eine ganz stattliche Summe hinterläßt?«

Douglas wies mit einer ausholenden Geste auf die Wohnung. »Ich dachte nicht, daß Tante Ethel ein Vermögen besäße. Sie hat dieses Apartment gekauft, als das Haus in Eigentumswohnungen aufgeteilt wurde. Das muß sie eine schöne Stange Geld gekostet haben. Als Schriftstellerin hat sie ganz gut verdient, aber sie gehörte nicht zur Spitzenklasse.«

»Dann muß sie ihr Leben lang ziemlich sparsam gewesen sein.« Der Detektiv hatte das Testament mit Handschuhen angefaßt und hielt das Blatt nur an den äußersten Rändern. Douglas blickte bestürzt drein, als der Kriminalbeamte den mitgebrachten Experten bat: »Nimm mal die Fingerabdrücke hiervon ab.«

Fünf Minuten später gestand Douglas, der vor Nervosität seine auf den Knien liegenden Hände nicht stillhalten konnte. Er leugnete jedoch, irgend etwas von den Hundertdollarnoten zu wissen, die die Inspektoren der Mordkommission in der Wohnung gefunden hatten. Um sie vom Thema abzulenken, erklärte er, daß er bis gestern keinen Telefonanruf abgenommen hätte.

»Warum?« Kriminalinspektor O'Brien leitete die Haussuchung.

»Ethel war darin komisch. Einmal hatte ich nämlich, als ich sie besuchte, das Telefon abgenommen, was sie furchtbar in Rage brachte. Sie sagte, es ginge mich nichts an, wer sie anriefe. Aber gestern dachte ich auf einmal, sie könnte selber versuchen, sich mit mir in Verbindung zu setzen. Darum begann ich, das Telefon zu beantworten.«

»Hätte sie Sie auch bei der Arbeit erreichen können?«

»Daran habe ich nie gedacht.«

»Und der erste Anruf war gleich eine Drohung gegen sie. Was für ein Zufall, daß dieser Anruf fast genau zu der Stunde erfolgte, als man die Leiche fand.« O'Brien brach das Verhör abrupt ab. »Mr. Brown, haben Sie vor, in dieser Wohnung zu bleiben?«

»Ja.«

»Wir kommen morgen mit Miss Neeve Kearney her. Sie wird Miss Lambstons Schrank auf fehlende Kleidungsstücke durchsehen. Es könnte sein, daß wir noch mal mit Ihnen sprechen möchten. Sie sind dann hier.« Das war keine Bitte, sondern eine klare Feststellung.

Irgendwie fühlte Douglas sich nicht erleichtert, daß die Befragung zu Ende war. Und dann erwiesen seine Befürchtungen sich als begründet. »Wahrscheinlich werden wir Sie bitten, ins Hauptkommissariat zu kommen«, sagte O'Brien. »Wir melden uns.«

Sie nahmen die Plastiktüten mit dem Inhalt des Staubsaugers, Ethels Testament, ihren Terminkalender und die Perserbrücke mit. Ehe die Wohnungstür sich schloß, hörte Douglas einen von ihnen sagen: »Sie können sich noch so große Mühe geben, es gelingt ihnen nie, sämtliche Blutspuren von einem Teppich zu beseitigen.«

Im St.-Vincent-Krankenhaus befand Tony Vitale sich immer noch auf der Intensivstation, da sein Zustand nach wie vor kritisch war. Aber der Chefchirurg versicherte seinen Eltern weiterhin: »Er ist jung. Er ist zäh. Wir glauben, daß er durchkommt.«

In Bandagen eingehüllt, die die Schußwunden in Kopf, Schulter, Brust und Beinen bedeckten, und an einen Infusionstropf angeschlossen, aus dem eine Flüssigkeit in seine Venen floß, mit Plastikschläuchen in beiden Nasenlöchern und mit elektronischen Monitoren verbunden, die jede Veränderung in seinem Körper registrierten, tauchte Tony aus dem Zustand tiefer Bewußtlosigkeit auf in kurze Momente des Bewußtseins. Dann fielen ihm jene letzten Augenblicke ein. *Nicky Sepettis Augen durchbohrten ihn. Er wußte, daß Nicky ihn verdächtigte, eingeschleust zu sein. Er hätte bis ins Kommissariat fahren und nicht unterwegs anhalten sollen, um zu telefonieren. Er hätte wissen müssen, daß seine Tarnung erkannt worden war.*

Tony glitt in die Dunkelheit zurück.

Als er mühsam das Bewußtsein wiedererlangte, hörte er den Arzt sagen: »Jeder Tag bringt einen Fortschritt.« *Jeder Tag.* Wie lange war er schon hier? Er versuchte zu sprechen, aber es kam kein Laut aus seinem Mund.

Nicky hatte gebrüllt und mit der Faust auf den Tisch geschlagen und befohlen, daß der Kontrakt annulliert würde.

Joey hatte ihm gesagt, daß dies unmöglich sei.

Daraufhin hatte Nicky zu wissen verlangt, wer ihn ausgeschrieben hatte.

»... Jemand hat ihm die Hölle heiß gemacht«, hatte Joey gesagt. »Seine Machenschaften aufgedeckt. Jetzt ist ihm der FBI auf den Fersen ...« Und dann hatte Joey den Namen genannt.

Während sein Bewußtsein wieder schwand, war Tony der Name eingefallen: *Gordon Steuber.*

Im 20. Polizeirevier in der 82. Straße West saß Seamus und wartete. Sein bleiches, rundes Gesicht war schweißgebadet.

Er versuchte, sich an alle Ermahnungen von Ruth zu erinnern und auch an das, was sie ihm eingeschärft hatte auszusagen.

In seinem Kopf schwirrte alles durcheinander.

Das Zimmer, in dem er saß, war spartanisch. Ein Tisch, dessen Oberfläche voller Brandflecken von Zigaretten war. Holzstühle. Der, auf dem er saß, tat ihm im Rücken weh. Ein schmutziges Fenster ging auf die Querstraße hinaus. Der Verkehr draußen war die Hölle; Taxis, Busse und Autos hupten durcheinander. Das Gebäude war umringt von Polizeiwagen.

Wie lange würden sie ihn wohl hierbehalten?

Eine weitere halbe Stunde verging, ehe zwei Polizeibeamte hereinkamen. Eine Gerichtsstenographin folgte ihnen und setzte sich auf einen Stuhl hinter Seamus. Er wandte sich um und sah zu, wie sie den Stenographierapparat auf ihren Knien bereitmachte.

Der Name des älteren Polizisten war O'Brien. Er hatte sich ihm schon in der Bar vorgestellt, ebenso seinen Kollegen Steve Gomez.

Seamus hatte zwar erwartet, daß man ihn über seine Rechte und Pflichten aufklären würde; aber es gab ihm doch einen Schock, als er sie vorgelesen bekam und O'Brien ihm eine gedruckte Kopie hinhielt und verlangte, daß er sie las.

Er nickte nur, als er gefragt wurde, ob er alles verstanden habe. Ja. Ob er einen Anwalt zuziehen wolle. Nein. Ob er wisse, daß er sich jederzeit weigern könne, weitere Fragen zu beantworten. Ja. Ob er wisse, daß alles, was er sage, gegen ihn verwendet werden könne.

»Ja«, flüsterte er.

O'Briens Benehmen veränderte sich. Er wurde eine Spur liebenswürdiger, sein Ton ungezwungener. »Mr. Lambston, es ist meine Pflicht, Sie darauf hinzuweisen, daß Sie als Tatverdächtiger im Falle des Todes Ihrer früheren Frau, Ethel Lambston, in Frage kommen.«

Ethel tot. Keine Alimentenzahlungen mehr. Kein Würgegriff mehr für ihn und Ruth und die Mädchen. Oder war er jetzt erst recht im Würgegriff? Im Geist sah er erneut ihre Hände, die sich an ihn klammerten, sah ihren Blick, als sie nach hinten fiel, die Art, wie sie sich aufgerappelt und nach dem Brieföffner gegriffen hatte. Er spürte die Feuchtigkeit ihres Blutes auf seinen Händen.

Was hatte der Inspektor gerade im freundlichen Unterhaltungston zu ihm gesagt? »Mr. Lambston, Sie hatten einen Streit mit Ihrer geschiedenen Frau. Sie machte Sie rasend. Die Alimente trieben Sie in den Bankrott. Manchmal kann der Druck zu groß für uns werden, dann explodieren wir. War das bei Ihnen der Fall?«

War er rasend geworden? Er spürte erneut den Haß jenes Augenblicks, erinnerte sich, wie ihm die Galle übergelaufen war, er die Fäuste geballt und sie gegen den spöttischen, bösartigen Mund erhoben hatte.

Seamus legte den Kopf auf den Tisch und brach in Weinen aus. Die Schluchzer schüttelten ihn. »Ich bitte um einen Anwalt«, stammelte er.

Zwei Stunden später erschien Robert Lane, der etwa fünfzigjährige Rechtsanwalt, mit dem Ruth sich panikartig in Verbindung hatte setzen können. »Sehen Sie vor, formell Klage gegen meinen Klienten zu erheben?« fragte er.

Inspektor O'Brien sah ihn mit saurer Miene an. »Nein. Vorläufig noch nicht.«

»Dann steht es Mr. Lambston frei zu gehen?«

O'Brien seufzte. »Jawohl.«

Seamus war sicher gewesen, daß er verhaftet würde. Er wagte kaum, an das, was er gerade gehört hatte, zu glauben. Er stützte die Hände auf den

Tisch und erhob sich schwerfällig von seinem Stuhl. Er spürte, wie Robert Lane seinen Arm ergriff und ihn aus dem Zimmer führte. Dann hörte er Lane sagen: »Ich möchte eine Kopie der Aussagen meines Klienten haben.«

»Die kriegen Sie.« Inspektor Gomez wartete, bis die Tür sich geschlossen hatte, ehe er sich seinem Kollegen zuwandte. »Den Kerl hätte ich am liebsten einsperren lassen.«

O'Brien lächelte, ein schmallippiges, freudloses Lächeln.

»Geduld. Wir müssen die Resultate der Laboruntersuchung abwarten. Und wir sollten noch feststellen, wo Lambston sich am Donnerstag und Freitag aufgehalten hat. Im übrigen können wir Gift drauf nehmen, daß das Geschworenengericht sein Urteil gefällt haben wird, ehe Seamus Lambston sich über die Beendigung der Alimentenzahlung freuen kann.«

Als Neeve, Myles und Jack in die Wohnung zurückkamen, war eine Nachricht auf dem Telefonbeantworter. Ob Myles bitte Commissioner Schwartz im Büro anrufen würde.

Herb Schwartz wohnte in Forest Hills, wo »traditionsgemäß neunzig Prozent aller Polizeichefs zu wohnen pflegen«, wie Myles Jack erklärte, während er zum Hörer griff. »Wenn Herb sich an einem Samstagabend nicht in seinem Haus zu schaffen macht, muß irgend etwas Wichtiges passiert sein.«

Das Gespräch war nur kurz. Als Myles wieder aufhängte, sagte er: »Sieht so aus, als wäre schon alles vorbei. Sie hatten kaum begonnen, den Ex-Mann zu verhören, da weinte er schon wie ein kleines Kind und verlangte einen Rechtsanwalt. Es ist nur noch eine Frage der Zeit, bis sie genügend Indizien haben, um Anklage zu erheben.«

»Demnach hat er also noch nicht gestanden, nicht wahr?« bemerkte Neeve. Sie war dabei, überall die Stehlampen anzumachen, die das Zimmer in ein sanftes, warmes Licht tauchten. Licht und Wärme. War es das, wonach der Geist verlangte, nachdem er der harten Wirklichkeit des Todes gegenübergestanden hatte? Sie wurde das Gefühl nicht los, daß irgend etwas sie bedrohte. Seit sie Ethels Kleider auf dem Tisch ausgebreitet gesehen hatte, ging ihr das Wort *Leichentuch* im Kopf herum. Jetzt war ihr klargeworden, daß sie dauernd daran denken mußte, was sie selber wohl trüge, wenn sie starb. Vorahnung? Irischer Aberglaube? Das Gefühl, daß jemand über ihr Grab ging?

Jack Campbell beobachtete sie. Er weiß Bescheid, dachte sie. Er spürt, daß noch etwas anderes im Spiel ist als nur die Kleider. Myles hatte darauf hingewiesen, daß die Bluse, die Ethel sonst zu dem Kostüm trug, gerade in der Reinigung sein könnte. Dann hätte sie automatisch diejenige angezogen, die zu dem Ensemble gehörte.

Alle Argumente, die Myles anführte, klangen logisch. Er stand vor ihr, hatte ihr die Hände auf die Schultern gelegt. »Neeve, du hast kein Wort von dem gehört, was ich gerade gesagt habe. Du hast mir eine Frage gestellt, und ich habe sie beantwortet. Was ist los mit dir?«

»Ich weiß es nicht.« Sie versuchte zu lächeln. »Schau, es war ein scheußlicher Nachmittag. Ich glaube, wir sollten einen Drink nehmen.«

Myles sah sie forschend an. »Ich glaube, wir sollten einen *starken* Drink nehmen, und dann sollten Jack und ich mit dir essen gehen.« Er blickte zu Jack. »Aber vielleicht haben Sie schon etwas anderes vor?«

»Ich habe nichts anderes vor, außer, wenn ich darf, uns jetzt die Drinks zu mixen.«

Der Whisky, wie schon der Tee bei Kitty Conway, bewirkte, daß Neeve wenigstens für eine Weile das Gefühl loswurde, in einen unheilvollen Strudel gerissen zu werden. Myles wiederholte, was Herb Schwartz ihm gesagt hatte: Die Inspektoren der Mordkommission waren der Ansicht, daß Seamus Lambston drauf und dran war, ein Geständnis abzulegen.

»Ist es dann noch nötig, daß ich morgen Ethels Kleiderschrank durchsehe?« Neeve war nicht ganz sicher, ob sie von dieser Aufgabe lieber entbunden worden wäre.

»Ja. Ich glaube zwar nicht, daß es von großer Bedeutung ist, ob Ethel vorhatte zu verreisen und ihre Sachen selber packte, oder ob er sie tötete und dann versuchte, es so aussehen zu lassen, als sei sie von sich aus weggefahren. Aber wir dürfen bei der Untersuchung nichts auslassen.«

»Hätte er denn nicht weiterhin auf unbestimmte Zeit Alimente zahlen müssen, wenn man annahm, Ethel sei verreist? Sie hat mir einmal erzählt, daß ihr Buchhalter Anweisung habe, Seamus anzurufen und mit einer Klage zu drohen, falls der Scheck nicht rechtzeitig käme. Wäre Ethels Leiche nicht gefunden worden, hätte er sieben Jahre lang weiterbezahlen müssen, ehe man sie rechtlich für tot erklären konnte.«

Myles zuckte die Achseln. »Neeve, der Prozentsatz an Tötungsdelikten, die auf tätliche Auseinandersetzungen zwischen Eheleuten zurückgehen, ist erschreckend. Und halte die Menschen nur nicht für allzu intelligent. Sie handeln impulsiv. Die Sicherung brennt durch. Und dann versuchen sie, die Spuren zu verwischen. Du weißt, was ich immer und immer wieder gesagt habe: Jeder Mörder hinterläßt seine Visitenkarte.«

»Wenn das zutrifft, wüßte ich gerne, welche Visitenkarte Ethels Mörder hinterlassen hat.«

»Das will ich dir sagen. Ich glaube, daß es der blaue Fleck an Ethels Kiefer ist. Du hast den Autopsiebericht nicht gesehen. Aber ich. Als Junge war Seamus Lambston ein ausgezeichneter Amateurboxer. Der Schlag hat Ethels Kiefer beinahe gebrochen. Mit oder ohne Geständnis bezieht mein Verdacht sich auf jemand, der Erfahrung im Boxen hat.«

»Die Legende hat gesprochen. Und du liegst völlig falsch.«

Jack Campbell saß auf dem Ledersofa und trank

einen Chivas Regal. Schon zum zweitenmal hielt er sich heute lieber aus der Diskussion zwischen Neeve und ihrem Vater heraus. Ihnen zuzuhören, war beinahe so, als verfolge man ein Tennismatch zwischen zwei gleichwertigen Gegnern. Fast hätte er gelächelt, doch dann wurde er wieder von Besorgnis gepackt, als er Neeve beobachtete. Sie war noch immer sehr blaß, und das tiefschwarze Haar, das ihr Gesicht umrahmte, betonte den seidigen Glanz ihres Teints. Er hatte die bernsteinfarbenen Augen schon vor Freude leuchten sehen, doch an diesem Abend fiel ihm die Traurigkeit darin auf, die nicht nur Ethel Lambstons Tod betraf. Was immer diesen Tod herbeigeführt haben mochte, war noch nicht vorbei, dachte Jack. Und es hat etwas mit Neeve zu tun.

Unwirsch schüttelte er den Kopf. Seine schottischen Vorfahren, die ebenfalls die Gabe des Zweiten Gesichts hatten, regten sich in ihm. Der Grund, warum er Neeve und ihren Vater zum Bezirksanwalt von Rockland County begleitet hatte, war einfach der gewesen, daß er den Tag mit Neeve verbringen wollte.

Als er sie am Morgen verlassen hatte, war er nach Hause gegangen, hatte geduscht, sich umgezogen und sich dann in die Stadtbibliothek begeben. Dort hatte er auf Mikrofilm den siebzehn Jahre alten Zeitungsartikel mit der Schlagzeile EHEFRAU DES POLIZEICHEFS IM CENTRAL PARK ERMORDET! gelesen. Er hatte jede Einzelheit in sich aufgenommen und hatte sich eingehend die Bilder des Trauerzugs vor der St.-Patrick-Kathedrale betrachtet.

Die zehnjährige Neeve in einem dunklen Mantel und mit einem kleinen Hut, die mit Tränen in den Augen an Myles' Hand ging. Myles' Gesicht, wie aus Granit gemeißelt. Die unübersehbaren Reihen von Polizisten, die sich die ganze Fifth Avenue hinunterzuziehen schienen. Die Zeitungskommentare, die den bereits verurteilten Mafiaboss Nicky Sepetti mit der Hinrichtung der Frau des Polizeichefs in Verbindung brachten.

Nicky Sepetti war heute vormittag beerdigt worden.

Das mußte sowohl bei Neeve als auch bei ihrem Vater die Erinnerung an Renata Kearneys Tod wieder schmerzlich wachgerufen haben. Die alten Zeitungen waren voll gewesen von Spekulationen, ob Nicky Sepetti von seiner Gefängniszelle aus angeordnet hatte, daß auch Neeve getötet würde. Heute früh hatte Neeve Jack erzählt, wie sehr ihr Vater die Entlassung Sepettis gefürchtet hatte. Nun schien Nickys Tod Myles von der ständigen Sorge um seine Tochter befreit zu haben.

Warum bin ich dann beunruhigt wegen Neeve? fragte Jack sich und wußte die Antwort so selbstverständlich, als ob er die Frage laut gestellt hätte. Weil ich sie liebe. Weil ich nach ihr gesucht habe seit jenem Tag, als sie aus dem Flugzeug vor mir weggelaufen ist.

Jack bemerkte, daß sie alle ihr Glas ausgetrunken hatten. Er griff nach dem von Neeve. »Heute abend sollten Sie, glaube ich, nicht nur auf einem Bein stehen.«

Während sie den zweiten Cocktail tranken, sahen sie die Abendnachrichten. Ausschnitte von Nicky Sepettis Begräbnis wurden gezeigt, ebenso die leidenschaftliche Erklärung seiner Witwe. »Was hältst du davon?« fragte Neeve ihren Vater.

Myles schaltete den Fernseher ab. »Was ich davon halte, ist nicht druckreif.«

Sie gingen zum Abendessen in »Neary's Pub«. Jimmy Neary, ein Ire mit blitzenden Augen und einem verschmitzten Lächeln, eilte auf sie zu und begrüßte sie. »Commissioner, welche Freude, Sie zu sehen!« Sie wurden zu einem der besten Seitentische geführt, die für besondere Gäste reserviert waren. Jimmy wurde mit Jack bekannt gemacht, der gleich die gerahmten Fotografien an den Wänden erläutert bekam. »Das ist er, höchstpersönlich.« Ein Bild des ehemaligen Gouverneurs von New York war so aufgehängt, daß man es nicht übersehen konnte. »Nur die Creme ist da oben«, sagte Jimmy zu Jack. »Sehen Sie, wo der Commissioner hängt?« Das Foto von Myles hing genau dem des Gouverneurs gegenüber.

Es wurde ein angenehmer Abend. Bei Neary trafen sich viele Politiker und Kirchenleute. Ein paarmal blieben Gäste an ihrem Tisch stehen und begrüßten Myles. »Wie schön, Sie wiederzusehen, Commissioner. Sie scheinen wieder ganz fit zu sein.«

»Er genießt das«, flüsterte Neeve Jack zu. »Er haßte es, krank zu sein, und hat sich ein Jahr lang überhaupt nirgends blicken lassen. Jetzt scheint er soweit zu sein, in die Wirklichkeit zurückzukehren.«

Senator Moynihan kam zu ihnen herüber. »Myles, ich hoffe bei Gott, daß Sie die Leitung der Drogenfahndungsstelle übernehmen werden«, sagte er. »Wir brauchen Sie. Wir müssen diese Rauschgiftschweinerei loswerden. Sie sind der richtige Mann.«

Als der Senator gegangen war, hob Neeve den Blick. »Du hast was von ›Fühler ausstrecken‹ gesagt. Und das ist schon so weit gediehen?«

Myles vertiefte sich in die Speisekarte. Margaret, seine langjährige, bevorzugte Kellnerin, kam zu ihnen.

»Wie sind denn die Scampi nach Kreolenart, Margaret?«

»Ausgezeichnet.«

Myles seufzte. »Das war mir schon klar. Aber in Anbetracht meiner Diät bringen Sie mir bitte eine gekochte Flunder.«

Sie gaben ihre Bestellung auf, und während sie von dem Wein tranken, begann Myles: »Es bedeutet natürlich, daß ich ziemlich viel Zeit in Washington sein werde. Und das heißt, daß ich dort eine Wohnung mieten muß. Ich glaube nicht, daß ich dich hier allein gelassen hätte, Neeve, wenn Nicky Sepetti frei herumgelaufen wäre. Aber jetzt fühle ich mich deinetwegen beruhigt. Seine Leute haßten

Nicky dafür, daß er die Ermordung deiner Mutter angeordnet hatte. Wir haben sie nicht aus den Augen gelassen, bis die meisten der alten Garde sich wieder bei ihm zusammenfanden.«

»Dann glauben Sie also seiner Erklärung auf dem Totenbett nicht?« fragte Jack.

»Wer in dem Glauben erzogen wurde, daß Reue auf dem Totenbett einen Menschen ins Paradies kommen läßt, der kann es schwer fassen, daß man mit einem Meineid auf den Lippen ins Jenseits geht. Aber im Fall von Nicky bleibe ich bei meiner ursprünglichen Reaktion. Es war eine Abschiedsgeste für seine Angehörigen, und offenbar sind sie darauf reingefallen. Doch das reicht für diesen schlimmen Tag. Reden wir lieber über etwas Interessantes. Sind Sie schon lange genug in New York, Jack, um beurteilen zu können, ob der Bürgermeister eine neue Wahl gewinnen wird?«

Als sie beim Kaffee waren, kam Jimmy Neary nochmals an ihren Tisch. »Wußten Sie, Commissioner, daß die Leiche der Lambston von einer Dame gefunden wurde, die zu meinen alten Gästen zählt? Kitty Conway. Sie kam früher öfter mit ihrem Mann hierher. Sie ist wirklich eine fabelhafte Frau.«

»Wir haben sie heute nachmittag bereits kennengelernt«, sagte Myles.

»Richten Sie ihr bitte einen Gruß von mir aus, wenn Sie sie wiedersehen, und sagen Sie ihr, sie solle sich nicht so rar machen.«

»Vielleicht kann ich noch etwas Besseres tun«,

sagte Myles in ungezwungenem Ton. »Vielleicht bringe ich sie selber her.«

Das Taxi setzte Jack als ersten bei seiner Wohnung ab. Als er sich verabschiedete, fragte er: »Ich möchte nicht aufdringlich erscheinen, aber hätten Sie etwas dagegen, wenn ich morgen mit in Ethels Wohnung käme?«

Myles zog die Augenbrauen hoch. »Nein, wenn Sie versprechen, im Hintergrund zu bleiben und den Mund zu halten.«

»Myles!«

Jack lachte. »Ihr Vater hat völlig recht, Neeve. Ich akzeptiere die Bedingungen.«

Als das Taxi vor dem »Schwab House« hielt, öffnete der Portier die Wagentür, damit Neeve aussteigen konnte, während Myles noch auf das Wechselgeld des Chauffeurs wartete. Dann trat er zurück und stellte sich wieder vor die Tür der Eingangshalle. Das Wetter hatte aufgeklart, und der nächtliche Himmel war voller Sterne. Neeve entfernte sich von dem Taxi. Im Gehen hob sie den Kopf und bewunderte die Milchstraße.

Auf der anderen Straßenseite hockte Denny Adler an eine Hauswand gelehnt, neben sich eine Weinflasche. Durch halbgeschlossene Augen beobachtete er, wie Neeve aus dem Taxi stieg. Er tat einen heftigen Atemzug. Jetzt könnte er direkt auf sie zielen und schon verschwunden sein, ehe irgend jemand ihn bemerkte. Denny griff in die Tasche der ausgeleierten Strickjacke, die er heute abend anhatte.

Jetzt.

Sein Finger fand den Abzug. Er wollte gerade den Revolver aus der Tasche ziehen, als neben ihm die Tür aufging. Eine ältere Frau trat aus dem Haus mit einem kleinen Pudel, der ungeduldig an seiner Leine zog. Der Hund stürzte auf Denny zu.

»Sie müssen keine Angst vor Schätzchen haben«, sagte die Frau. »Sie ist ein ganz liebes Tierchen.«

Wie Lava aus einem Vulkan quoll die Wut in Denny hoch, als er Myles Kearney aus dem Taxi steigen und hinter Neeve ins »Schwab House« gehen sah. Seine Finger streckten sich nach dem Hals des Pudels aus, aber es gelang ihm, sich zu beherrschen, und er ließ die Hand auf den Gehsteig sinken.

»Schätzchen läßt sich gerne streicheln«, ermunterte ihn die ältere Frau. »Auch von Fremden.« Sie ließ einen Vierteldollar auf Dennys Schoß fallen. »Das hilft Ihnen hoffentlich ein bißchen.«

10

Am Sonntag morgen rief Inspektor O'Brien an und fragte nach Neeve.

»Weshalb wollen Sie sie sprechen?« fragte Myles kurz angebunden.

»Wir möchten uns mit der Reinmachefrau unterhalten, die letzte Woche in der Wohnung von Ethel Lambston war. Hat Ihre Tochter vielleicht die Telefonnummer?«

»Ach so.« Myles wußte selber nicht, warum er sich sofort erleichtert fühlte. »Das ist einfach. Ich werde Neeve fragen.«

Fünf Minuten später rief Tse-Tse an. »Neeve, ich soll als Zeugin einvernommen werden!« Tse-Tse schien ganz aufgeregt. »Aber darf ich die Inspektoren bitten, mich um halb zwei bei euch in der Wohnung zu treffen? Ich bin noch nie von der Polizei befragt worden. Es wäre mir lieber, wenn du und dein Vater dabeisein könnten.« Dann senkte sie die Stimme. »Die meinen doch nicht etwa, daß *ich* sie umgebracht habe?«

Neeve mußte lächeln. »Natürlich nicht, Tse-Tse. Keine Angst. Vater und ich gehen um zwölf zur Messe in die St. Pauls-Kirche. Halb zwei paßt uns gut.«

»Soll ich ihnen was von dem Neffen sagen, der mir nicht geheuer ist? Daß er das Geld genommen und nachher wieder zurückgelegt hat? Und daß Ethel gedroht hatte, ihn zu enterben?«

Neeve fuhr der Schrecken in die Glieder. »Tse-Tse, du hast gesagt, daß Ethel wütend auf ihn war, aber du hast nichts davon gesagt, daß sie gedroht hat, ihn zu enterben. Selbstverständlich mußt du der Polizei das erzählen.«

Als sie den Hörer auflegte, sah Myles sie fragend an. »Um was ging es?«

Sie erzählte es ihm.

Myles pfiff durch die Zähne.

Tse-Tse kam zur abgemachten Zeit. Sie hatte das Haar zu einem schlichten Knoten aufgesteckt und sich, bis auf die falschen Wimpern, nur sehr wenig zurechtgemacht. Sie trug ein altmodisches Kleid und flache Schuhe. »Das ist das Kostüm, in dem ich eine Haushälterin gespielt habe, die angeklagt war, ihren Herrn vergiftet zu haben.«

Die Inspektoren O'Brien und Gomez erschienen ein paar Minuten später. So wie sie Myles begrüßten, dachte Neeve, hätte niemand vermutet, daß er nicht mehr die Nummer eins im Polizeihauptquartier war.

Als Tse-Tse vorgestellt wurde, blickte O'Brien verwirrt drein. »Douglas Brown hat uns gesagt, die Hausangestellte sei Schwedin.«

Voll ungläubigem Erstaunen hörte er zu, wie Tse-Tse ganz ernst erklärte, daß sie sich verschiedene Persönlichkeiten zulegte, je nachdem, was für eine Rolle sie in ihrem kleinen Theater gerade zu spielen hatte. »Zuletzt habe ich ein schwedisches Zimmermädchen gespielt«, schloß sie, »und Joseph Pap eine persönliche Einladung zur letzten Vorstellung gestern abend geschickt. Mein Horoskop sagte, daß Saturn gerade im Steinbock steht und meine beruflichen Chancen sehr groß sind. Ich hatte wirklich das Gefühl, daß er käme.« Sie schüttelte traurig den Kopf. »Aber er ist nicht erschienen. Es ist überhaupt niemand erschienen.«

Gomez hustete heftig. O'Brien unterdrückte ein Lächeln.

»Das tut mir leid für Sie. Und jetzt, Tse-Tse – wenn ich Sie so nennen darf?« Er begann damit, ihr Fragen zu stellen.

Die Befragung wurde zu einem Dreiergespräch, als Neeve erklärte, warum sie Tse-Tse in Ethels Wohnung mitgenommen hatte, warum sie noch mal zurückgekommen war, um die Mäntel im Kleiderschrank zu inspizieren und Ethels Terminkalender anzusehen. Tse-Tse erzählte von Ethels wütendem Telefongespräch mit ihrem Neffen vor einem Monat und von dem Geld, das in der vergangenen Woche zurückgelegt worden war.

Um halb drei klappte O'Brien sein Notizbuch zu. »Sie waren uns beide eine große Hilfe. Tse-Tse, wären Sie so gut, Miss Kearney nachher in Ethel Lambstons Wohnung zu begleiten? Sie kennen sie sehr gut. Vielleicht fällt Ihnen auf, ob irgend etwas fehlt. Kommen Sie bitte in einer Stunde mit hinüber.

Vorher möchte ich mich noch mal mit Douglas Brown unterhalten.«

Myles hatte die ganze Zeit mit gerunzelter Stirn in seinem tiefen Ledersessel gesessen. »Somit käme also ein habgieriger Neffe ins Spiel«, bemerkte er.

Neeve lächelte bitter. »Was könnte denn deiner Meinung nach seine Visitenkarte sein, Commissioner?«

Um halb vier betraten Myles, Neeve, Jack Campbell und Tse-Tse Ethels Wohnung. Douglas Brown saß auf dem Sofa, die Hände nervös auf dem Schoß gefaltet. Mit unfreundlicher Miene blickte er auf. Auf seinem hübschen, mürrischen Gesicht standen Schweißtropfen. Die Inspektoren O'Brien und Gomez saßen ihm gegenüber mit aufgeschlagenen Notizbüchern. Tischflächen und Schreibtisch waren unaufgeräumt und voller Staub.

Tse-Tse flüsterte Neeve zu: »Die Wohnung war blitzsauber, als ich wegging.«

Neeve erklärte ihr leise, daß die Schmutzstreifen von dem Pulver herrührten, das die Fingerabdruckspezialisten verstreut hatten. Dann wandte sie sich mit ruhiger Stimme an Douglas Brown. »Es tut mir schrecklich leid um Ihre Tante. Ich hatte sie sehr gern.«

»Dann waren Sie eine der wenigen«, gab er unfreundlich zurück. Er stand auf. »Hören Sie zu, jeder, der Ethel kannte, wird Ihnen bestätigen, wie sehr sie einem auf die Nerven fallen und wie schrecklich anspruchsvoll sie sein konnte. Gut, sie hat mich häufig zum Abendessen eingeladen. Ich habe dafür an etlichen Abenden darauf verzichtet, mit meinen Freunden zusammenzusein, nur weil Ethel Gesellschaft haben wollte. Gut, sie hat mir auch manchmal eine der Hundertdollarnoten zugesteckt, die sie überall in der Wohnung verteilt hatte. Dann vergaß sie aber, wo sie die anderen hingelegt hatte, und behauptete, ich hätte sie genommen. Dann fand sie sie wieder und entschuldigte sich. Das ist die ganze Geschichte.« Er starrte Tse-Tse an. »Was, zum Teufel, soll denn diese Aufmachung? Haben Sie eine Wette abgeschlossen? Wenn Sie sich nützlich machen wollen, holen Sie gefälligst den Staubsauger und fangen Sie an, hier aufzuräumen.«

»Ich habe für Miss Lambston gearbeitet«, sagte Tse-Tse würdevoll, »und Miss Lambston ist tot.« Sie blickte Inspektor O'Brien an. »Was möchten Sie, daß ich tue?«

»Ich möchte, daß Miss Kearney uns eine Liste der Kleider macht, die in Miss Lambstons Schrank fehlen, und ich möchte, daß Sie sich ganz allgemein hier umsehen, ob sonst irgend etwas fehlt.«

Myles wandte sich leise an Jack. »Wollen Sie nicht mit Neeve rübergehen? Vielleicht können Sie Notizen für sie machen.« Er selber setzte sich lieber auf einen Stuhl mit gerader Lehne in der Nähe des Schreibtisches. Von dort konnte er gut die Wand mit Ethels Fotogalerie sehen. Nach einer kleinen Weile stand er auf, um die Bilder näher zu betrachten. Zu seiner Überraschung sah er Aufnahmen von Ethel beim letzten Parteitag der Republikaner auf der Tribüne neben der Familie des Präsidenten; Ethel, die den Bürgermeister von New York vor seiner Residenz umarmt; Ethel bei der Entgegennahme des großen Journalistenpreises für den besten Artikel des Jahres. Die Frau muß interessanter gewesen sein, als ich dachte, sagte sich Myles.

Da war das Buch, das Ethel hatte schreiben wollen. Eine Menge Geld, das aus Verbrechen stammte, wurde mit Hilfe der Modeindustrie gewaschen. War Ethel hier auf eine Spur gestoßen? Myles beschloß, Herb Schwartz zu fragen, ob irgendeine geheime, größere Untersuchung lief, die die Konfektionsbranche betraf.

Obwohl das Bett tadellos gemacht und auch sonst im Schlafzimmer nichts in Unordnung war, wirkte der Raum ebenso verwahrlost wie die restliche Wohnung. Selbst der Kleiderschrank sah anders aus. Augenscheinlich war jedes Kleidungsstück und jedes Accessoire herausgeholt, untersucht und irgendwohin wieder zurückgetan worden. »Fabelhaft!« sagte Neeve zu Jack. »Das macht die Sache noch ein bißchen schwieriger.«

Jack trug einen dicken weißen Pullover mit Zopfmuster und eine dunkelblaue Cordhose. Als er im »Schwab House« eintraf, hatte Myles ihm die Tür aufgemacht, die Augenbrauen hochgezogen und bemerkt: »Ihr beide seht ja aus wie Zwillinge!« Dann war er beiseite getreten, um Jack hereinzulassen, der sich im nächsten Augenblick Neeve gegenübersah, die ebenfalls einen weißen dicken Pullover mit Zopfmuster und dunkelblaue Cordhosen trug. Sie waren beide in schallendes Lachen ausgebrochen, und Neeve hatte rasch eine dunkelblau und weiß gemusterte Jacke angezogen.

Der kleine Zwischenfall hatte Neeve ein bißchen von der Furcht befreit, Ethels persönliche Sachen anrühren zu müssen. Dafür war sie jetzt bestürzt, mit welcher Unbekümmertheit Ethels geliebte Garderobe behandelt worden war.

»Schwieriger ja, aber nicht unmöglich«, antwortete Jack ganz ruhig. »Sagen Sie mir, wie wir am besten vorgehen wollen.«

Neeve gab ihm die Mappe mit den Durchschlägen von Ethels Rechnungen. »Wir fangen mit den letzten Einkäufen an.«

Sie nahm die ganz neuen Kleider aus dem Schrank, die Ethel noch nie getragen hatte, legte sie aufs Bett und arbeitete sich dann Stück für Stück weiter, wobei sie Jack die Kleider und Kostüme aufzählte, die noch im Schrank hingen. Es wurde sehr rasch klar, daß alle fehlenden Stücke nur für kaltes Wetter geeignet waren. »Somit scheidet die Annahme aus, daß sie eine Reise in die Karibik oder so etwas Ähnliches geplant und deshalb keinen Mantel mitgenommen hat«, murmelte Neeve zu sich selbst, aber auch zu Jack. »Und Myles hatte recht. Die weiße Bluse, die zu dem Kostüm gehört, in dem man sie gefunden hat, ist nicht da. Vielleicht ist sie wirklich in der Reini... Moment mal!«

Sie unterbrach sich plötzlich und tastete mit

der Hand ganz weit nach hinten in den Schrank. Dann zog sie einen Kleiderbügel hervor, der sich zwischen zwei Wolljacken verfangen hatte. Die weiße Seidenbluse mit dem Jabot und den Spitzenmanschetten hing darauf. »Da ist das, was ich gesucht habe!« teilte Neeve Jack triumphierend mit. »Warum hat Ethel sie nicht angezogen? Und falls sie beschlossen hatte, die andere Bluse anzuziehen, wieso hat sie dann nicht auch diese hier eingepackt?«

Sie setzten sich nebeneinander auf die Chaiselongue, und Neeve schrieb aus Jacks Notizen ab, bis sie eine genaue Liste der fehlenden Kleider hatte. Jack wartete stumm und ließ seinen Blick durchs Zimmer wandern. Schmuddelig, wahrscheinlich infolge der Hausdurchsuchung. Gute Möbel. Teurer Bettüberwurf und schöne Zierkissen. Aber es fehlte die persönliche Note. Keine Rahmen mit Fotos, keine hübschen Spielereien. Die wenigen an den Wänden verteilten Bilder waren völlig belanglos. Es war ein bedrückendes Zimmer, das Leere suggerierte statt Geborgenheit.

Jack wurde auf einmal von einem überwältigenden Mitleid für Ethel ergriffen. Er hatte sie sich so ganz anders vorgestellt, sie eher für eine Art Tennisball gehalten, ständig durch eigene Energie von einer Seite des Platzes auf die andere getrieben. Die Frau, die aus diesem Zimmer sprach, war eher eine bedauernswerte Einzelgängerin.

Sie kehrten ins Wohnzimmer zurück, wo Tse-Tse eben damit beschäftigt war, die Haufen von Post auf Ethels Schreibtisch durchzusehen. »Er ist nicht da«, sagte sie.

»Was ist nicht da?« fragte O'Brien scharf.

»Ethel hatte einen alten Dolch als Brieföffner, einen von diesen indischen Dingern mit einem verzierten Griff in Rot und Gold.«

Neeve fand, daß Inspektor O'Brien plötzlich ein Gesicht machte wie ein Apportierhund, der eine Fährte wittert.

»Können Sie sich erinnern, Tse-Tse, wann Sie den Dolch das letztemal sahen?«

»Ja. Er war noch an beiden Tagen da, als ich geputzt habe. Dienstag und Donnerstag.«

O'Brien blickte Douglas Brown an. »Gestern, als wir Ihre Fingerabdrücke nahmen, war der Brieföffner-Dolch nicht hier. Haben Sie eine Ahnung, wo wir danach suchen könnten?«

Douglas schluckte leer. Er versuchte, sich den Anschein zu geben, als denke er tief nach. Der Brieföffner war am Freitag morgen noch auf dem Schreibtisch gewesen. Niemand war hereingekommen außer Ruth Lambston.

Ruth Lambston! Sie hatte ihm gedroht, sie werde der Polizei erzählen, daß Ethel ihn enterben wollte. Aber er hatte der Polizei bereits gesagt, daß Ethel das Geld immer wiederfand, von dem sie behauptete, er habe es weggenommen. Das war eine blendende Antwort gewesen. Sollte er ihnen jetzt einen Hinweis auf Ruth geben oder lieber sagen, er habe keine Ahnung?

O'Brien wiederholte seine Frage, diesmal in eindringlicherem Ton. Douglas entschied, daß es an der Zeit war, die Aufmerksamkeit des Polizeibeamten von sich abzulenken. »Am Freitag nachmittag kam Ruth Lambston her. Sie holte einen Brief ab, den Seamus für Ethel dagelassen hatte. Sie drohte mir, sie werde der Polizei sagen, daß Ethel nicht gut auf mich zu sprechen sei, falls ich Ihnen gegenüber auch nur ein einziges Wort über Seamus verlöre.« Douglas hielt ein und fügte dann in fast kindlichem Ton hinzu: »Als sie kam, war der Brieföffner da. Sie stand neben dem Schreibtisch, als ich ins Schlafzimmer ging. Ich habe ihn seit Freitag nicht mehr gesehen. Fragen Sie sie lieber selber, warum sie ihn gestohlen hat.«

Nachdem Ruth am Samstag nachmittag den telefonischen Hilferuf von Seamus erhalten hatte, war es ihr mit vieler Mühe gelungen, die Personalchefin ihrer Firma zu Hause zu erreichen. Diese war es gewesen, die den Anwalt, Robert Lane, aufs Polizeikommissariat geschickt hatte.

Als Seamus von Lane nach Hause gebracht wurde, war Ruth überzeugt, daß ihr Mann kurz vor einem Herzanfall stand, und wollte ihn zur Notfallstation des Krankenhauses bringen. Seamus widersetzte sich vehement, war aber bereit, sich ins Bett zu legen.

Mit rotgeränderten Augen, aus denen die Tränen flossen, schlurfte er ins Schlafzimmer, ein gebrochener Mann.

Lane wartete im Wohnzimmer, um mit Ruth

zu sprechen. »Ich bin kein Strafrechtler«, erklärte er geradeheraus, »und Ihr Mann wird einen guten Strafverteidiger brauchen.«

Ruth nickte.

»Nach dem, was er mir im Taxi erzählte, kann er aufgrund momentaner Unzurechnungsfähigkeit auf Freispruch oder eine kürzere Strafe zählen.«

Ruth erstarrte. »Hat er zugegeben, daß er sie getötet hat?«

»Nein. Er sagte mir, daß er ihr einen Faustschlag versetzte und sie nach dem Brieföffner griff, den er ihr entwand. Bei dem Ringen bekam ihre rechte Backe einen Schnitt ab. Er sagte mir ferner, daß er einen Mann, der bei ihm in der Bar herumhing, beauftragt habe, sie telefonisch zu bedrohen.«

Ruths Lippen verkrampften sich. »Das habe ich gestern abend von ihm erfahren.«

Lane zuckte die Achseln. »Ihr Mann wird einem strengen Verhör nicht standhalten. Mein Rat ist, daß er ein Geständnis ablegt und auf eine kürzere Strafe plädiert. Sie glauben, daß er sie getötet hat, nicht wahr?«

»Ja.«

Lane erhob sich. »Wie gesagt, ich bin kein Strafverteidiger, aber ich werde mich erkundigen, ob ich jemanden für Sie finden kann. Es tut mir leid.«

Mehrere Stunden saß Ruth still da, mit der Ruhe völliger Verzweiflung. Um zehn Uhr sah sie die Nachrichten und hörte den Bericht, daß Ethel Lambstons geschiedener Mann wegen ihres Todes einvernommen worden sei. Sie sprang auf und schaltete den Fernsehapparat ab.

Die Ereignisse der vergangenen Woche spulten sich wieder und wieder in ihrem Kopf ab. Vor zehn Tagen der verstörte Anruf von Jeannie – »Mama, ich schäme mich so furchtbar! Der Scheck ist nicht gedeckt.« – mit dem alles begonnen hatte. Ruth hatte geschrien und Seamus mit Vorwürfen überschüttet. Ich habe ihn so weit getrieben, dachte sie, daß er ausrastete.

Ein kürzeres Strafmaß? Was bedeutete das? Totschlag? Wieviel Jahre? Fünfzehn? Zwanzig? Aber er hatte die Leiche begraben. Er hatte sich alle Mühe gegeben, sein Verbrechen zu verheimlichen. Wie hatte er es dann fertig gebracht, so ruhig zu bleiben?

Ruhig? Seamus? Mit dem Brieföffner in der Hand sollte er auf die Frau gestarrt haben, deren Kehle er gerade durchschnitten hatte? Unmöglich!

Eine andere Erinnerung kehrte in Ruths Gedächtnis zurück, etwas, worüber die ganze Familie gelacht hatte, damals, als sie noch lachen konnten. Seamus hatte bei Marcys Geburt dabeisein wollen und war prompt ohnmächtig geworden. Beim Anblick von Blut war er umgesunken. »Sie waren besorgter um deinen Vater als um dich und mich«, erzählte Ruth ihrer Tochter. »Das war das erste und letzte Mal, daß ich Papa erlaubt habe, in den Kreißsaal zu kommen. Es war besser für ihn, sich in der Bar einen zu genehmigen, als dem Arzt im Weg zu stehen.«

Seamus, der zusah, wie das Blut aus Ethels Kehle quoll; der ihre Leiche in einen Plastiksack zwängte, sie heimlich aus der Wohnung schaffte? In den Nachrichten hatte es geheißen, daß die Etiketten aus Ethels Kleidern entfernt worden waren. Seamus sollte die Kaltblütigkeit gehabt haben, das zu tun und sie dann in der Höhle im Park zu begraben? Das war einfach nicht möglich, entschied sie.

Doch wenn er Ethel nicht getötet hatte, wenn er sie wirklich so zurückgelassen hatte, wie er behauptete, dann hatte sie selber, als sie den Brieföffner reinigte und wegbrachte, womöglich einen Beweis vernichtet, der zu jemand anderem hätte führen können!

Sie konnte sich mit dieser erdrückenden Möglichkeit nicht länger beschäftigen. Erschöpft stand sie auf und ging ins Schlafzimmer. Seamus atmete gleichmäßig, aber er rührte sich. »Ruth, bleib bei mir.« Als sie sich ins Bett legte, schlang er die Arme um sie und schlief ein, den Kopf an ihre Schulter gelegt.

Um drei Uhr morgens versuchte Ruth immer noch, irgendeinen Entschluß zu fassen, was sie tun sollte. Dann fiel ihr, fast wie eine Antwort auf ein stummes Gebet, plötzlich Ex-Commissioner Kearney ein, dem sie im Supermarkt schon öfter begegnet war. Er lächelte immer sehr freundlich und grüßte mit »guten Morgen«. Einmal, als ihre Einkaufstüte platzte, war er ihr sogar zu Hilfe geeilt. Sie mochte ihn instinktiv, obgleich sein Anblick sie daran erinnerte, daß wenigstens ein Teil von Seamus' Geld im Luxusgeschäft seiner Tochter ausgegeben wurde.

Die Kearneys wohnten im »Schwab House« in der 74. Straße. *Morgen würden sie und Seamus hingehen und bitten, mit dem Commissioner zu sprechen. Er würde wissen, was sie tun sollten. Sie konnte ihm vertrauen.* Mit dem Gedanken: *Einem* Menschen muß ich vertrauen können, schlief Ruth ein.

Zum erstenmal seit Jahren verschlief sie den Sonntagvormittag. Als sie sich, auf einen Arm gestützt, aufrichtete, um die Zeit festzustellen, zeigte der Wecker schon auf Viertel vor zwölf. Die Sonne schien hell durch die schlecht schließenden Rolläden ins Zimmer. Sie sah auf Seamus hinunter. Im Schlaf verlor er den verängstigten, besorgten Ausdruck, der ihr so sehr auf die Nerven ging, und seine regelmäßigen Züge zeigten wieder Spuren des einst gutaussehenden Mannes. Die Töchter sahen dem Vater ähnlich, dachte Ruth, und sie hatten auch seinen Humor geerbt. Früher war Seamus witzig und voller Zuversicht gewesen. Doch dann begann der Abstieg. Die Miete für die Bar war in astronomische Höhen geklettert, die Gegend vornehmer und teurer geworden, und die alten Kunden waren einer nach dem anderen weggeblieben. Dazu kamen jeden Monat die Alimente.

Ruth schlüpfte aus dem Bett und ging zum Schreibsekretär. Unbarmherzig schien die Sonne auf die Schrammen und lädierten Stellen. Ruth versuchte, die Schublade geräuschlos zu öffnen, aber sie klemmte und quietschte. Seamus bewegte sich.

»Ruth.« Er war noch nicht ganz wach.

»Bleib liegen«, sagte sie mit sanfter Stimme. »Ich ruf dich, wenn das Frühstück fertig ist.«

Sie wollte eben den Speck aus der Pfanne nehmen, als das Telefon läutete. Die Mädchen riefen an. Sie hatten die Nachricht wegen Ethel gehört. Marcy, die Älteste, sagte: »Mama, sie tut uns zwar leid, aber das bedeutet doch sicher, daß Papa jetzt seine Verpflichtungen los ist, nicht wahr?«

Ruth bemühte sich, ihrer Stimme einen heiteren Klang zu geben. »Es sieht wirklich ganz danach aus. Wir haben uns noch gar nicht an den Gedanken gewöhnen können.« Sie rief Seamus, der zum Telefon kam.

Ruth wußte, welche Anstrengung es ihn kostete, sagen zu können: »Es ist schrecklich, sich darüber zu freuen, daß jemand tot ist; aber es ist nicht schrecklich, sich zu freuen, daß eine finanzielle Belastung wegfällt. Aber erzähl mal. Wie geht's denn den Dolly Sisters? Benehmen die Jungs sich euch gegenüber auch anständig?«

Ruth hatte frischen Orangensaft gepreßt, Speck mit Rührei, Toast und Kaffee gemacht. Sie wartete, bis Seamus fertig war mit essen und sie ihm Kaffee nachgeschenkt hatte. Dann setzte sie sich ihm gegenüber an den schweren Eichentisch und begann: »Wir müssen miteinander reden.«

Sie stützte die Ellbogen auf den Tisch und faltete die Hände unterm Kinn. In dem fleckigen Spiegel über dem Geschirrbuffet sah sie ihr Bild und wurde sich auf einmal ihrer trübseligen Erscheinung bewußt. Ihr Morgenrock war verwaschen, ihr früher so schönes hellbraunes Haar strähnig und glanzlos; die runden Brillengläser gaben ihrem schmalen Gesicht etwas Verbissenes. Sie verdrängte diese Gedanken als unwichtig und fuhr fort, auf Seamus einzureden. »Als du mir sagtest, du habest Ethel einen Faustschlag versetzt, der Brieföffner habe ihr ins Kinn geschnitten, und du hättest jemand dafür bezahlt, sie zu bedrohen, glaubte ich, du seist noch einen Schritt weiter gegangen. Ich glaubte, du hättest sie umgebracht.«

Seamus stierte in seine Kaffeetasse. Man könnte meinen, sie enthalte alle Geheimnisse dieser Welt, dachte Ruth. Dann richtete er sich auf und blickte ihr fest in die Augen. Es sah aus, als hätten eine durchgeschlafene Nacht, das Gespräch mit seinen Töchtern und das reichliche Frühstück ihn wieder zu sich gebracht. »Ich habe Ethel nicht getötet«, sagte er. »Ich habe ihr Angst eingejagt. Und ich habe es, weiß Gott, selbst mit der Angst zu tun gekriegt. Ich hatte nie die Absicht, sie zu schlagen; das geschah wahrscheinlich instinktiv. Sie schnitt sich in die Backe, weil sie den Brieföffner packte und ich ihn ihr entriß und dann zurück auf den Schreibtisch warf. Sie hatte panische Angst. Und da sagte sie: ›Also gut, du kannst deine verfluchten Alimente behalten!‹«

»Das war am Donnerstag nachmittag«, sagte Ruth.

»Donnerstag ungefähr um zwei Uhr. Du weißt, wie ruhig es um diese Zeit im Lokal wird. Du weißt auch, in was für einem Zustand du wegen des ungedeckten Schecks warst. Ich ging um halb zwei aus der Bar weg. Dan war da, er kann meine Aussage bestätigen.«

»Bist du noch in die Bar zurückgekehrt?«

Seamus trank seinen Kaffee aus und stellte die Tasse zurück auf den Unterteller. »Ja, das mußte ich. Danach kam ich nach Hause und betrank mich. Und ich blieb das ganze Wochenende betrunken.«

»Bist du rausgegangen, um eine Zeitung zu kaufen?«

Seamus lächelte, ein leeres, trauriges Lächeln. »Ich war gar nicht im Stande zu lesen.« Er wartete auf ihre Reaktion, und Ruth sah einen Hoffnungsschimmer auf seinem Gesicht. »Du glaubst mir also«, sagte er in demütigem, überraschtem Ton.

»Gestern und am Freitag habe ich dir nicht geglaubt«, sagte Ruth. »Doch jetzt glaube ich dir. Du hast viele Eigenschaften, gute und schlechte, aber ich weiß, daß du nie ein Messer oder einen Brieföffner in die Hand nehmen und jemand die Kehle durchschneiden könntest.«

»Das Große Los hast du kaum mit mir gezogen«, sagte Seamus ganz ruhig.

Ruths Ton wurde lebhaft. »Ich hätte eine schlechtere Wahl treffen können. Aber jetzt laß uns überlegen, was wir tun können. Mir ist der Anwalt nicht sympathisch; er hat auch zugegeben, daß du einen andern brauchst. Ich möchte etwas versuchen. Zum letzten Mal: Bitte schwör mir bei deinem Leben, daß du Ethel nicht getötet hast.«

»Ich schwöre es bei meinem Leben.« Seamus zögerte. »Beim Leben meiner drei Töchter.«

»Wir brauchen Hilfe. Wirkliche Hilfe. Ich habe gestern abend die Nachrichten angesehen. Da war die Rede von dir. Daß du verhört worden bist. Sie wollen möglichst rasch beweisen, daß du es getan hast. Wir müssen unbedingt jemand die ganze Wahrheit erzählen, jemand, der uns einen Rat geben kann, was wir tun sollen, oder uns zum richtigen Rechtsanwalt schickt.«

Ruth redete den ganzen Nachmittag auf Seamus ein, argumentierte, debattierte, bewies und erörterte, bis er schließlich einwilligte. Es war halb fünf, als sie ihre Mäntel anzogen und die drei Straßen weit bis zum »Schwab House« gingen. Sie sprachen wenig unterwegs. Obwohl die Luft ungewöhnlich frisch für die Jahreszeit war, genossen die Leute, daß die Sonne schien. Beim Anblick der kleinen Kinder mit Luftballons, denen erschöpft aussehende Eltern folgten, mußte Seamus lächeln. »Weißt du noch, wie wir mit unseren Mädchen am Sonntagnachmittag in den Zoo gingen?«

Der Portier vor dem »Schwab House« sagte ihnen, daß Commissioner Kearney und seine Tochter ausgegangen seien. Zögernd bat Ruth darum, drinnen warten zu dürfen. Eine halbe Stunde lang saßen sie nebeneinander auf dem Sofa in der Eingangshalle, und in Ruth begannen sich

Zweifel zu regen, ob es wirklich ein weiser Entschluß gewesen war, herzukommen. Gerade wollte sie Seamus vorschlagen, wegzugehen, als der Portier die Eingangstür für eine Gruppe von vier Personen offen hielt, die Kearneys und zwei Unbekannte.

Ehe Ruth den Mut sinken ließ, stürzte sie auf sie zu.

»Myles, ich wollte, du hättest ihnen erlaubt, mit dir zu sprechen.« Sie befanden sich in der Küche. Jack bereitete einen Salat zu. Neeve war dabei, die Reste der Spaghettisoße vom Donnerstag aufzutauen.

Myles mixte sehr trockene Martinis für sich und Jack. »Neeve, ich darf mir unmöglich ihre ganze Geschichte anhören. Du bist Zeugin in dieser Sache. Wenn er mir erzählt, daß er Ethel bei einer tätlichen Auseinandersetzung getötet hat, bin ich moralisch verpflichtet, es anzuzeigen.«

»Ich bin überzeugt, daß es nicht das ist, was er dir erzählen wollte.«

»Wie dem auch sei, ich kann dir jedenfalls versichern, daß Seamus Lambston und seine Frau ein strenges Verhör auf dem Kommissariat zu gewärtigen haben. Vergiß nicht, daß Ruth Lambston, falls der kriecherische Neffe die Wahrheit sagt, den Brieföffner gestohlen hat, und du kannst Gift drauf nehmen, daß sie ihn nicht als Souvenir haben wollte. Ich habe getan, was ich konnte, nämlich Pete Kennedy angerufen. Er ist ein erstklassiger Strafverteidiger und wird morgen vormittag mit ihnen sprechen.«

»Und können sie sich überhaupt einen erstklassigen Verteidiger leisten?«

»Wenn Seamus Lambston unschuldig ist, wird Pete unseren Leuten zeigen, daß sie auf der falschen Fährte sind. Und wenn er schuldig ist, dann ist Pete jede Summe wert, die er verlangt, wenn er erreicht, daß Seamus Lambston nicht wegen Mord, sondern nur wegen Totschlag verurteilt wird.«

Beim Abendessen schien es Neeve, als lenke Jack das Gespräch absichtlich in andere Bahnen. Er befragte Myles über einige der berühmtesten Fälle seiner Amtszeit, ein Thema, über das zu sprechen Myles nie müde wurde. Erst beim Abdecken des Tisches fiel Neeve auf einmal auf, daß Jack über eine Menge Fälle Bescheid wußte, von denen man im Mittleren Westen bestimmt nie gehört hatte. »Sie haben sich in alten Zeitungen über Myles orientiert!« sagte sie ihm ins Gesicht.

Er wurde keineswegs verlegen. »Ja, das stimmt. Und nun lassen Sie mal die Töpfe im Spülbecken stehen. Die wasche *ich* ab, Sie ruinieren sich die Fingernägel.«

Es ist nicht möglich, dachte Neeve, daß in einer einzigen Woche so viel passiert sein soll. Es kam ihr vor, als sei Jack schon immer dagewesen. Was tat sich da eigentlich?

Sie wußte, was sich tat. Und plötzlich durchfuhr sie ein eiskalter Schauer. Moses, der das Gelobte Land erblickte und wußte, daß er es nie betreten würde. Warum hatte sie dieses Gefühl? Warum fühlte sie sich irgendwie deprimiert? Warum meinte sie, als sie heute das traurige Foto von Ethel betrachtete, darin noch etwas anderes zu sehen, etwas Verborgenes, als wollte Ethel ihr sagen: »Warte nur, bis du siehst, wie es ist.«

Was ist *es*? fragte sich Neeve.

Der Tod.

Die Zehn-Uhr-Nachrichten brachten eine Menge weiterer Einzelheiten über Ethel. Jemand hatte in aller Eile einen Bericht über ihr Leben zusammengestellt. Es fehlte den Medien an anderen Neuigkeiten, so daß Ethels Geschichte ein Vakuum füllte.

Die Sendung war kaum zu Ende, als das Telefon klingelte. Es war Kitty Conway. Ihre helle, fast musikalische Stimme klang etwas hastig. »Neeve, es tut mir leid, Sie zu stören. Ich bin eben erst nach Hause gekommen. Als ich meinen Mantel weghängte, habe ich gesehen, daß Ihr Vater seinen Hut im Garderobenschrank vergessen hat. Da ich morgen am späteren Nachmittag in die Stadt komme, könnte ich ihn vielleicht irgendwo für ihn abgeben.«

Neeve war verwundert. »Einen Augenblick, ich hole ihn rasch.« Als sie Myles den Hörer reichte, murmelte sie: »Du vergißt doch sonst nie etwas. Was bahnt sich da an?«

»Oh, die reizende Kitty Conway.« Myles schien hocherfreut. »Ich fragte mich schon, ob sie den verflixten Hut wohl je finden würde.« Als er den Hörer wieder auflegte, blickte er Neeve betreten an. »Sie kommt morgen gegen sechs Uhr vorbei. Dann gehe ich mit ihr zum Abendessen aus. Willst du mitkommen?«

»Bestimmt nicht. Es sei denn, du brauchst einen Chaperon. Ich muß morgen sowieso in die Seventh Avenue.«

Von der Küchentür her fragte Jack: »Sagen Sie mir, wenn ich Ihnen auf die Nerven falle. Sonst hätte ich vorgeschlagen, daß wir morgen zusammen essen gehen.«

»Sie wissen ganz genau, daß Sie niemandem auf die Nerven fallen. Ich gehe gern mit zum Essen, falls es Ihnen nichts ausmacht, auf meinen Anruf zu warten. Ich kann die Zeit noch nicht voraussagen. Gewöhnlich mache ich den letzten Besuch bei Onkel Sal und kann von dort aus telefonieren.«

»Mir ist alles recht, Neeve. Nur noch eins: Bitte seien Sie vorsichtig! Sie sind eine wichtige Zeugin im Mordfall Ethel Lambston. Die Begegnung mit Seamus Lambston und seiner Frau hat mich beunruhigt. Die beiden sind verzweifelt, Neeve. Ob schuldig oder nicht, sie möchten jedenfalls, daß die Untersuchung eingestellt wird. Der Wunsch, Ihrem Vater alles zu erzählen, kann spontan gewesen sein, aber auch einfach berechnend. Tatsache ist, daß Mörder sich nicht scheuen, nochmals zu töten, wenn ihnen jemand in die Quere kommt.«

11

Da Montag Dennys freier Tag war, würde seine Abwesenheit im Delikatessenladen nicht auffallen. Er wollte sich aber auch noch das Alibi verschaffen, daß er den Tag im Bett verbracht hatte. »Ich glaube, ich habe Grippe«, sagte er mit heiserer Stimme zu dem gleichgültigen Portier in der Eingangshalle seines Apartmenthauses. Big Charley hatte ihn gestern hier in dieser Halle ans Telefon rufen lassen. »Entweder wirst du sie sofort los, oder wir suchen uns jemand, der dazu imstande ist.«

Denny wußte, was das bedeutete. Man würde ihn nicht weiter herumlaufen lassen, da er sein Wissen von dem Auftrag ja irgendwann dazu benutzen könnte, vor Gericht Milde für sich zu erwirken. Außerdem wollte er den Rest des Geldes haben.

Sorgfältig setzte Denny seinen Plan in die Tat um. Er ging in den Drugstore an der nächsten Ecke, wandte sich hustend an den Apotheker und bat ihn, ihm ein rezeptfreies Mittel zu empfehlen. Bei seiner Rückkehr ließ er sich absichtlich auf ein Gespräch mit dem dummen alten Frauenzimmer ein, das zwei Türen weiter wohnte und es darauf abgesehen hatte, sich mit ihm anzufreunden. Fünf Minuten später kam er aus ihrem Zimmer mit einem übelriechenden Tee in einem angeschlagenen Becher.

»Der kuriert jede Krankheit«, sagte sie zu ihm. »Ich sehe dann später nach Ihnen.«

»Vielleicht können Sie mir gegen Mittag noch mal einen Tee machen?« bat Denny weinerlich.

Er ging zur Toilette, die von den Mietern des ersten und zweiten Stockwerks gemeinsam benutzt wurde, und jammerte dem alten Säufer, der geduldig vor der Tür wartete, etwas von Bauchkrämpfen vor. Der Alte war nicht bereit, ihm den Vortritt zu lassen.

Wieder in seinem Zimmer, packte Denny sorgfältig alle die schäbigen Kleider zusammen, die er getragen hatte, als er Neeve verfolgte. Man konnte nie wissen, ob nicht einer der Portiers ein scharfes Auge hatte und eine genaue Beschreibung von jemandem geben konnte, der sich in der Nähe des »Schwab House« aufgehalten hatte. Selbst die übereifrige Alte mit dem Hund. Sie hatte ihn genau betrachten können. Denny zweifelte nicht daran, daß ein Heer von Polizisten nach jedem kleinsten Anhaltspunkt suchen würde, sobald die Tochter des ehemaligen Commissioners aus dem Weg geräumt war.

Er wollte die Kleider in der Nähe in eine Mülltonne werfen. Das war noch leicht. Der schwierige Teil war, Neeve Kearney von ihrem Laden bis in die Seventh Avenue zu folgen. Aber er hatte sich schon etwas ausgedacht. Er besaß einen neuen grauen Trainingsanzug, in dem ihn noch niemand gesehen hatte. Ferner hatte er eine Punkerperücke und eine große Fliegerbrille. In dieser Aufmachung würde er aussehen wie einer der Boten, die auf ihren Fahrrädern kreuz und quer durch die Stadt sausten und Fußgänger über den Haufen fuhren. Er wollte sich mit einem großen braunen Umschlag bewaffnen und darauf warten, daß Neeve Kearney aus dem Geschäft kam. Wahrscheinlich würde sie ein Taxi zum Modeviertel nehmen. Er wollte ihr in einem andern Taxi folgen, dem Fahrer irgendeine Räubergeschichte erzählen, daß sein Fahrrad gerade gestohlen worden sei und er dieser Dame dringend die Papiere zustellen mußte.

Er hatte mit eigenen Ohren gehört, wie Neeve Kearney sich um halb zwei mit einer dieser reichen Ziegen verabredet hatte, die es sich leisten konnten, Unsummen für Kleider auszugeben. Da es besser war, einen gewissen Spielraum für Irrtümer mit einzukalkulieren, würde er lieber schon vor halb zwei zur Stelle sein.

Es spielte keine Rolle, daß der Taxifahrer den Zusammenhang herstellen konnte, wenn Neeve Kearney umgelegt war. Man würde ja nach einem Punkertyp suchen.

Nachdem Denny seinen Plan festgelegt hatte, stopfte er das Bündel mit den alten Kleidern unter sein Bett. Was für eine Bruchbude, dachte er, als er sich in dem winzig kleinen Zimmer umsah. Voller Küchenschaben. Stinkend. Ein Tisch, der nichts anderes war als eine Orangenkiste. Aber sobald er diesen Job erledigt und die zweiten zehntausend

Piepen kassiert hatte, würde er gerade noch so lange bleiben, bis seine Bewährungsfrist vorbei war, und dann hier abhauen. Und wie er abhauen würde!

Den restlichen Vormittag begab Denny sich noch des öfteren zur Toilette und jammerte jedem, den er antraf, etwas von Bauchschmerzen vor. Um zwölf Uhr mittags klopfte die alte Hexe von seinem Flur an seine Tür und brachte ihm eine neue Tasse Tee und ein altbackenes Brötchen. Er ging noch ein paarmal auf die Toilette, blieb hinter der verriegelten Tür stehen, vermied es, die widerwärtigen Ausdünstungen einzuatmen, und ließ andere so lange warten, bis sie murrend protestierten.

Um Viertel vor eins kam er herausgeschlurft und bemerkte zu dem alten Säufer: »Ich glaub, es geht mir etwas besser. Ich hau mich jetzt mal aufs Ohr.« Sein Zimmer lag im ersten Stock und ging auf einen Hinterhof. Ein Dachvorsprung ragte über die unteren Stockwerke hinaus. Es dauerte nur wenige Minuten, bis Denny seinen grauen Trainingsanzug angezogen, die Punkerperücke und Fliegerbrille aufgesetzt, das Bündel mit den Bettlerkleidern auf die Straße geworfen hatte und hinausgesprungen war.

Er stopfte das Bündel tief in eine von Ratten verseuchte Mülltonne hinter einem Haus in der 108. Straße, nahm die Untergrundbahn zur Station Lexington und 84. Straße, besorgte sich in einer Kaufhalle einen großen braunen Umschlag und Farbstifte, schrieb in Druckbuchstaben DRINGEND auf den Umschlag und begab sich auf seinen

Beobachtungsposten gegenüber von »Neeve's Boutique«.

Am Montag morgen um neun Uhr erhielt ein koreanisches Frachtflugzeug, Flug Nr. 771, die Landeerlaubnis für den Kennedy Airport. Lieferwagen der Firma »Gordon Steuber Textiles« warteten bereits, um die Kisten mit Kleidern und Sportbekleidung abzuholen, die in die Lagerhäuser auf Long Island gebracht werden sollten – Lagerhäuser, die in den Büchern der Firma nirgends auftauchten.

Es waren auch noch andere da, die auf die Fracht warteten: staatliche Justizbeamte, die sich anschickten, den wohl größten Drogenfang der letzten zehn Jahre zu machen.

»Eine unglaubliche Idee«, bemerkte einer von ihnen, der im Mechanikeranzug auf dem Rollfeld wartete. »Ich hab schon erlebt, daß das Zeug in Möbeln oder Puppen oder Hundehalsbändern oder Wegwerfwindeln versteckt war, aber noch nie in Haute-Couture-Kleidern.«

Das Flugzeug zog eine Schleife, landete und kam vor dem Hangar zum Stehen. In Sekundenschnelle wimmelte es ringsum von FBI-Beamten. Wenig später war die erste Kiste aufgebrochen, und die Säume einer wunderschön genähten leinenen Kostümjacke wurden aufgeschlitzt. In einen Plastikbeutel, den der Chef der Operation darunterhielt, rieselte reines, unvermischtes Heroin. »Jesses«, entfuhr es ihm, »allein in dieser Kiste muß Stoff für mindestens zwei Millionen Dollar stecken. Lassen Sie Steuber festnehmen.«

Um neun Uhr vierzig stürmten FBI-Leute in Gordon Steubers Büro. Seine Sekretärin versuchte, ihnen den Weg zu verstellen, wurde jedoch unsanft zur Seite geschoben. Steuber hörte mit unbewegter Miene zu, als ihm die Rechtsbelehrung vorgelesen wurde. Äußerlich ungerührt, sah er zu, wie ihm Handschellen angelegt wurden. Innerlich tobte er vor tödlicher, rasender Wut, und diese Wut richtete sich gegen Neeve.

Als man ihn hinausführte, blieb er vor seiner weinenden Sekretärin kurz stehen. »May«, sagte er, »sagen Sie lieber alle meine Verabredungen ab. Vergessen Sie es nicht.«

Der Ausdruck in ihren Augen bestätigte ihm, daß sie verstanden hatte. Sie würde nichts davon verlauten lassen, daß vor zwölf Tagen, am Mittwoch abend, Ethel Lambston in Steubers Büro eingedrungen war und ihm gesagt hatte, daß sie über seine Tätigkeit genau im Bild sei.

Douglas Brown schlief schlecht in der Nacht von Sonntag auf Montag. Während er sich unruhig auf Ethels feinen Satinlaken hin und her wälzte, träumte er von ihr. In kurzen Traumfetzen sah er Ethel, die ihm im »San Domenico« mit einem Glas Dom Pérignon zuprostete: »Auf Seamus, den Schlappschwanz!« Ethel erschien ihm und sagte in kaltem Ton: »Wieviel hast du diesmal weggenommen?« Im Traum kam auch die Polizei und holte ihn ab.

Am Montag vormittag rief das Büro des Gerichtsmediziners von Rockland County an. Als nächster Angehöriger wurde Doug gefragt, was er wegen der Beisetzung der sterblichen Überreste von Ethel Lambston zu tun beabsichtige. Doug versuchte, sich den Anschein von Besorgtheit zu geben. »Es war der Wunsch meiner Tante, eingeäschert zu werden. Können Sie mir raten, was ich tun muß?«

In Wirklichkeit hatte Ethel einmal erwähnt, daß sie bei ihren Eltern in Ohio begraben werden wollte, aber die Überführung einer Urne wäre sehr viel billiger als die eines Sargs.

Doug bekam ein Beerdigungsinstitut genannt. Die Frau, die das Telefon abnahm, war liebenswürdig und teilnehmend und erkundigte sich nach den finanziellen Voraussetzungen. Doug versprach, sich wieder zu melden, und rief Ethels Buchhalter an. Der Buchhalter war über ein verlängertes Wochenende verreist gewesen und hatte die schreckliche Nachricht gerade erst erfahren.

»Ich war Zeuge, als sie ihr Testament machte«, sagte er. »Ich habe eine Kopie des Originals. Sie hat Sie sehr gern gehabt.«

»Ich habe sie ebenfalls geliebt.« Doug hängte auf. Er hatte sich noch nicht an den Gedanken gewöhnt, daß er jetzt ein reicher Mann war. Jedenfalls für seine Verhältnisse.

Wenn nur nicht alles plötzlich zunichte gemacht wird, dachte er.

Instinktiv hatte er zwar erwartet, daß die Polizei erschiene; trotzdem wurde ihm sehr unbehaglich zumute, als es energisch an der Tür klopfte und er aufgefordert wurde, zum Verhör aufs Kommissariat mitzukommen.

Der Schreck fuhr ihm in die Glieder, als man ihm auf dem Polizeirevier vorlas, welches seine Rechte und Pflichten waren. »Das kann doch nicht Ihr Ernst sein!«

»Wir sind lieber übertrieben vorsichtig«, beschwichtigte ihn Inspektor Gomez. »Denken Sie daran, daß Sie auf Fragen nicht antworten müssen, daß Sie einen Anwalt beiziehen oder das Verhör abbrechen können. Sie brauchen es nur zu sagen.«

Doug dachte an Ethels Geld, an Ethels Eigentumswohnung, an die Kleine im Geschäft, die ihm schöne Augen machte, daran, daß er seinen Job an den Nagel hängen und den Scheißkerl von Chef zum Teufel schicken wollte. Er nahm eine versöhnliche Haltung ein. »Ich bin selbstverständlich bereit, Ihre Fragen zu beantworten.«

Schon die erste Frage, die Inspektor O'Brien ihm stellte, brachte ihn aus der Fassung. »Am letzten Donnerstag sind Sie zur Bank gegangen und haben vierhundert Dollar abgehoben, die Sie sich in Hunderternoten auszahlen ließen. Das können Sie nicht leugnen. Wir haben es nachgeprüft. Es ist das Geld, das wir in der Wohnung gefunden haben, nicht wahr? Warum haben Sie es dort hingelegt, wenn doch Ihre Tante, wie Sie uns sagten, die Banknoten immer wiedergefunden hat, von denen sie behauptete, Sie hätten sie ihr gestohlen?«

Myles schlief von Mitternacht bis halb sechs. Als er aufwachte, wußte er, daß er nicht damit rechnen konnte, wieder einzuschlafen. Nichts war ihm verhaßter, als im Bett liegen zu bleiben in der vagen Hoffnung, noch einmal in Morpheus' Arme zu sinken. Er stand auf, ergriff seinen Bademantel und ging in die Küche.

Während er eine frisch aufgegossene Tasse koffeinfreien Kaffee trank, ging er Schritt für Schritt die Ereignisse der vergangenen Woche durch. Die Erleichterung, die er ursprünglich bei der Nachricht von Nicky Sepettis Tod empfunden hatte, war im Schwinden begriffen. Warum?

Er sah sich in der ordentlichen Küche um. Die Art, wie Jack Campbell Neeve gestern abend beim Aufräumen geholfen hatte, war stillschweigend von ihm gutgeheißen worden. Jack fand sich in einer Küche zurecht. Myles mußte lächeln, als er an seinen eigenen Vater dachte. Ein großartiger Mann. »Der Herr des Hauses« sagte seine Mutter, wenn sie von ihm sprach. Aber, weiß Gott, Papa hatte nie einen Teller zum Spülbecken getragen, nie ein Kind gehütet, nie einen Staubsauger in der Hand gehabt. Die heutigen jungen Ehemänner waren anders. Sie hatten sich zum Guten verändert ...

Was für ein Ehemann war er selber für Renata gewesen? Ein guter, nach dem Maßstab der meisten Leute. »Ich habe sie geliebt«, sagte er zu sich mit kaum hörbarer Stimme. »Ich war stolz auf sie. Wir hatten schöne Zeiten zusammen. Aber wie gut habe ich sie eigentlich gekannt? Wie weit war ich während unserer Ehe der Sohn meines Vaters? Habe ich sie über ihre Rolle als Ehefrau und Mutter hinaus ernst genommen?«

Gestern abend – oder war es schon vorgestern gewesen? – hatte er Jack Campbell erzählt, daß er alles, was er über Wein wußte, von Renata gelernt hatte. Damals bemühte ich mich, meine Ecken und Kanten abzuschleifen, dachte Myles. Schon ehe er Renata traf, hatte er sich ein persönliches Bildungsprogramm zurechtgelegt: Karten für Carnegie Hall, Karten für die Met, regelmäßige Besuche des Kunstmuseums.

Renata hatte das Pflichtprogramm in herrliche Entdeckungsausflüge verwandelt. Sie summte, wenn sie nach der Oper nach Hause kamen, die Melodien mit ihrer hellen, kräftigen Sopranstimme noch vor sich hin. »Milo, *caro*, bist du der einzige unmusikalische Ire auf der Welt?« pflegte sie ihn zu necken.

In den elf wunderbaren Jahren, die uns gegeben waren, haben wir nur angefangen, das auszuloten, was wir später füreinander hätten bedeuten können.

Myles stand auf und schenkte sich eine zweite Tasse Kaffee ein. Woher rührte auf einmal diese Beunruhigung? Was entging ihm? Irgend etwas. Irgend etwas. Ach, Renata, flehte er im stillen, ich weiß nicht, warum, aber ich habe Angst um Neeve. Ich habe in diesen siebzehn Jahren alles für sie getan, was ich konnte. Sie ist doch auch dein Kind. Ist sie in Gefahr?

Der zweite Kaffee brachte Myles wieder zu sich, und er kam sich ein wenig lächerlich vor. Als Neeve gähnend die Küche betrat, hatte er sich genügend gefaßt, um zu sagen:

»Dein Verleger ist ein ausgezeichneter Tellerwäscher.«

Neeve grinste und beugte sich vor, um ihrem Vater einen Kuß auf die Stirn zu geben. »Es ist also ›die reizende Kitty Conway‹«, antwortete sie. »Sie haben meine Zustimmung, Commissioner. Es wird wirklich Zeit, daß du dich etwas unter den Damen umsiehst. Schließlich wirst du auch nicht jünger.« Sie duckte sich, um seinem Klaps zu entgehen.

Um ins Geschäft zu gehen, wählte Neeve ein blaßrosa und grau gemustertes Chanel-Kostüm mit goldenen Knöpfen, graue Wildlederpumps und eine passende Schultertasche. Das Haar kämmte sie nach hinten und schlang es zu einem lockeren Knoten.

Myles nickte anerkennend. »Diese Art Kleid gefällt mir besser als die Harlekinade vom Samstag. Ich muß schon sagen, daß du, was Kleider betrifft, den Geschmack deiner Mutter hast.«

»Sir Huberts Lob freut mich ungemein.« An der Tür zögerte Neeve einen Augenblick. »Commissioner, könntest du mir einen großen Gefallen tun und den Gerichtsmediziner fragen, ob es denkbar ist, daß Ethels Kleider gewechselt wurden, nachdem sie bereits tot war?«

»Daran hatte ich noch nicht gedacht.«

»Dann tu es bitte! Selbst wenn du es nicht für richtig hältst, tu es mir zuliebe. Und noch etwas:

Glaubst du, daß Seamus Lambston und seine Frau versuchen wollten, uns reinzulegen?«

»Absolut denkbar.«

»Na gut. Aber jetzt hör mir einmal bis zu Ende zu, Myles, ohne mich zu unterbrechen. Die letzte Person, die zugegeben hat, Ethel lebend gesehen zu haben, ist ihr Ex-Mann Seamus. Das war, wie wir wissen, am Donnerstag nachmittag. Kann jemand ihn fragen, was für ein Kleid sie da getragen hat? Ich wette, daß es ein buntes, kaftanartiges Hausgewand aus leichter Wolle war, das sie immer anzog, wenn sie zu Hause war. Dieses Kleid hing nicht in ihrem Schrank. Ethel nahm es aber nie auf Reisen mit. Myles, sieh mich nicht so an! Ich weiß, was ich sage. Worauf ich hinaus will, ist die Annahme, daß Seamus – oder jemand anders – Ethel tötete, als sie den Kaftan trug, und sie dann anders anzog.«

Neeve öffnete die Tür. Myles merkte, daß sie auf eine ironische Bemerkung von ihm wartete. Er nahm einen sachlichen Ton an. »Das würde bedeuten …«

»Das würde bedeuten, daß Ethels Ex-Mann, falls sie nach ihrem Tod umgezogen wurde, als Täter nicht in Betracht kommen kann. Hast du gesehen, wie er und seine Frau angezogen waren? Die haben von Mode ungefähr soviel Ahnung wie ich vom Funktionieren einer Raumkapsel. Andererseits gibt es auch noch diesen schmierigen Schuft namens Gordon Steuber. Er könnte automatisch eines seiner eigenen Modelle genommen und Ethel angezogen haben, und zwar in der ursprünglichen Zusammenstellung.«

Ehe Neeve die Tür hinter sich schloß, fügte sie noch hinzu: »Du sagst doch immer, daß ein Mörder seine Visitenkarte hinterläßt, Commissioner.«

Rechtsanwalt Peter Kennedy wurde immer gefragt, ob er mit den Kennedys verwandt sei. Er hatte tatsächlich starke Ähnlichkeit mit dem verstorbenen Präsidenten. Er war Anfang fünfzig, hatte rötliches, erst spärlich mit Grau durchzogenes Haar, ein breites, markantes Gesicht und eine schlanke Gestalt. Zu Beginn seiner Karriere hatte er als Assistent im Büro des Staatsanwalts gearbeitet und eine dauerhafte Freundschaft mit Myles Kearney angeknüpft. Auf Myles' dringenden Anruf hin hatte Peter einen Termin abgesagt und sich bereit erklärt, Seamus und Ruth Lambston in seinem Büro im Stadtzentrum zu empfangen.

Jetzt hörte er ihnen ungläubig zu und sah in ihre angespannten, müden Gesichter. »Sie sagten, Mr. Lambston, daß Sie Ihrer früheren Frau einen so starken Schlag versetzten, daß sie rückwärts hinfiel, daß sie wieder aufsprang und den Dolch ergriff, den sie als Brieföffner benutzte, und daß sie bei dem darauffolgenden Kampf, als Sie ihr den Dolch zu entwinden versuchten, einen Schnitt an der Backe davontrug.«

Seamus nickte. »Ethel sah, daß ich fast bereit gewesen wäre, sie umzubringen.«

»Fast?«

»Fast«, wiederholte Seamus mit leiser, beschämter Stimme. »Das heißt, eine Sekunde lang wäre ich froh gewesen, wenn der Schlag sie getötet hätte. Seit über zwanzig Jahren machte sie mir das Leben zur Hölle. Als sie wieder aufstand, wurde mir klar, was hätte geschehen können. Aber sie war zu Tode erschrocken und sagte zu mir, sie würde auf die Alimente verzichten.«

»Und dann ...«

»Ging ich weg. Ich kehrte in die Bar zurück. Danach ging ich nach Hause und betrank mich und blieb betrunken. Ich kannte Ethel. Es hätte ihr ähnlich gesehen, mich wegen Körperverletzung zu verklagen. Dreimal hat sie versucht, mich einsperren zu lassen, als ich mit den Alimentenzahlungen im Verzug war.« Er lachte freudlos auf. »Das eine Mal genau am Tag, als Jeannie geboren wurde.«

Peter fuhr mit seinen Fragen fort und holte geschickt aus Seamus heraus, daß dieser Angst gehabt hatte, Ethel könnte ihn anzeigen. Er war überzeugt, daß sie, sobald sie richtig zu sich gekommen wäre, es sich anders überlegen und die Alimente wieder von ihm verlangen würde. Er war so töricht gewesen, Ruth zu erzählen, daß Ethel auf die Alimente verzichten wolle, und er war zutiefst erschrocken, als Ruth verlangte, daß Ethel dies schriftlich bestätigte.

»Und dann steckten Sie versehentlich sowohl den Scheck als auch das Schreiben in den Briefkasten und kehrten später zurück, in der Hoffnung, sie wieder herausholen zu können?«

Seamus rang nervös die Hände auf seinem Schoß. Er kam sich selber wie ein armer Irrer vor. Was er tatsächlich war. Aber es kam noch etwas hinzu. Die Drohungen. Irgendwie konnte er sich noch nicht überwinden, auch hiervon etwas zu sagen.

»Nach Donnerstag, dem 13. März, haben Sie Ihre frühere Frau, Ethel Lambston, nicht mehr gesehen oder mit ihr gesprochen?«

»Nein.«

Er hat mir nicht alles gesagt, dachte Peter, aber für den Anfang genügt es. Er beobachtete, wie Seamus Lambston sich auf dem braunen Ledersofa zurücklehnte und sich zu entspannen begann. Bald würde er so weit sein, alle Karten auf den Tisch zu legen. Es wäre ein Fehler, jetzt noch weiter in ihn zu dringen. Peter wandte sich Ruth Lambston zu. Mit besorgtem Blick saß sie steif neben ihrem Mann. Peter sah, daß Seamus' Enthüllungen sie mit Angst erfüllten.

»Kann man Seamus denn wegen Körperverletzung oder was es sonst ist verklagen, weil er Ethel einen Schlag versetzt hat?« fragte sie.

»Ethel Lambston lebt nicht mehr, um Anzeige zu erstatten«, antwortete Peter. Theoretisch konnte die Polizei dies tun. »Mrs. Lambston, ich glaube ein ziemlicher Menschenkenner zu sein. Sie waren diejenige, die ihren Mann dazu überredete, mit dem Commissioner –« er korrigierte sich – »dem ehemaligen Commissioner Kearney zu sprechen. Sie hatten sehr richtig erkannt, daß Sie Hilfe brauchten. Ich kann Ihnen aber nur unter der

Bedingung helfen, daß Sie mir die Wahrheit sagen. Irgend etwas gibt es noch, das Sie abwägen, und ich muß wissen, was es ist.«

Unter den fest auf sie gerichteten Blicken ihres Mannes und des so beeindruckend wirkenden Anwalts gestand Ruth: »Ich glaube, ich habe die Tatwaffe weggeworfen.«

Als sie eine Stunde später weggingen und Seamus einverstanden war, sich einem Test mit dem Lügendetektor zu unterziehen, traute Peter Kennedy seiner Intuition nicht mehr so recht. Ganz zum Schluß ihrer Aussprache war Seamus noch damit herausgerückt, daß er einen versoffenen Kerl dafür bezahlt hatte, Ethel zu drohen. Entweder ist er bloß dumm und hat Angst, oder er treibt ein besonders abgefeimtes Spiel, sagte sich Peter und nahm sich vor, Myles Kearney zu verstehen zu geben, daß nicht alle Klienten, die Myles ihm schickte, unbedingt sein Fall waren.

Die Nachricht von Gordon Steubers Festnahme ging wie ein Lauffeuer durch das Modeviertel. Die Telefonlinien waren ständig besetzt. »Nein, es ist nicht wegen der Beschäftigung von Schwarzarbeitern. Das tut ja jeder. Es geht um Rauschgift.« Und dann die große Frage: »Wieso? Er verdient doch Millionen! Man hat ihm eins auf die Finger gegeben wegen der illegalen Ateliers. Man hat auch schon eine Untersuchung wegen Steuerhinterziehung eingeleitet. Doch da können ein paar gute Anwälte einen Prozeß jahrelang verzögern. Aber

Drogen!« Nach einer Stunde mischte sich schon schwarzer Humor ein: »Hütet euch vor Neeve Kearneys Zorn! Im Handumdrehen habt ihr eure Armbanduhr gegen Handschellen eingetauscht.«

Umringt von einem Schwarm geschäftiger Mitarbeiter, war Anthony della Salva dabei, die letzten Details für seine Herbstmodenschau auszuarbeiten, die in der kommenden Woche stattfinden sollte. Es war eine besonders gut gelungene Kollektion. Der neue Junge, den er frisch von der Modehochschule weg engagiert hatte, war ein Genie. »Sie sind ein zweiter Anthony della Salva«, hatte er mit strahlender Miene zu Roger gesagt. Es war Sals höchstes Lob.

»Oder ein künftiger Mainbocher«, murmelte der schmalgesichtige, schmächtige Roger vor sich hin. Aber er erwiderte Sals seliges Lächeln. In zwei Jahren hätte er garantiert genügend Rückhalt, um ein eigenes Unternehmen zu eröffnen. Er hatte mit Zähnen und Klauen darum gekämpft, gewisse Motive des Südsee-Designs in Verkleinerung bei den Accessoires der neuen Kollektion verwenden zu dürfen, Seidenschals, Unterarmtaschen und Gürtel in den leuchtenden tropischen Farben und raffinierten Mustern, die den ganzen geheimnisvollen Zauber der Unterwasserwelt einfingen.

»Kommt nicht in Frage«, hatte Sal kurz und bündig erklärt.

»Es ist noch immer das Beste, was Sie je kreiert haben. Es ist Ihr Markenzeichen.«

Als die Kollektion fertig war, mußte Sal zugeben, daß Roger recht gehabt hatte.

Es war halb vier, als Sal hörte, was mit Gordon Steuber geschehen war und welche Witze darüber kursierten. Sofort rief er Myles an. »Wußtest du, daß sich so etwas anbahnte?«

»Nein«, sagte Myles etwas unwirsch. »Man hält mich nicht auf dem laufenden über alles, was im Polizeihauptquartier vorgeht.«

Sals besorgter Ton verstärkte die schlimmen Vorahnungen, die ihn schon den ganzen Tag verfolgten.

»Dann sollte man es vielleicht tun«, gab Sal zurück. »Hör zu, Myles, wir haben alle gewußt, daß Steuber Verbindungen zur Unterwelt hat. Wenn Neeve ihn wegen der Beschäftigung von Schwarzarbeitern anprangert, ist das *eine* Sache. Wenn sie aber indirekt bewirkt, daß ein Drogengeschäft in der Höhe von hundert Millionen Dollar auffliegt, dann wird die Geschichte verdammt gefährlich.«

»Hundert Millionen? Die Zahl war mir nicht bekannt.«

»Dann schalt mal dein Radio ein. Meine Sekretärin hat es gerade gehört. Vielleicht solltest du dir überlegen, ob du für Neeve einen Leibwächter engagieren willst. *Paß gut auf sie auf!* Sie ist natürlich deine Tochter, aber ich habe, glaube ich, auch ein berechtigtes Interesse.«

»Das hast du. Ich werde mit den Leuten vom Hauptquartier reden und mir die Sache überlegen. Ich habe gerade versucht, Neeve anzurufen. Sie ist aber schon in die Seventh Avenue gegangen. Es ist ja ihr Einkaufstag. Kommt sie noch bei dir vorbei?«

»Gewöhnlich endet ihre Runde bei mir. Sie weiß auch, daß ich ihr gerne die neue Herbstlinie zeigen möchte.«

»Sag ihr, sobald du sie siehst, daß sie mich anrufen soll. Sag, daß ich auf ihren Anruf warte.«

»Wird gemacht.«

Myles wollte sich schon verabschieden, doch dann fiel ihm noch etwas ein. »Wie geht's deiner Hand, Sal?«

»Besser. Es ist mir eine Lehre, nicht so ungeschickt zu sein. Was mich viel mehr grämt, ist, daß ich das Buch beschädigt habe.«

»Mach dir keine Vorwürfe. Es trocknet schon wieder. Neeve hat einen neuen Verehrer, einen Verleger. Er gibt es einem Restaurator.«

»Kommt nicht in Frage. Das muß ich selber in Ordnung bringen. Ich schicke jemanden, der es abholt.«

Myles lachte. »Sal, du bist zwar ein guter Modeschöpfer, aber ich glaube, für diese Aufgabe ist Jack Campbell der richtige Mann.«

»Myles, ich bestehe darauf!«

»Bis später, Sal.«

Um zwei Uhr kamen Seamus und Ruth Lambston erneut in Peter Kennedys Anwaltsbüro, um sich den Tests mit dem Lügendetektor zu unterziehen. Peter hatte ihnen gesagt: »Wenn wir uns einverstanden erklären, daß ein polizeilicher Test mit dem

Lügendetektor vorgenommen wird, falls es zum Prozeß kommt, kann ich sie vermutlich überreden, keine Anklage wegen Körperverletzung oder Unterschlagung eines Beweismittels zu erheben.«

Ruth und Seamus hatten die vergangenen zwei Stunden in einem kleinen Café im Stadtzentrum verbracht, um eine Kleinigkeit zu Mittag zu essen. Keiner würgte mehr als ein paar Bissen von den Sandwiches hinunter, welche die Kellnerin vor sie hinstellte. Sie bestellten lieber noch Tee nach. Seamus brach das Schweigen. »Was hältst du von dem Anwalt?«

Ruth sah ihn nicht an. »Ich habe das Gefühl, daß er uns nicht glaubt.« Sie wandte den Kopf und blickte ihrem Mann in die Augen. »Aber wenn du die Wahrheit sagst, dann haben wir richtig gehandelt.«

Der Test erinnerte Ruth an ihr letztes Elektrokardiogramm, mit dem Unterschied, daß diese Drähte andere Impulse maßen. Der Mann, der den Apparat bediente, war distanziert freundlich. Er fragte Ruth nach ihrem Alter und wo sie arbeite und erkundigte sich nach ihrer Familie. Als sie von ihren Töchtern sprach, entspannte sie sich, und ihre Stimme bekam einen Anflug von Stolz.

Dann folgten die Fragen, die ihren Besuch in Ethels Wohnung betrafen und die Gründe, wieso sie den Scheck zerrissen, den Brieföffner entwendet, ihn mit nach Hause genommen, gewaschen und später in den Korb in dem indischen Laden gelegt hatte.

Als sie fertig war, bat Peter Kennedy sie, im Empfangszimmer zu warten und Seamus zu ihm zu schicken. Die nächsten fünfundvierzig Minuten saß sie da, halb betäubt vor Besorgnis. Wir haben die Kontrolle über unser Leben verloren. Andere entscheiden, ob wir vor Gericht kommen, ins Gefängnis kommen.

Der Raum war beeindruckend mit dem großen und dem kleinen Sofa aus demselben teuren Leder, dem runden Mahagonitisch, auf dem die neuesten Zeitschriften lagen, und den ausgezeichneten modernen Lithographien an den getäfelten Wänden. Ruth war sich bewußt, daß die Empfangssekretärin ihr verstohlene Blicke zuwarf. Wen sah diese elegant gekleidete junge Frau vor sich? Eine unscheinbare Frau in einem unscheinbaren grünen Wollkleid und gewöhnlichen Halbschuhen, das Haar zu einem Knoten aufgesteckt, aus dem Strähnen heraushingen. Wahrscheinlich denkt sie, daß wir uns das Honorar hier gar nicht leisten können, und sie hat recht damit.

Die Tür des Flurs, der zu Peter Kennedys Privatbüro führte, ging auf. Kennedy stand dort mit einem warmen, entgegenkommenden Lächeln. »Kommen Sie, Mrs. Lambston, es ist alles in Ordnung.«

Nachdem der Experte mit dem Lügendetektor weggegangen war, hatte Kennedy die Karten auf den Tisch gelegt. »Normalerweise würde ich lieber nicht so schnell vorgehen. Aber Sie sind besorgt, denn je länger Seamus von den Medien als möglicher Täter bezeichnet wird, um so schlimmer wird dies für Ihre Töchter. Ich schlage deshalb vor, daß ich mich mit der Mordkommission in Verbindung setze, die den Fall untersucht. Ich verlange, daß man sofort einen Test mit dem Lügendetektor macht, um die für Sie unerträgliche Situation voller Andeutungen zu bereinigen. Ich mache Sie aber auf eins aufmerksam: Um einen sofortigen Test zu erwirken, müssen wir uns ausdrücklich einverstanden erklären, daß die Resultate dieses Tests als Beweismittel zugelassen werden, falls es zum Prozeß kommt. Darauf werden sie eingehen, glaube ich, und ich glaube auch, daß ich sie dazu bringen kann, eventuelle andere Anklagepunkte fallenzulassen.«

Seamus schluckte leer. Sein schweißnasses Gesicht glänzte. »Tun Sie es, bitte.«

Kennedy stand auf. »Es ist jetzt drei Uhr. Möglicherweise können wir heute noch hingehen. Warten Sie bitte draußen, bis ich gesehen habe, was ich erreichen kann.«

Eine halbe Stunde später kam er heraus. »Sie sind einverstanden. Gehen wir.«

Der Montag galt bei den Geschäften als der Tag, an dem wenig lief, aber wie Neeve Eugenia gegenüber bemerkte: »Bei uns scheint das nicht zu stimmen.« Vom ersten Augenblick an, als sie um halb zehn die Tür aufgeschlossen hatte, war Betrieb in der Boutique gewesen. Myles hatte ihr von Sals Befürchtungen erzählt, die vielen Hinweise auf sie im Zusammenhang mit dem Tod von Ethel Lambston könnten dem Geschäft schaden. Nachdem sie jedoch bis mittags ununterbrochen zu tun gehabt hatte, bemerkte Neeve trocken zu Eugenia: »Offensichtlich fänden eine Menge Leute es doch nicht so schlimm, in einem Kostüm aus meiner Boutique begraben zu werden.« Dann fügte sie hinzu: »Bestell mir bitte telefonisch einen Kaffee und ein Sandwich, ja?«

Als ihr die Bestellung ins Büro gebracht wurde, blickte Neeve auf und zog die Augenbrauen hoch. »Oh, ich habe erwartet, daß Denny käme. Er hat doch nicht etwa die Stelle gewechselt?«

Der Austräger, ein schlaksiger neunzehnjähriger Bursche, setzte die Tüte unsanft auf ihrem Schreibtisch ab. »Montag hat er frei.«

Als sich die Tür hinter ihm schloß, bemerkte Neeve: »Der Zimmerservice läßt zu wünschen übrig.« Vorsichtig nahm sie den Deckel von dem Pappbecher mit heißem Kaffee.

Jack rief wenige Minuten später an. »Geht's Ihnen gut?« Neeve lächelte in den Hörer. »Oh, ja. Es geht mir nicht nur gut, ich bin sogar dabei, reich zu werden. Ich hatte einen großartigen Vormittag.«

»Dann könnten Sie mich vielleicht in Zukunft mit ernähren. Ich bin auf dem Weg zum Lunch mit einem literarischen Agenten, den mein Angebot wahrscheinlich nicht gerade glücklich macht.« Jack ließ den scherzhaften Ton fallen. »Neeve, notieren Sie sich bitte diese Telefonnummer. Es sind die ›Four Seasons‹. Ich bin die nächsten zwei Stunden dort, für den Fall, daß Sie mich brauchen.«

»Ich wollte eben mein Thunfischsandwich anbeißen. Bringen Sie mir die Reste von Ihrer Tafel mit.«

»Neeve, es ist mir ernst.«

Neeves Stimme wurde ruhig. »Jack, mir geht's gut. Sparen Sie sich aber etwas von Ihrem Appetit fürs Abendessen. Es kann wahrscheinlich halb sieben oder sieben werden, bis ich Sie anrufe.«

Eugenia warf Neeve einen kritischen Blick zu, als diese den Hörer auflegte. »Der Verleger, nehme ich an.«

Neeve wickelte ihr Sandwich aus. »Hm, hm.« Sie hatte den ersten Bissen im Mund, als das Telefon erneut klingelte.

Es war Inspektor Gomez. »Miss Kearney, ich habe die vom gerichtsmedizinischen Institut gemachten Fotos der verstorbenen Ethel Lambston angesehen. Sie haben den Verdacht geäußert, daß die Kleider ihr erst nach ihrem Tod angezogen wurden.«

»Ja.« Ihre Kehle schnürte sich zusammen, und sie legte das Sandwich wieder hin. Sie wußte, daß Eugenia sie anstarrte, und spürte, wie ihr alle Farbe aus dem Gesicht wich.

»Um diese Annahme näher zu untersuchen, habe ich sehr starke Vergrößerungen der Fotos machen lassen. Die Tests sind noch nicht abgeschlossen, und wir wissen, daß die Leiche transportiert wurde; darum ist es sehr schwer zu sagen, ob Ihre Vermutung richtig ist oder nicht. Aber sagen Sie mir bitte etwas: Wäre Ethel Lambston je mit einer breiten Laufmasche im Strumpf aus dem Haus gegangen?«

Neeve erinnerte sich, die Laufmasche gesehen zu haben, als sie Ethels Kleider identifiziert hatte. »Niemals«, sagte sie.

»Das hatte ich mir gedacht«, pflichtete Gomez ihr bei. »Der Autopsiebericht erwähnt Nylonfasern an einem Zehennagel. Demnach entstand die Laufmasche, als die Strumpfhose angezogen wurde. Das würde bedeuten, daß Ethel Lambston, falls sie sich selber angekleidet hat, in einem Haute-Couture-Kostüm und mit einem kaputten Strumpf ausgegangen wäre. Darüber möchte ich mich in ein, zwei Tagen noch näher mit Ihnen unterhalten. Sind Sie erreichbar?«

Sie hatte eben den Hörer aufgelegt, als es kurz an der Tür klopfte. Die Empfangsdame trat eilig ein. »Neeve«, flüsterte sie, »Mrs. Poth ist da. Und haben Sie schon gehört, daß Gordon Steuber verhaftet worden ist?«

Irgendwie brachte Neeve es fertig, ein ruhiges, aufmerksames Lächeln zu bewahren, während sie ihrer wohlhabenden Kundin half, drei Abendkleider von Adolfo und zwei Donna-Karan-Kostüme sowie Sandaletten, Pumps und Handtaschen dazu auszuwählen. Mrs. Poth, eine auffallend elegante Frau von Mitte sechzig, erklärte, daß Modeschmuck sie nicht interessiere. »Er ist hübsch, aber ich ziehe meine echten Schmuckstücke vor.« Doch am Ende ging sie auf alle Vorschläge von Neeve ein.

Neeve begleitete Mrs. Poth zu ihrer Limousine, die genau vor der Boutique geparkt war. Die Madison Avenue wimmelte von Menschen, die Einkäufe machten oder flanierten. Trotz der ungewöhnlich niedrigen Temperaturen schien jedermann das sonnige Wetter zu genießen. Als Neeve sich wieder ihrem Geschäft zuwandte, bemerkte sie auf der gegenüberliegenden Straßenseite einen Mann in einem grauen Trainingsanzug, der sich gegen die Hauswand lehnte. Einen flüchtigen Augenblick kam er ihr bekannt vor, doch sie dachte nicht weiter darüber nach, sondern eilte zurück in ihr Büro. Nachdem sie sich die Lippen neu geschminkt hatte, nahm sie ihre Ledermappe unter den Arm. »Kümmere dich ums Geschäft«, sagte sie zu Eugenia. »Ich komme nicht mehr zurück. Schließ also bitte auch die Tür ab.«

Freundlich lächelnd ging sie durchs Geschäft, blieb ein-, zweimal kurz stehen, um mit einer alten Kundin ein Wort zu wechseln, und begab sich zur Ausgangstür. Die Empfangsdame hatte ihr bereits ein Taxi bestellt. Neeve stieg rasch ein und sah nicht, daß der Mann mit der verrückten Punkerfrisur und dem grauen Trainingsanzug auf der anderen Straßenseite ein Taxi anhielt.

Wieder und wieder und unter verschiedenen Gesichtspunkten antwortete Doug auf dieselben Fragen. Um welche Zeit war er in Ethels Wohnung eingetroffen? Wieso hatte er sich entschlossen, dort einzuziehen? Wann war der Anruf gekommen, in dem Ethel gedroht wurde, falls sie Seamus nicht von den Zahlungen befreite? Wie erklärte er die Tatsache, daß er erst nach einer Woche anfing, das Telefon zu beantworten, und daß der erste Anruf, den er abnahm, eine Drohung war?

Mehrmals wurde Doug darauf hingewiesen, daß es ihm freistehe, Fragen zu beantworten, daß er einen Anwalt verlangen könne, doch seine Antwort lautete: »Ich brauche keinen Rechtsanwalt. Ich habe nichts zu verbergen.« Aber allmählich geriet er in Panik.

»Mir waren gerade Befürchtungen gekommen, es könnte ihr vielleicht etwas zugestoßen sein. Ich sah in ihrem Terminkalender nach und stellte fest, daß sie alle Verabredungen nach dem Freitag, an dem sie mich in ihrer Wohnung treffen wollte, abgesagt hatte. Das beruhigte mich. Aber dann erzählte mir die Nachbarin, daß dieser Trottel von Ex-Mann einen Riesenkrach mit Ethel gehabt hätte und noch mal aufgekreuzt sei, als ich bei der Arbeit war. Dann verschafft sich auch noch seine Frau fast gewaltsamen Eintritt und zerreißt einfach Ethels Alimentenscheck. Da hab ich mir gesagt, daß irgend etwas nicht stimmte.«

»Und dann«, sagte Inspektor O'Brien voller Sarkasmus, »beschlossen Sie, das Telefon abzunehmen, und gleich der erste Anruf war eine gegen das Leben Ihrer Tante gerichtete Drohung, nicht wahr? Und der zweite kam von der Bezirksanwaltschaft von Rockland County und setzte Sie davon in Kenntnis, daß die Leiche gefunden worden sei.«

Douglas spürte den Schweiß in seinen Achselhöhlen. Er rutschte unruhig hin und her und versuchte, sich auf dem harten Stuhl bequemer hinzusetzen. Von der anderen Seite des Tisches her beobachteten ihn die beiden Kriminalbeamten. »Langsam reicht's mir«, erklärte Doug.

O'Briens Gesicht wurde hart. »Dann vertreten Sie sich ein bißchen die Beine, Wertester. Aber vielleicht sind Sie so freundlich, uns vorher noch eine Frage zu beantworten. Der kleine Teppich vor dem Schreibtisch Ihrer Tante war mit Blut bespritzt. Jemand hat ganze Arbeit geleistet und ihn gereinigt. Mr. Brown, haben Sie, ehe Sie Ihre derzeitige Stelle bekamen, nicht bei Sears im Reinigungsdienst für Möbel und Teppiche gearbeitet?«

Die Panik löste bei Doug eine Reflexhandlung aus. Er sprang auf und stieß den Stuhl so heftig zurück, daß er umfiel. »Scheiße!« fluchte er und stürzte aus dem Verhörraum.

Mit seinem Beschluß, ein Taxi erst herbeizuwinken, sobald Neeve ihres bestieg, hatte Denny sich bewußt auf ein Risiko eingelassen. Aber er wußte, daß Taxifahrer neugierig waren. Er wurde einfach glaubwürdiger, wenn er sich einen Wagen schnappte und scheinbar atemlos sagte: »Irgendein gemeiner Typ hat mein Fahrrad geklaut. Fahren Sie bitte hinter dem Taxi dort her. Es kostet mich den

Kopf, wenn ich der Frau dort diesen Umschlag nicht bringe.«

Der Fahrer war Vietnamese. Er nickte gleichgültig, schnitt geschickt einem herankommenden Bus den Weg ab, als er auf die andere Straßenseite wechselte, fuhr dann die Madison Avenue hinauf und bog nach links in die 85. Straße ein. Denny lehnte sich in die Ecke und hielt den Kopf gesenkt. Er wollte dem Taxichauffeur nicht zuviel Gelegenheit geben, ihn im Rückspiegel zu betrachten. Die einzige Bemerkung des Fahrers war: »Mistkerle. Wenn man Fürze verkaufen könnte, würden sie die auch noch stehlen.« Das Englisch des Vietnamesen war erstaunlich gut.

An der Ecke Seventh Avenue und 36. Straße fuhr das andere Taxi gerade noch über die Kreuzung, ehe die Ampel auf Rot umschaltete. Sie verpaßten den Anschluß. »Tut mir leid«, entschuldigte sich der Fahrer.

Denny wußte, daß Neeve wahrscheinlich schon beim nächsten oder übernächsten Häuserblock aussteigen würde. Ihr Taxi konnte in diesem dichten Verkehr nur dahinschleichen. »Sollen sie mich doch rausschmeißen. Ich habe mein Bestes versucht.« Er bezahlte den Fahrer und schlenderte zu Fuß weiter. Aus dem Augenwinkel konnte er sehen, wie sein Taxi wieder anfuhr, weiter die Seventh Avenue hinunter. Rasch kehrte Denny sich um und eilte zurück der 36. Straße zu.

Wie gewöhnlich herrschte auf den Straßen des Bekleidungsviertels Hochbetrieb. Riesige Lastwagen, die entladen wurden, parkten in zwei Reihen nebeneinander auf der ganzen Straßenlänge und brachten den Verkehr beinahe zum Stillstand. Botenjungen auf Rollschuhen flitzten zwischen den Fußgängern hindurch; Angestellte der Lieferfirmen stießen, unbekümmert um Menschen und Fahrzeuge, mit Kleidern vollgehängte Ständer vor sich her. Hupen dröhnten. Nach der letzten Mode gekleidete Männer und Frauen liefen, aufgeregt miteinander diskutierend, vorbei, ohne auch nur im geringsten auf die Leute und den Verkehr ringsum zu achten.

Der ideale Ort für ein Attentat, dachte Denny befriedigt. Einen halben Häuserblock weiter sah er ein Taxi an den Straßenrand fahren und beobachtete, wie Neeve Kearney ausstieg. Ehe Denny nahe an sie herankommen konnte, war sie bereits in einem Haus verschwunden. Er bezog auf der gegenüberliegenden Straßenseite einen Beobachtungsposten, abgeschirmt von einem der großen Lastwagen. »Statt teure Kleider auszusuchen, Neeve Kearney, solltest du dir lieber ein Leichenhemd bestellen«, murmelte er vor sich hin.

Der dreißigjährige Jim Greene war erst vor kurzem zum Inspektor bei der Kriminalpolizei befördert worden. Seine Fähigkeit, eine Situation rasch zu erfassen und instinktiv richtig zu handeln, hatte ihm das Vertrauen seiner Vorgesetzten eingetragen.

Jetzt hatte man ihm die langweilige, aber überaus wichtige Aufgabe zugeteilt, das Krankenhausbett des Inspektors Tony Vitale zu bewachen. Es war kein beneidenswerter Job. Wäre Tony auf der Privatstation gewesen, so hätte Jim vor seiner Zimmertür Wache halten können. Auf der Intensivstation mußte er jedoch im Schwesternzimmer sitzen. Dort wurde er seine ganze Acht-Stunden-Schicht lang ständig an die Vergänglichkeit des Lebens erinnert, wenn die Monitoren plötzlich Alarmsignale von sich gaben und das Krankenpersonal herbeieilte, um den Tod abzuwehren.

Jim, schlank und drahtig und nur mittelgroß, versuchte, in dem kleinen, eng begrenzten Raum so wenig Platz wie möglich einzunehmen. Nach vier Tagen behandelten ihn die Schwestern, als gehöre er schon dazu. Und alle schienen sich ganz besonders um den zähen jungen Polizisten zu sorgen, der um sein Leben kämpfte.

Jim wußte, wieviel Mut es brauchte, sich als Polizeispitzel in eine Gangsterbande einschleusen zu lassen, mit kaltblütigen Killern an einem Tisch zu sitzen und zu wissen, daß die Tarnung jeden Augenblick entdeckt werden konnte. Er wußte von der Befürchtung, daß Nicky Sepetti einen Tötungsbefehl für Neeve Kearney ausgegeben hatte, kannte die Erleichterung, als Tony mit großer Mühe herausgebracht hatte: »Nicky ... kein Kontrakt, Neeve Kearney ...«

Jim hatte gerade Dienst, als Commissioner Schwartz zusammen mit Myles Kearney im Krankenhaus erschienen war, und er hatte Gelegenheit gehabt, diesem die Hand zu schütteln. Der Legende.

Kearney wurde seinem Ruf wirklich gerecht. Nach dem gewaltsamen Tod seiner Frau mußte er sich vor Sorge zerfleischen, wenn er daran dachte, daß Sepetti es jetzt auf seine Tochter absehen könnte.

Wie der Polizeichef sagte, glaubte Tonys Mutter, daß ihr Sohn versuchte, ihnen noch irgend etwas mitzuteilen. Die Krankenschwestern hatten Anweisung, Jim sofort zu holen, wenn Tony imstande war zu sprechen.

Dies geschah am Montag nachmittag um vier Uhr. Vitales Eltern waren gerade weggegangen, mit einem Funken Hoffnung in ihren erschöpften Gesichtern. Wenn nichts Unerwartetes eintrat, war Tony außer Gefahr.

Die Schwester ging hinein, um nach dem Patienten zu sehen. Durch die Glasscheibe sah Jim zu und stand dann rasch auf, als sie ihm ein Zeichen gab, zu kommen.

Glukose tropfte in Tonys Arm, und Sauerstoff wurde ihm durch Schläuche in den Nasenlöchern zugeführt. Seine Lippen bewegten sich. Er flüsterte ein Wort.

»Er sagt seinen eigenen Namen«, teilte die Krankenschwester Jim mit.

Jim schüttelte den Kopf. Er beugte sich hinunter und legte sein Ohr dicht an Tonys Lippen. »Kearney« hörte er und dann ein ganz schwaches »Ne...«

Er berührte Vitales Hand. »Tony, ich bin Polizeibeamter. Sie sagten gerade ›Neeve Kearney‹, nicht wahr? Drücken Sie meine Hand, wenn ich recht habe.«

Er spürte einen ganz schwachen Druck auf seiner Handfläche. »Tony«, fuhr er fort, »als Sie herkamen, versuchten Sie etwas von einem Kontrakt zu sagen. Ist es das, was Sie mir erzählen möchten?«

»Sie regen den Patienten auf«, protestierte die Schwester. Jim blickte kurz zu ihr hoch. »Er ist Polizist, und zwar ein guter. Es wird ihm bessergehen, wenn er das loswird, was er uns mitzuteilen versucht.« Er wiederholte seine Frage in Tonys Ohr.

Wieder ein kaum spürbarer Druck auf seiner Hand.

»Sehr gut. Sie möchten uns etwas über Neeve Kearney und über einen Kontrakt sagen.« In aller Eile rief Jim sich den Wortlaut dessen, was Vitale bei seiner Einlieferung ins Krankenhaus gesagt hatte, ins Gedächtnis. »Tony, Sie sagten: ›Nicky, kein Kontrakt.‹ War das vielleicht nur ein Teil dessen, was Sie sagen wollten?« Ein plötzlicher Gedanke ließ Jim fast erstarren. »Tony, versuchten Sie uns zu sagen, daß Sepetti keinen Kontrakt auf Neeve Kearney ausgeschrieben hat, daß aber jemand anders es tat?«

Ein Augenblick verging, ehe seine Hand krampfhaft umklammert wurde.

»Tony«, flehte Jim. »Versuchen Sie's. Ich schaue auf Ihre Lippen. Wenn Sie wissen, wer den Mordbefehl ausgegeben hat, sagen Sie's mir.«

Es schien Tony, als ob die Fragen des anderen

Polizisten wie durch einen Tunnel widerhallten. Er verspürte eine riesige, überwältigende Erleichterung, daß es ihm gelungen war, eine solche Warnung hervorzubringen. Jetzt sah er das Bild im Geist ganz klar vor sich: Joey, der zu Nicky sagte, Steuber habe den Mord angeordnet. Seine Stimme gehorchte ihm einfach nicht, aber er konnte die Lippen langsam bewegen, sie so spitzen, daß sie die Silbe »Stu« bildeten, und dann für den Laut »ber« wieder loslassen.

Jim blickte ihn mit äußerster Aufmerksamkeit an. »Ich glaube, er versucht so etwas zu sagen wie ›Tru...‹«

Die Schwester unterbrach ihn. »Meiner Meinung nach hieß es ›Stu-ber‹.«

Mit einer letzten Anstrengung, ehe er wieder in einen tiefen, heilsamen Schlaf sank, drückte Inspektor Tony Vitale Jims Hand und brachte ein leichtes Nicken zustande.

Nach dem wütenden Abgang von Doug Brown aus dem Verhörraum diskutierten die Inspektoren O'Brien und Gomez über das, was ihnen an Tatsachen im Fall Ethel Lambston bisher bekannt war. Sie waren sich einig, daß Doug Brown ein Taugenichts war und seine Geschichte sehr fadenscheinig; daß er vermutlich seine Tante ständig bestohlen hatte; daß seine Begründung, warum er das Telefon nicht beantwortet hatte, eine glatte Lüge war; und daß er in Panik geraten mußte, als seine Geschichte von den gegen Ethel gerichteten telefonischen Drohungen fast mit der Nachricht von der Entdeckung ihrer Leiche zusammenfiel.

O'Brien lehnte sich auf seinem Stuhl zurück und versuchte, die Füße auf den Tisch zu legen, seine »Denkerstellung«, wenn er am Schreibtisch saß. Der Tisch war jedoch zu hoch, als daß es bequem gewesen wäre. Ärgerlich stellte er die Füße wieder auf den Boden, brummelte etwas von »das Letzte an Mobiliar« und fügte dann hinzu: »Diese Ethel Lambston muß wirklich eine Menschenkennerin gewesen sein. Der Ex-Mann eine Niete, der Neffe ein Dieb. Aber ich würde sagen, daß von den beiden Arschlöchern es der Ex-Mann war, der sie umgebracht hat.«

Gomez beobachtete seinen Kollegen mit Zurückhaltung. Er hatte seine eigenen Vorstellungen, die er Schritt für Schritt darlegen wollte. »Nehmen wir an, sie sei zu Hause ermordet worden.«

O'Brien pflichtete mit einem Grunzlaut bei.

Gomez fuhr fort: »Wenn du und Miss Kearney recht haben, dann hat jemand Ethel andere Kleider angezogen, jemand die Etiketten rausgerissen, jemand vermutlich ihren Koffer und ihre Handtasche weggeworfen.«

Durch halb geschlossene, aber wachsame Augen gab O'Brien sein Einverständnis zu erkennen.

»Jetzt kommt der springende Punkt.« Gomez hielt den Augenblick für gekommen, seine Theorie zu enthüllen. »Warum sollte Seamus die Leiche verstecken? Es war ein reiner Zufall, daß sie so rasch entdeckt wurde. Er hätte weiterhin die Alimente an ihren Buchhalter überweisen müssen. Aber was für einen Grund hätte der Neffe gehabt, die Leiche zu verstecken und die Firmenetiketten aus den Kleidern zu trennen? Wenn Ethel unentdeckt verwest wäre, hätte er sieben Jahre warten müssen, um an ihre Piepen heranzukommen, und obendrein noch saftige Anwaltshonorare zu berappen gehabt. Wenn einer von den beiden es gewesen ist, dann hätte er doch *gewollt*, daß die Leiche gefunden wird. Oder?«

O'Brien hob die Hand. »Nun statte die beiden nicht auch noch mit Intelligenz aus! Wir nehmen sie weiterhin in die Zange, setzen ihnen zu, und früher oder später wird dann einer von ihnen kommen und sagen: ›Ich wollte es doch gar nicht tun.‹ Ich wette immer noch, daß es der Ehemann war. Willst du fünf Dollar auf den Neffen setzen?«

Die Wahl wurde Gomez erspart, da das Telefon läutete. Der Commissioner wollte beide Inspektoren sofort in seinem Büro sprechen.

Während sie mit dem Streifenwagen ins Stadtzentrum unterwegs waren, versuchten O'Brien und Gomez das, was sie bisher unternommen hatten, zu beurteilen. Der Polizeichef hatte sich persönlich in die Sache eingeschaltet. Hatten sie irgendeine Dummheit gemacht? Es war Viertel nach vier, als sie sein Büro betraten.

Commissioner Schwartz hörte dem Gang der Diskussion aufmerksam zu. Inspektor O'Brien war absolut dagegen, Seamus Lambston sofort zu verhaften. »Sir«, sagte er verteidigend, »ich bin von Anfang an der Meinung gewesen, daß der Ex-Mann die Tat begangen hat. Aber warten Sie noch, und geben Sie mir drei Tage Zeit, um den Beweis zu erbringen.«

Herb war drauf und dran, O'Briens Bitte nachzugeben, als seine Sekretärin hereinkam. In aller Eile entschuldigte er sich und ging hinaus ins Vorzimmer. Nach fünf Minuten kehrte er zurück. »Man hat mir gerade mitgeteilt«, sagte er ruhig, »daß Gordon Steuber wahrscheinlich einen Mordkontrakt auf Neeve Kearney ausgeschrieben hat. Wir werden ihn sofort verhören. Neeve hatte auf seine illegalen Nähateliers aufmerksam gemacht, was die Untersuchungen auslöste, die dann dazu führten, daß das Drogengeschäft aufflog. Damit wäre ein Grund gegeben. Aber Ethel Lambston kann ebenfalls Wind von Steubers Geschäften gekriegt haben. Die Wahrscheinlichkeit ist also groß, daß Steuber etwas mit ihrer Ermordung zu tun haben könnte. Ich möchte daher den Ex-Mann entweder festnageln oder ausschalten. Akzeptieren Sie den Vorschlag des Anwalts. Sehen Sie zu, daß der Test mit dem Lügendetektor noch heute vorgenommen wird.«

»Aber ...« O'Brien sah den Ausdruck im Gesicht des Commissioners und beendete den Satz nicht.

Eine Stunde später wurden Gordon Steuber, der die Kaution von zehn Millionen Dollar noch nicht aufgebracht hatte, und Seamus Lambston in zwei verschiedenen Verhörzimmern vernommen. Steuber hatte seinen Anwalt neben sich, während Inspektor O'Briens Fragen auf ihn niederprasselten.

»Wissen Sie etwas von einem Kontrakt, der auf Neeve Kearney ausgeschrieben wurde?«

Gordon Steuber, trotz der in der Wartezelle verbrachten Stunden noch immer tadellos aussehend, versuchte, den Ernst der Lage abzuschätzen. Er brach in schallendes Lachen aus. »Sie machen wohl einen Witz! Aber die Idee wäre nicht schlecht.«

Im Nebenzimmer saß Seamus und war zum zweitenmal an diesem Tag an einen Lügendetektor angeschlossen. Er sagte sich immer wieder, daß dies dasselbe sei wie beim ersten Test, den er bestanden hatte.

Aber es *war* nicht dasselbe. Die harten, unfreundlichen Gesichter der Kriminalbeamten, die bedrückende Enge des Raums, die Gewißheit, daß sie ihn für Ethels Mörder hielten, jagten ihm Angst ein. Die Ermutigungen seines Anwalts, Peter Kennedy, konnten daran nichts ändern. Er wußte, daß er einen Fehler gemacht hatte, als er sich mit dem Test einverstanden erklärte.

Seamus war kaum imstande, auch nur die einfachsten Fragen zu beantworten. Als er zur letzten Begegnung mit Ethel kam, war ihm, als stünde er wieder vor ihr, sähe ihr spöttisches Gesicht, wüßte, daß sie sich an seinem Elend weidete und ihn nie von seinen Verpflichtungen erlösen würde. Wut staute sich in ihm an wie an jenem Abend. Die Fragen gingen weiter.

»Sie haben Ethel Lambston einen Schlag versetzt?«

Seine Faust, die ihr Kinn traf, ihr Kopf, der zurückflog. »Ja, ja.«

»Sie nahm den Brieföffner und versuchte, Sie damit anzugreifen?«

Der Haß in ihrem Gesicht. Nein, *Verachtung* war es gewesen. Sie wußte, daß sie ihn in ihren Klauen hatte. »Ich lasse dich verhaften, du Biest!« hatte sie geschrien, den Brieföffner gepackt und war damit auf ihn losgegangen. Er hatte ihn ihr entwunden und ihr bei dem Ringen einen Schnitt im Gesicht beigebracht. Dann hatte sie den Ausdruck in seinen Augen gesehen und gesagt: »Also gut, in Ordnung, du brauchst mir keine Alimente mehr zu bezahlen.«

Dann ...

»Haben Sie Ihre frühere Frau, Ethel Lambston, getötet?«

Seamus schloß die Augen. »Nein, nein...«

Peter Kennedy brauchte die Bestätigung von Inspektor O'Brien nicht mehr, um mit Bestimmtheit zu wissen, was er bereits geahnt hatte. Er hatte das Spiel verloren.

Seamus hatte beim Test des Lügendetektors versagt.

Zum zweitenmal an diesem Nachmittag hörte Herb Schwartz mit unbewegtem Gesicht zu, was ihm die Inspektoren O'Brien und Gomez berichteten.

Die ganze letzte Stunde war er hin- und hergerissen gewesen, ob er Myles sagen sollte, daß der Verdacht bestand, Gordon Steuber könnte einen Kontrakt auf Neeve ausgeschrieben haben. Es könnte genügen, um einen neuen Herzanfall auszulösen.

Wenn Steuber einen Mordbefehl erteilt hatte, war es dann schon zu spät, um die Ausführung zu verhindern? Herbs Eingeweide verkrampften sich, als ihm klar wurde, daß die Antwort »Ja« lauten würde. Wenn Steubers Kontrakt angenommen worden war, hatte er schon fünf oder sechs Zwischenstufen durchlaufen, ehe die eigentliche Tat vorbereitet wurde. Der Killer würde nie erfahren, wer den Mord bestellt hatte. Aller Wahrscheinlichkeit nach würde man einen auswärtigen Gangster anheuern, der sofort verschwand, sobald der Befehl ausgeführt war.

Neeve Kearney! Mein Gott, dachte Herb, ich kann es unmöglich geschehen lassen. Er war vierunddreißig und Stellvertretender Commissioner gewesen, als Renata ermordet wurde. Bis an sein Lebensende würde er den Ausdruck auf Myles Kearneys Gesicht nicht vergessen, als er neben der Leiche seiner Frau gekniet hatte.

Und jetzt seine Tochter?

Der Faden der Untersuchung, der Steuber mit Ethel Lambstons Tod verknüpfte, schien jetzt nicht mehr in Betracht zu kommen. Der ehemalige Ehemann hatte beim Test mit dem Lügendetektor versagt, und O'Brien machte keinen Hehl aus seiner Überzeugung, daß Seamus Lambston seiner geschiedenen Frau die Kehle durchgeschnitten hatte. Herb bat O'Brien, nochmals seine Gründe darzulegen.

Es war ein langer Tag gewesen. O'Brien hob mißmutig die Schultern, nahm aber auf einen kalten Blick des Commissioners hin eine respektvollere Haltung an. So präzise, als befände er sich im Zeugenstand, führte er seine stichhaltigen Gründe für die Schuld von Seamus Lambston an. »Er ist pleite. Er ist verzweifelt. Er hatte Krach mit seiner Frau wegen eines ungedeckten Schecks für das Schulgeld. Er begibt sich zu Ethel, und die Nachbarin im dritten Stock hört, wie sie sich streiten. Während des ganzen Wochenendes geht er nicht in seine Bar. Niemand bekommt ihn zu Gesicht. Er kennt den Morrison State Park wie seine eigene Hosentasche. Er hat früher mit seinen Kindern die Sonntage dort verbracht. Ein paar Tage später wirft er bei Ethel einen Brief in den Kasten, in dem er sich bedankt, daß sie ihn von seinen Verpflichtungen entbunden hat, und in denselben Umschlag tut er einen Scheck, den er angeblich gar nicht mehr zu schicken braucht. Dann kehrt er zurück, um ihn wieder zu holen. Er gibt zu, Ethel einen Kinnhaken versetzt und einen Schnitt beigebracht zu haben. Sehr wahrscheinlich hat er seiner Frau alles gebeichtet, denn sie stahl die Mordwaffe und beseitigte sie.«

»Hat man sie gefunden?« unterbrach Schwartz ihn.

»Unsere Leute sind gerade dabei, sie zu suchen.

Und zum Abschluß, Sir, er hat beim Lügendetektor versagt.«

»Aber den Test im Büro seines Anwalts hat er bestanden«, warf Gomez ein, ohne seinen Kollegen anzusehen. Er hielt den Moment für gegeben, auszusagen, wie er die Sache sah. »Sir, ich habe mit Miss Kearney gesprochen. Sie ist sicher, daß irgend etwas mit den Kleidern nicht stimmt, die Ethel Lambston anhatte. Die Autopsie ergab, daß das Opfer ihren Strumpf zerriß, als sie ihn anzog. Als ihr die Strumpfhose über den rechten Fuß gezogen wurde, blieb sie am Nagel des großen Zehs hängen, so daß vorne auf der ganzen Länge eine breite Laufmasche entstand. Miss Kearney sagt, daß Ethel Lambston niemals so ausgegangen wäre. Ich halte viel von Miss Kearneys Meinung. Eine Frau, die Wert auf ihr Aussehen legt, würde so nicht aus dem Haus gehen, wenn sie sich in zehn Sekunden ein anderes Paar Strümpfe anziehen könnte.«

»Haben Sie den Autopsiebericht und die Fotos der Leiche bei sich?« fragte Herb.

»Ja, Sir.«

Herb studierte die vorgelegten Bilder mit klinischer Objektivität. Das erste Foto zeigte die Hand, die aus der Erde ragte; ein weiteres die in der Totenstarre zusammengekrümmte Leiche, nachdem man sie aus der höhlenartigen Vertiefung herausgeholt hatte. Dann kamen die Vergrößerungen von Ethels Kiefer, der dunkelrot und schwarz und blau unterlaufen war. Dann der blutige Schnitt in ihrer Backe.

Herb nahm sich ein anderes Foto vor. Es zeigte nur die Halspartie zwischen Ethels Kinn und dem unteren Teil der Kehle. Beim Anblick der häßlichen, klaffenden Wunde zuckte Herb zusammen. Trotz der vielen Jahre, die er nun schon bei der Polizei war, gingen ihm die schrecklichen Beweise der Grausamkeit, die Menschen einander antaten, noch immer unter die Haut.

Es war aber noch mehr.

Herb hielt die Aufnahme krampfhaft in der Hand. Die Art, wie die Kehle aufgeschlitzt war. Ein langer, senkrechter Schnitt, dann eine gerade Linie vom Halsansatz bis zum linken Ohr. Denselben Schnitt hatte er schon einmal gesehen. Er griff nach dem Telefon.

Der Schock war seiner Stimme nicht anzumerken, als Commissioner Schwartz in ruhigem Ton um eine bestimmte Akte aus dem Polizeiarchiv bat.

Neeve merkte rasch, daß sie nicht in der richtigen Stimmung war, um Freizeitkleider zu bestellen. Ihr erster Besuch war bei »Gardner Separates«. Die Shorts und T-Shirts mit den farblich kontrastierenden losen Jacken waren amüsant und tadellos geschnitten. Sie stellte sich vor, daß sie Anfang Juni damit eine Strandszene im Schaufenster dekorieren könnte. Aber nachdem sie sich für diese Sachen entschieden hatte, war sie nicht mehr imstande, sich den Rest der Kollektion noch anzusehen. Sie entschuldigte sich mit Zeitknappheit und verließ eilig den übereifrigen Verkäufer, der ihr unbedingt noch die neuen Badeanzüge zeigen wollte. »Sie werden ausflippen, so toll sind sie!«

Auf der Straße zögerte sie einen Augenblick. Am liebsten würde ich jetzt nach Hause gehen, dachte sie. Ich brauche einen Moment Ruhe. Sie spürte einen Anflug von Kopfweh, einen leichten Druck, als läge ein Reifen um ihre Stirn. Ich bekomme doch sonst nie Kopfschmerzen, ermahnte sie sich selber, während sie unschlüssig vor dem Gebäude stand.

Sie konnte noch nicht nach Hause gehen. Im Weggehen hatte Mrs. Poth sie gebeten, nach einem einfachen weißen Kleid für eine Hochzeit im engsten Familienkreis Ausschau zu halten. »Nichts zu Bräutliches«, hatte sie erklärt. »Meine Tochter hat schon zwei Verlobungen gelöst. Der Pfarrer notiert ihre Hochzeitsdaten nur mit Bleistift. Aber diesmal kommt es vielleicht wirklich dazu.«

Es gab verschiedene Häuser, bei denen Neeve sich nach dem Kleid umsehen konnte. Sie wollte sich nach rechts wenden, hielt dann aber ein. Vielleicht war es besser, zuerst zu der anderen Firma zu gehen. Bei ihrer Kehrtwendung fiel ihr Blick auf die andere Straßenseite. Ein Mann in einem grauen Trainingsanzug und mit einem braunen Umschlag unter dem Arm, ein Mann mit einer großen dunklen Brille und einer verrückten Punkerfrisur kam durch das Verkehrsgewühl auf sie zugelaufen. Einen Moment trafen sich ihre Blicke, und Neeve glaubte, eine Alarmglocke läuten zu hören. Der Druck um ihre Stirn wurde stärker. Ein Lastwagen setzte sich in Bewegung und verdeckte den Blick auf den Boten. Neeve ärgerte sich plötzlich über ihre Unentschlossenheit und ging resolut die Straße hinunter.

Es war halb fünf. Die tiefstehende Sonne ließ die schrägen Schatten immer länger werden. Neeve betete im stillen, daß sie bei der ersten Firma ein geeignetes Kleid finden möge. Dann dachte sie: Ich lasse es bleiben und gehe gleich zu Sal.

Sie hatte es aufgegeben, Myles davon überzeugen zu wollen, daß es wichtig war, welche Bluse Ethel bei ihrem Tod getragen hatte. Aber Sal würde es verstehen.

Jack Campbell ging nach dem Mittagessen direkt zu einer Redaktionssitzung. Sie dauerte bis um halb fünf. Als er wieder in seinem Büro war, versuchte er, sich auf die Berge von Post zu konzentrieren, die Ginny für ihn schon vorsortiert hatte, aber es war ihm unmöglich. Das Gefühl, daß irgend etwas nicht stimmte, daß ihm irgendwo ein schrecklicher Fehler unterlaufen war, ließ ihn nicht los. Aber welcher?

Ginny stand an der Tür, die Jacks Büro von dem kleinen Raum trennte, in dem sie arbeitete. Erst vor einem Monat hatte Jack die Leitung des Verlags übernommen, aber in dieser Zeit war Ginny dazu gelangt, ihn mehr und mehr zu bewundern und ihn gern zu haben. Ursprünglich hatte sie befürchtet, nach zwanzig Jahren der Zusammenarbeit mit seinem Vorgänger sich nicht auf jemand neues einstellen zu können oder von Jack entlassen zu werden, weil er niemand aus der alten Equipe um sich haben wollte.

Beide Befürchtungen waren grundlos gewesen. Während sie ihn jetzt voller Sympathie betrachtete und über seine jungenhafte Art lächeln mußte, die Krawatte zu lockern und den obersten Hemdenknopf zu öffnen, erkannte sie, daß irgend etwas ihm ernste Sorgen machte. Er hatte die Hände unter dem Kinn gefaltet und starrte die Wand an. Auf seiner Stirn waren tiefe Furchen. Wie mochte die Redaktionssitzung verlaufen sein? Ginny wußte, daß es immer noch ein paar Leute gab, die sich nicht damit abgefunden hatten, daß Jack für den höchsten Posten geholt worden war.

Sie klopfte an die offene Tür. Jack sah auf, und sie wartete, bis er sie richtig wahrgenommen hatte. »Sind Sie gerade am Meditieren?« fragte sie leichthin. »Dann kann die Post auch warten.«

Jack versuchte zu lächeln. »Nein. Mich beschäftigt diese Geschichte mit Ethel Lambston. Irgend etwas an der Sache muß mir entgangen sein, und ich überlege krampfhaft, was es sein könnte.«

Ginny setzte sich Jack gegenüber auf die Stuhlkante. »Vielleicht kann ich Ihnen helfen. Erinnern Sie sich an den Tag, als Ethel herkam? Sie haben ungefähr zwei Minuten mit ihr gesprochen. Die Tür stand offen, so daß ich Sie hören konnte. Sie bellte irgendwas von einem Modeskandal, ging aber absolut nicht auf Details ein. Sie wollte nur über viel Geld sprechen, und Sie nannten ihr eine Summe. Ich glaube nicht, daß Ihnen da etwas entgangen ist.«

Jack seufzte. »Wahrscheinlich nicht. Aber wissen Sie was? Bringen Sie mir doch die Unterlagen, die Toni Mendell geschickt hat. Vielleicht finde ich etwas in Ethels Notizen.«

Als Ginny um halb sechs den Kopf hereinstreckte, um gute Nacht zu sagen, nickte Jack geistesabwesend. Er brütete noch immer über Ethels umfangreichem Material, das sie für ihren Artikel zusammengetragen hatte. Für jeden Designer, der darin vorkam, hatte sie anscheinend einen eigenen Ordner mit biographischen Angaben sowie Fotokopien von Dutzenden von Artikeln über Modethemen aus den bekanntesten Zeitungen und Zeitschriften angelegt.

Ganz offensichtlich war Ethel jemand gewesen, der sehr sorgfältig recherchierte. In den Interviews mit Designern fanden sich zahlreiche Anmerkungen wie »Entspricht nicht dem, was sie in *Vogue* gesagt hat.« – »Zahlen nachprüfen.« – »Hat nie diesen Preis bekommen.« – »Versuchen, Gattin des Gouverneurs zu interviewen, um Behauptung zu checken, sie habe Puppenkleider für sie genäht.«

Für die endgültige Fassung des Artikels gab es ein Dutzend Entwürfe, alle mit Streichungen und Einschüben versehen.

Jack überflog die Blätter, bis er auf den Namen Gordon Steuber stieß. Steuber. Ethel hatte ein von ihm entworfenes Kostüm getragen, als sie gefunden wurde. Neeve hatte so eindringlich darauf hingewiesen, daß die Bluse, die man der Leiche ausgezogen hatte, zwar mit dem Kostüm zusammen verkauft worden war, daß Ethel sie aber nie von sich aus dazu angezogen hätte.

Mit größter Aufmerksamkeit studierte er die Informationen über Gordon Steuber und war beunruhigt, wie häufig sein Name in den Zeitungsausschnitten der letzten drei Monate im Zusammenhang mit polizeilichen Ermittlungen auftauchte. In ihrem Artikel schrieb Ethel Neeve das Verdienst zu, auf Steubers Machenschaften hingewiesen zu haben. Im vorletzten Entwurf zu dem Artikel war nicht nur von der Aufdeckung seiner illegalen Ateliers und von seiner Steuerhinterziehung die Rede, sondern es stand auch ein weiterer Satz darin: »Steuber begann seine berufliche Karriere im Geschäft seines Vaters, der Futter für Pelzmäntel herstellte. Es heißt, daß niemand in der Geschichte der Mode in den letzten Jahren mehr Geld mit Futtern und Säumen verdient hat als der untadelige Mr. Steuber.«

Ethel hatte den Satz unterstrichen und an den Rand geschrieben: *Beibehalten*. Ginny hatte Jack von der Festnahme Steubers nach der Beschlagnahme der Drogensendung erzählt. Sollte Ethel schon mehrere Wochen vorher entdeckt haben, daß Steuber Heroin im Futter und in den Säumen seiner importierten Kleider schmuggelte?

Es paßt ins Bild, dachte Jack. Es paßt zu Neeves Theorie über die Kleider, die Ethel anhatte. Es paßt zu dem von Ethel angekündigten »Riesenskandal«.

Jack erwog, ob er Myles anrufen sollte, entschied

sich dann aber dafür, die Unterlagen zuerst Neeve zu zeigen.

Neeve. War es wirklich möglich, daß er sie erst seit sechs Tagen kannte? Nein. Es waren sechs Jahre. Seit jenem Tag im Flugzeug hatte er sie gesucht. Er sah den Telefonapparat an. Sein Bedürfnis, mit ihr zusammenzusein, war überwältigend. Er hatte sie noch kein einziges Mal in den Armen gehalten, doch jetzt verlangte er mit allen Fasern danach. Sie wollte ihn, sobald sie fertig war, vom Büro ihres Onkels Sal aus anrufen.

Sal. Anthony della Salva, der berühmte Modeschöpfer. Der nächste Stapel von Zeitungsausschnitten, Modeskizzen und Artikeln betraf ihn. Nach einem Blick auf das Telefon, in der Hoffnung, Neeve würde jetzt gleich anrufen, begann er, die Unterlagen über Anthony della Salva durchzusehen. Sie enthielten eine Menge Abbildungen der Südsee-Look-Kollektion. Ich verstehe, warum die Leute so begeistert waren, dachte Jack, dabei habe ich doch wenig Ahnung von Mode. Er überflog die Beschreibungen der Modejournalisten. Bei ihrem Lob der Farben wurden sie geradezu lyrisch.

»Anfang 1972 besuchte Anthony della Salva die großartige Ausstellung im Aquarium von Chicago, wo er sich von der Schönheit der Unterwasserwelt des Korallenriffs im Südpazifik inspirieren ließ. Stundenlang ging er durch die Räume und zeichnete das Reich, in dem herrlich schöne Fische mit wunderbaren Pflanzen, prachtvollen Korallenbäumen und Hunderten von zart getönten Muscheln wetteifern. Er zeichnete die Farben in Mustern und Zusammenstellungen, die die Natur vorgegeben hatte. Er studierte die Bewegungen all dieser Meeresbewohner, um ihre natürliche, fließende Grazie mit Hilfe seiner Schere und seiner Stoffe einzufangen ...«

Er muß wirklich gut sein, dachte Jack und begann, die Papiere über della Salva in den Ordner zurückzulegen. Doch irgend etwas ließ ihn nicht los. Irgend etwas mußte ihm entgangen sein. Aber was? Er hatte den endgültigen Text von Ethels Artikel gelesen. Jetzt sah er sich noch einmal die vorletzte Fassung an.

Sie war mit zahlreichen Anmerkungen versehen. »Aquarium in Chicago: Besuchsdatum nachprüfen.« Ethel hatte eine der Zeichnungen der Südsee-Look-Kollektion mit einer Büroklammer am Kopf der Manuskriptseite angeheftet. Daneben hatte sie eine Skizze gezeichnet.

Jack bekam einen trockenen Mund. Genau diese Zeichnung hatte er schon vor ein paar Tagen gesehen – auf den fleckigen Seiten von Renata Kearneys Kochbuch.

Und das Aquarium. »Besuchsdatum nachprüfen.« Natürlich! Mit wachsendem Entsetzen begann er zu verstehen. Er mußte sich vergewissern. Es war jetzt kurz vor sechs. Das bedeutete, daß es in Chicago fast fünf Uhr war. In größter Eile rief er die Auskunft in Chicago an.

Eine Minute vor fünf hatte er die Nummer des Teilnehmers in Chicago gewählt. Das Telefon wurde abgenommen. »Bitte rufen Sie den Direktor morgen vormittag an«, teilte ihm eine ungeduldige Stimme mit.

»Geben Sie ihm meinen Namen. Er kennt mich. Ich muß sofort mit ihm sprechen. Und eins kann ich Ihnen sagen: Wenn ich erfahre, daß er im Büro war und Sie mich nicht weiterverbunden haben, dann haben Sie Ihren Job gehabt!«

»Ich verbinde, Sir.«

Im nächsten Moment fragte eine überraschte Stimme: »Jack, was ist los?«

Die Frage sprudelte von Jacks Lippen. Er hatte eiskalte, feuchte Hände. Neeve, dachte er, Neeve, sei bitte vorsichtig! Er starrte auf Ethels Artikel und auf die Stelle, wo sie geschrieben hatte: »Wir verehren Anthony della Salva, der den Südsee-Look kreiert hat.« Ethel hatte den Namen della Salva ausgestrichen und darüber geschrieben: »den Designer des Südsee-Looks«.

Die Antwort des Aquariumdirektors war noch erschreckender, als er gedacht hatte. »Sie haben völlig recht. Und wissen Sie, das verrückteste ist, daß Sie der zweite sind, der mich deswegen in den letzten vierzehn Tagen anruft.«

»Wissen Sie noch, wer der andere war?« fragte Jack, der die Antwort bereits kannte.

»Natürlich. Irgendeine Journalistin. Edith ... nein, Ethel. Ethel Lambston.«

Myles hatte einen unerwartet geschäftigen Tag. Um zehn Uhr klingelte das Telefon. Ob er mittags Zeit für eine Besprechung wegen des angebotenen Postens in Washington hätte. Er verabredete sich zum Lunch im Hotel Plaza. Am späteren Nachmittag ging er in seinen Fitneßclub, um zu schwimmen und sich massieren zu lassen, und er freute sich insgeheim, als der Masseur ihm bestätigte, daß er wieder blendend in Form sei.

Myles wußte, daß sein Gesicht die fürchterliche Blässe verloren hatte. Aber es war nicht nur die äußere Erscheinung. Er fühlte sich auch glücklich. Ich bin zwar achtundsechzig, dachte er, während er im Garderobenraum seine Krawatte band, aber ich halte mich gut.

Wenigstens in *meinen* Augen halte ich mich gut, verbesserte er sich etwas reumütig, als er auf den Lift wartete. Eine Frau sieht das vielleicht anders. Oder genauer gesagt, gab er sich selber zu, als er auf die Straße trat und sich auf den Weg zur Fifth Avenue und zum Plaza machte, sieht Kitty Conway mich vielleicht in etwas weniger günstigem Licht.

Das Mittagessen mit dem hohen Regierungsbeamten hatte den ganz bestimmten Zweck, Myles zu einer Antwort zu bewegen. War er bereit, die Leitung der Drogenfahndungsstelle zu übernehmen? Er versprach, binnen achtundvierzig Stunden eine Entscheidung zu treffen.

»Wir hoffen, daß sie positiv ausfallen wird«, sagte der Mann aus Washington.

Kaum war er wieder in seiner Wohnung, als

sein Wohlbefinden plötzlich schwand. Er hatte im Arbeitszimmer ein Fenster offengelassen. Als er den Raum betrat, flog eine Taube herein, beschrieb einen Kreis, flatterte einen Moment, setzte sich dann aufs Fensterbrett und flog von dort hinaus zum Hudson River.

»Eine Taube im Haus ist ein Zeichen des Todes.« Die Worte seiner Mutter klangen ihm eindringlich in den Ohren.

Verrückter, abergläubischer Unsinn, dachte Myles ärgerlich, aber er wurde das Gefühl drohenden Unheils nicht ganz los. Er hatte auf einmal das Bedürfnis, mit Neeve zu sprechen. Rasch wählte er die Nummer des Geschäfts.

Eugenia nahm das Telefon ab.

»Sie ist gerade zur Seventh Avenue gegangen, Commissioner. Ich kann versuchen, sie dort irgendwo zu erreichen.«

»Nein, es ist nicht so wichtig«, sagte Myles, »aber wenn sie sich zufällig meldet, sagen Sie ihr, daß sie zurückrufen soll.«

Er hatte kaum den Hörer aufgelegt, als das Telefon läutete. Es war Sal, der ihm bestätigte, daß auch er wegen Neeve beunruhigt war.

Die nächste halbe Stunde kämpfte Myles mit sich, ob er Herb Schwartz anrufen sollte. Aber wozu? Neeve würde gar nicht als Zeugin gegen Steuber auftreten müssen. Sie hatte ja nur den Anstoß für die Untersuchung gegen ihn gegeben. Allerdings wäre die Beschlagnahme von Drogen im Wert von hundert Millionen Dollar Grund genug gewesen, daß Steuber und seine Komplizen Rache schworen.

Vielleicht kann ich Neeve überreden, mit mir nach Washington zu ziehen, dachte Myles und verwarf die Idee gleich als lächerlich. Neeve hatte ihr Leben, ihr Geschäft in New York. Und falls er ein guter Beobachter war, hatte sie jetzt Jack Campbell. Dann kann ich Washington vergessen, entschied Myles, während er im Zimmer hin und her lief. Ich muß hierbleiben und sie schützen. Ob sie es wollte oder nicht, er würde einen Leibwächter für sie engagieren.

Er erwartete Kitty Conway gegen sechs Uhr. Um Viertel nach fünf ging er in sein Schlafzimmer, zog sich aus, duschte und wählte dann sorgfältig den Anzug, das Hemd und die Krawatte aus, die er zum Abendessen anziehen wollte. Um zwanzig vor sechs war er schon bereit.

Vor längerer Zeit hatte er entdeckt, daß es in einer unerträglich schwierigen Situation beruhigend auf ihn wirkte, wenn er etwas mit den Händen machte. Er konnte während der Wartezeit doch versuchen, den Griff, der sich vor ein paar Tagen von der Kaffeekanne gelöst hatte, wieder zu befestigen.

Erneut betrachtete er sich mit einem kritischen Blick im Spiegel. Das Haar war jetzt schlohweiß, aber immer noch voll. Keine Glatzen in seiner Familie. Aber was sollte es ausmachen? Warum sollte eine sehr hübsche, zehn Jahre jüngere Frau sich für einen ehemaligen Polizeichef mit einem angeschlagenen Herzen interessieren?

Er mochte den Gedanken nicht weiterverfolgen und sah sich im Schlafzimmer um.

Das Himmelbett, der Schrank, die Kommode und der Spiegel waren antike Stücke aus Renatas Familie. Myles blickte intensiv auf das Bett, erinnerte sich an Renata, die, in Kissen gelehnt, der kleinen Neeve die Brust gab. »*Cara, cara, mia cara*«, flüsterte sie und drückte die Lippen auf die Stirn des Kindes.

Myles hielt sich am Fußende des Bettes fest, als er Sals besorgte Warnung wieder hörte. »Paß gut auf Neeve auf!« Gott im Himmel! Nicky Sepetti hatte gesagt »Passen Sie gut auf Ihre Frau und Ihr Kind auf!«

Genug jetzt, ermahnte Myles sich, als er aus dem Schlafzimmer in die Küche hinüberging. Du entwickelst dich noch zu einer hysterischen alten Jungfer, die schon beim Anblick einer Maus außer sich gerät.

In der Küche suchte er unter Töpfen und Pfannen die Espresso-Kanne heraus, mit der Sal sich am Donnerstag abend die Hand verbrüht hatte. Er trug sie ins Arbeitszimmer, stellte sie auf seinen Schreibtisch, holte den Werkzeugkasten aus dem Besenschrank und schlüpfte in seine Rolle als »Axt im Haus«, wie Neeve es nannte.

Kurz darauf stellte er überrascht fest, daß die Ursache, warum der Griff sich gelöst hatte, nicht bei lockeren oder abgebrochenen Schrauben lag. »Das ist ja völlig verrückt!« entfuhr es ihm.

Er versuchte, sich genau zu erinnern, was an

diesem Abend vor sich gegangen war, als Sal sich verbrüht hatte ...

Am Morgen erwachte Kitty Conway mit einem Gefühl von Vorfreude, wie sie es schon lange nicht mehr empfunden hatte. Brav widerstand sie der Versuchung, noch ein bißchen in den Federn zu bleiben, sondern zog ihren Jogginganzug an und lief von sieben bis acht durch die schönen, breiten Alleen, in denen sich der Frühling ankündigte. Letzte Woche, als sie hier gelaufen war, hatte sie beim Anblick der knospenden Bäume voller Sehnsucht an Mike gedacht. Wehmütig hatte sie zugesehen, wie der junge Ehemann, der am Ende ihrer Straße wohnte, seiner Frau und den kleinen Kindern zuwinkte, während er den Wagen rückwärts aus der Einfahrt fuhr. Ihr schien, als sei es erst gestern gewesen, daß sie Michael in den Armen gehalten und Mike zum Abschied zugewinkt hatte.

Gestern und vor dreißig Jahren.

Heute lächelte sie ihren Nachbarn geistesabwesend zu, als sie sich ihrem Haus näherte. Vom Mittag an erwartete man sie im Museum. Um vier Uhr würde sie wieder zu Hause sein, gerade rechtzeitig, um sich umzuziehen und nach New York hineinzufahren. Sie überlegte noch, ob sie zum Friseur gehen sollte, entschied dann aber, daß sie ihr Haar selber besser frisieren könnte.

Myles Kearney.

Kitty fischte den Hausschlüssel aus ihrer Hosentasche, schloß auf und stieß drinnen einen langen Seufzer aus. Man fühlte sich gut nach einem Dauerlauf, aber – bei Gott! – sie spürte auch ihre achtundfünfzig Jahre.

Schwungvoll öffnete sie den Garderobenschrank in der Eingangshalle und sah auf den Hut, den Myles Kearney »vergessen« hatte. Als sie ihn am gestrigen Abend entdeckte, hatte sie sofort gewußt, daß dies sein Vorwand war, um sie wiederzusehen. Sie mußte an das Kapitel aus Pearl Bucks Roman »Die gute Erde« denken, in dem der Ehemann seine Pfeife zurückläßt zum Zeichen dafür, daß er in der Nacht ins Zimmer seiner Gattin zu kommen gedenkt. Kitty mußte lächeln, strich über den Hut und ging nach oben, um zu duschen.

Die Zeit verging schnell. Um halb fünf schwankte sie, welches von zwei Kleidern sie anziehen sollte, ein einfaches schwarzes Wollkleid, das sie sehr schlank machte, oder ein Deux-pièces in blau-grüner Impriméseide, das ihr rotes Haar besonders schön zur Geltung brachte. »Nur Mut!« sagte sie zu sich und entschied sich für das letztere.

Um fünf Minuten nach sechs meldete der Portier im »Schwab House« ihre Ankunft und gab ihr die Nummer von Myles' Wohnung. Um sieben nach sechs stieg sie aus dem Lift. Myles erwartete sie schon auf dem Gang.

Sie spürte sofort, daß irgend etwas nicht stimmte. Seine Begrüßung war beinahe unpersönlich. Doch instinktiv wußte sie, daß die kühle Förmlichkeit nichts mit ihr zu tun hatte.

Myles schob seine Hand unter ihren Arm und geleitete sie den Gang entlang bis zu seiner Wohnung. Drinnen nahm er ihr den Mantel ab und legte ihn zerstreut auf einen Stuhl im Eingang. »Kitty«, sagte er, »haben Sie Nachsicht mit mir. Ich zerbreche mir gerade den Kopf über etwas, das ungeheuer wichtig ist.«

Sie gingen in sein Zimmer. Kitty blickte sich in dem hübschen Raum um und bewunderte die gemütliche, warme Atmosphäre und den guten Geschmack, mit dem es eingerichtet war. »Kümmern Sie sich nicht um mich«, sagte sie, »sondern machen Sie weiter mit dem, was Sie beschäftigt hat.«

Myles ging zurück zu seinem Schreibtisch. »Der springende Punkt ist«, sagte er, laut denkend, »daß der Griff sich nicht einfach von selber gelöst hat. Er wurde absichtlich gelockert. Es war das erstemal, daß Neeve diese Kanne benutzte; vielleicht wurde sie schon so geliefert, was nicht erstaunlich wäre bei der Qualität der heutigen Waren ... Aber hätte sie denn nicht gemerkt, daß der verfluchte Griff bloß an einem Faden hing?«

Kitty wußte, daß Myles keine Antwort erwartete. Sie ging ruhig im Zimmer herum, bewunderte die schönen Bilder und die gerahmten Familienfotos. Beim Anblick von drei Personen mit Taucherbrillen mußte sie unwillkürlich lächeln. Es war unmöglich, die Gesichter zu erkennen, aber zweifellos waren es Myles, seine Frau und die sieben- oder achtjährige Neeve. Auch Kitty hatte mit Mike und Michael in Hawaii getaucht.

Kitty sah Myles an. Mit angespannter Miene

hielt er den Griff gegen die Kaffeekanne. Sie ging hinüber und stellte sich neben ihn. Ihr Blick fiel auf das offene Kochbuch. Die Seiten waren voller Kaffeeflecken, doch die Zeichnungen hoben sich, obwohl sie etwas von ihrer Farbe verloren hatten, erstaunlicherweise sogar deutlicher vom Hintergrund ab. Kitty beugte sich vor, um sie genauer zu betrachten, und griff nach dem daneben liegenden Vergrößerungsglas. Aufmerksam sah sie sich die Zeichnung an und konzentrierte sich auf eine Skizze. »Wie reizend«, sagte sie. »Das ist natürlich Neeve. Sie muß das erste Kind gewesen sein, das den Südsee-Look getragen hat. Was für einen Chic sie damals schon hatte!«

Sie spürte, wie Myles sie am Handgelenk packte. »Was haben Sie gesagt?« fragte er. »*Was haben Sie eben gesagt?*«

Als Neeve zu Estrazy kam, dem ersten Hersteller, wo sie sich nach einem weißen Kleid umsehen wollte, war der Showroom voller Leute. Einkäufer der großen Modehäuser Saks, Bonwit's, Bergdorf, aber auch kleinerer Geschäfte drängten sich, und jedermann sprach von Gordon Steuber.

»Wissen Sie, Neeve«, vertraute ihr die Einkäuferin von Saks an, »ich bleibe auf einem großen Teil seiner Sportkollektion sitzen. Die Leute sind komisch. Sie wären erstaunt, wenn Sie wüßten, wie viele nichts mehr von Gucci und Nippon wissen wollten, als sie wegen Hinterziehung der Umsatzsteuer verurteilt wurden. Eine meiner besten

Kundinnen sagte mir, sie würde keine habgierigen Gauner unterstützen.«

Eine Verkäuferin flüsterte Neeve zu, daß ihre beste Freundin, Gordon Steubers Sekretärin, ganz verzweifelt sei. »Steuber hat sie immer gut behandelt, aber jetzt ist er in größten Schwierigkeiten, und meine Freundin fürchtet, daß sie selber auch hineingezogen werden könnte. Was soll sie machen?«

»Die Wahrheit sagen», antwortete Neeve. »Und raten Sie ihr, keine falschen Loyalitätsgefühle für Gordon Steuber zu haben. Er verdient sie nicht.«

Die Verkäuferin suchte drei weiße Kleider heraus, von denen eines, wie Neeve mit Sicherheit wußte, genau passend für Mrs. Poths Tochter sein würde. Sie bestellte es fest und erbat die zwei anderen zur Auswahl.

Es war fünf Minuten nach sechs, als sie bei Sals Geschäftshaus eintraf. Die Straßen leerten sich bereits. Zwischen fünf und halb sechs war die Betriebsamkeit im Konfektionsviertel mit einem Schlag vorbei. Neeve betrat die Eingangshalle und stellte erstaunt fest, daß der Portier nicht an seinem Empfangspult in der Ecke saß. Wahrscheinlich mußte er auf die Toilette, dachte sie, während sie zu den Aufzügen hinüberging. Nach sechs Uhr war nur noch ein Lift in Betrieb. Seine Tür schloß sich gerade, als sie noch eilige Schritte auf dem Marmorfußboden hörte. Ehe die Tür ganz zu war und der Aufzug sich in Bewegung setzte, sah sie kurz einen grauen Trainingsanzug und eine Punkerfrisur. Blicke trafen sich.

Der Bote. Schlagartig erinnerte sie sich, ihn gesehen zu haben, als sie Mrs. Poth zu ihrem Wagen begleitete, und noch einmal, als sie bei »Gardner Separates« herauskam.

Plötzlich war ihr Mund ganz trocken. Sie drückte den Knopf der 12. Etage und danach alle Knöpfe der restlichen oberen neun Stockwerke. Als der Lift hielt, stieg sie aus und rannte das kurze Stück hinüber zu Sals Büros.

Die Tür zum Showroom stand offen. Sie stürzte hinein und schloß die Tür hinter sich. Der Raum war leer. »Sal!« rief sie, fast in Panik. »Onkel Sal!«

Er kam eilig aus seinem Privatbüro. »Neeve, was ist denn los?«

»Sal, ich glaube, jemand verfolgt mich.«

Neeve packte ihn am Arm.

»Bitte, schließ die Tür ab!«

Sal starrte sie an. »Neeve, bist du sicher?«

»Ja, ich habe ihn drei- oder viermal gesehen.« *Diese dunklen, tiefliegenden Augen, das bleiche Gesicht.* Neeve spürte, daß sie selber leichenblaß wurde. »Sal«, flüsterte sie. »Ich weiß, wer er ist. Er arbeitet im Delikatessengeschäft in meiner Nähe.«

»Warum sollte er dich verfolgen?«

»Das weiß ich nicht.«

Neeve sah Sal unverwandt an. »Es sei denn, daß Myles die ganze Zeit recht hatte. Ist es möglich, daß Nicky Sepetti meinen Tod wollte?«

Sal öffnete die Tür zum Korridor. Sie hörten das

Summen des Aufzugs, der nach unten fuhr. »Neeve«, sagte Sal, »willst du einen Versuch wagen?«

Ohne zu wissen, was sie zu erwarten hatte, nickte Neeve zustimmend.

»Ich lasse jetzt diese Tür hier offen. Du und ich können uns unterhalten. Wenn wirklich jemand hinter dir her ist, wäre es besser, ihn nicht abzuschrecken.«

»Willst du denn, daß ich mich irgendwo hinstelle, wo man mich sehen kann?«

»Was fällt dir ein! Geh dort hinter die Kleiderpuppe. Ich bleibe hinter der Tür. Falls jemand reinkommt, kann ich mich auf ihn stürzen. Wichtig ist, daß wir ihn festhalten und herausfinden, wer ihn geschickt hat.«

Sie sahen auf die Anzeige des Etagenstands. Der Aufzug war im Erdgeschoß. Er begann sich in Bewegung zu setzen.

Sal rannte in sein Büro, zog die Schreibtischschublade auf und nahm einen Revolver heraus. Dann eilte er zu Neeve zurück. »Seit man mich vor ein paar Jahren ausgeraubt hat«, flüsterte er, »besitze ich einen Waffenschein. *Stell dich hinter die Kleiderpuppe, Neeve!*«

Wie im Traum gehorchte Neeve. Das Licht im Showroom war jetzt nur noch gedämpft; trotzdem erkannte sie, daß die Kleiderpuppen Sals neue Kollektion trugen. Dunkle Herbstfarben, Rostrot und Nachtblau, Graubraun und Tiefschwarz. Auf Taschen, Schals und Gürteln leuchteten die Farben des Südsee-Looks. Korallenrot und Gold und

Aquamarinblau und Smaragdgrün und Silber fügten sich, in stark verkleinertem Maßstab, zu jenen zarten Mustern zusammen, die Sal vor so langer Zeit im Aquarium gezeichnet hatte. Die Accessoires und Farbakzente zeigten die typische Handschrift seines großartigen, klassischen Designs.

Neeve starrte auf den Chiffonschal, der vor ihrem Gesicht hing. *Das Muster.* Zeichnungen. *Mama, malst du mich? Mama, das ist aber nicht das Kleid, das ich anhabe ... Ach, bambola mia, ich habe mir da nur etwas ausgedacht, das hübsch aussehen könnte ...*

Zeichnungen – Renatas Zeichnungen, die sie drei Monate vor ihrem Tod gemacht hatte, ein Jahr bevor Anthony della Salva die Modewelt mit seinem Südsee-Design in Erstaunen versetzte. Erst vor einer Woche hatte Sal versucht, das Buch wegen einer darin enthaltenen Zeichnung zu zerstören.

»Neeve, sag etwas zu mir.« Sals Flüstern bohrte sich in den Raum wie ein dringender Befehl.

Die Tür stand offen. Vom Korridor her war zu hören, daß der Lift hielt. »Ich habe gerade gedacht«, sagte sie und versuchte, ihrer Stimme einen normalen Klang zu geben, »daß es mir sehr gut gefällt, wie du den Südsee-Look in die Herbstlinie integriert hast.«

Die Lifttüren öffneten sich. Ein leises Geräusch von Schritten auf dem Korridor.

Sals freundliche Stimme. »Ich habe heute alle früh nach Hause gehen lassen. Sie haben sich sehr abgerackert, um rechtzeitig mit den Vorbereitungen für die Modeschau fertig zu werden. Ich glaube, es ist meine beste Kollektion seit Jahren.« Er lächelte ihr ermutigend zu und trat hinter die halb geöffnete Tür. Im Dämmerlicht fiel sein Schatten riesig groß auf die gegenüberliegende Wand des Showrooms. Neeve berührte den Schal auf der Kleiderpuppe und starrte auf den Schatten. Sie wollte Sal antworten, aber sie brachte kein Wort heraus.

Langsam ging die Tür ganz auf. Sie sah die Umrisse einer Hand, den Lauf eines Revolvers. Vorsichtig kam Denny herein, suchte den Raum mit raschen Blicken nach ihnen ab. Geräuschlos trat Sal hinter der Tür hervor. Er hob den Revolver. »Denny«, sagte er leise.

Als Denny herumfuhr, drückte Sal ab. Die Kugel traf Denny mitten in die Stirn. Er ließ den Revolver fallen und sank, ohne einen Laut von sich zu geben, zu Boden.

Starr vor Schrecken sah Neeve zu, wie Sal sein Taschentuch aus seinem Jackett zog, es entfaltete, sich bückte und damit Dennys Revolver aufhob.

»Du hast ihn erschossen«, flüsterte Neeve. »Du hast ihn kaltblütig erschossen. Das war nicht nötig. Du hast ihm keine Chance gegeben.«

»Er hätte dich getötet.« Sal warf seinen Revolver auf den Tisch der Empfangssekretärin. »Ich habe dich bloß beschützt.« Mit Dennys Revolver in der Hand kam er auf sie zu.

»Du *wußtest*, daß er kam«, sagte sie. »Du *wußtest*, wie er hieß. Du hast dies alles geplant!«

Der herzliche, joviale Ausdruck, den Sal immer gehabt hatte, war aus seinem Gesicht verschwunden. Seine aufgedunsenen Wangen glänzten vor Schweiß. Die Augen, die stets zu zwinkern schienen, waren nur noch zwei enge Schlitze, die in seinem fleischigen Gesicht verschwanden. Seine Hand, die noch gerötet und voll Brandblasen war, hielt den Revolver auf sie gerichtet. Spritzer von Dennys Blut glänzten auf dem blanken Stoff seines Jacketts. Die Blutlache auf dem Teppich zu seinen Füßen wurde ständig größer.

»Natürlich war ich es«, sagte er. »Das Gerücht geht, daß Steuber den Befehl gab, dich umzulegen. Was aber keiner weiß, ist, daß *ich* das Gerücht in Umlauf gesetzt habe und daß ich derjenige bin, der den Kontrakt ausgeschrieben hat. Myles werde ich sagen, daß ich deinen Killer erschießen konnte, aber zu spät, um dich zu retten. Keine Angst, Neeve, ich werde Myles schon trösten. Darin bin ich sehr gut.«

Neeve stand wie angewurzelt, unfähig sich zu rühren, unfähig, noch Angst zu empfinden. »Meine Mutter hat den Südsee-Look erfunden«, sagte sie zu ihm. »Du hast ihre Zeichnungen gestohlen, nicht wahr? Und Ethel hat es irgendwie herausbekommen. Du bist derjenige, der auch sie umgebracht hat. *Du* hast sie umgezogen, nicht Steuber. *Du* wußtest, welche Bluse zu welchem Kostüm gehört.«

Sal begann zu lachen, ein hämisches Kichern, das seinen ganzen Körper schüttelte. »Neeve«, sagte er, »du bist ein ganzes Stück klüger als dein Vater.

Darum muß ich dich mir auch vom Hals schaffen. Du hast gleich vermutet, daß etwas nicht stimmte, als Ethel wegblieb. Du hast gemerkt, daß alle ihre Wintermäntel noch im Schrank hingen. Ich dachte mir das schon. Als ich eine Skizze mit dem Südsee-Muster in dem Kochbuch sah, wußte ich, daß ich es auf irgendeine Art ausschalten mußte, auch wenn ich mir dabei die Hand verbrühte. Du hättest früher oder später den Zusammenhang hergestellt. Myles hätte ihn nie erkannt, auch wenn man die Zeichnung auf Plakatformat vergrößert hätte. Ethel fand heraus, daß meine Geschichte wegen der Inspiration im Aquarium eine Lüge war. Ich sagte, daß ich es ihr erklären könnte, und ging zu ihr in die Wohnung. Sie war verdammt gescheit, sagte mir, sie wisse, daß ich gelogen hätte und warum – weil ich nämlich das Design gestohlen hätte. Und sie würde es beweisen.«

»Ethel hatte das Kochbuch gesehen«, sagte Neeve mit tonloser Stimme. »Sie hat eine der Zeichnungen in ihrem Terminkalender kopiert.«

Sal lächelte. »Ist sie dadurch auf den Zusammenhang gekommen? Sie hat nicht lange genug gelebt, um mir das zu verraten. Wenn wir Zeit hätten, würde ich dir die Mappe zeigen, die deine Mutter mir gegeben hat. Die ganze Kollektion ist darin.«

Das war nicht Onkel Sal. Das war nicht der Jugendfreund ihres Vaters. Dies war ein Fremder, der sie haßte, der Myles haßte. »Dein Vater und Dev – nie haben sie mich für voll genommen, schon als wir Kinder waren. Immer wurde ich ausgelacht. Deine Mutter. Große Klasse. Schön. Mit einem angeborenen Sinn für Mode. Verschwendete ihre ganze Begabung an einen groben Klotz wie deinen Vater, der einen Morgenrock nicht von einer Krönungsrobe unterscheiden kann. Renata hat mich immer von oben herab betrachtet. Sie wußte, daß ich nicht ihr Talent hatte. Aber als sie einen Rat brauchte, zu wem sie mit ihrem Design gehen sollte, dann rate mal, an wen sie sich da gewandt hat.

Aber das Beste weißt du noch gar nicht, Neeve. Du bist die einzige, die es je erfährt, und du wirst keine Gelegenheit mehr haben, es weiterzusagen. Neeve, du Idiotin, ich hab deiner Mutter nicht bloß das Südsee-Design gestohlen. *Ich hab ihr dafür die Kehle durchgeschnitten!*«

»Es war Sal«, flüsterte Myles. »Er hat den Griff der Kaffeekanne losgerissen. Er hat versucht, die Zeichnungen zu ruinieren. Und Neeve ist womöglich jetzt bei ihm.«

»Wo?« Kitty packte Myles am Arm.

»In seinem Büro. 36. Straße.«

»Mein Wagen steht unten. Er hat ein Autotelefon.«

Myles nickte nur und rannte bereits zur Tür. Zusammen liefen sie den Gang entlang. Es dauerte die Ewigkeit von einer Minute, bis der Aufzug kam. Zweimal hielt er unterwegs, um Leute einsteigen zu lassen. Unten angekommen, rannte Myles mit Kitty an der Hand durch die Eingangshalle. Ohne auf den Verkehr zu achten, stürzten sie auf die andere Straßenseite.

»Ich fahre«, erklärte Myles. Mit quietschenden Reifen machte er eine Kehrtwendung, raste die West End Avenue hinunter und nahm das Risiko in Kauf, daß eine Polizeistreife ihn sehen und ihm folgen würde.

Wie immer in kritischen Situationen wurde er auf einmal eiskalt und beherrscht. Sein Geist schien wie losgelöst von ihm und wägte ab, was zu tun war. Er gab Kitty eine Telefonnummer an. Wortlos stellte sie die Verbindung her und reichte ihm den Hörer.

»Polizeipräsidium.«

»Myles Kearney hier. Geben Sie mir den Commissioner.«

Geschickt steuerte Myles den Wagen so schnell wie möglich durch den dichten Abendverkehr. Er mißachtete Rotlichter und ließ einen Schweif wütend hupender Autofahrer hinter sich. Sie waren jetzt am Columbus Circle.

Herbs Stimme. »Myles, ich habe gerade versucht, dich anzurufen. Steuber hat den Kontrakt auf Neeve ausgeschrieben. Wir müssen ihr Schutz geben. Im übrigen, Myles, ich glaube, es gibt einen Zusammenhang zwischen Ethel Lambstons Ermordung und Renatas Tod. Die Form der Wunde ist in beiden Fällen dieselbe.«

Renata mit durchschnittener Kehle. Renata in ihrem Blut im Park liegend. So ruhig. Kein Anzeichen eines Kampfes. Renata, die nicht hinterrücks überfallen worden war, sondern einen Menschen getroffen hatte, dem sie vertraute, den Jugendfreund ihres Mannes. Mein Gott, dachte Myles. Oh, mein Gott!

»Herb, Neeve ist in Anthony della Salvas Büro, 52 West 36. Straße, 12. Stock. Herb, schick unsere Leute so rasch wie möglich hin. Sal ist ein Mörder!«

Zwischen der 56. und 44. Straße wurde die rechte Hälfte der Seventh Avenue neu gepflastert. Aber die Arbeiter waren bereits weggegangen. Unbekümmert durchbrach Myles die Abschrankung und fuhr über den noch frischen Asphalt, vorbei an der 38. Straße, an der 37. Straße ...

Neeve, Neeve, Neeve. Laß mich rechtzeitig kommen, betete Myles. Erhalte mir mein Kind!

Jack hatte den Hörer aus der Hand gelegt und mußte immer noch verdauen, was er gerade gehört hatte. Sein Freund, der Direktor des Aquariums in Chicago, hatte ihm bestätigt, was er vermutete. Das neue Museum war vor achtzehn Jahren eröffnet worden, aber die großartige Ausstellung im obersten Stock, die dem Betrachter das Gefühl gab, auf dem Meeresboden im Südpazifik spazierenzugehen, war erst vor *sechzehn* Jahren fertig geworden. Nur ein paar Leute wußten, daß es mit den Wassertanks im obersten Stock Probleme gegeben hatte und diese Abteilung daher fast zwei Jahre nach Eröffnung des Museums geschlossen bleiben mußte. Dieses Detail wurde natürlich nicht in den Prospekten des

Aquariums erwähnt. Jack wußte davon nur, weil er, als er noch dort in der Gegend lebte, regelmäßig das Museum besucht hatte.

Anthony della Salva behauptete, seine Inspiration für den Südsee-Look bei einem Besuch des Aquariums vor *siebzehn* Jahren erhalten zu haben. Das war unmöglich. Warum hatte er dann gelogen?

Jack blickte unverwandt auf Ethels umfangreiche Notizen; die zahlreichen Zeitungsausschnitte mit Berichten über Sal; die riesigen Fragezeichen neben Sals überschwenglichen Schilderungen der Wirkung, die der erste Anblick der Unterwasserwelt im Aquarium in Chicago auf ihn ausgeübt hatte; die Kopie der Zeichnung aus dem Kochbuch. Ethel hatte die Unstimmigkeit festgestellt, war ihnen nachgegangen. Jetzt war sie tot.

Jack dachte daran, mit welcher Hartnäckigkeit Neeve behauptet hatte, daß irgend etwas an der Art, wie Ethel angezogen war, nicht stimmen konnte. Er dachte auch an Myles' Bemerkung: »Jeder Mörder hinterläßt seine Visitenkarte.«

Gordon Steuber war nicht der einzige Couturier, der irrtümlicherweise seinem Opfer ein scheinbar zusammengehörendes Ensemble hatte anziehen können.

Anthony della Salva konnte denselben Fehler gemacht haben.

In Jacks Büro herrschte Stille, eine Stille, wie sie eintritt, wenn es in einem Raum, in dem sonst Besucher und Sekretärinnen ein- und ausgehen und das Telefon läutet, plötzlich ruhig geworden ist.

Jack griff hastig nach dem Telefonbuch. Anthony della Salva hatte sechs verschiedene Geschäftsadressen. Er versuchte es mit der ersten Nummer. Niemand antwortete. Unter der zweiten und dritten Nummer kam der Anrufbeantworter: »Unsere Geschäftszeit ist von halb neun bis fünf Uhr. Bitte hinterlassen Sie eine Nachricht.«

Er versuchte, in der Wohnung im »Schwab House« anzurufen. Nach sechsmaligem Läuten gab er es auf. Als letzte Möglichkeit rief er in ihrem Geschäft an. Bitte, lieber Gott, flehte er, laß jemand das Telefon abnehmen!

»Neeve's Boutique.«

»Ich muß Neeve Kearney unbedingt sprechen. Hier ist Jack Campbell, ein Freund von ihr.«

Eugenias Stimme wurde herzlich. »Sie sind doch der Verleger ...«

Jack unterbrach sie. »Sie wollte della Salva aufsuchen. Wo?«

»In seinem Hauptbüro. Nummer 52 West, 36. Straße. Ist etwas passiert?«

Jack legte auf, ohne zu antworten.

Sein Büro befand sich in der Park Avenue bei der 41. Straße. Er rannte durch die leeren Korridore, erwischte sofort einen abwärtsfahrenden Lift und hielt auf der Straße ein leeres Taxi an. Er warf dem Fahrer zwanzig Dollar hin und rief ihm die Adresse zu. Es war achtzehn Minuten nach sechs.

Ist es so meiner Mutter ergangen? fragte sich Neeve. Hat sie ihn an jenem Tag auch angeblickt und die

Veränderung in seinem Gesicht gesehen? War sie irgendwie gewarnt gewesen?

Neeve wußte, daß sie sterben würde. Die ganze Woche hatte sie das Gefühl gehabt, daß ihre Zeit abgelaufen war.

Jetzt, da es keine Hoffnung mehr gab, schien es ihr auf einmal unendlich wichtig, Antwort auf diese Fragen zu erhalten.

Sal kam näher an sie heran. Er war jetzt nur noch einen Meter entfernt. Hinter ihm, nahe bei der Tür, lag Dennys zusammengekrümmter Körper auf dem Boden. Mit halbem Auge sah Neeve, daß noch immer Blut aus seiner Stirnwunde quoll. Der große Umschlag, den er bei sich hatte, war mit Blut bespritzt, die Punkerperücke bedeckte sein Gesicht zur Hälfte.

Es schien ewig her zu sein, seit Denny hereingekommen war. Wie lange? Eine Minute? Weniger. Das Gebäude wirkte menschenleer, aber es war möglich, daß doch jemand den Schuß gehört hatte. Irgend jemand könnte ihm nachgehen ... Eigentlich sollte der Portier unten sein ... Sal hatte keine Zeit zu verlieren, das wußten sie beide.

Aus weiter Ferne hörte Neeve ein leises Surren. Der Lift fuhr. Vielleicht kam jemand. Könnte sie den Augenblick hinauszögern, in dem Sal abdrückte?

»Onkel Sal«, sagte sie ruhig, »kannst du mir eine einzige Sache erklären? Warum war es nötig, daß du meine Mutter getötet hast? Hättest du nicht mit ihr zusammenarbeiten können? Es gibt keinen

Designer, der nicht auch Ideen seiner Assistenten übernimmt.«

»Wenn ich etwas Geniales sehe, dann teile ich nicht, Neeve«, antwortete Sal trocken.

Das Gleiten der sich öffnenden Lifttüren. Jemand war da. Damit Sal die sich nähernden Schritte nicht hörte, hob Neeve die Stimme: »Du hast meine Mutter aus Habgier umgebracht. Uns hast du getröstet und mit uns geweint. An ihrem Sarg sagtest du zu Myles: ›Denk einfach, daß dein süßes Kind nur schläft.‹«

»Hör auf!« Sal streckte die Hand vor.

Die Mündung des Revolvers war genau auf ihr Gesicht gerichtet. Sie wandte den Kopf und sah Myles unter der Tür.

»Myles, lauf weg, sonst bringt er dich um!« schrie sie.

Blitzartig drehte Sal sich um.

Myles rührte sich nicht. Mit absoluter Autorität hallte seine Stimme im Raum wider. »Gib mir den Revolver, Sal«, befahl er. »Das Spiel ist aus.«

Sal hielt sie beide mit der Waffe in Schach. Mit irrem Blick, Furcht und Haß in den Augen, trat er näher, als Myles langsam auf ihn zukam. »Keinen Schritt näher oder ich schieße!« brüllte er.

»Das tust du nicht, Sal.« Myles' Stimme war von tödlicher Gelassenheit, ohne eine Spur von Angst oder Zweifel. »Du hast meine Frau getötet. Du hast Ethel Lambston getötet. Und im nächsten Augenblick hättest du auch meine Tochter getötet. Aber Herb und seine Leute werden jeden Augenblick hier sein. Sie sind über dich im Bild. Durch Lügen kannst du dich nicht mehr aus der Affäre ziehen. *Gib mir die Waffe!*«

Mit erstaunlicher Kraft und voller Verachtung kam jedes Wort aus seinem Mund. Er hielt einen Augenblick ein, ehe er weitersprach. »Oder tu dir und uns allen einen Gefallen und steck den Lauf des Revolvers in dein Lügenmaul und drück ab!«

Myles hatte Kitty angewiesen, im Auto zu bleiben. Sie starb fast vor Angst, während sie wartete. Oh, Gott – hilf ihnen, bitte! Vom Ende der Straße her hörte sie unablässiges Sirenengeheul. Unmittelbar vor ihr hielt ein Taxi, und Jack Campbell sprang heraus.

»Jack!« Kitty öffnete ihre Wagentür und rannte hinter ihm her in die Eingangshalle. Der Portier war gerade am Telefon.

»Della Salva?« fragte Jack hastig.

Der Portier hob die Hand. »Einen Moment.«

»Zwölfter Stock«, sagte Kitty.

Der einzige noch fahrende Lift war nicht da. Die Leuchttafel zeigte an, daß er sich im 12. Stock befand. Jack packte den Portier am Kragen. »Stellen Sie einen anderen Lift an!«

»He, was fällt Ihnen ein ...«

Vor dem Gebäude kamen jetzt Polizeiwagen mit quietschenden Reifen zum Stehen. Mit erschrocken geweiteten Augen warf der Portier Jack einen Schlüssel zu. »Damit können Sie sie in Betrieb setzen.«

Jack und Kitty fuhren bereits hinauf, als die Polizei in die Eingangshalle stürmte. »Ich glaube, daß della Salva ...« begann er.

»Ich weiß«, sagte Kitty.

Der Aufzug bewegte sich rüttelnd bis zum 12. Stock und hielt an. »Warten Sie hier«, sagte Jack zu Kitty.

Jack kam in dem Augenblick hinzu, als Myles mit ruhiger, beherrschter Stimme sagte: »Wenn du ihn nicht gegen dich selbst richten willst, Sal, *dann gib mir den Revolver.*«

Jack stand an der Tür. Der ganze Raum war in Halbdunkel getaucht, und die Szene glich einem surrealistischen Bild. Die Leiche auf dem Fußboden. Neeve und ihr Vater vor der auf sie gerichteten Waffe. Auf dem Tisch nahe bei der Tür sah Jack ein metallisches Aufblitzen. Ein Revolver. Würde er ihn rechtzeitig erreichen können?

Doch dann sah er, wie Anthony della Salya die Hand sinken ließ.

»Nimm ihn, Myles«, flehte er. »Ich wollte es doch nicht tun, Myles. Ich habe es nie gewollt.« Sal fiel auf die Knie und umklammerte Myles' Beine. »Du bist mein bester Freund, Myles. Sag ihnen, daß ich es nicht tun wollte.«

Zum letztenmal an diesem Tag besprach sich Commissioner Herb Schwartz in seinem Büro mit den Inspektoren O'Brien und Gomez. Herb war gerade von Anthony della Salvas Büro zurückgekommen. Er war dort unmittelbar nach dem ersten Streifenwagen eingetroffen. Nachdem der Schweinehund della Salva abgeführt worden war, hatte Herb mit Myles gesprochen. »Myles, siebzehn Jahre lang hast du dich mit dem Gedanken gequält, Nicky Sepettis Drohung nicht ernst genommen zu haben. Wäre es nicht höchste Zeit, mit deinen Schuldgefühlen Schluß zu machen? Glaubst du denn, du hättest das Südsee-Design als genialen Entwurf erkannt, wenn Renata damit zu dir gekommen wäre? Du magst ein erstklassiger Polizist sein, aber in Kleiderfragen bist du blind. Ich weiß noch, daß Renata sagte, sie habe dir immer die richtige Krawatte hinlegen müssen.«

Myles würde sich wieder zurechtfinden. Nur schade, daß das Wort »Auge um Auge, Zahn um Zahn« nicht mehr zutraf. Für den Rest seines Lebens würden die Steuerzahler für della Salva aufkommen müssen ...

O'Brien und Gomez warteten. Ihr Vorgesetzter sah erschöpft aus. Es war aber ein erfolgreicher Tag gewesen. Della Salva hatte den Mord an Ethel Lambston gestanden. Da säßen ihnen wenigstens das Weiße Haus und der Bürgermeister nicht mehr im Nacken.

O'Brien hatte dem Commissioner noch einige Sachen zu berichten. »Vor ungefähr einer Stunde kam Steubers Sekretärin von sich aus her. Die Lambston hat Steuber vor zehn Tagen aufgesucht. Und hat ihm gesagt, sie würde dafür sorgen, daß er ins Kittchen käme. Wahrscheinlich hatte sie seine Drogengeschäfte spitzgekriegt, aber das spielt jetzt keine Rolle. Er hat die Lambston ja nicht umgebracht.«

Schwartz nickte.

Gomez ergriff das Wort. »Wir wissen jetzt, Sir, daß Seamus Lambston unschuldig am Tod seiner Ex-Frau ist. Bestehen Sie noch auf der Anklage gegen ihn wegen Körperverletzung und gegen die seiner Frau wegen Unterschlagung eines Beweismittels?«

»Ist die Tatwaffe gefunden worden?«

»Ja. In dem indischen Laden, genau wie sie uns gesagt hat.«

»Geben wir den beiden armen Teufeln eine Chance.«

Herb stand auf. »Es war ein langer Tag. Gute Nacht, meine Herren.«

Bischof Devin Stanton trank in der Residenz des Kardinals in der Madison Avenue mit dem Hausherrn einen Aperitif, während im Fernsehen die Abendnachrichten liefen. Als alte Freunde sprachen sie über Devins bevorstehende Ernennung.

»Sie werden mir fehlen, Dev«, sagte der Kardinal. »Wollen Sie diese Stelle wirklich übernehmen? Baltimore kann im Sommer das reinste Schwitzbad sein.«

Die Nachrichtensendung war beinahe zu Ende, als die Meldung kam: Der bekannte Modeschöpfer Anthony della Salva war des Mordes an Ethel Lambston, Renata Kearney und Denny Adler angeklagt sowie des versuchten Mordes an Neeve

Kearney, der Tochter des ehemaligen Commissioners Kearney.

Der Kardinal wandte sich zu Devin um. »Das sind doch Ihre Freunde!«

Devin sprang auf. »Wollen Sie mich bitte entschuldigen, Eminenz.«

Ruth und Seamus Lambston hörten sich die Sieben-Uhr-Nachrichten im Radio an, darauf gefaßt, daß es heißen würde, Ethel Lambstons Ex-Mann habe beim Test mit dem Lügendetektor versagt. Sie waren erstaunt gewesen, daß man Seamus erlaubt hatte, das Polizeihauptquartier zu verlassen, und beide waren überzeugt, daß seine Verhaftung nur eine Frage der Zeit sei.

Peter Kennedy hatte versucht, ihnen Mut zuzusprechen. »Diese Tests sind nicht unfehlbar. Wenn es zum Prozeß kommt, haben wir immer noch den Beweis, daß Sie den ersten Test mit dem Lügendetektor bestanden haben.«

Ruth war zu dem indischen Laden gebracht worden. Der Korb, in den sie den Dolch hatte fallen lassen, stand an einem anderen Platz. Darum hatten die Polizeibeamten den Dolch nicht gefunden. Ruth suchte ihn für sie heraus und sah zu, wie sie ihn mit unbeteiligten Mienen in einen Plastikbeutel taten.

»Ich habe ihn gescheuert«, erklärte sie ihnen.

»Blutspuren verschwinden nicht immer.«

Wie hatte es nur zu alledem kommen können? fragte sie sich, als sie in dem schweren, mit Samt bezogenen Sessel saß, den sie von jeher gehaßt hatte und der ihr jetzt so vertraut und bequem erschien. Wie konnten wir so die Kontrolle über unser Leben verlieren?

Die Meldung von der Verhaftung Anthony della Salvas kam in dem Augenblick, als sie gerade das Radio abstellen wollte. Sie und Seamus starrten sich an, einen Moment außerstande, das Gehörte zu begreifen. Dann streckten sie einander unbeholfen die Arme entgegen.

Douglas Brown hörte ungläubig den Bericht in den Abendnachrichten an und setzte sich dann auf Ethels Bett, nein, auf *sein* Bett, den Kopf in die Hände gestützt. Es war vorüber. Die Polypen konnten nicht beweisen, daß er Ethels Geld gestohlen hatte. Er war ihr Erbe. Er war jetzt reich.

Das mußte gefeiert werden. Er zog sein Notizbuch aus der Jacke und suchte nach der Telefonnummer der netten Kleinen am Empfang im Geschäft. Dann zögerte er. Das Mädchen, das zum Putzen kam, die Schauspielerin. Die hatte etwas an sich. Der blöde Name. Tse-Tse. Sie stand in Ethels privatem Telefonverzeichnis.

Dreimal läutete es am anderen Ende, dann wurde abgenommen. »'allo.«

Offenbar teilte sie ihr Zimmer mit einer Französin. »Kann ich bitte mit Tse-Tse sprechen? Hier ist Doug Brown.«

Tse-Tse, die gerade die Rolle einer französischen Prostituierten einstudierte, vergaß ihren Akzent.

»Sie können mich mal, Sie Blödian!« antwortete sie und knallte den Hörer auf die Gabel.

Devin Stanton, designierter Erzbischof des Bistums Baltimore, betrachtete von der Tür des Wohnzimmers aus die Silhouetten von Neeve und Jack, die sich gegen das Fenster abzeichneten. Hinter ihnen war die Mondsichel zwischen den Wolken zum Vorschein gekommen. Mit steigender Wut dachte Devin an die Grausamkeit, die Habgier und Scheinheiligkeit von Sal Esposito. Ehe die christliche Nächstenliebe wieder die Oberhand gewann, murmelte er noch vor sich hin: »Der elende Schuft.« Dann, beim Anblick von Neeve in Jacks Armen, dachte er: Renata, ich hoffe, und ich bete, daß du dies auch siehst.

In seinem Arbeitszimmer griff Myles nach der Weinflasche. Kitty saß in einer Sofaecke. Ihr rotes Haar schimmerte sanft im Schein der viktorianischen Lampe, die auf dem Tisch stand. »Sie haben wunderschönes rotes Haar«, hörte Myles sich sagen. »Meine Mutter hätte den Farbton wahrscheinlich Erdbeerblond genannt. Ist das richtig?«

Kitty lächelte. »Es war einmal. Jetzt wird der Natur ein bißchen nachgeholfen.«

»In Ihrem Fall braucht die Natur keine Nachhilfe.« Plötzlich war Myles um Worte verlegen. Wie sollte er der Frau danken, die seiner Tochter das Leben gerettet hatte? Wenn Kitty die Zeichnung nicht mit dem Südsee-Look in Verbindung gebracht hätte, wäre er niemals rechtzeitig zu Neeve gekommen. Myles dachte wieder daran, wie Neeve und Kitty und Jack die Arme um ihn gelegt hatten, nachdem Sal von Polizisten abgeführt worden war. Er hatte geschluchzt. »Ich wollte nicht auf Renata hören. Nie. Ich bin schuld, daß sie zu ihm ging und starb.«

»Sie ist zu ihm gegangen, um den Rat eines Fachmanns einzuholen«, hatte Kitty mit Bestimmtheit gesagt. »Geben Sie selber ehrlich zu, daß Sie ihr den nicht hätten geben können.«

Wie konnte man einer Frau deutlich machen, daß allein durch ihre Gegenwart die schreckliche Wut und die Schuldgefühle, die man jahrelang mit sich herumgeschleppt hatte, der Vergangenheit angehörten, daß man sich nicht mehr leer und verwüstet vorkam, sondern sich stark fühlte und bereit, das Leben, das noch vor einem lag, auch wirklich zu leben? Es war ihm nicht möglich.

Myles merkte, daß er immer noch die Weinflasche in der Hand hielt. Er sah sich suchend nach Kittys Glas um.

»Ich weiß nicht, wo es ist«, sagte sie. »Wahrscheinlich habe ich es irgendwohin gestellt.«

Es gab doch eine Möglichkeit, es ihr zu sagen. Entschlossen füllte Myles sein eigenes Glas bis zum Rand und reichte es dann Kitty. »Nehmen Sie meins.«

Neeve und Jack standen am Fenster und sahen hinaus auf den Hudson River, auf die Schnellstraße und die Umrisse der Wohnblocks und Restaurants auf dem jenseitigen Ufer in New Jersey.

»Warum bist du in Sals Büro gekommen?« fragte Neeve mit ruhiger Stimme.

»Ethels Notizen über Sal waren voll von Hinweisen auf den Südsee-Look. Sie hatte ein ganzes Bündel von Inseraten aus Magazinen, in denen die Kreationen im Südsee-Look abgebildet waren. Daneben hatte sie eine Skizze gemacht. Diese Skizze kam mir irgendwie bekannt vor, und mir ging auf, daß ich dieselbe Zeichnung im Kochbuch deiner Mutter gesehen hatte.«

»Und da wurde dir alles klar?«

»Ich erinnerte mich, daß du mir erzählt hast, Sal habe den Look nach dem Tod deiner Mutter kreiert. Aus Ethels Notizen ging hervor, daß Sal behauptete, die Inspiration im Aquarium in Chicago erhalten zu haben. Das war schlicht nicht möglich. Als ich das erkannte, wurde mir alles klar. Und da ich wußte, daß du zu ihm gegangen warst, wurde ich plötzlich fast verrückt vor Angst.«

Vor vielen, vielen Jahren, als zehnjähriges Kind, war Renata zwischen zwei Armeen, die aufeinander schossen, nach Hause geeilt und aus einem Gefühl von Vorahnung in eine Kirche getreten und hatte einem amerikanischen Soldaten das Leben gerettet. Neeve spürte, daß Jack ihr den Arm um die Taille legte. Die Geste war nicht zögernd, sondern sicher und entschlossen.

»Neeve?«

Während all der vergangenen Jahre hatte sie

Myles immer wieder gesagt, daß sie wissen würde, wenn es geschah.

Als Jack sie an sich zog, wußte sie, daß dieser Tag nun gekommen war.

Weitere Titel aus der Reihe

EDITION RICHARZ

Romane und Erzählungen

Fiesta
Ernest Hemingway
390 Seiten, ISBN 3-87585-297-8

Tadellöser & Wolff
Walter Kempowski
530 Seiten, ISBN 3-87585-911-1

Abschiedswalzer
Milan Kundera
310 Seiten, ISBN 3-87585-888-3

Die unerträgliche Leichtigkeit des Seins
Milan Kundera
310 Seiten, ISBN 3-87585-879-4

Südkurier
Antoine de Saint-Exupéry
170 Seiten, ISBN 3-87585-928-6

Kein schöner Land
Arno Surminski
460 Seiten, ISBN 3-87585-930-8